第二語言學習叢書

快樂學緬甸語

（注音符號及緬語拼音注音/緬中對照錄音）

ပျော်ရွှင်စရာ မြန်မာစာ

「ㄅ一ㄛ̰ˇㄒㄨ一ㄫ̰ˇㄙㄚˋ一ㄚˇ ㄇ一ㄜㄋ̰ˇㄇㄚˇㄙㄚˇ」{biɔx̥uiŊsâYa mIəŊmasa}

Let's Learn Myanmar Happily!

(With Bopomofo and Myanmar Latin Phonetic Notation / Text Recorded in Myanmar and Chinese)

鄧應烈 著 Author: Deng Yinglie

စာရေးဆရာ: တဲင့် ယိင့်လျဲ့

「ㄙㄚˇ一ㄝㄘㄚˋ一ㄚˇ: ㄉㄝ̰ㄫ̰ˋ 一ㄫ̰ˋㄌ一ㄝ̰ˋ」{saYècâYa: dɛ̂Ŋ yîŊliɛ̂}

妙驕敏 校 Proof-Reader: Myo Kyaw Myint

စာပြင်ဆရာ: မျိုးကျော်မြင့်

「ㄙㄚˇㄅ一ㄫ̰ˇㄘㄚˋ一ㄚˇ: ㄇ一ㄛㄐ一ㄛ̰ˇㄇ一ㄫ̰ˋ」

{sabIiŊcâYa: miòjiɔmIîŊ}

臺灣智寬文化事業有限公司

ထိုင်ဝမ် ဗဟုသုတ ပုံနှိပ်ထုတ်ဝေခြင်း ယဉ်ကျေးမှု လုပ်ငန်း လီမိတက် ကုမ္ပဏီ

「ㄊㄞㄫ̰ˇㄨㄚㄇ̰ˇ ㄅ̥ㄚˇㄏㄨˋㄉ̰ㄨˋㄉㄚˋ ㄅㄡㄇ̰ˇㄋ̥ㄟ''ㄊㄡ''ㄨㄝˇㄑ一ㄫ̰
一ㄝㄫ̰ˇㄐ一ㄝㄇ̥ㄨˋ ㄌㄡ''ㄫㄜㄋ̰ ㄌ一ˇㄇ一ˇㄉㄜ'' ㄍㄨˋㄇㄅㄚˋㄋ一ˇ」

{taiŊuaM̰ Bahûðûdâ bouṃn̥éi'tóu'ueqIìŊ yeñjièm̥û lóu'ŋəŊ limidə' gûmbâṇi}

Knowledge Publishing Co., Ltd., Taiwan

出版者序言

　　緬甸語是緬甸聯邦共和國的官方語言，是緬甸人的共通語。緬甸語屬漢藏語系藏緬語族緬語支。主要分佈於伊洛瓦底江流域和三角洲地區，作為母語使用的人口在 4,500 萬以上，作為第二語言（非母語）使用的緬甸少數民族人口有 1,500，加上緬甸境外中國、泰國、寮國、越南、印度、馬來西亞、新加坡、尼泊爾、不丹、孟加拉、美國等國說緬甸語的族裔，使用人口估計超過 6,000 萬。緬甸最大的邦——撣邦使用的撣語（也叫擺夷話）與孟邦的孟語、泰語和寮語是親近語言，但撣語和緬甸境內的少數民族大都使用緬文字母加上幾個本族自己的符號來拼寫自己的文字。緬甸語中有時會直接借用撣語和其他少數民族的詞彙。

　　緬甸語中緬甸國名的拼寫為 မြန်မာ 「ㄇㄧㄝㄋˇ ㄇㄚˇ」{mIəŅma}。緬甸的曾用名為 ဗမာ（「ㄅㄚˇ ㄇㄚˇ」{Bama}Burma），從 1989 年 6 月開始改為 မြန်မာ，緬甸官方要求使用拼音文字的國家按照 Myanmar 的音拼寫，這樣在使用拉丁字母的語言中就改成 Myanmar，國語則一直使用 "緬甸" 的譯名。

　　本書的特色可以從九大方面來描述：

1. 正確拼讀：詳細介紹緬甸語字母發音和拼讀規則。為了方便讀者拼讀，全書使用了臺灣中文教學用的注音符號和著者參考各類標調方法擬定的、用拉丁字母拼寫的規範化緬語拼音標注出緬語發音。緬甸文和注音符號、緬語拼音一一對應。讀者隨時可以輕鬆讀音。

2. 範例課文：以會話的形式給出常用句型，儘量做到一男一女，一個緬甸人，一個華人，以練習緬甸語男女不同的表達方式。

3. 常用會話：提供相關主題的常用會話語句。

4. 語法說明：講解緬甸語基本語法，使讀者能夠正確組織句子，說地道的緬甸話。

5. 詞語學習：在 "範例課文"、"常用會話"、"語法說明" 給出生詞，以便讀者更好理解。

6. 文化背景：介紹緬甸的文化和風土人情等各方面的情況，使讀者更好地瞭解緬甸。

7. 練習鞏固：每課後面均有練習題，以進一步加強讀者所學內容。

8. 標準字型：使用最新緬甸文的統一碼字型(Unicode Font)，使緬甸文處理規範化，避免出現亂碼。在書裡介紹了緬甸文電腦處理知識、現況和統一碼字元輸入法。

9. 緬中錄音：每課的生詞、課文和語法中的一些內容都有緬中對照錄音，可同時幫助學緬文和中文的讀者上口說不同的第二語言。

　　母語之外的語言都是 "第二語言"。為了讓國民學好各種第二語言，本公司計畫與著者鄧應烈合作出版 "第二語言學習叢書" 系列書籍。現在出版《快樂學緬甸語》。全書分成 "發音部分"（三節）和 "課文部分"（九課）。本書提供給讀者從零開始學習緬甸語，適用於所有把緬甸語作為 "第二語言" 來學的人，比如：緬甸語專業學生、緬甸語培訓班學員、把緬甸語作為選修課的學生、赴緬甸留學生、到緬甸投資的商人、與緬甸人有姻親者、去緬甸觀光者等等打算學好緬甸語的人。本書的會話部分除緬文錄音外，也有中文錄音，亦可用作母語是緬甸語的人學習華語。

　　對於緬甸語專業的學生、緬甸語培訓班學員、把緬甸語作為選修課的學生，這是不可多得的教科書。對於自學者，可以抽出時間隨時學習。

　　像第七課 "問路與交通" 等課文那樣，書中列舉的具體數字和相關資訊是為了學語言提供的，僅供參考，與實際情況可能會有出入。

著者鄧應烈是多語言的翻譯研究和文字處理專家。1982年武漢大學畢業後曾在湖北科技信息研究院工作，從事科技資料和國外專利的翻譯工作，電腦檢索系統的製作和維護業務。1992年調到珠海廣播電視行業從事國外廣電節目和本地區對外節目的外語翻譯工作，退休後曾作為應聘教授在廣州城建職業學院教授各種外語，現為地圖出版社(Sinomap Press)的多語言翻譯。著有：《兩萬漢字中日韓越英俄讀音釋義字典》、《越南語詞彙分類學習小詞典》、《漢字詮注實用韓國語會話》、《英語音節拼讀規則》等；翻譯有：《別笑！我是泰語學習書》、《別笑！我是越南語學習書》等；參與了《日語詞彙分類學習小詞典》、《法語詞彙分類學習小詞典》、《義大利語詞彙分類學習小詞典》、《俄語詞彙分類學習小詞典》以及《當代俄漢詞典》、《當代法漢詞典》、《當代意漢詞典》等詞典的編輯校審工作；2015年新著《泰語新手一學就會》。

審定者緬甸人妙驕敏(မျိုးကျော်မြင့်「ㄇㄧㄛˋㄐㄧㄛㄇㄧㄥˋ」{mièjiɔmlîŋ}, Myo Kyaw Myint)，中文名叫鄭師智，來自緬甸最大城市仰光。他為本書的緬甸文的正確性做出了自己的努力。

旅緬華僑許美玲小姐在百忙之中對全書進行了通盤校對，提出了很好的修改意見，保證了本書的品質。她為本書緬甸語配音，更增加了實用性。智寬深知她為本書做了至關重要的工作。

此外華語教師常青為本書中文文字的錄音做了很重要的工作，讓緬甸讀者也能夠透過本書學習國語。

學習緬甸語圖書的編撰，在文字的翻譯、處理、校稿以及錄音方面，遇到的困難確實不少，通過他們的辛勤勞動，本書於2014年11月編輯出版問世，智寬對他們表示衷心感謝。得到廣大讀者的厚愛，一年以後，本書得以再刷，智寬一如既往歡迎讀者多提寶貴意見，聯絡諮詢見本書192頁。

智寬文化事業有限公司
2015年12月

書中符號說明

符號	名稱	用途
「」	單方角號	放注音符號
{}	半形大括弧	放緬語拼音
[]	半形中括弧	放國際音標
< >	半形尖括弧	表示所在頁碼
*	星號	中文前解釋面有*者緬文為禮貌說法
˙	濁音符	放在注音符號下變濁音
°	清音符	放在字母上或下變清音，包括注音符號
ˌ	開口符	放在注音符號下變開口音
ˌ	閉口符	放在注音符號下變閉口音
˻	舌尖化	放在注音符號下使舌尖伸到牙齒間發音
˜	鼻化母音	放在字母下表示鼻化母音，包括注音符號
၌	陽平符	華語專有名詞緬語拼寫的陽平符

(口)=口頭語、(書)=書面語

3

目錄

發音部分

課文部分

發音部分
အသံထွက်ခြင်း၏ အပိုင်း

ㄅㄚˋㄉㄚㄇㄊㄨㄜˇㄑㄧㄥˋ ˋㄧˋ ㄅㄚˋㄅㄞㄥ

{ˈâðaṃtuɔˈqliŋˈî ˈâbàiŋ}

Pronunciation Section

緬甸首都內比都的和平塔（歐巴達丹蒂佛塔）

မြန်မာ နေပြည်တော် တွင် ဥပ္ပါတသန္တိစေတီတော် (မြတ်ကြီး)

ㄇㄧㄜㄋㄇㄚˋㄋㄅㄧㄝㄋㄉㄜ ㄉㄨㄧㄥˋ ㄨㄅㄅㄚˋㄉㄚˋㄉㄚˋㄋㄉㄧㄝˋㄉㄚˋㄉㄧㄜㄇㄝˋㄇㄚˋㄉㄜ (ㄇㄧㄚˊㄐㄧ)

{mIəŊma nebIeÑdɔ duiŋ ˈûbbAdâðândîsedidɔ (mIáujIì)}

Naypyidaw Peace Tower in Myanmar Capital City

第一節　字母與字母表

အပိုင်း ၁. စာ နှင့် အက္ခရာစဉ်

「ㄚˇㄅㄞㄫ̰ ㄉㄧ’ˊ ㄙㄚˇ ㄋ̥ㄧㄫ̰’’ㄚˋㄍㄎㄚˋㄧㄚˇㄙㄝㄬ̰ˇ」

{abàiŊ̰ dí’ sa n̥îŊ̰ ’âgkâYaseɳ̃}

Part 1. Letters and Alphabet

緬甸語(မြန်မာဘာသာ「ㄇㄧㄜㄋ̰ˇㄇㄚˇㄆ̬ㄚˇㄉ̬ㄚˇ」{mIəŊ̰maPaða})是緬甸聯邦共和國(ပြည်ထောင်စု သမ္မတ မြန်မာ နိုင်ငံတော်「ㄅㄧㄝㄬ̰ˇㄊㄠㄫ̰ˇㄙㄨˋ ㄉ̬ㄚㄇ̰ˋㄇㄚˇㄉㄚˋ ㄇㄧㄜㄋ̰ˇㄇㄚˇ ㄋㄞㄫ̰ˇㄫㄚㄇ̰ˇㄉㄛ̬ˇ」{bIeÑ̰tauŊ̰sû ðâmmadâ mIəŊ̰ma naiŊ̰ŋam̰dɔ}Union Republic of Myanmar)的國語，是全體緬甸人的共通語言。標準緬甸話(မြန်မာစာ「ㄇㄧㄜㄋ̰ˇㄇㄚˇㄙㄚˇ」{mIəŊ̰masa})是在伊洛瓦底江流域方言的基礎上形成的。伊洛瓦底江正好流經仰光和曼德勒兩座大城市。

緬甸文(မြန်မာအက္ခရာ「ㄇㄧㄜㄋ̰ˇㄇㄚˇ’ㄚˋㄍㄎㄚˋㄧㄚˇ」{mIəŊ̰ma’âgkâYa})為拼音文字，採用古印度婆羅米系文字(ဘရာမီ「ㄆ̬ㄚˇㄖˈㄚˇㄇㄧˇ」{Parami}Brāhmī)的天城體(ဒေဝနာဂရီ「ㄉ̬ㄝˇㄨㄚˇㄋㄚˇㄍ̬ㄚˇㄖˈㄧˇ」{DeuanaGari}Devanāgarī)字母中的獨立字母系統拼寫，由孟文改造而成，最顯著的特點是字母呈圓形。

在拼讀發音時的一個重要特點是：不送氣清子音在出現在第一音節以後或者在鼻化母音後面往往濁化，而送氣清子音往往不送氣化，比如上面的 ပြည်ထောင်စု「ㄅㄧㄝㄬ̰ˇ**ㄊ**ㄠㄫ̰ˇ**ㄙ**ㄨˋ」{bIeÑ̰**t**auŊ̰**s**û}一詞就可以讀成「ㄅㄧㄝ̰ㄬ̰ˇ**ㄉ**ㄠㄫ̰ˇ**ㄗ**ㄨˋ」{bIeÑ̰**d**auŊ̰**z**û}

緬甸語的方言按地理位置區分，可以有：(以下介紹的省、邦沒有緬甸語名稱，請參見第五課的“文化背景”，括弧中的方言名稱為不同的中譯名)

1. 仰光省和曼德勒省：下緬甸方言 အောက်သား「’ㄠ’ˊㄉ̬ㄚ」{’áu’ðà}Lower Myanmar，上緬甸方言 အညာသား「’ㄚˋㄏ̰ㄚˇㄉ̬ㄚ」{’âÑaðà}Upper Myanmar；
2. 德林達依省：墨吉方言(丹荖方言、或寫成：丹老方言) မြိတ်စကား「ㄇㄧㄟ’ˊㄙㄚˋㄍㄚ」{mIéi’sâgà}Merguese (Myeik)，土瓦方言(德瓦永方言、達威方言) ထားဝယ်စကား「ㄊㄚㄨㄝ̰ˇㄙㄚˋㄍㄚ」{tàuɛsâgà}Tavoyan (Dawei)，巴羅方言 ပုလောစကား「ㄅㄨˋㄌㄛ̰ㄙㄚˋㄍㄚ」{bûlɔ̀sâgà}Palaw；
3. 馬圭省：約方言 ယောစကား「ㄧㄛ̰ㄙㄚˋㄍㄚ」{yɔ̀sâgà}Yaw；
4. 撣邦：茵達方言 အင်းသားစကား「’ㄧㄫ̰ㄉ̬ㄚㄙㄚˋㄍㄚ」{’iŊ̰ðàsâgà}Intha，東枝方言 တောင်ရိုး「ㄉㄠㄫ̰ˇㄧㄛ」{dauŊ̰Yò}Taungyo，達努方言(德努方言) ဓနုစကား「ㄊ̬ㄚˇㄋㄨˋㄙㄚˋㄍㄚ」{Tanûsâgà}Danu。
5. 若開邦：若開方言 ရခိုင်ဘာသာ「ㄧㄚˇㄎㄞㄫ̰ˇㄆ̬ㄚˇㄉ̬ㄚˇ」{YakaiŊ̰Paða}Arakan。

這些方言有區別，但互相聽懂問題不大，不會像臺灣的閩南方言、客家方言那樣，與只會操國語的人很難互相溝通。

一、緬甸語字母表　(မြန်မာစာ ဗျည်း အက္ခရာစဉ် 「ㄇㄧㄝㄋˋˇㄇㄚˇㄙㄚˇ ㄅㄧㄝㄋˊ ˊㄚˋ《ㄎㄚˇㄧㄚˇㄙㄝㄋˊ」

{mIəṈmasa BièṈ 'âgkâYaseṉ}Myanmar Consonant Alphabet)

1. 常規字母表　(သမားရိုးကျ အက္ခရာစဉ် 「ㄉㄚˋㄇㄚˋˇㄧㄡˋㄐㄧㄚˋ ㄚˇ《ㄎㄚˇㄧㄚˇㄙㄝㄋˊ」

{ðâmàYòjiâ 'âgkâYaseṉ} Conventional Alphabet)

緬甸語字母表中有 33 個字母，排列順序及其拼讀音的注音符號和緬語拼音為：

က		ခ		ဂ		ဃ		င	
「《」	{g}	「丂」	{k}	「《」	{G}	「丂」	{K}	「兀」	{ŋ}
စ		ဆ		ဇ		ဈ		ဉ	
「厶」	{s}	「ち」	{c}	「卫」	{z}	「卫」	{Z}	「广」	{Ñ}
ဋ		ဌ		ဍ		ဎ		ဏ	
「力」	{ḍ}	「去」	{ṭ}	「力」	{Ḍ}	「去」	{Ṭ}	「ㄋ」	{ṇ}
တ		ထ		ဒ		ဓ		န	
「力」	{d}	「去」	{t}	「力」	{D}	「去」	{T}	「ㄋ」	{n}
ပ		ဖ		ဗ		ဘ		မ	
「ㄅ」	{b}	「夊」	{p}	「ㄅ」	{B}	「夊」	{P}	「ㄇ」	{m}
ယ		ရ		လ		ဝ		သ	
「一」	{y}	「一/ㄖ」	{Y/r}	「力」	{l}	「ㄨ」	{w}	「力」	{ð}
ဟ		ဠ		အ		除了一個獨立母音 အ 之外，		
「厂」	{h}	「力」	{ḷ}	「Y」	{â}	其餘都為子音。		

　　　常規字母表是按傳統排列方式排列的緬甸語字母表。現在使用的緬甸語字母表按照緬甸官方於 1978 年公佈的《緬甸文拼寫規則》(မြန်မာ စာလုံးပေါင်း သတ်ပုံ ကျမ်း 「ㄇㄧㄝㄋˋˇㄇㄚˇ ㄇㄚˇㄌㄨㄇㄅㄠ ㄤ ㄋㄚˇˋㄅㄨㄇˊ ㄐㄧㄚㄇ」{mIəṈma salòuṃbÀUṈ ðá'bouṃ jiàM})排列。表 1 中 "拼讀" 指 "拼讀音"，可和母音字母拼成一個音節。字母的 "獨用名" 是指字母不帶母音符號、唸單個字母時的讀法，"識別名" 是指字母區分名稱，識別名的中譯文有*者是著者根據字母特點給的。字母 အ 為緬甸語字母表中的最後一個字母，獨用時有兩種讀法 a/â，前者為輕讀，後者為重讀。အ 實際發音為[ʔa]，即[a]之前帶一個喉音[ʔ]，注音符號、緬語拼音中都用'表示。此字母常常用作純母音的襯字母，此時該字母不發音，帶有子音字母的性質，所以把它放在（子音）字母表中。

表 1 緬甸語字母表

序	字母	拼讀	獨用名	識別名、讀音和中譯名	例詞、讀音和意思
1	က	ㄍ g/k	ㄍㄚˋ gâ/ka ˥˩	ကကြီး 「ㄍㄚˋㄐㄧ」{gâjIì} 大個 က「ㄍㄚˋ」{gâ}	ကွင်းထိုးဖိနပ် 拖鞋 「ㄍㄨㄧㄫ̰ㄊㄛㄆㄧˋㄋㄚ’ˊ」 {guìŊ̰tòpîná’}
2	ခ	ㄎ k/k^{h}	ㄎㄚˋ kâ/k^{h}a ˥˩	ခခွေး 「ㄎㄚˋㄎㄨㄝ」{kâkuè} 曲折 ခ「ㄎㄚˋ」{kâ}	ခဏခဏ 常常，時常 「ㄎㄚˋㄋㄚˇㄎㄚˋㄋㄚˇ」 {kânakâna}
3	ဂ	ㄍ̰ G/g	ㄍ̰ㄚˊ Ga/ga ˩	ဂငယ် 「ㄍ̰ㄚˇㄫㄝ̰ˇ」{Gaŋɛ} 小個 ဂ「ㄍ̰ㄚˇ」{Ga}	ဂျုံမှုန့် 麵粉 「ㄐㄧˇㄡㄇ̰ˇㄇ̥ㄛㄋ̰ˋ」 {JioumṃôN̰}
4	ဃ	ㄎ̰ $K/g^{ɦ}$	ㄎ̰ㄚˊ Ka/$g^{ɦ}$a ˩	ဃကြီး 「ㄎ̰ㄚˇㄐㄧ」{KajIì} 大個 ဃ「ㄎ̰ㄚˇ」{Ka}	အာဃာတ 復仇的 「’ㄚˇㄎ̰ㄚˇㄉㄚˋ」 {’aKadâ}
5	င	ㄫ ŋ/ŋ	ㄫㄚˊ ŋa/ŋa ˩	င 「ㄫㄚˇ」{ŋa} *環圈 င「ㄫㄚˇ」{ŋa}	ငါး 五，魚 「ㄫㄚ」 {ŋÀ}
6	စ	ㄙ s/s	ㄙㄚˋ sâ/sa ˥˩	စလုံး 「ㄙㄚˋㄌㄡㄇ̰」{sâlòum̰} 圓形 စ「ㄙㄚˋ」{sâ}	စားသည် 吃 「ㄙㄚㄉ̰ㄝㄬ̰ˇ」 {sàðeÑ̰}
7	ဆ	ㄘ $c/ʦ^{h}$	ㄘㄚˋ câ/$ʦ^{h}$a ˥˩	ဆလိမ် 「ㄘㄚˋㄌㄟㄇ̰ˇ」{câleiM̰} 扭曲 ဆ「ㄘㄚˋ」{câ}	ဆဋ္ဌမ 第六 「ㄘㄚˋㄉㄊㄚㄇ̰ˋㄚˇ」 { câḍṭâma}
8	ဇ	ㄗ z/z	ㄗㄚˊ za/za ˩	ဇကွဲ 「ㄗㄚˇㄎㄨㄝ̰」{zakuɛ̀} 張口 ဇ「ㄗㄚˇ」{za}	ဇဝန 快的 「ㄗㄚˇㄨㄚˇㄋㄚˇ」 {zauana}
9	ဈ	ㄗ̰ $Z/z^{ɦ}$	ㄗ̰ㄚˊ Za/$z^{ɦ}$a ˩	ဈမျဉ်းဆွဲ 「ㄗ̰ㄚˇㄇㄧㄝ̰ㄬ̰ㄘㄨㄝ̰」{Zamièñ̰cuɛ̀} 拖曳 ဈ「ㄗ̰ㄚˇ」{Za}	ဈာပန 焚化 「ㄗ̰ㄚˇㄅㄚˋㄋㄚˇ」 {Zabâna}
10	ည	ㄬ Ñ/ɲ	ㄬㄚˊ Ña/ɲa ˩	ညကြီး 「ㄬㄚˇㄐㄧ」{ÑajIì} 大個 ည「ㄬㄚˇ」{Ña}	အညမည 相互關係 「’ㄚˋㄬㄚㄇ̰ˇㄚˇㄬㄚˇ」 { ’âÑamaÑa}
10-1	ဉ	ㄬ ñ/ɲ	ㄬㄚˊ ña/ɲa ˩	ဉကလေး 「ㄬㄚˇㄍㄚˋㄌㄝ」{Ñagâlè} 小個 ဉ「ㄬㄚˇ」{ña}	ဉာဏ် 腦力，智力 「ㄬㄜ̰ㄋ̰ˇ」 {ñæN̰}
11	ဋ	ㄉ ḍ/ʈ	ㄉㄚˋ ḍâ/ʈa ˥˩	ဋသန်လျင်းချိတ် 「ㄉㄚˋㄉ̰ㄜㄋ̰ˇㄌㄧㄫ̰ㄑㄧㄟ’ˊ」{ḍâðəN̰liiŊ̰qiéi’} 框扣 ဋ「ㄉㄚˋ」{ḍâ}	ပဋိပက္ခ 衝突 「ㄅㄚˋㄉㄧˋㄅㄚˋㄍㄎㄚˋ」 {bâḍîbâgkâ}

12	၄	ㄊ t/tʰ	ㄊㄚˇ tâ/tʰa V	၅ဝမ်းဘဲ 「ㄊㄚˇㄨㄚㄇˍㄆㄜˋ」{tâuàM̥Pɛ̀} 鴨腳 ၄「ㄊㄚˇ」{tâ}	၅ฺာနချုပ် 總部 「ㄊㄚˇㄋㄚˇㄑㄧㄡˇ」{ṭanaqióu'}
13	၌	ㄉˍ Ḍ/ḍ	ㄉㄚˇ Ḍa/ḍa ˩	၌ရင်ကောက် 「ㄉㄚˇㄧㄥˍㄍㄠˇ」{ḌaYiṆgáu} 彎胸 ၌「ㄉㄚˇ」{Ḍa}	ဒ႑ာရီ 神話 「ㄉㄚˇㄋ(ㄉ)ㄚˇㄧˉ」 {DaṆDaYi}
14	၉	ㄊˍ Ṭ/ḍʱ	ㄊㄚˇ Ṭa/ḍʱa ˩	ပရေမ္မုတ် 「ㄊㄚˇㄧㄝˉㄇˍㄡˇ」{ṬaYem̥óu} 柄勺 ၉「ㄊㄚˇ」{Ṭa}	同左
15	ന	ㄋˍ ṇ/ṇ	ㄋㄚˇ ṇa/ṇa ˩	ကကြီး 「ㄋㄚˇㄐㄧˉ」{ṇajIì} 大個 ന「ㄋㄚˇ」{ṇa}	ပမာണ 大小, 尺寸 「ㄅㄇㄚˇㄋㄚˇ」 {bâmaṇa}
16	တ	ㄉ d/t	ㄉㄚˇ dâ/ta V	တဝမ်းပူ 「ㄉㄚˇㄨㄚㄇˍㄅㄨˇ」{dâuàM̥bu} 胖肚 တ「ㄉㄚˇ」{dâ}	တူညီချက် 同樣地 「ㄉㄨㄋˍㄧˉㄑㄧㄜˊ」 {duÑiqiá'}
17	ထ	ㄊ t/tʰ	ㄊㄚˇ tâ/tʰa V	ထဆင်ထူး 「ㄊㄚˇㄘㄧㄥˇㄊㄨ」{tâciṆtù} 腳鐐 ထ「ㄊㄚˇ」{tâ}	ထယ် 犁 「ㄊㄝˇ」 {tɛ}
18	ဒ	ㄉˍ Ḍ/ḍ	ㄉㄚˇ Ḍa/ḍa ˩	ဒထွေး 「ㄉㄚˇㄊㄨㄝˋ」{Ḍatuè} 窄小 ဒ「ㄉㄚˇ」{Ḍa}	ဒသမ 第十 「ㄉㄚˇㄉㄚˇㄇㄚˇ」 {DaðâmaA}
19	ဓ	ㄊˍ Ṭ/dʱ	ㄊㄚˇ Ṭa/dʱa ˩	ဓအောက်ခြိုက် 「ㄊㄚˇㄠˇˋㄑㄧㄞˇ」{Ṭa'áuqIái'} 下弧 ဓ「ㄊㄚˇ」{Ṭa}	ဓန 財富 「ㄊㄚˇㄋㄚˇ」 {Tana}
20	န	ㄋ n/n	ㄋㄚˇ na/na ˩	နလယ် 「ㄋㄚˇㄥㄝˉ」{naṇɛ} 小個 န「ㄋㄚˇ」{na}	နဝမ 第九 「ㄋㄚˇㄨㄚˇㄇㄚˇ」 {nauama}
21	ပ	ㄅ b/p	ㄅㄚˇ bâ/pa V	ပစောက် 「ㄅㄚˇㄙㄠˇ」{bâsáu} 下凹 ပ「ㄅㄚˇ」{bâ}	ပထမ 第一 「ㄅㄚˇㄊㄚˇㄇㄚˇ」 {bâtâma}
22	ဖ	ㄆ p/pʰ	ㄆㄚˇ pâ/pʰa V	ဖဦးထုပ် 「ㄆㄚˇㄨㄊㄡˇ」{pâʉtóu} 帽子 ဖ「ㄆㄚˇ」{pâ}	အဖေ 父親 「ㄚˇㄆㄝˇ」 {'âpe}
23	ဗ	ㄅˍ B/b	ㄅㄚˇ Ba/ba ˩	ဗထက်ခြိုက် 「ㄅㄚˇㄊㄜˊㄑㄧㄞˇ」{Batá'qIái'} 上弧 ဗ「ㄅㄚˇ」{Ba}	ဗလ 力量 「ㄅㄚˇㄉㄚˇ」 {Bala}
24	ဘ	ㄆˍ P/bʱ	ㄆㄚˇ Pa/bʱa ˩	ဘကုန်း 「ㄆㄚˇㄍㄛˋㄋˍ」{PagòṆ} 彎腰 ဘ「ㄆㄚˇ」{Pa}	ဘဝ 生平 「ㄆㄚˇㄨㄚˇ」 {Paua}

25	◡	ㄇ m/m	ㄇㄚˊ ma/maˋ	◡ 「ㄇㄚˇ」{ma} *小罐 ◡「ㄇㄚˇ」{ma}	မဟူရာ 瑪瑙 「ㄇㄚˇㄏㄨˊㄧˇ」 {mahuYa}
26	ယ	一 y/j	一ㄚˊ ya/jaˋ	ယပက်လက် 「一ㄚˇㄅㄜˇˋㄌㄜˋˊ」{yabá'lá'} 仰臥 ယ「一ㄚˇ」{ya}	ယမကာ 飲料 「一ㄚㄇㄚㄍㄚ」 {yamaga}
27	ရ	一 Y/j	一ㄚˊ Ya/jaˋ	ရကောက် 「一ㄚˇㄍㄠˇˋ」{Yagáu} 彎曲 ရ「一ㄚˇ」{Ya}	ရသ 味道 「一ㄚˇㄉㄚ」 {Yaðâ}
28	လ	ㄌ l/l	ㄌㄚˊ la/laˋ	လ 「ㄌㄚˇ」{la} *小個 လ「ㄌㄚˇ」{la}	လိုက်ကာ 窗簾，螢幕 「ㄌㄞˇˋㄍㄚ」 {lái'ga}
29	ဝ	ㄨ u/w	ㄨㄚˊ ua/waˋ	ဝ 「ㄨㄚˇ」{ua} *圓圈 ဝ「ㄨㄚˇ」{ua}	ဝဝ 直到酒足飯飽 「ㄨㄚˇㄨㄚˇ」 {uaua}
30	သ	ㄉ ð/ð	ㄉㄚˇ ðâ/ðaˇ	သဝင် 「ㄉㄚˇ」{ðâ} 下蹲 သ「ㄉㄚˇ」{ðâ}	သုည 零 「ㄉㄨㄧˇㄚˇ」 {ðûÑa}
31	ဟ	ㄏ h/h	ㄏㄚˇ hâ/haˇ	ဟ 「ㄏㄚˇ」{hâ} *拖車 ဟ「ㄏㄚˇ」{hâ}	အလဟသ 浪費 「ˋㄚˇㄌㄚˇㄏㄚˇㄉㄚˇ」 {'âlahâÐâ}
32	ဠ	ㄌ l/ɭ	ㄌㄚˇ lâ/laˇ	ဠကြီး 「ㄌㄚˇㄐㄧ」{lâjIi} 大個 ဠ「ㄌㄚˇ」{lâ}	စကြဝဠာ 宇宙 「ㄙㄚˇㄐㄧㄚˇㄨㄚˇㄌㄚˇ」 {sâjIauaḷa}
33	အ	(ㄚˋ) (â)	ㄚˇ â/ʔaˇ	အ 「ˋㄚˇ」{'â} *襯字 အ「ㄚˇ」{â}	အိုး 鍋 「ˋㄛˋ」 {'ò}

說明

1) 字母 ၟ 為字母 ည 的變體，用來和母音字母 ꧁ 組成一個音節，也可以用作韻尾。字母 ၟ 與字母 ည 的順序數相同，都是第 10。

2) 字母 ရ 在唸名稱發「ㄖㄚˊ」{ra}[ɾaˋ]、在古印度語言——巴利語和一些外語借詞中舌頭彈動發「ㄖ」{r}[ɹ]，注音符號、緬語拼音分別用「ㄖ」{r}表示、獨用時發「一ㄚˊ」{ya}[jaˋ]、緬語固有詞彙拼讀時發「一」{y}[j]。

3) 字母 သ 的發音用「ㄉㄚˇ」{ðâ}表示。သသ 為字母 သသ 的合字體，發音寫成「ㄉㄚˇ」{Ðâ}。

4) 在緬語拼音中，大寫字母 P、T、K 等表示濁送氣清子音，送氣非常弱，亦可以不送氣。

5) 緬語字母 ဆ 的發音為「ㄘ」{c}與「ㄙ」{s}之間的音；而字母 ဇ 的發音為「ㄗ」{z}與「ㄙ」{s}之間的音。

2. 子音陣列 (ျ္ည္းဝက္「ㄅ一‐ㄝ广ㄨㄜˊˋ」{BièÑuá'}Consonant Array)

　　緬語字母根據發音部位，科學地按字順進行分組。

　　字母表分為7行，前5行每行都是有規律的發音部位，即：
第 I 行(ကဝက်「《ㄚˋㄨㄜˊˋ」{gâuá'})為喉音行或軟齶音行 (ကလ္စဝ「《ㄚˋㄅ
カㄚˇㄗㄚˇ」{gânḌaza}Gutturals)；
第 II 行(ဝဝက်「ㄙㄚˋㄨㄜˊˋ」{sâuá'})為硬齶音行 (တာလူဝ「ㄅㄚˇㄅㄨˇㄗㄚˇ」{dalûza}Palatals)；
第 III 行(၌ဝက်「ㄅㄚˋㄨㄜˊˋ」{dâuá'})為齒齦音行 (မူၻ္ဝ「ㄇㄨˇㄅㄅㄚˇㄗㄚˇ」{mûDDaza}Alveolars)；
第 IV 行(တဝက်「ㄅㄚˋㄨㄜˊˋ」{dâuá'})為齒音行 (ၓ္န္ဝ「ㄅㄚˋㄅㄎㄚˇㄗㄚˇ」{Dandâza}Dentals)；
第 V 行(ပဝက်「ㄅㄚˋㄨㄜˊˋ」{bâuá'})為唇音行 (သ္ၕ္ဝ「ㄈˋㄊˇㄗㄚˇ」{ổtâza}Labials)。

　　其餘無規律的字母(ယရလဝသသဟၖ္အ「一ㄚˇ一ㄚˇㄅㄚˇㄨㄚˇㄅㄚˋㄏㄚˋㄅㄚˋˋㄅㄚˋˊˋ」{yaYala uaðâhâḷâ'â})組合在一起形成第 VI-VII 行(ၖ္ဝဝ「ˋㄚˇㄨㄚˇ《ㄚˇ」{'âuaGa}無規則行)，這些字母的發音部位不盡相同，分組無規律。

　　緬甸字母分為5列，即按照子音字母發音性質分成不同的列，即不同的分組，第一列字母為不送氣清子音列(သ္ထ္ိလ「ㄅㄚ‐ㄊㄚ‐ㄅㄚˋ」{ðîtîla}Unaspirated)；第二列是送氣清子音列(ဝန္ိတ「ㄊㄚˇㄅ‐ㄅㄚˋ」{Tanîdâ}Aspirated)；第三列和第四列為濁子音列(လ္ဟㄨˇ「ㄅㄚˇㄏㄨˇ」{lahû}Voiced)，其中第四列可稱為送氣濁子音列，但發音時基本上都不送氣了；第五列為鼻音(ၖ္ၕ္ဟ္ိတ「ㄅ一‐《《ㄚˇㄏ‐ㄅㄚˇ」{nîGGahîdâ}Nasal)。緬甸字母表的第 1-25 個字母都符合這個規律，這樣的字母分組表就是"子音陣列"。

表 2 緬甸語分組字母

列 行	第一列			第二列			第三列			第四列			第五列		
	①	②	③	①	②	③	①	②	③	①	②	③	①	②	③
I	က	g	k	ခ	k	kʰ	ဂ	G	g	ဃ	K	gʰ	င	ŋ	ŋ
II	စ	s	s	ဆ	c	sʰ	ဇ	z	z	ၛ	Z	zʰ	ည	Ñ	ɲ
III	၌	ḍ	ṭ	ၒ	ṭ	tʰ	ၚ	Ḍ	ḍ	ၝ	Ṭ	ḍʰ	ၐ	ṇ	ɳ
IV	တ	d	t	ထ	t	tʰ	ၓ	D	d	ဓ	T	dʰ	န	n	n
V	ပ	b	p	ဖ	p	pʰ	ဗ	B	b	ၜ	P	bʰ	မ	m	m
VI	ယ	y	j	ရ	Y/r	j/r	လ	l	l	ဝ	u	w	ဝ	ś	ɕ
VII	ဝ	ṣ	ṣ	သ	ð	θ	ဟ	h	h	ၖ္	ḷ	ḷ	ၖ	a	ʔa

説明

1) 各列之中，①是"緬語字母"、②是"緬語拼音"、③是"國際音標"。

2) 字母 ဝ「ㄎㄚˇ」{Ka}、ၛ「ㄗㄚˇ」{Za}、ၚ「ㄅㄚˇ」{dâ}、ၒ「ㄊㄚˇ」{tâ}、ၓ「ㄅㄚˇ」{Da}、ပ「ㄊㄚˇ」{Ta}、ၐ「ㄅㄚˇ」{ṇa}、ဝ「ㄊㄚˇ」{Ta}、ၖ္「ㄅㄚˇ」{ḷâ}主要用於拼寫源於巴利語的詞。

3) 在發音上，齒齦音 III 和齒音 IV 兩行的相同位置上的字母發音是一樣的。

4) I-V 行第四列的子音為濁送氣音，但幾乎聽不到送氣，國際音標用[ʰ]表示，緬語拼音用相應送氣字母的大寫表示。

5) ဝ (ś)和ဝ(ṣ)兩個字母是專門用於拼寫梵文借詞的，非常少用，表 1 中不列出。

二、緬語拉丁字母拼寫 (လက်တင်စာ တွင် မြန်မာ စာသား「ㄌㄚˇ˙˙ㄉㄧㄥˋㄙㄚˇ ㄉㄨㄧㄥˋ ㄇㄧㄜㄋˊ˙ㄇㄚˇ ㄙㄚˇㄉㄚˋ」

{lá'diṈsa duiṈ mIəṈma saðà}Myanmar Text Spelt in Latin Letters)

1. 緬語拼音 (မြန်မာ လက်တင်သဒ္ဒဗေဒအက္ခရာစဉ် 「ㄇㄧㄜㄋˊ˙ㄇㄚˇ ㄌㄚˇ˙˙ㄉㄧㄥˋㄉㄚˇㄉㄉㄚˇㄅㄜˇㄉㄚˋˋㄚˇ 《ㄎㄚˋˊㄚˇㄙㄝㄋˇ》{mIəṈma lá'diṈ ðâDDaBeDa'âgkâYaseṉ}Myanmar Latin Phonetic Alphabet)

緬甸文為非拉丁字母拼音文字，加上拼讀規則複雜，用讀者熟悉的字母注音更加有利於學習者。全書使用臺灣民眾熟悉的注音符號給緬甸文注音，同時，為了方便華人讀者學緬語，筆者根據漢語拼音發音規則以及國際通用方式擬定了緬語拼音，全書都用緬語拼音給緬文注音。用拉丁字母拼寫緬語，存在好幾個系統，造成同一緬語音節，有多種拼寫法，例如：ဝင်း(「ㄨㄧㄥ」{uiṈ}) 可有 win, winn, wyn, wynn、ခိုင်(「ㄎㄞㄥˋ」{kaiṈ})可有 khaing, khine, khain, kaing, kine, kain 等拉丁字母拼寫形式。緬語拼音把緬文的拉丁化轉寫統一起來了。緬語拼音以拉丁字母為根基編制。其特點是：

1. 發音儘量與漢語拼音字母和國際音標靠攏；
2. 小寫字母表示送氣音和不送氣清子音，大寫字母表示濁子音；
3. 聲調標在音節的主要母音上；
4. 在緬語拼音字母的上面或下面加符號，母音或鼻音字母的大小寫，是因緬語字母不同而進行的區別，實際發音基本一樣或相近。

緬語拼音用大寫字母來表示濁子音或鼻化母音，不遵循句首或專有名詞第一字母大寫的規則。

2. 華人專有名詞的緬語拼寫規範 (တရုတ် အမည်များကို မြန်မာ စာသား ဖြင့် စာလုံးပေါင်းခြင်း「ㄉㄚˇ˙ㄧㄡ˙ㄚˊㄇㄝㄋˇㄇㄧㄚˋㄍㄛˋ ㄇㄧㄜㄋˊㄇㄚˇ ㄙㄚˇㄉㄚ ㄆㄧㄥˋ ㄙㄚˇㄌㄡㄇㄅㄚˋㄨㄋㄑㄧㄥˋ」{dâYóu' âmeṈmiàgo mIəṈma saðà pIîṈ salòuṃbÀUṈqIìṈ}Chinese Proper Names Spelt in Myanmar Text)

用緬甸語拼寫華人地區的人名地名時也存在不統一的現象，例如：萬和王、張和江、發音完全不同，寫法也不同，而傳統緬甸文卻是一樣的（萬 Wàn 和王 Wáng 都是 ဝမ် 「ㄨㄚㄇ」{uaM}、張 Zhāng 和江 Jiāng 都是 ကျန်း「ㄐㄧㄜㄋˋ」{jiəṈ}），需要進行規範。著者根據緬語拼讀規則和華語讀音特點，按照緬甸文的拼寫規則，制定出適用於用緬甸語拼寫臺灣、大陸和海外華人的人名地名的四聲國語讀法的規範緬語拼寫系統。主要原則是：區別四聲、「-ㄋ」{-n}和「-ㄥ」{-ng}、「ㄗㄘㄙ、ㄓㄔㄕ」{zcs、zh/ch/sh}和「ㄐㄑㄒ」{jqx}。現將國語聲母的緬語拼寫法列入表 3；韻母列入表 4 和表 5。陰平、陽平、上聲、去聲分別用緬語的抑揚調、短促調（用字母 δ 加在音節後表示）、低平調、高降調表示。聲母和聲母組合的轉換見表 3，表中的 "漢拼" 為 "漢語拼音" 之略；"緬注" 為 "標注緬甸語發音的國語注音符號" 之略。（此節提供給緬甸政府的語言文化部門、臺灣以及各國的緬甸語專家學者研究參考，不作為必修內容。）

臺灣智寬文化事業有限公司的文化人潛心篤志，支援世界文化的規範與標準的建立，將著者的多年矢志努力的結果——緬語拼音、緬語拼寫華人專有名詞的方案公諸於眾，並在本書中得到實際運用，供廣大讀者學好緬甸語。著者謹此對智寬公司的義舉表示由衷的感謝。著者希望通過智寬公司破天荒的舉動，使緬甸政府和民眾、各國緬甸語專家、聯合國教科文組織（UNESCO）等國際機構瞭解著者的方案，從而為緬甸語拉丁化轉寫、華人專有名詞的緬甸文拼寫的標準化、規範化助一臂之力，進而共同為東南亞文字在此方面文化人應該做的工作作出應有的貢獻。

表 3 國語聲母緬甸語轉換表

序號	注音符號	漢拼聲母	國際音標	緬語子音	緬語拼音	緬注
1	ㄅ、ㄅㄧ	b, bi	[p]	ပ, ပျ	b, bi	ㄅ、ㄅㄧ
2	ㄆ、ㄆㄧ	p, pi	[pʻ]	ဖ, ဖျ	p, pi	ㄆ、ㄆㄧ
3	ㄇ、ㄇㄧ	m, mi	[m]	မ, မျ	m, mi	ㄇ、ㄇㄧ
4	ㄈ	f	[f]	ၡ	f	ㄈ
5	ㄉ、ㄉㄧ、ㄉㄨ	d, di, du	[t]	တ, တျ, တွ	d, di, du	ㄉ、ㄉㄧ、ㄉㄨ
6	ㄊ、ㄊㄧ、ㄊㄨ	t, ti, tu	[tʻ]	ထ, ထျ, ထွ	t, ti, tu	ㄊ、ㄊㄧ、ㄊㄨ
7	ㄋ、ㄋㄧ、ㄋㄨ	n, ni, nu	[n]	န, နျ, နွ	n, ni, nu	ㄋ、ㄋㄧ、ㄋㄨ
8	ㄌ、ㄌㄧ、ㄌㄨ	l, li, lu	[l]	လ, လျ, လွ	l, li, lu	ㄌ、ㄌㄧ、ㄌㄨ
9	ㄍ、ㄍㄨ	g, gu	[k]	ဂ, ဂွ	g, gu	ㄍ、ㄍㄨ
10	ㄎ、ㄎㄨ	k, ku	[kʻ]	ခ, ခွ	k, ku	ㄎ、ㄎㄨ
11	ㄏ、ㄏㄨ	h, hu	[χ]	ဟ, ဟွ	h, hu	ㄏ、ㄏㄨ
12	ㄐ、ㄐㄩ	j, ju	[tɕ]	ကျ, ကြ	ji, jiu	ㄐㄧ、ㄐㄧㄨ
13	ㄑ、ㄑㄩ	q, qu	[tɕʻ]	ချ, ခြ	qi, qiu	ㄑㄧ、ㄑㄧㄨ
14	ㄒ、ㄒㄩ	x, xu	[ɕ]	ယျ, ယွ	x, xu	ㄒ、ㄒㄨ
15	ㄓ、ㄓㄨ	zh, zhu	[tʂ]	𝖐ﾟ, 𝖐ﾟ	jI, jIu	ㄐㄧ、ㄐㄧㄨ
16	ㄔ、ㄔㄨ	ch, chu	[tʂ]	ၡ, ၡ	qI, qIu	ㄑㄧ、ㄑㄧㄨ
17	ㄕ、ㄕㄨ	sh, shu	[ʂʻ]	ရ, ရွ	x̱, x̱u	ㄒ、ㄒㄨ
18	ㄖ、ㄖㄨ	r, ru	[ʐ]	ရ, ရွ	Y, Yu	ㄧ、ㄧㄨ
19	ㄗ、ㄗㄨ	z, zu	[ts]	ဇ, ဇွ	z, zu	ㄗ、ㄗㄨ
20	ㄘ、ㄘㄨ	c, cu	[tsʻ]	ဆ, ဆွ	c, cu	ㄘ、ㄘㄨ
21	ㄙ、ㄙㄨ	s, su	[s]	စ, စွ	s, su	ㄙ、ㄙㄨ
22	ㄨ	w	[w]	ဝ	u	ㄨ
23	ㄧ	y	[j]	ယ	y	ㄧ
24	ㄪ	v*	[v]	၀	v	ㄪ
25	ㄫ	ŋ*	[ŋ]	င	ŋ	ㄫ
26	ㄬ	ñ*	[ɲ]	ည	Ñ	ㄬ

説明

1. "緬注"表示由緬語拼音變成的注音符號。有*者為國語不用的聲母，但緬甸語有。

2. 利用字母組合 ၡ 來表示緬甸語沒有的 f，並與 ပ p 相區別。

3. 國語捲舌音ㄓ zh、ㄔ ch、ㄕ sh用 𝖐ﾟ, ၡ, ရ 表示，以區別於ㄐ jㄍျ、ㄑ qချ、ㄒ xယျ。

　　緬甸語的依賴母音字母（與之對應的是非依賴母音字母，參見表 16 獨立字母）需和表 1 的子音結合使用，單獨使用這些緬文字母時，在 Word 等電腦檔案中就會有虛線圓圈，都是正確的。書寫時並不需要描畫虛線圓圈。韻母的轉換見表 4-1、表 4-2。

表 4-1 國語韻母緬甸語轉換表（陰平、陽平）

序號 音標	陰平					陽平				
	注音	漢拼	緬甸文	緬拼	緬注	注音	漢拼	緬甸文	緬拼	緬注
1 a	ㄚ	ā	အား	À	ㄚ	ㄚˊ	á	အင်	Á	ㄚˊ
2 o	ㄛ	ō	ဩ	Ò	ㄛ	ㄛˊ	ó	ဩင်	Ó	ㄛˊ
3 ɣ	ㄜ	ē	အဲ	ὲ	ㄝ	ㄜˊ	é	အဲင်	έ	ㄝˊ
4 ai	ㄞ	āi	အိုင်း	àiŊ	ㄞㄤ	ㄞˊ	ái	အိုင်င်	áiŊ	ㄞㄤˊ
5 ei	ㄟ	ēi	အေး	è	ㄝ	ㄟˊ	éi	အေင်	é	ㄝˊ
6 au	ㄠ	āo	အောင်း	ÀUŊ	ㄠㄤ	ㄠˊ	áo	အောင်င်	ÁUŊ	ㄠㄤˊ
7 ou	ㄡ	ōu	အုံး	òum̥	ㄡㄇ	ㄡˊ	óu	အုင်	óum̥	ㄡㄇˊ
8 an	ㄢ	ān	အန်း	ÆN	ㄜㄋ	ㄢˊ	án	အန်င်	ÆN	ㄜㄋˊ
9 ən	ㄣ	ēn	အဲန်	ὲ̊N	ㄝㄋ	ㄣˊ	én	အဲန်င်	έN	ㄝㄋˊ
10 aŋ	ㄤ	āng	အင်း	ÆŊ	ㄜㄫ	ㄤˊ	áng	အင်င်	ÆŊ	ㄜㄫˊ
11 əŋ	ㄥ	ēng	အဲင်	ὲ̊Ŋ	ㄝㄫ	ㄥˊ	éng	အဲင်င်	έŊ	ㄝㄫˊ
12 uŋ	ㄨㄥ	ōng	အုင်း	òŊ	ㄜㄫ	ㄨㄥˊ	óng	အုင်င်	óŊ	ㄜㄫˊ
13 i	一	ī	အီး	ì	一	一ˊ	í	အီင်	í	一ˊ
14 ja	一ㄚ	iā	ယား	ià	一ㄚ	一ㄚˊ	iá	ယင်	iÁ	一ㄚˊ
15 jo	一ㄛ	iō	ယော	iÒ	一ㄛ	一ㄛˊ	ió	ယောင်	ió	一ㄛˊ
16 jɛ	一ㄝ	iē	ယဲ	iὲ	一ㄝ	一ㄝˊ	ié	ယဲင်	ié	一ㄝˊ
17 jau	一ㄠ	iāo	ယောင်း	iÀUŊ	一ㄠㄤ	一ㄠˊ	iáo	ယောင်င်	iÁUŊ	一ㄠㄤˊ
18 jou	一ㄡ	iū	ယုံး	iòum̥	一ㄡㄇ	一ㄡˊ	iú	ယုင်	ióum̥	一ㄡㄇˊ
19 jæn	一ㄢ	iān	ယန်း	iÆN	一ㄜㄋ	一ㄢˊ	ián	ယန်င်	iÆN	一ㄜㄋˊ
20 in	一ㄣ	īn	အိန်း	ìN	一ㄋ	一ㄣˊ	ín	အိန်င်	íN	一ㄋˊ
21 jaŋ	一ㄤ	iāng	ယင်း	iÆŊ	一ㄜㄫ	一ㄤˊ	iáng	ယင်င်	iÆŊ	一ㄜㄫˊ
22 iŋ	一ㄥ	īng	အီင်း	ìŊ	一ㄫ	一ㄥˊ	íng	အီင်င်	íŊ	一ㄫˊ
23 iuŋ	ㄩㄥ	iōng	ယွင်း	iùŊ	一ㄨㄫ	ㄩㄥˊ	ióng	ယွင်င်	iúŊ	ㄩㄫˊ
24 u	ㄨ	ū	အုး	ù	ㄨ	ㄨˊ	ú	အုင်	ú	ㄨˊ
25 ua	ㄨㄚ	uā	အွား	uÀ	ㄨㄚ	ㄨㄚˊ	uá	အွင်	uÁ	ㄨㄚˊ
26 uo	ㄨㄛ	uō	အွော	uÒ	ㄨㄛ	ㄨㄛˊ	uó	အွောင်	uÓ	ㄨㄛˊ
27 uai	ㄨㄞ	uāi	အွိုင်း	uàiŊ	ㄨㄞㄤ	ㄨㄞˊ	uái	အွိုင်င်	uáiŊ	ㄨㄞㄤˊ
28 uei	ㄨㄟ	uī	အွေး	uè	ㄨㄝ	ㄟˊ	uí	အွေင်	ué	ㄨㄝˊ
29 uan	ㄨㄢ	uān	အွန်း	uÆN	ㄨㄜㄋ	ㄨㄢˊ	uán	အွန်င်	uÆN	ㄨㄜㄋˊ
30 uən	ㄨㄣ	ūn	အွဲန်	uὲ̊N	ㄨㄝㄋ	ㄨㄣˊ	ún	အွဲန်င်	uéN	ㄨㄝㄋˊ
31 uaŋ	ㄨㄤ	uāng	အွင်း	uÆŊ	ㄨㄜㄫ	ㄨㄤˊ	uáng	အွင်င်	uÆŊ	ㄨㄜㄫˊ
32 uəŋ	ㄨㄥ	uēng	အွဲင်	uὲ̊Ŋ	ㄨㄝㄫ	ㄨㄥˊ	uéng	အွဲင်င်	uéŊ	ㄨㄝㄫˊ
33 y	ㄩ	ū, ǖ	ယွဲး	iù	一ㄨ	ㄩˊ	ú, ǘ	ယွင်	iú	一ㄨˊ
34 yɛ	ㄩㄝ	uē, üē	ယွဲ	iuὲ	一ㄨㄝ	ㄩㄝˊ	ué, üé	ယွဲင်	iué	一ㄨㄝˊ
35 yan	ㄩㄢ	uān	ယွန်း	iuÆN	一ㄨㄜㄋ	ㄩㄢˊ	uán	ယွန်င်	iuÆN	一ㄨㄜㄋˊ
36 yn	ㄩㄣ	ūn	ယွိန်း	iùN	一ㄨㄋ	ㄩㄣˊ	ún	ယွိန်င်	iúN	一ㄨㄋˊ

| 37 ㄨ | - | ī | ဦး | ẁ | - | ´ | í | ဦ် | ẃ | ´ |
| 38 ㄦ | ㄦ | ēr | အါး | èr | ㄦ | ㄦˊ | ér | အါ် | ér | ㄦˊ |

臺北華新街與雲南瑞麗姐告鎮
ထိုင်ပေ ဟွာစ်ယှိန်း လမ်းမ နှင့် ယူနန် ရွှေလီ ကျယ်ကောင့်မြို့
「ㄊㄞˊㄅㄟˇ ㄏㄨㄚˊㄒㄧㄣ ㄌㄚㄇㄇㄚˋ ㄋㄧㄥˋ ㄧㄨㄋㄜㄋˇ ㄒㄨㄝˊㄌㄧˇ ㄐㄧㄝˇㄍㄠˇㄇㄛㄥˋ」
{taiŊbe huÁxìŊ làṂma ɲîŊ yunəŊ x̱ueli jiɛgÂUŊmIô}
Taibei Huaxin Street and Yunnan Ruili Jiegao Town

表 4-2 國語韻母緬甸語轉換表（上聲、輕聲、去聲）

序號 音標	上聲、輕聲					去聲				
	注音	漢拼	緬甸文	緬拼	緬注	注音	漢拼	緬甸文	緬拼	緬注
1 a	ㄚˇ	ǎ	ဃ	A	ㄚˇ	ㄚˋ	à	ဃ့	Â	ㄚˋ
2 o	ㄛˇ	ǒ	၁ော	ɔ	ㄛˇ	ㄛˋ	ò	၁ော့	Ô	ㄛˋ
3 ɣ	ㄜˇ	ě	ယ	ɛ	ㄝˇ	ㄜˋ	è	ႚ	ɛ̂	ㄝˋ
4 ai	ㄞˇ	ǎi	၁ိုင်	aiӉ	ㄞㄤˇ	ㄞˋ	ài	၁ိုင့်	âiӉ	ㄞㄤˋ
5 ei	ㄟˇ	ěi	၁ေ	e	ㄝˇ	ㄟˋ	èi	၁ေ့	ê	ㄝˋ
6 au	ㄠˇ	ǎo	၁ောင်	AUӉ	ㄠㄤˇ	ㄠˋ	ào	၁ောင့်	ÂUӉ	ㄠㄤˋ
7 ou	ㄡˇ	ǒu	၁ုံ	ouɱ	ㄡㄇˇ	ㄡˋ	òu	၁ုံ့	ôuɱ	ㄡㄇˋ
8 an	ㄢˇ	ǎn	၁ိန်	ÆӉ	ㄜㄋˇ	ㄢˋ	àn	၁ိန့်	ÂӉ	ㄜㄋˋ
9 ən	ㄣˇ	ěn	ယန်	ɛӉ	ㄝㄋˇ	ㄣˋ	èn	ႚန်	ɛ̂Ӊ	ㄝㄋˋ
10 aŋ	ㄤˇ	ǎng	၁ိင်	ÆӉ	ㄜㄤˇ	ㄤˋ	àng	၁ိင့်	ÂӉ	ㄜㄤˋ
11 əŋ	ㄥˇ	ěng	ယိင်	ɛӉ	ㄝㄤˇ	ㄥˋ	èng	ႚင်	ɛ̂Ӊ	ㄝㄤˋ
12 uŋ	ㄨㄥˇ	ǒng	၁ိင်	oӉ	ㄛㄤˇ	ㄨㄥˋ	òng	၁ိင့်	ôӉ	ㄛㄤˋ
13 i	一ˇ	ǐ	၁	i	一ˇ	一ˋ	ì	၁	î	一ˋ
14 ja	一ㄚˇ	iǎ	ၛ	iA	一ㄚˇ	一ㄚˋ	ià	ၛ့	iÂ	一ㄚˋ
15 jo	一ㄛˇ	iǒ	၁ၛ	iɔ	一ㄛˇ	一ㄛˋ	iò	၁ၛ့	iÔ	一ㄛˋ
16 jɛ	一ㄝˇ	iě	ၛယ	iɛ	一ㄝˇ	一ㄝˋ	iè	ၛ့	iɛ̂	一ㄝˋ
17 jau	一ㄠˇ	iǎo	၁ၛင်	iAUӉ	一ㄠㄤˇ	一ㄠˋ	iào	၁ၛင့်	iÂUӉ	一ㄠㄤˋ
18 jou	一ㄡˇ	iǔ	ၛုံ	iouɱ	一ㄡㄇˇ	一ㄡˋ	iù	ၛုံ့	iôuɱ	一ㄡㄇˋ
19 jæn	一ㄢˇ	iǎn	ၛန်	iÆӉ	一ㄜㄋˇ	一ㄢˋ	iàn	ၛင့်	iÂӉ	一ㄜㄋˋ
20 in	一ㄣˇ	ǐn	၁န်	iӉ	一ˇㄋ	一ㄣˋ	ìn	၁န့်	îӉ	一ㄋˋ
21 jaŋ	一ㄤˇ	iǎng	ၛိင်	iÆӉ	一ㄜㄤˇ	一ㄤˋ	iàng	ၛိင့်	iÂӉ	一ㄜㄤˋ
22 iŋ	一ㄥˇ	ǐng	၁ိင်	iӉ	一ㄤˇ	一ㄥˋ	ìng	၁ိင့်	îӉ	一ㄤˋ
23 iuŋ	ㄩㄥˇ	iǒng	ၛိင်	iuӉ	一ㄨㄤˇ	ㄩㄥˋ	iòng	ၛိင့်	iûӉ	一ㄨㄤˋ
24 u	ㄨˇ	ǔ	၃	u	ㄨˇ	ㄨˋ	ù	၃	û	ㄨˋ
25 ua	ㄨㄚˇ	uǎ	၁	uA	ㄨㄚˇ	ㄨㄚˋ	uà	၁့	uÂ	ㄨㄚˋ
26 uo	ㄨㄛˇ	uǒ	၁ၘ	uɔ	ㄨㄛˇ	ㄨㄛˋ	uò	၁ၘ့	uÔ	ㄨㄛˋ
27 uai	ㄨㄞˇ	uǎi	၁ိင်	uaiӉ	ㄨㄞㄤˇ	ㄨㄞˋ	uài	၁ိင့်	uâiӉ	ㄨㄞㄤˋ
28 uei	ㄨㄟˇ	uǐ	၁ေ	ue	ㄨㄝˇ	ㄨㄟˋ	uì	၁ေ့	uê	ㄨㄝˇ
29 uan	ㄨㄢˇ	uǎn	၁ိန်	uÆӉ	ㄨㄜㄋˇ	ㄨㄢˋ	uàn	၁ိန့်	uÂӉ	ㄨㄜㄋˋ
30 uən	ㄨㄣˇ	ǔn	၁ယန်	ueӉ	ㄨㄝㄋˇ	ㄨㄣˋ	ùn	၁ယန်	uêӉ	ㄨㄝㄋˋ
31 uaŋ	ㄨㄤˇ	uǎng	၁ိင်	uÆӉ	ㄨㄜㄤˇ	ㄨㄤˋ	uàng	၁ိင့်	uÂӉ	ㄨㄜㄤˋ
32 uəŋ	ㄨㄥˇ	uěng	၁ယိင်	ueӉ	ㄨㄝㄤˇ	ㄨㄥˋ	uèng	၁ယိင်	uêӉ	ㄨㄝㄤˋ
33 y	ㄩˇ	ǔ, ǚ	ၛ	iu	一ㄨˇ	ㄩˋ	ù, ǜ	ၛ	iû	一ㄨˋ
34 yɛ	ㄩㄝˇ	uě, üě	ၛယ	iuɛ	一ㄨㄝˇ	ㄩㄝˋ	uè, üè	ၛ့	iuê	一ㄨㄝˋ
35 yan	ㄩㄢˇ	uǎn	ၛန်	iuÆӉ	一ㄨㄜㄋˇ	ㄩㄢˋ	uàn	ၛင့်	iuÂӉ	一ㄨㄜㄋˋ
36 yn	ㄩㄣˇ	ǔn	ၛန်	iuӉ	一ㄨㄋˇ	ㄩㄣˋ	ùn	ၛန့်	iûӉ	一ㄨㄋˋ

| 37 ㄨㄧ | ˙ | ĭ | ◌ᠯᠯ | w | ˇ | -ˋ | ì | ◌ᠯ | ŵ | ˋ |
| 38 ㄦ | ㄦˇ | ěr | အᠯ | er | ㄦˇ | ㄦˋ | èr | အᠯ | êr | ㄦˋ |

說明

1) 國語韻母「ㄠ」{ao}用 ᠣᠯᠩ 等字母形式表示，後面的鼻化母音 ᠩ 可不發音，無 ᠩ 時發音「ㄛ」{ɔ}。

2) 國語韻母「ㄞ」{ai}用 ᠯᠩ 等字母形式表示，後面的鼻化母音 ᠩ 可不發音，無 ᠩ 時發音「ㄛ」{o}。

3) 國語韻母「ㄡ」{ou}用鼻化母音 ᠯ「ㄡㄇ」{ouṃ}表示，尾部的鼻音不發出。

4) 注音字母ㄩ漢語拼音用字母 ü 或 u，緬語拼音用字母 iu 表示。

5) 緬語拼寫國語專有名詞時，遇到 ᠣ 一律改成字母 ᠣᠯ。

6) 用字母 အᠯ 表示「ㄦ」{er}的音。

7) ㄓㄔㄕㄖㄗㄘㄙ的韻母用 ◌ᠯᠯ 或 ◌ᠯ（去聲）表示。

8) 注意中文拼音韻母（獨立音節）的不同形式：uǎ(wǎ)、uǒ(wǒ)、uǎi(wǎi)、uǐ(wěi)、uǎn(wǎn)、ǔn(wěn)、uǎng(wǎng)、uěng(wěng)。

9) 韻母ㄩ ◌ᠯᠯᠯ、ㄩㄝ ◌ᠯᠯ；ㄩˊ ◌ᠯᠯ、ㄩㄝˊ ◌ᠯᠯ；ㄩˇ ◌ᠯᠯ、ㄩㄝˇ ◌ᠯᠯ；ㄩˋ ◌ᠯᠯ、ㄩㄝˋ ◌ᠯ 的漢語拼音有所不同：聲母 jqxy 後面用 ū,ú,ǔ,ù、uē,ué,uě,uè；聲母 nl 後面用 ǖ,ǘ,ǚ,ǜ、üē,üé,üě,üè。

商業街
ကုန်သည် လမ်း
「《ㄍㄛ˙ㄋˇㄉㄝˇ˙ ㄌㄚㄇ》」{goŊðeÑ làM}
Merchant Street

國語的專有名詞從緬語拼寫轉換成緬語拼音時，也依照表 3、表 4-1、表 4-2 的緬語拼音進行轉換。現在舉出一些華人地區的地名的緬文傳統拼寫法之一和理想拼寫法的對照表如表 5。

表 5 華人地區地名緬文拼寫法的對照表

地名	發音(注音+漢拼)	緬甸文	發音(注音+緬拼)	理想緬文	發音
安徽	ㄢㄏㄨㄟ/ānhuī	အန်းဟွေး	'ㄜㄋㄏㄨㄝ/'ə̀Nhuè	အါန်းဟွေး	'ㄜㄋㄏㄨㄝ/'ÆNhuè
澳門	ㄠˋㄇㄣˊ/àomén	မကာအို	ㄇㄚˇㄍㄚˊㄜˇ/maga'o	အောင်မဲန်စ်	'ㄠㄤˇㄇㄝㄋ/'ÂUᴅméN
北京	ㄅㄟˇㄐㄧㄥ/běijīng	ပေကျင်း	ㄅㄝˇㄐㄧㄤ/bejiiᴅ	ပေကျိုင်း	ㄅㄝˇㄐㄧㄤ/bejiiᴅ
重慶	ㄔㄨㄥˊㄑㄧㄥˋ/chóngqìng	ချုံချင့်	ㄑㄧㄡㄇˇㄑㄧㄤˋ/qioumqiiᴅ̀	ချုံင်ချိင့်	ㄑㄧㄛˊㄤˇㄑㄧㄤ/qIóᴅqiiᴅ
福建	ㄈㄨˊㄐㄧㄢˋ/fújiàn	ဖူကျန်	ㄆㄨˇㄐㄧㄜㄋˋ/pujiâN	ဖူစ်ကျါန်	ㄈㄨˇㄐㄧㄜㄋ/fújiÊN
甘肅	ㄍㄢㄙㄨˋ/gānsù	ကန်းစု	ㄍㄜㄋˋㄙㄨˇ/gàNsû	ကါန်းစု	ㄍㄜㄋˋㄙㄨˇ/gÆNsû
高雄	ㄍㄠㄒㄩㄥˊ/gāoxióng	ကောင်းရှုံ	ㄍㄠㄤˇㄒㄨㄇˇ/gàuᴅxoum	ကောင်းယျှုုင်စ်	ㄍㄠㄤˇㄒㄧㄛˊㄤ/gàUᴅxióᴅ
廣東	ㄍㄨㄤˇㄉㄨ/guǎngdōng	ကွမ်တုန်း	ㄍㄨㄚㄇˇㄉㄛㄋˋ/guaMdòN	ကွိင်တုင်း	ㄍㄨㄚㄤˇㄉㄛˋㄤ/guaÂᴅdòᴅ
廣州	ㄍㄨㄤˇㄓㄡ/guǎngzhōu	ကွမ်ကျိုး	ㄍㄨㄚㄇˇㄐㄧㄛˋ/guaMjiò	ကွိင်ကြိုး	ㄍㄨㄚㄤˇㄐㄧㄛㄇ/guaÂᴅjòum
廣西	ㄍㄨㄤˇㄒㄧ/guǎngxī	ကွမ်ရှီး	ㄍㄨㄚㄇˇㄒㄧ/guaMxì	ကွိင်ယှီး	ㄍㄨㄚㄤˇㄒㄧ/guaÂᴅxì
貴州	ㄍㄨㄟˋㄓㄡ/guìzhōu	ကွေးကျိုး	ㄍㄨㄝˇㄐㄧㄛˋ/guêjiò	ကွေကြိုး	ㄍㄨㄝˇㄐㄧㄡㄇ/guêjîoum
海南	ㄏㄞˇㄋㄢˊ/hǎinán	ဟိုင်းနန်	ㄏㄞˇㄋˇㄜㄋˋ/haiNenˋN	ဟိုင်းနါန်စ်	ㄏㄞㄤˇㄋㄜㄋ/haiᴅnÆN
河北	ㄏㄜˊㄅㄟˇ/héběi	ဟဲပေ	ㄏㄝˇㄅㄝˇ/hèbe	ဟဲစ်ပေ	ㄏㄝˇㄅㄝˇ/hébe
河南	ㄏㄜˊㄋㄢˊ/hénán	ဟဲနန်	ㄏㄝˇㄜㄜㄋˋ/hèneᴅˋN	ဟဲန်စ်အါန်စ်	ㄏㄝㄋˊˋㄜㄋ/héN'ÆN
黑龍江	ㄏㄟㄌㄨㄥˊㄐㄧㄤ/hēilóngjiāng	ဟေးလုံကျန်း	ㄏㄝˇㄌㄡㄇˇㄐㄧㄜㄋˋ/hèloumjiàᴅ	ဟေးလုင်စ်ကျိုင်း	ㄏㄝˇㄌㄛˊㄤㄐㄧㄜˋㄤ/hèlóᴅjiÆᴅ
湖北	ㄏㄨˊㄅㄟˇ/húběi	ဟူပေ	ㄏㄨˇㄅㄝˇ/hube	ဟူစ်ပေ	ㄏㄨˇㄅㄝˇ/húbe
湖南	ㄏㄨˊㄋㄢˊ/húnán	ဟူနန်	ㄏㄨˇㄜㄜㄋˋ/huneᴅˋN	ဟွိုန်စ်အါန်စ်	ㄏㄨㄝㄜˊㄋˋㄜㄋ/huéN'ÆN
基隆	ㄐㄧㄌㄨㄥˊ/jīlóng	ကြီးလုံ	ㄐㄧㄌㄡㄇˇ/jIiloum	ကျီးလုင်စ်	ㄐㄧㄌㄛㄤˇ/jiilóᴅ
吉林	ㄐㄧˊㄌㄧㄣˊ/jílín	ကျီလင်	ㄐㄧˇㄌㄧㄤˇ/jiiliᴅ	ကျီစ်လိန်စ်	ㄐㄧˋˇㄌㄧㄋˊ/jiilíN
江蘇	ㄐㄧㄤㄙㄨ/jiāngsū	ကျန်းစူး	ㄐㄧㄜㄜㄋˋㄙㄨˇ/jiàNsù	ကျိင်းစူး	ㄐㄧㄜㄜㄤㄙㄨˇ/jiÀᴅsù
江西	ㄐㄧㄤㄒㄧ/jiāngxī	ကျန်းရှီး	ㄐㄧㄜㄜㄋˋㄒㄧ/jiàNxì	ကျိင်းယှီး	ㄐㄧㄜˋㄤㄒㄧ/jiÆᴅxì
遼寧	ㄌㄧㄠˊㄋㄧㄥˊ/liáoníng	လျောင်းနင်	ㄌㄧㄠㄤˇㄋˇㄧㄤˇ/liàuᴅniᴅ	လျှိုင်စ်နိင်စ်	ㄌㄧㄠㄤˇㄋˊㄧㄤ/liÁUᴅníᴅ
內蒙古	ㄋㄟˇㄇㄥˊㄍㄨˇ/nèiménggǔ	အတွင်းမွန်ဂို	'ㄚˇㄉㄨㄟˇㄇㄨㄜㄇㄨㄜㄋˋㄍㄛˇ/'âduiᴅmuəᴺGo	နွဲမဲင်စ်ကု	ㄋㄝˇㄇㄝㄋˊㄤˋㄍㄨ/nêméᴅgu
寧夏	ㄋㄧㄥˊㄒㄧㄚˋ/níngxià	နိင်ရှ	ㄋㄟˇㄤˇㄒㄧㄚˇ/neiᴅxâ	နိင်စ်ယျ	ㄋㄧㄤˊㄒㄧㄚ/níᴅxiÂ
青海	ㄑㄧㄥㄏㄞˇ/qīnghǎi	ချင်းဟိုင်	ㄑㄧㄤˇㄏㄞㄤˇ/qiiᴅhaiᴅ	ချိင်းဟိုင်	ㄑㄧㄤˇㄏㄞㄤˇ/qiiᴅhaiᴅ
山東	ㄕㄢㄉㄨㄥ/shāndōng	ရှန်းတုန်း	ㄒㄜㄜㄋˋㄉㄛㄋ/xàᴺdòN	ရှန်းတုင်း	ㄒㄜㄜㄋˋㄉㄛˋㄤ/xÆNdòᴅ
山西	ㄕㄢㄒㄧ/shānxī	ရှန်းရှီး	ㄒㄜㄜㄋˋㄒㄧ/xàᴺxì	ရှန်းယှီး	ㄒㄜㄜㄋˋㄒㄧ/xÆNxì
陝西	ㄕㄢˇㄒㄧ/shǎnxī	ရှန်ရှီး	ㄒㄜㄜㄋˇㄒㄧ/xəᴺxì	ရှန်စ်ယှီး	ㄒㄜㄜㄋˇㄒㄧ/xÆNxì
上海	ㄕㄤㄏㄞˇ/shànghǎi	ရှန်ဟိုင်း	ㄒㄜㄜㄋˇㄏㄞㄤˇ/xəᴺhàiᴅ	ရှိင်ဟိုင်	ㄒㄜˋㄤㄏㄞㄤˇ/xÆᴅhaiᴅ
四川	ㄙˋㄔㄨㄢ/sìchuān	စစ်ချုံး	ㄙㄨˇ'ㄑㄧㄨˇㄨㄚㄇˋ/sí'qiuàM	ဆွုချန်း	ㄙㄨˇㄑㄧㄨㄨㄚㄜㄋˇ/swqIuÆN
臺北	ㄊㄞˊㄅㄟˇ/táiběi	ထိုင်ပေ	ㄊㄞㄤˇㄅㄝˇ/taiᴅbe	ထိုင်စ်ပေ	ㄊㄞㄤˇㄅㄝˇ/táiᴅbe
臺灣	ㄊㄞˊㄨㄢ/táiwān	ထိုင်ဝမ်	ㄊㄞㄤˇㄨㄚㄇˇ/taiᴅuaM	ထိုင်စ်ဝါန်း	ㄊㄞㄤˇㄨㄜㄋ/táiᴅuÆN

桃園	ㄊㄠˊㄩㄢˊ/táoyuán	ထော်ယွမ်	ㄊㄜˇㄧㄚㄇ/tɔyuaM̩	ㅿ	ㄊㄠㄫˊㄧㄨㄜㄋˊ /tÁUŊyiuÆN̩
天津	ㄊㄧㄢㄐㄧㄣ/tiānjīn	ထျန်းကျင်း	ㄊㄧㄜㄋˋㄐㄧㄧㄫ/tiàN̩jiiŊ	ထျိန်းကျိုင်း	ㄊㄧㄜㄋˋㄐㄧㄧˉㄋ/tiÆN̩jiiN̩
西藏	ㄒㄧㄗㄤˋ/xīzàng	တိဘက်	ㄅㄧˇㄆㄜˊ/dĭPɔˊ	ယှီးဗါင့်	ㄒㄧㄗㄜㄤˋ/xizÆŊ
香港	ㄒㄧㄤㄍㄤˇ/xiānggǎng	ဟောင် ကောင်	ㄏㄠㄫˇ ㄍㄠㄫˇ/hauŊ̩ gauŊ̩	ယှျိုင်းကင်	ㄒㄧㄜㄤㄍㄜㄤˇ/xiÆŊgÆN̩
新疆	ㄒㄧㄣㄐㄧㄤ/xīnjiāng	ရှင်းကျန်း	ㄒㄧㄫˇㄐㄧㄜㄫˋ/xǐŊjiàN̩	ယှုန်းကျိုင်	ㄒㄧㄋˇㄐㄧㄜㄤˋ/xìN̩jiÆN̩
雲南	ㄩㄣˊㄋㄢˊ/yúnnán	ယူနန်	ㄧㄨˋㄋㄜㄋˇ/yunəN̩	ယှျုန်စ်နန်စ်	ㄧˉㄜㄋˇㄋㄜㄤˇ/yioN̩'nÆN̩
樟宜	ㄓㄤㄧ/zhāngyí	ချန်ဂီ	ㄑㄧㄜㄋˇㄍˇ/qiəNGi	ကြင်းယိစ်	ㄐㄧㄜㄤㄧ/jiÆŊyi
浙江	ㄓㄜˋㄐㄧㄤ/zhèjiāng	ကျို့ကျန်	ㄐㄧㄝˊㄐㄧㄜㄋˇ/jiêjiəN̩	ကြို့ကျိုင်း	ㄐㄧˉㄝㄐㄧㄜㄤˇ/jIêjiÆŊ

説明

1) 香港、澳門原來拼寫為廣東話，理想拼法為國語發音。

2) 內蒙古的 "內" 為意譯，理想拼法全部用國語發音。

3) 西藏原來拼寫為英語，理想拼法為國語發音。

注音符號 Bopomofo Chinese Phonetic Notation

聲母 Consonant Initials

ㄅ b	ㄉ d	ㄍ g	ㄐ j	ㄓ zh	ㄗ z
ㄆ p	ㄊ t	ㄎ k	ㄑ q	ㄔ ch	ㄘ c
ㄇ m	ㄋ n	ㄏ h	ㄒ x	ㄕ sh	ㄙ s
ㄈ f	ㄌ l			ㄖ r	

韻母 Vowel Finals

ㄚ a	ㄞ ai	ㄢ an	ㄧ i	ㄨ u	ㄩ ü
ㄛ o	ㄟ ei	ㄣ en	ㄧㄚ ia	ㄨㄚ ua	ㄩㄝ üe
ㄜ e	ㄠ ao	ㄤ ang	ㄧㄛ io	ㄨㄛ uo	ㄩㄢ üan
ㄝ ê	ㄡ ou	ㄥ eng	ㄧㄝ ie	ㄨㄞ uai	ㄩㄣ ün
ㄦ er			ㄧㄞ iai	ㄨㄟ ui	ㄩㄥ iong
			ㄧㄠ iao	ㄨㄢ uan	
			ㄧㄡ iu	ㄨㄣ un	
			ㄧㄢ ian	ㄨㄤ uang	
			ㄧㄣ in	ㄨㄥ ong	
			ㄧㄤ iang		
			ㄧㄥ ing		

聲調符 Tone Marks

陰平：（無符）　陽平：ˊ　上聲：ˇ　去聲：ˋ　輕聲：•

第二節　聲調、拼讀及其文字表示

アポイン・2・ アッサアヤ ニン・ イェーネ・

「ㄚˊㄅㄞ�barㄋㄧˊ—ˋˊㄚˊㄉㄚㄇㄚˋㄚ—ㄝ广ˇㄚˋㄉㄚㄨㄝㄇㄧㄚˋ ㄙㄚˇㄌㄨㄥㄅㄚㄨㄥˋㄋㄧㄥˋ—ㄝˋㄋㄝ广ˇ」

{abàiṆ ṇí ’âðaṃ’âYeṆ̃’âðuèmià salòuṃbÀUṆ ṇíṆ YènèṆ̃}

Part 2. Tones, Syllable Spelling and Orthography

緬甸語任何音節都由字母表的 33 個字母和母音符號以及其他符號組成，形成音節的聲調和發音。依賴母音字母以及其他符號可以放在 33 個字母的上面，下面或旁邊。每一個音節構成形式可為這樣一些字母群：獨立子音或母音、子音+母音、母音+子音、子音+母音+子音。

緬甸語拼讀規則比較複雜，是以子音字母與母音拼合後形成音節，子音字母可以放在音節末形成韻尾，獨立子音字母在沒有母音字母的情況下與a[ə]相拼。

一、**聲調** (アッサアヤ 「ˋㄚˊㄉㄚㄇㄚˋㄚ—ㄝ广ˇㄚˋㄉㄚㄨㄝ」 {’âðaṃ’âYeṆ̃’âðuè} Tones)

1. 基本介紹 (アヂェーアヂェーアネ 「ㄚˊㄑ—ㄝㄅㄚㄇㄚˋㄚˊㄑ—ㄝˋㄚˊㄋㄝ」 {’âqIekaṃ’âqIe’âne} Basic Note)

緬甸是有聲調的語言，一共有四個聲調，即：高降調(ソッサ 「ㄉㄜˋˋㄉㄚㄇㄚˋ」 {ðá’ðaṃ})、低平調(ニェーサ 「ㄋㄟㄇㄇㄚˋㄉㄚㄇㄚˋ」 {nêiṂ̃ðaṃ})、抑揚調(タッサ 「ㄉㄚㄝˋˋㄉㄚㄇㄚˋ」 {dá’ðaṃ})和短促調(タインサ 「ㄉㄞㄅㄛˋㄉㄚㄇㄚˋ」 {daiṆðaṃ})；有的書上緬語聲調的緬語名稱有所不同：高降調(ソッサ 「ㄉㄜˋˋㄉㄚㄇㄚˋ」 {ðá’ðaṃ})、低平調(サンピェ 「ㄉㄚㄇㄚˋㄅ—ㄝ」 {ðaṃbIe})、抑揚調(ニェーサ 「ㄋㄟㄇㄇㄚˋㄉㄚㄇㄚˋ」 {nêiṂ̃ðaṃ})、短促調(サンピェッ 「ㄉㄚㄇㄚˋㄅ—ㄝˋ」 {ðaṃbIá’})。

第一聲高降調發音緊張、尖銳，持續時間稍長，音調先高後降。第二聲低平調發音正常，持續時間稍長，音調低。第三聲抑揚調發音持續時間較長，音調高，接著略微下降馬上升高，也叫高平調。第四聲短促調為喉塞音，發音較重，持續時間短，音調高，高低根據語氣略有變化。

和中文一樣，緬甸語發音相同的音節聲調不同，意思就會不同。按照學習緬甸語發音時的拼讀習慣安排成表 6 的順序。

2. 緬甸文聲調的標記法 (ミャンマー アッサアヤ ソッ夕 「ㄇ—ㄝㄋˋㄇㄚˋㄚ—ㄝ广ˇㄚˋㄉㄚㄇㄚˋ ㄉㄚㄚˋㄌㄌㄚㄚˋ《ㄝˋㄉㄚˋ」 {mIəNma ’âðaṃ’âYeṆ̃’âðuè ðâŋŋagedâ} Myanmar Tone Notation)

緬甸語聲調有時是通過音節中的母音曲折變化來實現，但大多數用後加聲調符號的方式：第一調用 ့、第二調一般不加符號、第三調用 း，但也有例外。母音的標調及發音，參照表 6、表 7。

字母表的字母在表 2 的子音陣列中 I - V 行 1-2 列讀高降調；3-5 列讀低平調。VI-VII行無規則行的字母 ယ、ရ、လ、ဝ 讀低平調、သ、ဟ、သ、ဟ、ဠ 讀高降調、အ 讀高降調、低平調均可。

表 6 緬甸語聲調

聲調名	調值	調符	注音	例詞發音及意思
高降調	51	V/^/^	去聲/ˋ	က「ㄍㄚˋ」{gâ}跳舞/ခလုတ်「ㄎㄚㄌㄡˋ」{kâlóu}開關
低平調	11	J/-/ˇ	上聲/ˇ	ကာ「ㄍㄚˇ」{ga}隔開；螢幕
抑揚調	435	Ч/ˊ/-	陰平/-	ကား「ㄍㄚ」{gà}車/ခဲ「ㄎㄝ」{kɛ̀}凍結
短促調	34	Л/ˊ/ˊ	陽平/ˊ	ကက်ဆက်「ㄍㄜˊㄘㄜˊ」{gáʼcáʼ}磁帶座

說明

1) 在緬語拼音中，把輕聲調合併到低平調，不標調，因為國語輕聲聽起來和上聲差不多。輕聲調的調值為 1，而低平調的調值為 11。

2) "調符"欄：國際音標調符/緬語拼音調符/緬語拼音拼寫中文專有名詞調符。

3) "注音"欄為國語等同調，即緬甸語高降調、低平調、抑揚調、短促調分別等於國語的去聲、上聲、陰平、陽平。注音符號標注緬語讀音時用此欄的調符。中文專有名詞拼寫成注音符號後聲調與此欄相同。

4) –表示無調符。

အ â	အာ a	ဤ (အီ) êi (î)	ဤ (အီ) i
ဥ (အု) û	ဦ (အူ) u	ဧ (အေ) e	အဲ ɛ
ဩ (အော) ɔ̂(ɔ̂)	ဪ (အော်) ɔ̄(ɔ̀)	အံ an	အို o

緬甸文聲調圖

မြန်မာအက္ခရာ အသံအရည်အသွေးများ

「ㄇㄧㄜㄋˇㄇㄚˋˇㄚˋ《ㄎㄚˋ—ㄚˇˇㄚˇㄌㄚㄋ̣ˇㄚˋ—ㄝㄋˋˇㄚˋㄌㄨㄝㄇㄧㄚˋ」

{mIəN̦maʼâgkâYa ʼâðam̦ʼâYeN̦ʼâðuèmià}

Myanmar Scripts Tones

23

二、拼讀規則　(စာလုံးပေါင်း အသံထွက်ခြင်း စည်းမျဉ်း「ㄥㄚˇㄌㄡㄇㄅㄠ˙ㄑㄧㄥˇ ˙ㄚˇㄌㄚˇㄇㄊㄨˊˇˇ ㄑㄧˇㄥㄥ ㄙㄝˇㄇㄇㄧㄝˇㄥ」 {salòumbÀUŊ 'âðaṃtuá'qIiŊ sèŊmièŋ̊}Syllable Spelling Rules)

拼讀是按照音節進行的。音節的完整形式是"子音+母音+尾韻"，其中子音、尾韻可以省略。

（一）母音　(သရ 「ㄉㄚˋ－ㄚˇ」{ðâYa}Vowels)

母音字母或母音字母組合在國語中稱為"韻母"，是音節中必不可少的成分。緬甸語母音可分成兩大類："純母音"和"鼻化母音"。

1. 純母音　(စစ်မှန် သရ「ㄙ－ˋˊㄇㄜㄋˇ ㄉㄚˋ－ㄚˇ」{sí'ṃəṆ ðâYa}Pure Vowels)

緬甸語的純母音是和聲調一起發音的，如下表。

表7 緬甸語純母音（此表「」、{}、[]省略）

| 無調 | 第一調高降調 | | | | 第二調低平調 | | | | 第三調抑揚調 | | | |
	字母	注音	緬拼	音標	字母	注音	緬拼	音標	字母	注音	緬拼	音標
a	အ	ˊㄚˋ	â	aˇ	ာ¹⁾	ˊㄚˇ	'a	aˌ	း	ˊㄚ	'à	aˊ
a	-	-	-	-	ါ¹⁾	ˊㄚˇ	'A	aˌ	ါး	ˊㄚ	'À	aˊ
i	ိ	ˉˋ	î	iˇ	ိ	ˉˇ	i	iˌ	ီး	ˉ	ì	iˊ
u	ု	ㄨˋ	û	uˇ	ူ	ㄨˇ	u	uˌ	ူး	ㄨ	ù	uˊ
iu	ိုု	ˉㄨˋ	iû	juˇ	ိုု²⁾	ˉㄨˇ	iu	juˌ	ိုုး	ˉㄨ	iù	juˊ
e	ေ့	ㄝˋ	ê	eˇ	ေ	ㄝˇ	e	eˌ	ေး	ㄝ	è	eˊ
E	ဲ့	ㄝˋ	E	eˇ	ဲ³⁾	ㄝˇ	Ê	eˌ	ဲး	ㄝ	È	eˊ
ɛ	ဲ့	ㄝˋ	ê̂	ɜˇ	ယ်	ㄝˇ	ɛ	ɜˌ	ဲ/ဲး⁴⁾	ㄝ	è̂	ɜˊ
ɜ	ယ့်	ㄝˋ	ê̂	ɜˇ	ယ်	ㄝˇ	ɛ	ɜˌ	ယ်း	ㄝ	ɜ̀	ɜˊ
ɔ	ော့	ㄛˋ	ô	ɔˇ	ော်	ㄛˇ	ɔ	ɔˌ	ော	ㄛ	ò	ɔˊ
ɔ	ေါ့	ㄛˋ	Ĉ	ɔˇ	ေါ်	ㄛˇ	Ç	ɔˌ	ေါ	ㄛ	Ċ	ɔˊ
o	ို့	ㄛˋ	ô	oˇ	ို	ㄛˇ	o	oˌ	ိုး	ㄛ	ò	oˊ

説明

1) 字母ါ字母為ာ的變體，為了區別這兩個字母，前者可叫"長啊符"，後者可叫"短啊符"。和長啊符相拼的子音字母有：ခ、ဂ、င、ဒ、ပ、ဝ，以避免混淆，比如：ဂ、ပ、ဝ用長ါ，就可以和字母က、ဃ、ဏ相區別。在此兩行字母前面直接加字母အ或者其他子音字母之時讀低平調，而獨立的အ在非弱化之時讀高降調。字母組合ေါ為字母組合ော的變體，字母組合ေါ်為字母組合ော်的變體，用法與ါ、ာ相同，這個字母組合的發音在[ɔ]、[aɔ]之間。

2)「ㄨ」{u}行字母沒有獨立的變體字母，隨著前面的字母自動拉長，見「－ㄨ」{iu}行。

3) 字母ိ等同上加ေ，來自緬甸撣邦的撣語等少數民族語言。

4) 發音「ㄝ」{ɜ}有兩種寫法ဲ/ဲး，第二種寫法ဲး更規範。

5) 有二義性的緬語拼音用不同字母表示，如：-ါ{-A}、-ာ{-a}；鼻化母音也區分：-င{-ŋ}、-ည{-Ñ}、-ဉ{-ñ}、-ဏ{-N}、-န{-N}、-ဖ{-M}。

6) 母音符號名稱及中文譯名請參見表 19、表 20。

2. 鼻化母音　(ပါးစပ် နှာသံပါ သရ「ㄅㄚㄙㄚ’’ ㄋ̰ㄚˇㄉ̰ㄚㄇ̰ˇㄅㄚˇ ㄉ̰ㄚˋㄧㄚˇ」{bÀsá’ n̥aðam̰bA ðâYa}Orinasal Vowels)

緬甸語發音的一個顯著特點是，音節尾為鼻音的音節都發成鼻化母音。鼻化母音是指口腔和鼻腔同時發音的母音，例如：[ã]、[ĩ]、[ũ]、[ẽ]、[ɛ̃]、[ɔ̃]、[õ]都是鼻化母音。緬甸語音節尾沒有國語中純粹意義上的“鼻音”，鼻音字母+變音尾符 ်（-င်、-ည်、-ဉ်、-ဏ်、-န်、-မ်）或子音字母上面加鼻音符 ံ，就形成“鼻化母音”。鼻化母音也是和聲調一起發音的，有的鼻化母音不常用，如表 8，鼻化母音的國際音標都是在母音上加˜，此表省略國際音標。緬甸語的鼻化母音的鼻音聽起來很弱，所以人們在轉寫中或音譯緬甸的專有名詞時，往往把鼻音字母省略。閩南話、潮汕話、湖南話、雲南話都有鼻化母音。臺灣人說閩南話，所以臺灣人學習緬甸語會得心應手。鼻化母音在鼻音字母下加符號 ˷ 來表示：「-ㄫ̰」{-Ŋ̰}、「-ㄬ̰」{-Ñ̰}、「-ㄋ̰」{-Ṋ}、「-ㄋ̰」{-N̰}、「-ㄇ̰」{-M̰}。鼻化母音在緬語拼音中用大寫表示，在有二義性時，把其中一個變小寫，比如：-ည်=「-ㄬ̰」{-Ñ̰}、-ဉ်=「-ㄬ̰」{-ñ̰}；-မ်=「-ㄇ̰」{-M̰}、-ံ =「-ㄇ̰」{-m̰}。字母 ŋ 的大寫有兩種形式：Ŋ、Ŋ。讀者拼讀時，在鼻音字母下面看見符號 ˷ 時，其上面的鼻音字母就要忽略不讀，而一律發成鼻化母音。請讀者按照下表多多練習。

表 8 緬甸語鼻化母音（此表「」、{}省略）

第一調高降調，調值：51			第二調低平調，調值：11			第三調抑揚調，調值：534		
字母	注音	緬拼	字母	注音	緬拼	字母	注音	緬拼
-ံ့	-ㄚㄇ̰ˋ	-âm̰	-ံ	-ㄚㄇ̰ˇ	-am̰	-ံး	-ㄚㄇ̰	-àm̰
-င့်	-ㄧㄫ̰ˋ	-îŊ̰	-င်	-ㄧㄫ̰ˇ	-iŊ̰	-င်း	-ㄧㄫ̰	-ìŊ̰
-ဉ့်	-ㄝ̣ㄬ̰ˋ	-êñ̰	-ဉ်	-ㄝ̣ㄬ̰ˇ	-eñ̰	-ဉ်း	-ㄝ̣ㄬ̰	-èñ̰
-ည့်	-ㄝ̣ㄬ̰ˋ	-êÑ̰	-ည်	-ㄝ̣ㄬ̰ˇ	-eÑ̰	-ည်း	-ㄝ̣ㄬ̰	-èÑ̰
-ဏ့်	-ㄚㄋ̰ˋ	-âṊ	-ဏ်	-ㄚㄋ̰ˇ	-aṊ	-ဏ်း	-ㄚㄋ̰	-àṊ
-န့်	-ㄜㄋ̰ˋ	-əN̰	-န်	-ㄜㄋ̰ˇ	-əN̰	-န်း	-ㄜㄋ̰	-əN̰
-မ့်	-ㄚㄇ̰ˋ	-âM̰	-မ်	-ㄚㄇ̰ˇ	-aM̰	-မ်း	-ㄚㄇ̰	-àM̰
-◌ာင့်	-ㄜ̣ㄫ̰ˋ	-æ̂Ŋ̰	-◌ာင်	-ㄜ̣ㄫ̰ˇ	-æŊ̰	-◌ာင်း	-ㄜ̣ㄫ̰	-æ̀Ŋ̰
-◌ါင့်	-ㄜ̣ㄫ̰ˋ	-Æ̂Ŋ̰	-◌ါင်	-ㄜ̣ㄫ̰ˇ	-ÆŊ̰	-◌ါင်း	-ㄜ̣ㄫ̰	-Æ̀Ŋ̰
-◌ာဉ့်	-ㄜ̣ㄬ̰ˋ	-æ̂ñ̰	-◌ာဉ်	-ㄜ̣ㄬ̰ˇ	-æñ̰	-◌ာဉ်း	-ㄜ̣ㄬ̰	-æ̀ñ̰
-◌ါဉ့်	-ㄜ̣ㄬ̰ˋ	-Æ̂ñ̰	-◌ါဉ်	-ㄜ̣ㄬ̰ˇ	-Æñ̰	-◌ါဉ်း	-ㄜ̣ㄬ̰	-Æ̀ñ̰
-◌ာည့်	-ㄜ̣ㄬ̰ˋ	-æ̂Ñ̰	-◌ာည်	-ㄜ̣ㄬ̰ˇ	-æÑ̰	-◌ာည်း	-ㄜ̣ㄬ̰	-æ̀Ñ̰
-◌ါည့်	-ㄜ̣ㄬ̰ˋ	-Æ̂Ñ̰	-◌ါည်	-ㄜ̣ㄬ̰ˇ	-ÆÑ̰	-◌ါည်း	-ㄜ̣ㄬ̰	-Æ̀Ñ̰
-◌ာဏ့်	-ㄜ̣ㄋ̰ˋ	-æ̂Ṋ	-◌ာဏ်	-ㄜ̣ㄋ̰ˇ	-æṊ	-◌ာဏ်း	-ㄜ̣ㄋ̰	-æ̀Ṋ
-◌ါဏ့်	-ㄜ̣ㄋ̰ˋ	-Æ̂Ṋ	-◌ါဏ်	-ㄜ̣ㄋ̰ˇ	-ÆṊ	-◌ါဏ်း	-ㄜ̣ㄋ̰	-Æ̀Ṋ
-◌ာန့်	-ㄜ̣ㄋ̰ˋ	-æ̂N̰	-◌ာန်	-ㄜ̣ㄋ̰ˇ	-æN̰	-◌ာန်း	-ㄜ̣ㄋ̰	-æ̀N̰
-◌ါန့်	-ㄜ̣ㄋ̰ˋ	-Æ̂N̰	-◌ါန်	-ㄜ̣ㄋ̰ˇ	-ÆN̰	-◌ါန်း	-ㄜ̣ㄋ̰	-Æ̀N̰
-◌ာမ့်	-ㄜ̣ㄇ̰ˋ	-æ̂M̰	-◌ာမ်	-ㄜ̣ㄇ̰ˇ	-æM̰	-◌ာမ်း	-ㄜ̣ㄇ̰	-æ̀M̰
-◌ါမ့်	-ㄜ̣ㄇ̰ˋ	-Æ̂M̰	-◌ါမ်	-ㄜ̣ㄇ̰ˇ	-ÆM̰	-◌ါမ်း	-ㄜ̣ㄇ̰	-Æ̀M̰
-ိုင့်	-ㄟㄫ̰ˋ	-êiŊ̰	-ိုင်	-ㄟㄫ̰ˇ	-eiŊ̰	-ိုင်း	-ㄟㄫ̰	-èiŊ̰
-ိုဉ့်	-ㄟㄬ̰ˋ	-êiñ̰	-ိုဉ်	-ㄟㄬ̰ˇ	-eiñ̰	-ိုဉ်း	-ㄟㄬ̰	-èiñ̰

Group 1	Group 2	Group 3
-êiÑ	-eiÑ	-èiÑ
-êiṆ	-eiṆ	-èiṆ
-êiṆ	-eiṆ	-èiṆ
-êiM̦	-eiM̦	-èiM̦
-êim̦	-eim̦	-èim̦
-âiŊ	-aiŊ	-àiŊ
-âiñ	-aiñ	-àiñ
-âiÑ	-aiÑ	-àiÑ
-âiṆ	-aiṆ	-àiṆ
-âiṆ	-aiṆ	-àiṆ
-âiM̦	-aiM̦	-àiM̦
-ôum̦	-oum̦	-òum̦
-ôuŊ	-ouŊ	-òuŊ
-ôuñ	-ouñ	-òuñ
-ôuÑ	-ouÑ	-òuÑ
-ôuṆ	-ouṆ	-òuṆ
-ôuṆ	-ouṆ	-òuṆ
-ôuM̦	-ouM̦	-òuM̦
-ôŊ	-oŊ	-òŊ
-ôñ	-oñ	-òñ
-ôÑ	-oÑ	-òÑ
-ôṆ	-oṆ	-òṆ
-ôṆ	-oṆ	-òṆ
-ôM̦	-oM̦	-òM̦
-âuŊ	-auŊ	-àuŊ
-ÂUŊ	-AUŊ	-ÀUŊ
-âuñ	-auñ	-àuñ
-ÂUñ	-AUñ	-ÀUñ
-âuÑ	-auÑ	-àuÑ
-ÂUÑ	-AUÑ	-ÀUÑ
-âuṆ	-auṆ	-àuṆ
-ÂUṆ	-AUṆ	-ÀUṆ
-âuṆ	-auṆ	-àuṆ
-ÂUṆ	-AUṆ	-ÀUṆ
-âuM̦	-auM̦	-àuM̦
-ÂUM̦	-AUM̦	-ÀUM̦
-ûm̦	-um̦	-ùm̦
-uîŊ	-uiŊ	-uiŊ
-uêñ	-ueñ	-uèñ
-uêÑ	-ueÑ	-uèÑ
-uâṆ	-uaṆ	-uàṆ

-ွန့်	-ㄨㄜㄋ̰ˋ	-uəN̰̂	-ွန်	-ㄨㄜㄋ̰ˇ	-uəN̰	-ွန်း	-ㄨㄜㄋ̰	-uə̀N̰
-ွမ့်	-ㄨㄚㄇ̰ˋ	-uâM̰	-ွမ်	-ㄨㄚㄇ̰ˇ	-uaM̰	-ွမ်း	-ㄨㄚㄇ̰	-uàM̰

說明

1) e 系列的發音近似[ɛ̃]與[ĩ]之間的音，特別是子音含有[i]時就發成的音，例如：ကြည့်「ㄐㄧㄝㄫ̰ˋ」{jIêÑ̰}觀看，發音就為「ㄐㄧㄫ̰ˋ」{jÎÑ̰}。

2) æ 系列的鼻化母音發音近似[æ̃]與[ɑ̃]之間的音，開口較大。

3) 鼻化母音的注音符號借助國際音標下加符號[̰]表示，注意口腔鼻腔一起發音。

4) 注意容易混淆的發音：字母 ိ 作純母音時發「ㄧ」{i}音，在鼻化母音中發「ㄟ」{ei}音；字母 ို 作純母音時發「ㄛ」{o}音，在鼻化母音中發「ㄞ」{ai}音；字母組合 ေါ 作純母音時發「ㄛ̜」{ɔ}音，在鼻化母音中發「ㄠ」{au}音。

5) 以上列出了緬甸語鼻化母音的各種形式，有的是不常用的。

6) 鼻化母音只有三個聲調，在拼讀中有時會發生音變。

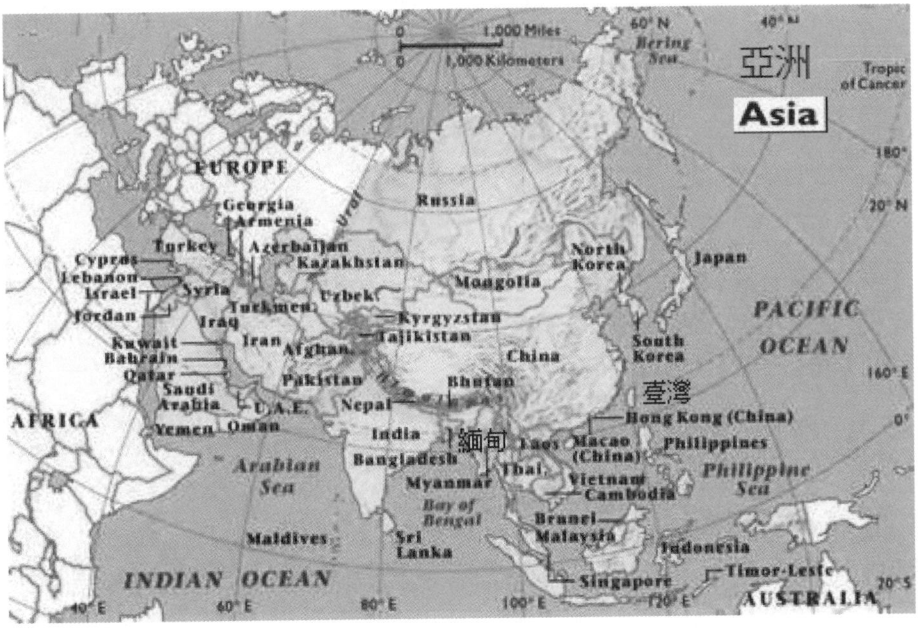

緬甸和臺灣在亞洲的位置

အာရှ မှာ မြန်မာ နှင့် ထိုင်ဝမ်

「'ㄚˇㄒㄚˋㄇ̥ㄚˇ ㄇㄧㄜㄋ̰ˇㄇㄚˇㄋ̰ㄧㄫ̰ˋ ㄊㄞㄫ̰ˇㄨㄚㄇ̰ˇ」

{'ax̥â m̥a mIəN̰ma n̥îŊ̰ taiŊ̰uaM̰}

Position of Manmar and Taiwan in Asia

（二）子音 (ဗျည်း「ㄅ̰ㄧㄝ̌ㄫ̰」{BièÑ̰}Consonants)

1. 基本子音 (အခြေခံ ဗျည်း「'ㄚˋㄑㄧㄝˇㄎㄚㄇ̰ˇ ㄅ̰ㄧㄝ̌ㄫ̰」{'âqIekam̰ BièÑ̰}Basic Consonants)

基本子音的拼讀音見表 1。不送氣清子音和送氣清子音在一個單詞的第二音節、特別是鼻化母音以後，往往變成濁音或不送氣清子音，讀者應該注意。參見本節 7.。

2. 子音變音符 (ဗျည်း ပြုပြင်မွမ်းမံခြင်း သင်္ကေတ「ㄅ̰ㄧㄝ̌ㄫ̰ ㄅㄧㄨˋㄅㄧㄫ̰ˇㄇㄨㄚㄇ̰ㄇㄚㄇ̰ˇㄑㄧㄫ̰ ㄉ̰ㄚˋㄫㄫㄚˇㄍㄝˇㄉㄚˋ」{BièÑ̰ bIûbIiŊ̰muàM̰mam̰qIìŊ̰ ðâŋŋagedâ}Consonant Modification Symbols)

子音音變符號為 ျ、ြ、ွ、ှ，它們可使音節的聲母拼讀音發生變化，即產生齶化、唇化或清音化。現將這樣一些音變符號列入下表。

表 9 子音變音符

符號	原字母	讀音	中譯名	緬名	讀音	作用	例詞	讀音和意思
ျ	ယ	ㄧ/i/j	曲線符	ယပင့်	ㄧㄚˇㄅ̰ㄧㄫ̰ˋ yabîŊ̰	齶化	များ	ㄇㄧㄚ mià 複數詞尾
ြ	ရ	ㄧ/I/j	環繞符	ရရစ်	ㄧㄚˇㄧ'' YaYí'	齶化	ပြိုသ	ㄅ̰ㄧˋㄉ̰ㄚˋ bIîÐâ 金牛座
ွ	ဝ	ㄨ/u/ʊ	唇音符	ဝဆွဲ	ㄨㄚˇㄘㄚˋ uacâ	唇化	ပြပွဲ	ㄅㄧㄚˋㄅㄨㄝ̰ bIâbuɛ̀展覽
ှ	ဟ	̥/̥/̥/	清音符	ဟထိုး	ㄏㄚˋㄊㄛ hâtò	清化	ပျံလွှားငှက်	ㄅ̰ㄧㄚㄇ̰ˇㄌ̥ㄨㄚㄫ̥ㄜ'' biam̰l̥uàŋ̊ə'燕子

說明

1) 齶化符、唇音符多用於雙唇音(ပ ဖ ဗ ဘ မ)、喉音(က ခ ဂ ဃ င)和邊音(လ)之後使之變成軟齶音或唇音。清音符可使濁音變成清音，其發音特點是在濁子音前加一發音不明顯的[h]，使濁音清音化，有時根本[h]聽不見，比如：[hm]=[m]。

2) 清音符按國際音標的方式，以字母+{̥}的方法實現，根據情況放在注音符號或拉丁字母的上面或下面，如：ㄅ̥、ㄌ̥、ŋ̊、l̥等。

表 10、表 11、表 12 列出帶音變子音及其發音。“讀音”欄為的標注順序為“注音符號/緬語拼音/國際音標”。表中的空白表示相應的變音音節不存在。

a) 帶單音變符的組合字母，音變符跟在後面。

表 10 帶單音變符的子音字母及其發音（括弧「」、{}、[]省略）

符號	讀音	符號	讀音	符號	讀音	符號	讀音
(符)	ㄐ一ㄚˋ/jiâ/tɕia∨	(符)	ㄐ一ㄚˋ/jIâ/tɕia∨	(符)	≪ㄨㄚˋ/guâ/kʊa∨		
(符)	ㄑ一ㄚˋ/qiâ/tɕʰia∨	(符)	ㄑ一ㄚˋ/qIâ/tɕʰia∨	(符)	ㄎㄨㄚˋ/kuâ/kʰʊa∨		
(符)	ㄐ一ㄚˇ/Jia/dʑia」	(符)	ㄐ一ㄚˇ/JIa/dʑia」	(符)	≪ㄨㄚˇ/Gua/ɡʊa」		
(符)	ㄑ一ㄚˇ/Qia/dʑia」	(符)	ㄑ一ㄚˇ/QIa/dʑia」	(符)	ㄎㄨㄚˇ/Kua/ɡʱʊa」		
(符)	ㄫ一ㄚˇ/ŋia/ŋia」	(符)	ㄫ一ㄚˇ/ŋIa/ŋia」	(符)	ㄫㄨㄚˇ/ŋua/ŋʊa」	(符)	ㄫㄚˋ/ŋ̊â/ŋ̊a∨
(符)	ㄙ一ㄚˋ/siâ/sia∨	(符)	ㄙ一ㄚˋ/sIâ/sia∨	(符)	ㄙㄨㄚˋ/suâ/sʊa∨		
(符)	ㄘ一ㄚˋ/ciâ/tsʰia∨	(符)	ㄘ一ㄚˋ/cIâ/tsʰia∨	(符)	ㄘㄨㄚˋ/cuâ/tsʰʊa∨		
(符)	ㄗ一ㄚˇ/zia/zia」	(符)	ㄗ一ㄚˇ/zIa/zia」	(符)	ㄗㄨㄚˇ/zua/zʊa」		
				(符)	ㄗㄨㄚˇ/Zua/zʱʊa」		
				(符)	ㄏㄨㄚˇ/ñua/ɲʊa」	(符)	ㄏㄚˋ/ŋ̃â/ɲ̊a∨
				(符)	ㄏㄨㄚˇ/Ñua/ɲʊa」	(符)	ㄏㄚˋ/Ñ̥â/ɲ̊a∨
				(符)	ㄉㄨㄚˋ/ɖuâ/ʈʊa∨		
				(符)	ㄊㄨㄚˋ/ʈuâ/ʈʰʊa∨		
				(符)	ㄉㄨㄚˇ/Ɖua/ɖʊa」		
				(符)	ㄊㄨㄚˇ/Ʈua/ɖʱʊa」		
				(符)	ㄋㄨㄚˇ/ŋua/ŋʊa」		
		(符)	ㄉㄖㄚˋ/drâ/tra∨	(符)	ㄉㄨㄚˋ/duâ/tʊa∨		
				(符)	ㄊㄨㄚˋ/tuâ/tʰʊa∨		
		(符)	ㄉㄖㄚˇ/Dra/dra」	(符)	ㄉㄨㄚˇ/Dua/dʊa」		
				(符)	ㄊㄨㄚˇ/Tua/dʱʊa」		
				(符)	ㄋㄨㄚˇ/nua/nʊa」	(符)	ㄋㄚˋ/ŋâ/ŋa∨
(符)	ㄅ一ㄚˋ/biâ/pia∨	(符)	ㄅ一ㄚˋ/bIâ/pia∨	(符)	ㄅㄨㄚˋ/buâ/pʊa∨		
(符)	ㄆ一ㄚˋ/piâ/pʰia∨	(符)	ㄆ一ㄚˋ/pIâ/pʰia∨	(符)	ㄆㄨㄚˋ/puâ/pʰʊa∨		
(符)	ㄅ一ㄚˇ/Bia/bia」	(符)	ㄅ一ㄚˇ/BIa/bia」	(符)	ㄅㄨㄚˇ/Bua/bʊa」		
(符)	ㄆ一ㄚˇ/Pia/bia」	(符)	ㄆ一ㄚˇ/PIa/bia」	(符)	ㄆㄨㄚˇ/Pua/bʱʊa」		
(符)	ㄇ一ㄚˇ/mia/mia」	(符)	ㄇ一ㄚˇ/mIa/mia」	(符)	ㄇㄨㄚˇ/mua/mʊa」	(符)	ㄇㄚˋ/m̊â/m̊a∨
(符)	一ㄚˇ/yia/ja」	(符)	一ㄚˇ/yIa/ja」	(符)	一ㄨㄚˇ/yua/jʊa」	(符)	ㄒㄚˋ/xâ/ɕa∨或ʃa∨
				(符)	一ㄨㄚˇ/Yua/jʊa」	(符)	ㄒㄚˋ/x̠â/ɕa∨或ʃa∨
(符)	ㄌ一ㄚˇ/lia/lia」	(符)	ㄌ一ㄚˇ/lIa/lia」	(符)	ㄌㄨㄚˇ/lua/lʊa」	(符)	ㄌㄚˋ/l̊â/l̊a∨

ၐ	ㄨㄧㄚˇ/uia/wia ㄥ	ၐ ㄨㄧㄚˇ/uIa/wia ㄥ	ၟ ㄨㄚˇ/ua/ʋa ㄥ	ၡ ㄇㄚˇ/vâ/ʍa ㄥ

ၐ ㄨㄧㄚˇ/uia/wia ㄥ   ၐ ㄨㄧㄚˇ/uIa/wia ㄥ   ၟ ㄨㄚˇ/ua/ʋa ㄥ   ၡ ㄇㄚˇ/vâ/ʍa ㄥ

ၐ ㄅㄧㄚˋ/ðiâ/ðia ㄥ   ၐ ㄅㄧㄚˋ/ðIâ/ðia ㄥ   ၟ ㄅㄨㄚˋ/ðuâ/ðʋa ㄥ

ၐ ㄏㄧㄚˋ/hiâ/hia ㄥ   ၐ ㄏㄧㄚˋ/hIâ/hia ㄥ   ၟ ㄏㄨㄚˋ/huâ/hʋa ㄥ

ၐ ㄌㄧㄚˋ/ḷiâ/ḷia ㄥ   ၟ ㄌㄨㄚˋ/ḷuâ/ḷʋa ㄥ

ၟ ㄨㄨㄚˋ/wuâ/ʔʋa ㄥ

說明

1) 字母 ၐ、ၐ 的實際發音都為ㄣㄚˇ/ña/ɲa。

2) 音變符號 ၐ 為字母 ၐ 的音變符號，多用於雙唇音(ʋ ʋ ʋ ㄥ ㄇ)喉音(ㄇ ㄐ ㄇ ㄨ ㄈ)和邊音(ㄥ)之後變成軟齶音，發「ㄧ」{i}音。在外來語，特別是巴利語和梵語借詞中可發成「ㄖ」{r}，如：ၐၐ「ˇㄟˋㄅㄖㄝˇ」{'êinDre}尊嚴。ၐ「ㄍㄖ」{gr}、ၐ「ㄎㄖ」{kr}、ၐ「ㄍㄖ」{Gr}，ၐ「ㄤㄖ」{ngr}。

3) 字母 ၐ、ၐ 用於拼寫外來語，發音為：「ㄅㄖ」{Dr}、「ㄅㄖ」{dr}。

大金塔

ၐၐၐၐ ၐၐၐၐၐ

「ㄒㄨㄝˇㄅㄧˊㄍㄡㄇˋ ㄙㄝˇㄅㄧˊㄅㄨˋㄊㄛˋ」

{ʂuedîGouɱ sedibûtò}

Shwedagon Pagoda

b) 帶雙音變符的組合字母，音變符的順序是：◌=◌+◌、◌=◌+◌、◌=◌+◌、◌=◌+◌、◌=◌+◌。

表 11　帶雙音變符的子音字母及其發音（括弧「」、{}、[]省略）

符號	讀音	符號	讀音	符號	讀音	符號	讀音	符號	讀音	符號	讀音
		◌	ㄐㄧㄨㄚˋ jiuâ/tɕiua ∨	◌	ㄐㄧㄚˋ JIâ/Jia ∨	◌	ㄐㄧㄨㄚˋ jIuâ/tɕiua ∨		
		◌	ㄑㄧㄨㄚˋ qiuâ/tɕʻiua ∨	◌	ㄑㄧㄚˋ QIâ/Qia ∨	◌	ㄑㄧㄨㄚˋ qIuâ/tɕʻiua ∨		
◌	ㄐㄧㄚˋ Jiâ/Jia ∨	◌	ㄐㄧㄨㄚˇ Jiua/Jiua ∟	◌	兀ㄧㄚˋ ŋIâ/ŋia ∨	◌	ㄐㄧㄨㄚˇ JIua/Jiua ∟	◌	《ㄨㄚˋ Guâ/Gua ∨
		◌	ㄑㄧㄨㄚˇ Qiua/Qiua ∟	◌	ㄗ̣ㄧㄚˋ ẓIâ/ẓia ∨	◌	ㄑㄧㄨㄚˇ QIua/Qiua ∟	◌	ㄎㄨㄚˋ Ķuâ/Ķua ∨
◌	兀ㄧㄚˋ ŋiâ/ŋia ∨	◌	兀ㄧㄨㄚˇ ŋiua/ŋiua ∟			◌	兀ㄧㄨㄚˇ ŋIua/ŋiua ∟	◌	兀ㄨㄚˋ ŋuâ/ŋua ∨
		◌	ㄙㄧㄨㄚˋ siuâ/siua ∨			◌	ㄙㄧㄨㄚˋ sIuâ/siua ∨		
		◌	ㄘㄧㄨㄚˋ ciuâ/ciua ∨			◌	ㄘㄧㄨㄚˋ cIuâ/ciua ∨		
◌	ㄗ̣ㄧㄚˋ ẓiâ/ẓia ∨	◌	ㄗㄧㄨㄚˇ ziua/ziua ∟			◌	ㄗㄧㄨㄚˇ zIua/ziua ∟	◌	ㄗ̣ㄨㄚˋ ẓuâ/ẓua ∨
		◌	ㄅㄧㄨㄚˋ biuâ/biua ∨			◌	ㄅㄧㄨㄚˋ bIuâ/biua ∨		
		◌	ㄆㄧㄨㄚˋ piuâ/piua ∨			◌	ㄆㄧㄨㄚˋ pIuâ/piua ∨		
◌	ㄅ̣ㄧㄚˋ Ɓiâ/Ɓia ∨	◌	ㄅ̣ㄧㄨㄚˇ Ɓiua/Ɓiua ∟	◌	ㄅ̣ㄧㄚˋ ƁIâ/Ɓia ∨	◌	ㄅ̣ㄧㄨㄚˇ ƁIua/Ɓiua ∟	◌	ㄅ̣ㄨㄚˋ Ɓuâ/Ɓua ∨
		◌	ㄆ̣ㄧㄨㄚˇ Ƥiua/Ƥiua ∟	◌	ㄆ̣ㄧㄚˋ ƤIâ/Ƥia ∨	◌	ㄆ̣ㄧㄨㄚˇ ƤIua/Ƥiua ∟	◌	ㄆ̣ㄨㄚˋ Ƥuâ/Ƥua ∨
◌	ㄇ̣ㄧㄚˋ ṃiâ/ṃia ∨	◌	ㄇㄧㄨㄚˇ miua/miua ∟	◌	ㄇ̣ㄧㄚˋ ṃIâ/ṃia ∨	◌	ㄇㄧㄨㄚˇ mIua/miua ∟	◌	ㄇ̣ㄨㄚˋ ṃuâ/ṃua ∨
◌	ㄒㄧㄚˇ xia/ɕia ∟	◌	ㄧㄨㄚˇ yiua/yiua ∟			◌	ㄧㄨㄚˇ yIua/yiua ∟	◌	ㄒㄨㄚˇ xua/xua ∟
								◌	ㄒㄨㄚˋ x̣uâ/ɕua ∨
◌	ㄒㄧㄚˋ X̣iâ/X̣ia ∨	◌	ㄌㄧㄨㄚˇ liua/liua ∟	◌	ㄌㄧㄚˋ ļIâ/ļia ∨	◌	ㄌㄧㄨㄚˇ lIua/liua ∟	◌	ㄌㄨㄚˋ ļuâ/ļua ∨
◌	ㄈㄧㄚˋ fiâ/fia ∨	◌	万ㄧㄨㄚˇ viua/viua ∟	◌	ㄈㄧㄚˋ fIâ/fia ∨	◌	万ㄧㄨㄚˇ vIua/viua ∟	◌	ㄈㄨㄚˋ fuâ/fua ∨

ဒျ	ㄉ̥ㄧㄚˋ ð̥iâ/ð̥ia ˥˩	ဒျွ	ㄉ̥ㄧㄨㄚˋ ðiuâ/ðiua ˥˩	ဒြ	ㄉ̥ㄧㄚˋ ð̥Iâ/ð̥ia ˥˩	ဒြွ	ㄉ̥ㄧㄨㄚˋ ðIuâ/ðiua ˥˩	ဒွ	ㄉ̥ㄨㄚˋ ð̥uâ/ð̥ua ˥˩
		ဟျွ	ㄏㄧㄨㄚˋ hiuâ/hiua ˥˩			ဟြွ	ㄏㄧㄨㄚˋ hIuâ/hiua ˥˩		

說明

1) 字母 ငြ 實際發音聽起來像 ŋ̥Iâ。

2) 還可以組成這樣的雙變音符號字母組合：

ညွှ ：ㄬ̥ㄨㄚˋ/Ñ̥uâ/ɲ̊ua˥˩，例如：ညွှန်ပြ「ㄬ̥ㄜㄋ̰ˇㄅㄧㄚˋ」{Ñ̥uəN̰bIâ}指出；

နွှ ：ㄋ̥ㄨㄚˋ/n̥uâ/n̥ua˥˩，例如：နွှေး「ㄋ̥ㄨㄝ」{n̥uè}加熱。

3) 另外理論上可以組成下面的雙變音符號字母組合，但不常用：

ဈွ ：ㄗ̥ㄨㄚˋ/Z̥uâ/Z̥ua˥˩；

ဉွ ：ㄬ̥ㄨㄚˋ/ŋ̥uâ/ɲ̊ua˥˩；

ဍွ ：ㄉ̥ㄨㄚˋ/D̥̣uâ/D̥̣ua˥˩；

ဋွ ：ㄊ̥ㄨㄚˋㄨㄚˋ/T̥̣uâ/T̥̣ua˥˩；

ဏွ ：ㄋ̥ㄨㄚˋ/n̥̣uâ/n̥̣ua˥˩；

ဎွ ：ㄉ̥ㄨㄚˋ/D̥uâ/D̥ua˥˩；

ဌွ ：ㄊ̥ㄨㄚˋ/T̥uâ/T̥ua˥˩。

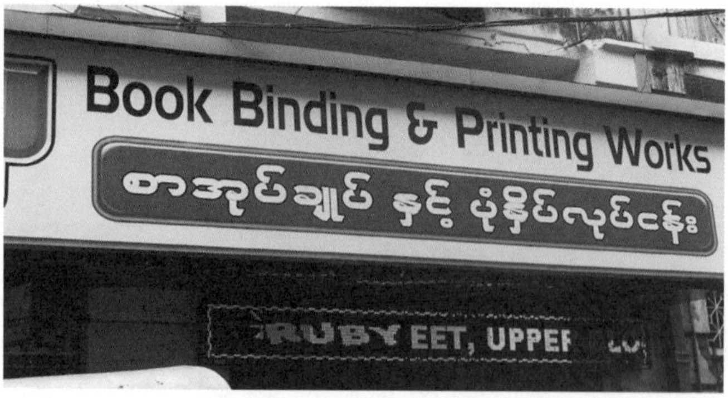

仰光印刷裝訂廠招牌

書籍印刷裝訂廠

စာအုပ် ချုပ် နှင့် ပုံနှိပ်လုပ်ငန်း

「ㄙㄚˇˇㄡㄅˊˊ ㄑㄧㄡㄅˊˊ ㄋ̥ㄧㄫˋ ㄅㄡㄇ̰ˇㄋ̥ㄟㄅˊˊㄌㄡㄅˊˊㄫㄜㄋ̰」

{sa’óub’ qióub’ n̥îŊ̰ boum̰n̥éib’lóub’ŋəN̰}

Book Banding & Printing Works

c) 帶三音變符的組合字母，跟在後面音變符的書寫順序見表 12 中的 "拆分" 欄。

表 12 帶三音變符的子音及其發音（括弧「」、{}、[]省略）

符號	拆分	讀音	符號	拆分	讀音
ကျွ	က + ျ + ွ + ်	ㄐㄧㄨㄚˋ/Jⁱuâ/Jiua ˇ	ကျွ	က + ျ + ွ + ်	ㄐㄧㄨㄚˋ/Jⁱuâ/Jiua ˇ
ချွ	ဃ + ျ + ွ + ်	ㄑㄧㄨㄚˋ/Qⁱuâ/Qiua ˇ	ချွ	ဃ + ျ + ွ + ်	ㄑㄧㄨㄚˋ/Qⁱuâ/Qiua ˇ
ငျွ	င + ျ + ွ + ်	ㄥㄧㄨㄚˋ/ŋⁱuâ/ŋiua ˇ	ငျွ	င + ျ + ွ + ်	ㄥㄧㄨㄚˋ/ŋⁱuâ/ŋiua ˇ
ဇျွ	ဇ + ျ + ွ + ်	ㄗ̥ㄧㄨㄚˋ/z̥ⁱuâ/z̥iua ˇ	ဇျွ	ဇ + ျ + ွ + ်	ㄗ̥ㄧㄨㄚˋ/z̥ⁱuâ/z̥iua ˇ
ဗျွ	ဗ + ျ + ွ + ်	ㄋ̥ㄧㄨㄚˋ/Ɓⁱuâ/Ɓiua ˇ	ဗျွ	ဗ + ျ + ွ + ်	ㄋ̥ㄧㄨㄚˋ/Ɓⁱuâ/Ɓiua ˇ
ဖျွ	ဖ + ျ + ွ + ်	ㄆ̥ㄧㄨㄚˋ/P̥ⁱuâ/P̥iua ˇ	ဖျွ	ဖ + ျ + ွ + ်	ㄆ̥ㄧㄨㄚˋ/P̥ⁱuâ/P̥iua ˇ
မျွ	မ + ျ + ွ + ်	ㄇ̥ㄧㄨㄚˋ/m̥ⁱuâ/m̥iua ˇ	မျွ	မ + ျ + ွ + ်	ㄇ̥ㄧㄨㄚˋ/m̥ⁱuâ/m̥iua ˇ
ဃျွ	ဃ + ျ + ွ + ်	ˉㄨㄚˇ/ɣua/ɣiua ˩			
လျွ	လ + ျ + ွ + ်	ㄌㄨㄚˋ/Ɉⁱuâ/Ɉiua ˇ	လျွ	လ + ျ + ွ + ်	ㄌㄨㄚˋ/Ɉⁱuâ/Ɉiua ˇ
ဝျွ	ဝ + ျ + ွ + ်	ㄈㄧㄨㄚˋ/fⁱuâ/fiua ˇ	ဝျွ	ဝ + ျ + ွ + ်	ㄈㄧㄨㄚˋ/fⁱuâ/fiua ˇ
သျွ	သ + ျ + ွ + ်	ㄌㄨㄚˋ/ðⁱuâ/ðiua ˇ	သျွ	သ + ျ + ွ + ်	ㄌㄨㄚˋ/ðⁱuâ/ðiua ˇ

請脫鞋襪！(緬甸文)

ကျေးဇူး ပြု၍ဖိနပ် ချွတ်ပါ

「ㄐㄧㄝˊㄗㄨ ㄅㄧㄨ̂ㄧㄨㄝ̂ㄆㄧㄋㄚˊㄚˋˇ ㄑㄧㄨˊㄛˊㄅㄚˋ」

{jièzù bIûyuêpînáʾ qiuə́ʾbA}

如果不脫，將被處罰。(英文加上了這一句)

Please Take off Shoes and Socks. If not, You Will Be Punished.

3. 重疊子音 ဩည်ကြီး ျည်း「ㄑㄧㄝˇㄐㄧㄜˋ ㄅㄧㄝˋㄥ」{qieÑjIò BièÑ}Stacked Consonants)

兩個子音重疊起來，形成特定的整體字母組合，這就是重疊子音，簡稱疊子音，或者叫做連字(Ligatures)。電腦實現方法是：子音後加字元 ◌ 再加另一個子音，前後兩個子音就會重疊起來，這時字元 ◌ 就看不見了。重疊子音兩個音都要發。

緬甸語疊子音亦可分開書寫，例如"女兒"：သမီး「ㄉㄚˋ·ㄇㄧㄧ」{ðâmì}=သွီ:「ㄉㄇㄧㄧ」{ðmì}。出現在巴利文、梵文以及英文借詞當中的疊子音一般不分寫。例如巴利語借詞 "紙，紙張" 就拼寫成拼寫 စက္ကူ「ㄙㄚㄨˇ《《ㄨˇ」{sâggu}，而一般不拼寫成 စက်ကူ「ㄙㄜˇ·《《ㄨˇ」{sáʼgu}，從注音符號和緬語拼音來看，兩者發音基本相同。注意重疊子音拼讀時會發生弱化或省略現象。

電腦處理時，如果輸入後字母沒有重疊起來，可以選中變成 Padauk 字體，或者在 Padauk 字體下，選中剪切進行無格式粘貼，字母就會重疊起來。

下面是一些常見的疊子音。

表 13 重疊子音表

行數	疊音	讀音	拆分	例詞及讀音		意思
I	က္က	《《ㄚˇ/ggâ	က+◌+က	တက္ကသိုလ် 「ㄉㄚˇ·《《ㄚˇㄉㄛˇˇㄌ」{dâggâðol}		學院
	က္ခ	《ㄎㄚˇ/gkâ	က+◌+ခ	ဒုက္ခ 「ㄉㄨˇ·《ㄎㄚˇ」{Dûgkâ}		痛苦
	ကျ	ㄐㄐㄧㄚˇ/jjiâ	က+◌+ျ	ယောကျ်ား 「ㄧㄛˇㄐㄐㄧㄚ」{yòjjià}		男人，老公
	ဂ္ဂ	《《ㄚˇ/GGa	ဂ+◌+ဂ	အဂ္ဂိရတ် 「ˇㄚˇ《《ㄧㄖˇˇ」{ʼâGGîráʼ}		煉金術
	င္	ㄫㄫㄚˇ/ŋŋa	င+◌+◌	လေသဘော「ㄉㄜˇㄉㄚˇㄫ(ㄫㄚ)ㄅㄜˋ」{leðâŋ(ŋa)Pò}		飛艇，汽船
II	စ္စ	ㄙㄙㄚˇ/ssâ	စ+◌+စ	သစ္စာရှိခြင်း 「ㄉㄚˇㄙㄙㄚˇㄒㄧ·ㄑㄧㄥ」{ðâssaxîqIiŊ}		忠誠
	စ္ဆ	ㄙㄘㄚˇ/scâ	စ+◌+ဆ	တစ္ဆေ 「ㄉㄚˇㄙㄘㄝˇ」{dâsce}		鬼怪
	ဇ္ဇ	ㄗㄗㄚˇ/zza	ဇ+◌+ဇ	ဝိဇ္ဇာ 「ㄨˇㄧ·ㄗㄗㄚˇ」{uîzza}		知識
	ည္ဈ	ㄏㄗㄚˇ/ÑZa	ည+◌+ဈ	ပဉ္စမ 「ㄅㄚˇˇㄙㄚㄇㄚˇ」{bâñsama}		第五
III	ဋ္ဌ	ㄉㄊㄚˇ/ḍṭâ	ဋ+◌+ဌ	ပဟေဋ္ဌိဆန် 「ㄅㄚˇㄏㄝˇㄉㄊㄧ·ㄘㄜˇㄋˇ」{bâheḍṭîcəŊ}		神秘的
	ဍ္ဍ	ㄉㄉㄚˇ/ḌḌa	ဍ+◌+ဍ	အာမေဍ္ဍိတ် 「ˇㄚㄇㄝˇㄉㄉㄟˇ」{ʼameḌḌéiʼ}		感歎詞
	ကဏ္	ㄋㄉㄚˇ/ṇḍâ	ကဏ+◌+	ကဏ္ဍ 「《ㄚˇˇㄉㄚˇ」{gâŋDa}		部分、方面
	ကဏ္ဋ	ㄋㄊㄚˇ/ṇṭa	ကဏ+◌+ဋ	ပြည့်ဘဏ္ဍာ 「ㄅㄧㄝˋㄥˇㄆㄚˇㄋㄊㄚˇ」{bIêÑPaṇṭa}		國庫
	ကဏ္ဏ	ㄋㄋㄚˇ/ṇṇa	ကဏ+◌+ဏ	ကဏ္ဏ 「《ㄚˇˇㄋㄚˇ」{gâṇṇa}		地區
IV	တ္တ	ㄉㄉㄚˇ/ddâ	တ+◌+တ	မေတ္တာ 「ㄇㄝˇㄉㄉㄚˇ」{medda}		情感
	တ္ထ	ㄊㄊㄚˇ/ttâ	တ+◌+ထ	အတ္ထုပ္ပတ္တိ 「ˇㄚㄉㄊㄨˇㄅㄅㄚˇㄉㄉㄧˇ」{ʼâtûbbâddî}		自傳
	ဒ္ဒ	ㄉㄉㄚˇ/DDa	ဒ+◌+ဒ	သဒ္ဒါ 「ㄉㄚˇㄉㄉㄚˇ」{ðâDDA}		語法
	ဒ္ဓ	ㄉㄊㄚˇ/DTa	ဒ+◌+ဓ	သိဒ္ဓိတင် 「ㄉㄧˇㄉㄊㄧˇㄉㄧㄥ」{ðîDTîdiŊ}		祝福
	န္တ	ㄋㄉㄚˇ/ndâ	န+◌+တ	မန္တလေး 「ㄇㄚˇㄋㄉㄚˇㄉㄝ」{mandâlè}		曼德勒
	န္ထ	ㄋㄊㄚˇ/ntâ	န+◌+ထ	ဂန္ထဝင် 「《ㄚˇㄋㄊㄚˇㄨㄧㄥ」{GantâuiŊ}		經典的
	န္ဒ	ㄋㄉㄚˇ/nDa	န+◌+ဒ	အများဆန္ဒ 「ˇㄚㄇㄧㄚㄘㄚˇㄋㄉㄚˇ」{ʼâmiàcânDa}		同意，共識
	န္ဒြ	ㄋㄉㄖˇ/nDra	န+◌+ ဒ+ြ	ဣန္ဒြေ 「ˇㄟˇㄋㄉㄖㄝˇ」{ʼêinDre}		尊嚴
	န္ထ	ㄋㄊㄚˇ/nTa	န+◌+ဝ	သန္ဒေသား 「ㄉㄚˇ(ㄋ)ㄊㄝˇㄉㄚˇ」{ðâ(n)Teðà}		胎兒

34

V	‌	ㄋㄋㄚˋ/nna	ㄋ+ ◌+ㄋ	သန္နိဌာန် 「ㄉㄚˋㄋㄋㄧˋㄉㄠˋㄜㄋˋ」 {ðânnîɖṭæṆ}	決定
	‌	ㄅㄅㄚˋ/bbâ	ㅂ+ ◌+ㅂ	ကဗ္ဗိယ 「《ㄚˋㄅㄅㄧˋˉㄚˋ」 {gâbbîya}	侍僧
	‌	ㄅㄆㄚˋ/bpâ	ㅂ+ ◌+ဖ	ဇာတိပ္ဖိုလ်သီး 「ㄗㄚˋㄉㄧˊㄅㄆㄛˋㄉㄧˇ」 {zadîbpolði}	肉豆蔻
	‌	ㄅㄅㄚˋ/BBa	ㅂ+ ◌+ㅂ	နိဗ္ဗာန် 「ㄋㄧˊㄅㄅㄜㄋˋ」 {nîBBæṆ}	天堂,上天
	‌	ㄇㄅㄚˋ/mbâ	ㅁ+ ◌+ㅂ	ကုမ္ပဏီ 「《ㄨˋㄇㄅㄚˋㄋㄧˊ」 {gûmbâṇi}	公司
	‌	ㄇㄅㄚˋ/mBa	ㅁ+ ◌+ㅂ	သမ္ဗာန် 「ㄉㄚˋㄇㄅㄚˋㄋˋ」 {ðâmBaṆ}	舢板;小船
	‌	ㄇㄆㄚˋ/mPa	ㅁ+ ◌+ㅍ	ကမ္ဘာ 「《ㄚˋㄇㄆㄚˋ」 {gâmPa}	世界
	‌	ㄇㄇㄚˋ/mma	ㅁ+ ◌+ㅁ	ဓမ္မဆရာ 「ㄊㄚˋㄇㄇㄚˋㄘㄚˋˉㄚˋ」 {TammacâYa}	著名人物
VI-	‌	ㄉㄚˋ/Ðâ	-	ပိဿာ 「ㄅㄧˊㄉㄚˋ」 {bîÐa}	緬鈞
VII	‌	ㄌㄌㄚˋ/lla	ㄌ+ ◌+ㄌ	ယဇ်ပလ္လင် 「ˉㄚˇˋㄅㄚˋㄌㄌㄚˋㄥ」 {ya'bâllaŋ}	聖壇,祭壇

此外，還可以形成這樣一些疊子音，但不常用：

‌ =ㅇ+ ◌+ㅎ：《ㄎㄚˋ/GKa；

‌ =ㅈ+ ◌+ㅈ：ㄗㄗㄚˋ/zZa；

‌ =ㄋ+ ◌+ㅅ：ㄏㄙㄚˋ/Ñsa；

‌ =ㄋ+ ◌+ㅊ：ㄏㄘㄚˋ/Ñca；

‌ =ㄋ+ ◌+ㅈ：ㄏㄗㄚˋ/Ñza；

‌ =ㄋ+ ◌+ㅅ：ㄏㄙㄚˋ/ñsa；

‌ =ㄷ+ ◌+ㄷ：ㄉㄉㄚˋ/ḍḍâ；

‌ =ㄷ+ ◌+ㅂ：ㄉㄊㄚˋ/DṬa；

‌ =ㄇ+ ◌+ㄷ：ㄋㄉㄚˋ/ŋDa；

‌ =ㅌ+ ◌+ㅌ：ㄉㄊㄚˋ/dtâ；

‌ =ㅂ+ ◌+ㅍ：ㄅㄆㄚˋ/BPa；

‌ =ㄊ+ ◌+ㄊ：ㄉㄉㄚˋ/ððâ；

‌ =ㄌ+ ◌+ㄌ：ㄌㄌㄚˋ/ḷlâ 等等。

4. 塞韻尾 (ပိတ်နေ ဗျည်း 「ㄅㄟ˙˙ɜㄝˇ ㄅ一ㄝㄣˊ」{béi'ne BièÑ}Closing Consonants)

音節尾的子音加變音尾符-ဲ，比如 က်、တ်、ပ် 之類，就變成塞音，塞音節為第四調短促調。塞音節所帶的[-k]、[-t]、[-p]等全部發成喉促音[ʔ]。這種塞韻尾在閩南話、潮州話、上海話等方言中都可以找到。特別是上海話，凡是入聲字都是塞韻尾。注音符號、緬語拼音都用[']表示，所以讀者見到音節末尾為「-'」{-'}之時，就帶上不爆破的塞促音[ʔ]發短促音即可。

表14 塞韻尾

塞韻尾	原緬拼	實際發音	例詞	發音	意思
-က်	-ógʔ	ㄜ˙˙/ɔ́/ɔʔʌ或˙˙/ʌˊ/ˊʔʌ	ဝမ်းဗိုက်	「ㄨㄚㄇˍㄅㄞˊ」{uàMBái'}	腹部
-ဂ်	-óGʔ	ㄜ˙˙/ɔ́/ɔʔʌ或˙˙/ʌˊ/ˊʔʌ	ပြယုဂ်	「ㄅ一ㄚˊㄨˊ」{bIâyû'}	裝飾頭像
-စ်	-ísʔ	一˙˙/íˊ/ɪʔʌ或˙˙/ʌˊ/ˊʔʌ	အုတ်မြစ်	「'ㄡˊㄇ一ˊ」{'óu'mIí'}	奠基石
-တ်	-ádʔ	ㄚ˙˙/áˊ/aʔʌ或˙˙/ʌˊ/ˊʔʌ	မုတ်ဆိတ်	「ㄇㄡˊㄘㄟˊ」{móu'céi'}	鬍鬚
-ပ်	-ábʔ	ㄚ˙˙/áˊ/aʔʌ或˙˙/ʌˊ/ˊʔʌ	သိပ်	「ㄉㄟˊ」{ðéi'}	親切地
ေ−ာက်	-áugʔ	ㄠ˙˙/áu/auʔʌ	ေတာက်	「ㄉㄠˊ」{dáu'}	耀眼的
ေ−ါက်	-Áugʔ	ㄠ˙˙/Áu/auʔʌ	ဒေါက်	「ㄉㄠˋ」{DÁu'}	畫架
−တ်	-ǽdʔ	ㄝ˙˙/ǽ/æʔʌ	အချဉ်ဓာတ်	「'ㄚˋㄑ一ㄝㄣˇㄊㄜˋ」{'âqieñTǽ'}	酸
−ါတ်	-Ǽdʔ	ㄝ˙˙/Ǽ/æʔʌ	နံပါတ်	「ㄋㄚㄇˍㄅㄜˋ」{nambǼ'}	數字
−ိုက်	-áigʔ	ㄞ˙˙/ái/aiʔʌ	ဂရုစိုက်	「ㄍㄚˋㄩˊㄨˊㄙㄞˊ」{GaYûsái'}	小心的
−ိတ်	-éidʔ	ㄟ˙˙/éi/ɛiʔʌ	ချောအိတ်	「ㄑ一ㄜˋㄟˊ ˇ」{qiɔ̀'éi'}	郵件
−ိပ်	-éibʔ	ㄟ˙˙/éi/ɛiʔʌ	ေလဆိပ်	「ㄌㄝˇㄘㄟˊ」{lecéi'}	機場
−ုတ်	-óudʔ	ㄡ˙˙/óu/ouʔʌ	ဖြုတ်	「ㄆㄡˊ」{pIóu'}	放鬆
−ုပ်	-óubʔ	ㄡ˙˙/óu/ouʔʌ	လူအုပ်	「ㄌㄨˊㄡˊ」{lu'óu'}	一群人
−ွတ်	-uádʔ	ㄨㄜˊ/ʌˊ'ʌ	ကျွတ်	「ㄐ一ㄨㄜˊ」{juá'}	漂泊的
−ွပ်	-uábʔ	ㄨㄜ˙˙/uáˊ/uaʔʌ	လှံစွပ်	「ㄌㄚㄇˍㄙㄨㄜˊ」{lamsuá'}	刺刀

說明

1) 音素[ɪʔʌ]發音近似[ɔʔʌ]與[ɪʔʌ]之間的音。

2) 音素[ɔʔʌ] 發音近似[ɔʔʌ]與[aʔʌ]之間的音。

3) 緬甸語凡是有塞韻尾的音都發成第四聲，而拼寫華人的專有名詞時，塞韻尾用來拼寫國語的第二聲。

5. 獨立韻尾 (ခေတ်ဆန် ပိတ်နေ ဗျည်း「ㄎㄝˇˇㄎㄜˋㄉˇㄅㄟˇˇㄉㄝˇㄅˇㄧ一ㄝ广」{ke'cəN̥ béi'ne BièÑ̥}Stand-alone Closing Consonants)

獨立韻尾主要見於外來詞，一般按照原文發音，但也可以發成喉塞音，現舉些例子如表 15。

表 15 獨立韻尾

韻尾	本音	發音	例詞	發音	意思
ချ်	qʔ	ㄑ/q	မက်ဆေ့ချ်	ㄇㄜˇˇㄘㄝˇㄑ/má'cêq	信息(message)
			ဂျော့ချ်	ㄐ一ㄛˇㄑ/Jîɔq	喬治(George)
ရှ်	xʔ	ㄕ/x	ဘရက်ရှ်	ㄆ日ㄜˇㄕ/Paráx	刷子(brush)
ဂ်	Gʔ	ㄍ/G	ဂရေဂ်	ㄍ日ㄞˇㄍ/GrâiG	格賴格(Graig)
ခ်	kʔ	ㄎ/k	လော့ခ်	ㄌㄛˇㄎ/lɔ̂k	鎖頭(lock)
ဒ်	Dʔ	ㄉ/D	လင်းဝုဒ်	ㄌ一ㄤㄨㄨˇㄉ/lì♀uûD	林伍德(Linwood)
ဖ်	Pʔ	ㄈ/v	လဗ်ဖ်	ㄌㄚˇㄈ/láv	愛情(love)
ဗ်	Bʔ	ㄈ/v	အီဗ်	ˇ一ˇㄈ/'îv	聖誕夜(Eve)
လ်	lʔ	ㄌ/l	ဘဲလ်	ㄆㄝˇㄌ/Pèl	貝勒(Bell)
စ်	sʔ	ㄙ/s	ဘတ်စ်ကား	ㄆㄚˇˇㄙㄍㄚˇ/Pá'sgà	公共汽車(Buscar)

6. 獨立字母 (မှိုရခြင်းကင်း စာလုံး「ㄇ一ˇㄎㄜˇ一ㄚˇㄑ一ㄤㄍ一ㄤ ㄙㄚˇㄌㄨㄇ」{m̥ikoYaqlì♀gìʔ salòum̥}Stand-alone Characters)

緬甸語還有一些獨立母音字母和特殊文字符號，有的表示具體的意思，有的作為語法小品詞使用，見下表。

表 16 獨立字母

文字	發音	意思或功用
၏	ˇ一ˇ/'î/ʔi ∨	相當於 "的" ；句子以動詞結束時；用作句號
၍	ˇㄟˇ/'êi/ʔei ∨	꧁ꩵလိင်「ˇㄝˇㄉㄊ一ˇㄌㄟㄤ」{'êidtîleiʔ}陰性
၌	ˇ一ˇ/'î/ʔi ∣	這個
ဥ,ဦ,ဦး	ㄨˇ/'û/ʔu ∨, ˇㄨˇ/'ū/ʔu ∣, ㄨˇ/'û/ʔu: ㄚ	ဥ「ㄨ」{'û}蛋 , ဦး「ㄨˇ」{'ù}袋子
ၐ,ၑ,ၒး	ˇㄝˇ/'ê/ʔe ∨, ˇㄝˇ/'ē/ʔe ∣, ˇㄝˇ/'è/ʔe: ㄚ	ကေရာ၍「ˇㄝˇㄍㄚˇ一ㄚˇ」{'ēgâYa}皇帝
ၐော်, ၐ	ˇㄛˇ/'ɔ̂/ʔɔ: ∣, ˇㄛˇ/'ô/ʔo	ၐော်「ˇㄛˇ」{'ɔ̂}為什麼，怎麼搞的
ၑ	ㄋ万/ŋái/ŋai ∨	相當於方位詞 "在" 。
၊	一ㄨㄝˇ/yuê/jwe ∨	連接具有不同思考方法的句子。
၎င်းၛ်, ၎င်း	ㄌㄚˇㄍㄠˇㄋ/làgàuN̥/la♀gāũ∀	它，它自己、在表格和清單中表示 "同上" 。

37

7. 子音濁化及規則　(ဗျည်း အသံအောင်ခြင်း နှင့် စည်းကမ်းများ「ㄅ一ㄝㄉˋ ˊㄚˇㄉㄚㄇˇˋㄠㄑㄧㄥ ㄋˋ一ㄥˋ ㄙㄝㄉˋㄍㄚㄇㄇㄧㄚˋ」{BièÑ 'âðam̯'auɳqliɳ n̯iɳ sèÑgàM̯mià} Consonant Voicing and Rules)

　　緬甸語中子音濁化是一種常見現象，不送氣輕子音和送氣輕子音在一定的位置會變成濁子音，但字母的寫法不變，即：ဂ「ㄍ」{g}、ခ「ㄎ」{k}變成「ㄍ」{G} (ဂ)；ဃ「ㄐ」{j}、ဈ「ㄑ」{q}變成「ㄐ」{j}；ဝ「ㄙ」{s}、ဆ「ㄘ」{c}變成「ㄗ」{z}(ဈ)；ဒ「ㄉ」{dâ}、ထ「ㄊ」{t}變成「ㄉ」{D}(ဒ)；ဗ「ㄅ」{b}、ဖ「ㄆ」{p}變成「ㄅ」{B}(ဗ)；ဿ變成「ㄉ」{Ð}

　　主要規則有：

1) 動詞詞尾 တယ်「ㄉㄝˋ」{dɛ}要濁化，例如：ရေးတယ်「一ㄝㄉㄝˋ」{Yèdɛ}寫；但 တယ်「ㄉㄝˋ」{dɛ}前為塞韻尾時，不濁化，例如：ကြိုက်တယ်「ㄐㄧ-ㄞˊˋㄉㄝˋ」{jIái'dɛ}喜歡、တစ်ဆယ်「ㄉㄧˊˋㄘㄝˋ」{dí'cɛ}十，一十，十個。

2) 多音節單詞的第二音節以後以上面底線字母開始時，要濁化，例如：လူထု「ㄌㄨˇㄊㄨˇ」{lutû}人們、မြန်မာစာ「ㄇ一ㄜㄋˊㄇㄚˇㄙㄚ」{mIəNmasa}緬甸語、စားပြီးတယ်「ㄙㄚㄅ一ㄉㄝˋ」{sàbIìdɛ}吃過了、သွားချင်တယ်「ㄉㄨㄚㄑ一ㄥˇㄉㄝˋ」{ðuàqiiɳdɛ}想走、သတင်းစာ「ㄉㄚˋㄉㄧㄥㄙㄚˋ」{ðâdìɳsa}報紙、လယ်သမား「ㄉㄝˋㄉㄚˋㄇㄚ」{leðâmà}農民、ရည်းစား「一ㄝㄥˋㄙㄚ」{YèÑsà}婚約者，女朋友，男朋友、ဆေးခန်း「ㄘㄝㄎㄜㄋˋ」{cèkəN}診所。請讀者把這類字母濁化練習拼讀。但也有人發音時並不濁化。

3) 第一音節為鼻音字母時，緊跟著的子音會濁化或者不送氣化，例如：နေ့စဉ်「ㄋㄝˋㄗㄝㄥˊ」{nêzeñ}每天，每日、သန်းခေါင်「ㄉㄜㄋˋㄍㄠㄥˇ」{ðəNgAUɳ}深夜。

4) 第一音節為字母 အ「ˊㄚˋ」{â}時，接著出現的字母不濁化，例如：အပိုင်း「ˊㄚˋㄅㄞㄥ」{'âbàiɳ}部分、အထုတ်「ˊㄚˋㄊㄡˊˋ」{âtóu'}包裹、အဖိုး「ˊㄚˋㄆㄛˋ」{âpò}祖父。

　　是否發成濁化音，請多多注意緬甸人發音。

　　另外還有一些音變現象也需要注意，例如：အကျႝ「ˊㄚˋㄍㄐㄐㄚˊㄐㄧˇ」{'âŋŋajii}女襯衣，發成「ˊㄚㄐㄐㄧˇ」{'âɳJii}。兩個連在一起的音節單詞如果前一音節以鼻化母音結尾，後一音節以字母 ပ、ဗ、ဖ 等字母開始時，會發成「ㄇ」{m}，例如：လေယာဉ်ပျံ「ㄉㄝˇㄜㄥˊㄅ一ㄚㄇˊ」{leyæñbiam̯}飛機、တောင်းပန်「ㄉㄠㄥㄅㄜㄋˋˊ」{dàuɳbəN}道歉，等等，會發成：「ㄉㄝˇㄜㄥˊㄇ一ㄚㄇˊ」{leyæñmiam̯}、「ㄉㄠㄥㄇㄜㄋˋˊ」{dàuɳməN}。

8. 音節拼讀 (ထွက်စကားလုံး အသံထွက်ခြင်း「ㄊㄨㄜˇ'ㄙㄚㄍㄚㄌㄡㄇ 'ㄚˇㄉㄚㄇㄊㄨㄜˇ'ㄑㄧㄤ」 {tuɔ̀'sâgàlòuṃ 'âðaṃtuɔ̀'qlìṇ}Syllabic Pronunciation)

緬甸語加字母 က 的常用音節發音如下。可以把字母 က 替換成字母表的每個字母，形成不同的音節，緬語固有詞彙都是由這些音節組成的。

表 17 緬甸語常用音節表

序號	音節	拼讀音	序號	音節	拼讀音
1	က	「ㄍㄚˋ」{gâ}	34	ကိမ့်	「ㄍㄟㄇˋ」{gêiṃ}
2	ကာ	「ㄍㄚˇ」{ga}	35	ကိမ်	「ㄍㄟㄇˇ」{geiṃ}
3	ကား	「ㄍㄚ」{gà}	36	ကိမ်း	「ㄍㄟㄇ」{gèiṃ}
4	ကက်	「ㄍㄜˇ'」{gɔ́'}	37	ကိ	「ㄍㄧˋ」{gî}
5	ကင့်	「ㄍㄧㄤˋ」{gîṇ}	38	ကီ	「ㄍㄧˇ」{gi}
6	ကင်	「ㄍㄧㄤˇ」{giṇ}	39	ကီး	「ㄍㄧ」{gì}
7	ကင်း	「ㄍㄧㄤ」{giṇ}	40	ကုတ်	「ㄍㄡˇ'」{góu'}
8	ကစ်	「ㄍㄧˇ'」{gí'}	41	ကုပ်	「ㄍㄡˇ'」{góu'}
9	ကည့်	「ㄍㄝㄏˋ」{gêÑ}	42	ကုန့်	「ㄍㄛㄋˋ」{gôN}
10	ကည်	「ㄍㄝㄏˇ」{geÑ}	43	ကုန်	「ㄍㄛㄋˇ」{goN}
11	ကည်း	「ㄍㄝㄏ」{gèÑ}	44	ကုန်း	「ㄍㄛㄋ」{gòN}
12	ကည့်	「ㄍㄝㄏˋ」{gêñ}	45	ကုမ့်	「ㄍㄛㄇˋ」{gôM}
13	ကည်	「ㄍㄝㄏˇ」{geñ}	46	ကုမ်	「ㄍㄛㄇˇ」{goM}
14	ကည်း	「ㄍㄝㄏ」{gèñ}	47	ကုမ်း	「ㄍㄛㄇ」{gòM}
15	ကတ်	「ㄍㄚˇ'」{gá'}	48	ကုံ့	「ㄍㄡㄇˋ」{gôuṃ}
16	ကန့်	「ㄍㄜㄋˋ」{gâN}	49	ကုံ	「ㄍㄡㄇˇ」{gouṃ}
17	ကန်	「ㄍㄜㄋˇ」{gəN}	50	ကုံး	「ㄍㄡㄇ」{gòuṃ}
18	ကန်း	「ㄍㄜㄋ」{gòN}	51	ကု	「ㄍㄨˋ」{gû}
19	ကပ်	「ㄍㄚˇ'」{gá'}	52	ကူ	「ㄍㄨˇ」{gu}
20	ကမ့်	「ㄍㄚㄇˋ」{gâM}	53	ကူး	「ㄍㄨ」{gù}
21	ကမ်	「ㄍㄚㄇˇ」{gaM}	54	ကေ့	「ㄍㄝˋ」{gê}
22	ကမ်း	「ㄍㄚㄇ」{gàM}	55	ကေ	「ㄍㄝˇ」{ge}
23	ကံ့	「ㄍㄚㄇˋ」{gâṃ}	56	ကေး	「ㄍㄝ」{gè}
24	ကံ	「ㄍㄚㄇˇ」{gaṃ}	57	ကဲ့	「ㄍㄝˋ」{gɛ̂}
25	ကံး	「ㄍㄚㄇ」{gàṃ}	58	ကယ်	「ㄍㄝˇ」{gɛ}
26	ကိတ်	「ㄍㄟˇ'」{géi'}	59	ကဲ	「ㄍㄝ」{gɛ̀}
27	ကိန်	「ㄍㄟㄋˇ」{geiN}	60	ကော့	「ㄍㄛˋ」{gô}
28	ကိန့်	「ㄍㄟㄋˋ」{gêiN}	61	ကော်	「ㄍㄛˇ」{gɔ}
29	ကိန်း	「ㄍㄟㄋ」{gèiN}	62	ကော	「ㄍㄛ」{gɔ̀}
30	ကိပ်	「ㄍㄟˇ'」{géi'}	63	ကောင့်	「ㄍㄠㄤˋ」{gâuṇ}
31	ကိမ်	「ㄍㄟㄇˇ」{geiM}	64	ကောင်	「ㄍㄠㄤˇ」{gauṇ}
32	ကိမ့်	「ㄍㄟㄇˋ」{gêiM}	65	ကောင်း	「ㄍㄠㄤ」{gàuṇ}
33	ကိမ်း	「ㄍㄟㄇ」{gèiM}	66	ကောက်	「ㄍㄠˇ'」{gáu'}

67	ကို့	「《 ႘ˋ」{gô}	75	ကွန့်	「《 ㄨ ႘ ˘」{guəN}
68	ကို့	「《 ႘˘」{go}	76	ကွန်း	「《 ㄨ ႘ ˘」{guàN}
69	ကို:	「《 ႘」{gò}	77	ကွတ်	「《 ㄨ ႘ ˙˙」{guá'}
70	ကိုင့်	「《 ㄞ ㄤˋ」{gâiḌ}	78	ကွမ့်	「《 ㄨ ㄚ ㄇˋ」{guâM}
71	ကိုင်	「《 ㄞ ㄤ˘」{gaiḌ}	79	ကွမ်	「《 ㄨ ㄚ ㄇ˘」{guaM}
72	ကိုင်း	「《 ㄞ ㄤ」{gàiḌ}	80	ကွမ်း	「《 ㄨ ㄚ ㄇ」{guàM}
73	ကိုက်	「《 ㄞ ˙˙」{gái'}	81	ကွပ်	「《 ㄨ ႘ ˙˙」{guá'}
74	ကွန့်	「《 ㄨ ႘ ˋ」{guâN}			

統一碼緬甸文輸入鍵盤佈局

မြန်မာ ယူနီကုဒ် ကီးဘုတ် လက်ကွက်ဟာ

「ㄇ一 ㄜ ႘˙ ㄇ ㄚ˘ 一 ㄨ ㄋ˘ 一˘《 ㄨ˙ ㄉ 《 一 ㄉㄛㄉˊㄌ ㄜㄍ《˙˙《 ㄨ ㄜ˙《 ㄏ ㄚ˘」

{mləṈma yunigûD gìPód ləg'guəgha}

Myanmar Unicode Keyboard Layout

介紹幾種複合緬文字的輸入擊鍵順序，如果沒正確顯示，選中字元變成 Tahoma 字型即可。

重疊子音：က္လ = u+f+v；ဠ = shift p+f+shift 3；ဋ = p+f+q；ဿ = x+f+x；ဥ = y+f+z

帶單變音符子音：ကျ = u+j；ဩ = w+ shift g；ြ = c+ shift g；ွ = , +shift s

帶雙變音符子音：ကွ = u+j+shift s；ွ = ,+shift g+shift s；ြ = y+shift g+shift s

帶三變音符子音：ြ = r+shift g+shift s+Alt+(數位鍵盤)4158

特殊符號：ô = i+s+f+shift 8

第三節　字型、符號及標點

အပိုင်း ၃. စာလုံးပုံစံ သင်္ကေတ နှင့် ပုဒ်ဖြတ်ပုဒ်ရပ်

「ㄚˇㄅㄞㄫ̰ ㄉ̰ㄡㄇ̰ ㄙㄚˇㄌㄡㄇ̰ㄅㄡㄇ̰ˇㄙㄚㄇ̰ˇ ㄉ̰ㄚˋㄫㄫㄚˇㄍㄝˇㄉㄚ ㄋ̥ㄧㄫ̰ˋ ㄅㄨ˙˙ㄆㄧㄚ ˙ˊㄅㄨ˙˙ㄧㄚ ˙ˊ」

{abàiŊ̰ ðòum salòumboumsam ðâŋŋagedâ ŋ̊îŊ bû'pIá'bû'Yá'}

Part 3. Fonts, Symbols and Punctuation

一、緬文的不同字型 (ကြိုးနား မြန်မာ စာလုံးပုံစံ 「ㄑㄧㄚㄋㄚ ㄇㄧㄜㄫ̰ˇㄇㄚˇ ㄙㄚˇㄌㄡㄇ̰ㄅㄡㄇ̰ˇㄙㄚㄇ̰ˇ」 {qIànà mIəŊ̰ma salòum̰boum̰sam̰}Different Myanmar Fonts)

中文電腦處理緬文需要安裝緬甸文字型，否則緬甸文會顯示成空方塊。最新統一碼字型為“紫檀”(ပိတောက် 「ㄅㄧˋㄉㄠ˙ˊ」 {bîdáu'}Padauk)。用“伊洛瓦底江”(ဧရာဝတီမြစ် 「˙ㄝˇㄧㄚˇㄨㄚˇㄉ̰ㄧˇㄇㄧ˙ˊ」 {'ēYauadimIí'}Irrawaddy River)命名的“伊洛”字型 (ဧရာဖောင့် 「˙ㄝˇㄧㄚˇㄨㄚˇㄉㄧˇㄇㄧ˙ˊ」 {'ēYauadimIí'} Ayar Font)以及用“藻基河”(ဇော်ဂျီမြစ် 「ㄗㄛ̰ˇㄐㄧˇㄇㄧ˙ˊ」 {zɔJiimIí'} Zawgyi River)命名的“藻基-1”(ဇော်ဂျီ-၁ 「ㄗㄛ̰ˇㄐㄧˇ ㄉㄧ˙ˊ」 {zɔJii dí'}Zawgyi-One)字型，字母排列的先後順序與“紫檀”有些不同，比如字母組合 ကြ，“紫檀”的順序為 က+ြ、而“伊洛”的順序為 ြ+က。ဇော်ဂျီ-၁ 一詞，使用“紫檀”正確顯示出其緬文名稱，如果使用“藻基-1”，相同的字元卻變成了：ဇျော်ဂီ-ြ၁，字母錯位並產生亂碼。這樣，電腦輸入的緬甸文用不同字型時，互相之間會出現一些混亂現象。微軟的“紫檀”字型嚴格按照字母拼讀的先後順序排列，應當採用。中國國際廣播電臺緬甸語網站(http://myanmar.cri.cn/)和緬甸的網頁和多按伊洛字型順序排列。按照紫檀或伊洛輸入的緬甸文，在谷歌翻譯中都可以自動轉換進行翻譯。

上述各種字型之間的轉換，可利用網上下載 myanmartexttools 軟體來實現。網頁緬甸文的顯示，需要在網上下載 ZFK-EG-WC 等專門程式，安裝後就可以顯示緬甸文。

各種版本的字形檔，比如 Padauk2.8 與 Padauk3.0 會有不相容、產生亂碼現象。讀者在試驗安裝時要小心，先用硬碟備份還原工具 ghost 備份 C 盤，以免弄壞系統，變成亂碼。

在微軟視窗 7 和 8 中都沒有系統自帶的緬甸文輸入法可以利用，須得在網上下載。著者在網上下載了最新統一碼緬甸文輸入法 MyMMLNG2010，比較規範，謹此介紹讀者搜尋下載安裝。

下載安裝軟體以後在輸入英文狀態下按滑鼠左鍵點擊小鍵盤圖示，選擇 Alpha Zawgyi(藻基字母)選項就可以輸入緬甸文。輸入時，選擇 Tahoma 字型，除了可以輸入緬甸文字元外，還可以輸入緬甸少數民族語言特有的字元 ၊ ၕ ႏ ႋ ႔ ႕ ႓ ႝ ၎ ၯ 等等。按照 40 頁鍵盤配置(Keyboard Layout)輸入即可。需要輸入英文時，再點擊小鍵盤圖示，選擇“美式鍵盤”即可。需要輸入中文時，可點擊 Ctrl+Space。

但是，字元 ၂ (十進區位碼為 4158)筆者沒有發現如何找出來。有數位小鍵盤的電腦可切換到數位小鍵盤，再按 Alt+4158 就能夠找出。軟體改進時，建議放到“.”鍵位的上檔，即：(shift+.)。

二、緬文練習表　（မြန်မာ စာလုံး ကိုယ်လက်လှုပ်ရှားခြင်း「ㄇㄧㄝㄋˇㄇㄚˇ ㄙㄚˇㄌㄡㄇ ㄍㄛㄝㄌㄚˇㄌㄡˊ,ㄒㄚˋㄑㄌㄧㄋ」{mIəN̲ma salòum̲ goɛlə'ḷóu'x̲àqlìn̲}Myanmar Character Practice)

　　緬文不同的字體形狀上有的區別很大，現列出三種字體給讀者辨識：①印刷體、②手寫體、③藝術體，供讀者臨摹練習。印刷體為"紫檀"字型，手寫體為"伊洛那雍月"（ရော နယုန် 「ㄝㄗㄚˇ ㄋㄚˇㄧㄛㄋˇ」{'ēYa nayoN̲}Ayar Nayon)字型，藝術體為"伊洛多德嶺月"（ရော တော်သာလင်း 「ㄝㄗㄚˇ ㄌㄠˇㄌㄚˇㄌㄧㄋㄦ」{'ēYa dɔðâlìn̲}Ayar TawThaLin)字型。

表 18 緬文書寫練習表

①	②	③	①	②	③	①	②	③	①	②	③
က	*က*	က	ဝ ဝ	*ဝဝ*	ဝ ဝ	◌ိ	◌ီ	◌ိ	ေ◌ာ်	◌	◌
ခ	*ခ*	ခ	ဏ	*ဏ*	ဏ	◌ု	◌ူ	◌ု	ေ◌ာ	◌	◌
ဃ	*ဃ*	ဃ	ဖ	*ဖ*	ဖ	ေ◌	◌	◌	ေ◌ာ	◌	◌
ေဃ	*ေဃ*	ေဃ	ဃ	*ဃ*	ဃ	ယ်	*ယ်*	ယ်	ေ◌ိ	◌	◌
ဆ	*ဆ*	ဆ	ဏ	*ဏ*	ဏ	◌ု	◌ု	◌ု	◌ုး	◌	◌
ဓ ရ	*ဓရ*	ဓရ	○◌	○◌	○◌	◌ား	◌ား	◌ား	◌ျး	◌	◌
�512	*ၛ*	ၛ	ဆ	*ဆ*	ဆ	◌ုး	◌ုး	◌ုး	ေ◌ော	◌	◌
ည	*ည*	ည	ၸ	*ၸ*	ၸ	◌ု	◌	◌	သိုမ့်	◌	◌
၉	*ၣ*	ၣ	◌	◌	◌	◌	◌	◌	သို့	◌	◌
၄	*၄*	၄	အ	*အ*	အ	◌ော:	◌ော:	◌ော:	ကျ	*ကျ*	ကျ
၇	*၇*	၇	◌	◌	◌	◌း	◌း	◌း	ကြင်	*ကြင်*	ကြင်
◌	◌	◌	◌	◌	◌	ယ်း	◌း	◌း	လျ	*လျ*	လျ
တ	*တ*	တ	◌	◌	◌	◌င်	◌င်	◌င်	◌	◌	◌
ထ	*ထ*	ထ	◌	◌	◌	◌၇	၇၇	◌၇	မြင်	*မြင်*	မြင်
ဈ	*ဈ*	ဈ	◌င်	◌င်	◌င်	၉၆	၉၆	၉၆	◌	◌	◌

၃ ၆	၃ ၆	၃ ၀	ဦး	၆ၠး	၆ၠ	၇ ၈	၇ ၈	၇ ၈	သြော်	‌ေ‌ြ‌ာ်	‌ေ‌ြ‌ာ်
‌န ပ	န ပ	နပ	‌ဲး	‌ံ့	‌ံ	၉ ၀	၉ ၀	၉ ၀	၇င်းၠျးး	၇င်းျးး	၇င်းၠျးး

說明

1) 有的方格裡有兩個以上的緬甸文字母。

2) 選中電腦上輸入的任何一段緬文變成伊洛那雍月(Ayar Nayon)字型，就可以知道手寫體該怎麼寫。

圖書封面的緬文字體

စာအုပ် မှာ မြန်မာ စာလုံးပုံစံ

「ㄙㄚˋㄡˊ ㄇㄚˋ ㄇㄧㄜㄋㄇㄚˋ ㄙㄚˋㄌㄡㄇㄅㄡㄇㄙㄚㄇˋ」

{sa'óu' ma mIəNma salòumboumsam}

Myanmar Font on a Book Front Cover

緬甸文內容如下：

ရှန်ဂရီလာ

မောန်ထွန်းသူ

မြန်မာပြန်သည်

「ㄒㄜㄋˋㄍˋㄚˊㄖㄧˊㄌㄚˋ」 {xəNGarila}

「ㄇㄠㄋˋㄊㄜㄋˋㄊㄨˋ」 {mauNtuəNðu}

「ㄇㄧㄜㄋˋㄇㄚˋㄅㄧㄜㄋˋㄊㄜㄜㄙㄝㄜ」 {mIəNmabIəNðeÑ}

意思是：

《香格里拉》

貌吞杜

緬文翻譯

三、讀音符號　(သင်္ကေတ「ㄉ̰ㄚˋㄫㄫㄚˇㄍㄝˇㄉㄚˋ」{ðâŋŋagedâ} Diacritics and Symbols)

緬甸語把母音符號歸到“讀音符號”中。除了母音符號以外，還有一些其他常用符號，請見表 19、表 20。

表 19 讀音符號

符號	名稱	說明
◌ံ	鼻音符	鼻音符(သေးသေးတင်「ㄉ̰ㄝㄉ̰ㄝㄉㄧㄫ̰ˇ」{ðèðèdiŊ̰}Anunāsika)可形成各種鼻音，比如：◌ုံ့.◌ုံ ◌ုံး，在音節中形成鼻音「ㄡㄇ̰ˋ ㄡㄇ̰ˇ ㄡㄇ̰」{ôum̰ oum̰ òum̰}。
◌့	隨韻符	隨韻符(အောက်မြစ်　「’ㄠ’´ㄇㄧ–’´」{’áu’mlí’}Anusvara)用來表示高降調，多半放在音節最後字母上面。
◌း	高調符	高調符(ရှေ့ကပေါက်「ㄒㄝˋㄍㄚˋㄅㄠ’´」{x̥êgâbÁu’}/ရှေ့ဆီး「ㄒㄝˋㄘㄧ」{x̥êcì}Visarga)不單獨使用，放在音節後面表示音節讀成高平調。
င်္	變音縮符	符號င်္是 င် 的縮合形式，用在音節末尾形成鼻化音 င်[ìɴ]。主要用於巴利文和梵文的借詞，如：“星期二”拼寫成 အင်္ဂါ「ㄚˋㄫㄫㄚˇㄍ̬ㄚˇ」{âŋŋaGA}，而不是 အင်ဂါ。
◌ာ	短啊符	低調啊 ◌ာ 拼讀低平調，如：မာလကာသီး「ㄇㄚˇㄌㄚˇㄍㄚˇㄉ̰ㄧ」{malagaðì}芭樂。
◌ါ	長啊符	長啊符等同短啊符 ◌ာ，與字母 ခ ဂ င ဒ ပ ဝ 連寫，以免和 က, တ, ဘ, ဟ 在文字上造成混淆，如：ဝါ「ㄨㄚˇ」{uA}黃色，棉花。
◌ိ	降伊符	使音節的韻母變成[i]並讀高降調。變成字母組合 ◌ို 後就可形成閉口母音「ㄛˇ」{o}。
◌ီ	伊符	使音節的韻母變成[i]。
◌ု	降烏符	使音節的韻母變成[u]並讀高降調。變成字母組合 ◌ို 後就可形成閉口母音「ㄛˇ」{o}。
◌ူ	烏符	使音節的韻母變成[u]。
ေ◌	閉口艾符	使音節的韻母變成[e]。
ေ◌ာ	短喔符	字母組合 ◌ော့ ◌ော် ◌ော 分別發開口母音「ㄛ̩ˋ ㄛ̩ˇ ㄛ̩」{ɔ̂ ɔ ɔ̀}，如：သောကြောင့်「ㄉ̰ㄛ̩ㄐㄧㄠㄫ̰ˋ」{ðɔ̀jIâuŊ̰}因為。
ေ◌ါ	長喔符	長喔符等同短喔符 ေ◌ာ，與字母 ခ ဂ င ဒ ပ ဝ 連寫，以免和 က, တ, ဘ, ဟ 在文字上造成混淆，如：ပေါ်လာ「ㄅㄛ̩ˇㄌㄚˇ」{bƆla}出現。
◌ဲ	開口艾符	使音節的韻母變成[ɛ]並讀高平調。
◌်	變音尾符	變音尾符，與字母結合發生音變。可組成開口母音 ◌ော်，可加在子音 က င စ ည (ဉ) ဏ တ န ပ မ ယ ဝ 上面，形成鼻化母音符號 င်、ည်、ဉ်、န်、မ် 或子音尾韻符號 က်、စ်、ဏ်、တ်、ပ်、ယ်、ဝ်。
◌ွဲ	烏艾符	使音節的韻母變成[uɛ]　，如：ဇွဲကောင်း「ㄗㄨㄝ̩ㄍㄠㄫ̰」{zuègàuŊ̰}勇敢的，大膽的。

上面一些符號的緬甸語有其含義，如下。

表 20 讀音符號名稱

符號	緬文名稱	讀音	意思	中譯名
့	အောက်ကမြစ်	「ㄠˇˊ ㄍㄚ冂ㄧ一ˊ」{'áu'gâmlí}	下止符	隨韻符
း	ဝစ္စနှစ်လုံးပေါက်	「ㄨㄚˇㄙㄙㄚ冂ㄧˋ "ㄌㄡ冂ㄅㄠˇ"」{uassâ冂í'lòumbáu'}	兩孔符	高調符
်	ကင်းစီး	「ㄍㄧㄥㄙㄧ」{gì包sì}	上置彎鈎	變音縮符
ယ်	ယသတ် ယပက်လက်သတ်	「一ㄚˇㄉㄚˇ」{yaðá'} 「一ㄚˇㄅㄜˊˋㄌㄚˇˊㄉㄚˇ」{yabá'lá'ðá'}	仰臥符	低平開口艾符
ာ	ရေးချ	「一ㄝㄑㄧㄚˇ」{Yèqiâ}	下彎符	短啊符
ါ	ရေးချကြီး	「一ㄝㄑㄧㄚˇㄐㄧ一」{Yèqiâjlì}	長下彎符	長啊符
ိ	လုံးကြီးတင်	「ㄌㄡ冂ㄐㄧㄉㄧㄥ」{lòumjlìdi包}	大圓圈	降伊符
ီ	လုံးကြီးတင်ဆန်ခတ်	「ㄌㄡ冂ㄐㄧㄉㄧㄥ ㄘㄜˋㄋ ㄋㄍㄚˇ」{lòumjlìdi包cə包ká'}	帶米粒的圓圈	伊符
ု	တချောင်းငင်	「ㄉㄚˇㄑ一ㄠ兀兀一兀」{dâqiàu包i包}	一尾符	降烏符
ူ	နှစ်ချောင်းငင်	「ㄋ一ˇˋㄑ一ㄠ兀兀一兀」{包í'qiàu包i包}	二尾符	烏符
ေ	သဝေထိုး	「ㄉㄚˇㄨㄝˇㄊㄛˋ」{ðâuetò}	前突符	閉口艾符
ဲ	နောက်ပစ်	「ㄋㄠˇˊㄅㄧˊ」{náu'bí}	上撇符	開口艾符
ွ	ရွှေထိုး	「ㄒㄨㄝˇㄊㄛˋ」{xuetò}	上鈎符	變音尾符

此外還有拼寫巴利文和梵文詞彙的、與子音拼合在一起的特殊母音，但這些字母在現代緬甸語裡已經很少見了，被相同發音的緬文字母取代了，見下表：

表 21 巴利文梵文特殊字母

字母	中文名	讀音	字母	中文名	讀音
ၐ	沙符	「ㄙㄚˇ」{sâ} [ɕa˥]	ၑ	薩符	「ㄙㄚˇ」{şâ} [ʂa˥]
ၒ	里符	「ㄖㄧˇ」{ri} [ri˩]	ၖ	嚕符	「ㄖㄨˇ」{rɯ} [rɯ˩]
ၓ	雙里符	「ㄖㄧˇ」{r̄i} [ri:˥]	ၗ	雙嚕符	「ㄖㄨˇ」{r̄ɯ} [rɯ:˥]
ၔ	利符	「ㄌㄧˇ」{li} [li˩]	ၘ	盧符	「ㄌㄨˇ」{lɯ} [lɯ˩]
ၕ	雙利符	「ㄌㄧˇ」{l̄i} [li:˥]	ၙ	雙盧符	「ㄌㄨˇ」{l̄ɯ} [lɯ:˥]

四、數位記號 (နံပါတ် သင်္ကေတ 「ㄋㄚ冂ㄅㄜˊˋ ㄉㄚˇ兀兀ㄚˇㄍㄝˇㄉㄚˇ」{nam̱bǽ' ðâ包包agedâ}Number Symbols)

緬甸語數字屬印度系列數位元系統。0-9 是：၀၁၂၃၄၅၆၇၈၉。到了緬甸的撣邦，你還可以看到該邦用的數位元：႐႑႒႓႔႕႖႗႘႙。

五、**標點符號** (ပုဒ်ဖြတ် ပုဒ်ရပ်သင်္ကေတ 「ㄅㄨˇㄅㄧㄚ’ ’’ㄅㄨˇ’ㄧㄚ’ ’’ㄅㄚˇㄥㄍㄚˇㄍㄝˇㄅㄚˋ {bû'pIá'bû'Yá' ðâŋŋagedâ} Punctuation)

　　　緬甸語最常用的標點符號是：「၊」一豎符(ပုဒ်ဖြတ်「ㄅㄨˇㄅㄧㄚ’ ’’」{bû'pIá'})，相當於逗號、頓號，可以用來分隔時間、位址、數碼、地名等。「။」兩豎符(ပုဒ်ကြီး「ㄅㄨˇㄐㄧˋ」{bû'jIì})，相當於句號。兩條兩豎符中間加一空格還可以用來分隔主題和具體的內容，例如："用料：麵粉、糖、油"為：ကျေးဇူးကန်းသူ ။ ဂျုမုန့် သကြား ဆီ「ㄐㄧㄝㄗㄨㄍㄜˋㄋㄛˇㄉㄨ: ㄐㄧㄡㄇˇㄇˇㄛˋㄋˇ, ㄉㄚˋㄐㄧㄚˋ, ㄘㄧˇ」{jièzùgèṆòu: JiouṃṃôṆ, ðâjIà, ci}。

　　　過去緬甸語只使用這兩個標點符號，沒有問號、感嘆號等符號。由於對外開放，現在的緬甸語也使用其他標點符號了，比如：？、！、( )、…等，本書也使用這些符號。破折號—可用在緬甸文的"例如"後面：ဥပမာ—「’ㄨˇㄅㄚˇㄇㄚˇ」{'ûbâma}，這是緬甸文的特有用法。

　　　緬甸文從頭寫到尾中間不留空格，為了方便讀者，本書在句子的詞與詞之間留出空格。

【練習鞏固】

1. 寫會緬甸語字母表的字母，記熟拼讀音，熟讀獨用名、識別名。

2. 寫會緬甸語的母音和母音字母組合，區分聲調的標記法，讀會各調的發音。

3. 拼讀表 22 的緬甸文。

表 22 緬甸文拼讀練習表

1	ကမ္ဘာ	世界	21	ဒီနှစ်	今年	41	မြေး	孫子
2	ကျပ်	緬元	22	ဒေါ်	女士	42	ရှစ်	八/8/๘
3	ကျေးဇူး	感激	23	နဝမ	第九	43	ရှရိုက်	呼吸
4	ကြီး	大，大的	24	နှင်း	雪	44	လမုန့်	月餅
5	ခရီးတို့	旅行	25	ပုံစံ	表格	45	လှေ	船
6	ခါ	(量詞)次	26	ပူနွေး	溫暖的	46	လွ	鋸子
7	ခါး	甘苦	27	ပဲခူး	勃固	47	ဝက်	半；豬
8	ဂျုမုန့်	麵粉	28	ဖြူ	白的	48	ဝမ်း	臉面
9	ငှက်	鳥	29	ဖိန်းနွဲ့ခါ	大後天	49	အသစ်	新的
10	စက်ဘီး	自行車	30	ဗိုလ်	將軍	50	သဒ္ဒါ	語法
11	ဈေးဆိုင်	商店	31	ဘဏ်	銀行	51	သရ	母音
12	စာ	文字，書信	32	ဘာ	哪個，啥	52	သူ	他
13	စား	吃	33	ဘာလို့လဲ	為何	53	သူ့လာ	他的，她的
14	ဆင်	大象	34	အချိန်	時間	54	အင်း	湖，湖泊
15	ဆင်း	下，下去	35	ဘဲကင်	烤鴨	55	အစေ့	種子
16	ညတိုင်း	每夜	36	မနေ့ည	昨晚	56	ဦးစွာ	首先
17	ဌာန	學系，部門	37	များကြီး	許多	57	ကြော့	為什麼
18	တစ်ဝက်	一半	38	မျိုး	種類	58	၌	方位詞
19	တိတိ	正好	39	မြို့	城市	59	အားနည်း	虛弱
20	ထောင်	千	40	မြေ	泥土	60	အဆိပ်	毒

4. 區分、記熟緬甸文印刷體、手寫體。

課文部分

သင်ခန်းစာ၏ အပိုင်း

「ㄉ̰ㄧㄫ̰ˇㄎㄜㄋ̰ㄙㄚ'ㄧ ˋ ㄚˋㄅㄞㄫ̰」

{ðiŊ̰kəŊ̰sa'î 'âbàiŊ̰}

Text Section

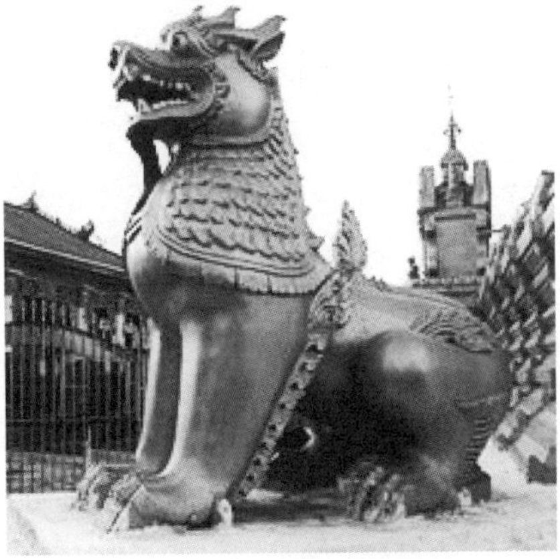

緬甸神獅

မြန်မာ ဒဏ္ဍာရီလာ ခြင်္သေ့

ㄇㄧㄜㄋ̰ˇㄇㄚˇ ㄉ̰ㄚˇㄋㄉㄚˇㄧˇㄌㄚˇ ㄑㄧㄚˋㄫㄫㄚˇㄉ̰ㄝˋ

mIəŊ̰ma DaṇḌaYila qIâŋŋaðê

Myanmar Mythical Lion

課文中出現的人物名字（因為男生、女生有時用詞不同，需記熟）

表 23 緬甸人男生

緬甸文	注音符號	緬語拼音	中文	稱謂
ဦး အောင်း	'ㄨ ˊㄠㄥ	'ù àuɳ	吳昂	先生
ကို သီဟ	《ㄛˇ ㄉㄧˇㄏㄚˊ	go ðihâ	郭迪哈	哥、兄弟
မောင် သူရ	ㄇㄠㄥˇ ㄉㄨˊㄧㄚˇ	mauɳ ðuYa	貌都雅	弟
ဆရာ ဝဏ္ဏ	ㄘㄧˊㄧㄚˊ ㄨㄚˇㄋㄚˇ	câYa uaɳɳa	薩雅瓦納	老師
ခွန် ဂွင်းဒါ	ㄎㄨㄛㄣˊ 《ㄨㄧㄥㄉㄚˋ	kuəɳ Guìɳ DA	坤恭達	長者

表 24 緬甸人女生

緬甸文	注音符號	緬語拼音	中文	稱謂
ဒေါ် တန်းမင်း	ㄉㄛˇ ㄉㄜㄣˋㄇㄧㄥ	DƆ dàɳmìɳ	杜丹敏	太太
မမြင့်	ㄇㄚㄇㄧˇㄥ	mamlîɳ	瑪敏	小姐、姐
မစိန်	ㄇㄚㄙㄟㄋˇ	maseiɳ	瑪色銀	妹
ဆရာ စန္ဒာ	ㄘㄧˊㄧㄚˊ ㄙㄚˊㄋㄉㄚˊ	câYa sânDa	薩雅桑達	老師
နန်းသီရ	ㄋㄜㄣˋㄉㄧˊㄧㄚˇ	nàɳðiYa	楠迪雅	擇族年長女士

表 25 華人男生

中文	注音符號	傳統緬甸文	本書緬甸文	緬語拼音	稱謂
孫文達	ㄙㄨㄣ ㄨㄣˊㄉㄚˊ	စုန်း ဝန်တာ	စွန် ဝဲန်စ်တါစ်	suὲɳ uέɳdÁ	先生
趙金彪	ㄓㄠˋ ㄐㄧㄣㄅㄧㄠ	ကျောက် ကျင်းပြောင်း	ကြေါင့် ကျိန်းပျေါင်း	jIÂUɳ jiìɳbiÀUɳ	哥、兄
李大尚	ㄌㄧˇ ㄉㄚˋㄕㄤ	လီ သစန်း	လီ တါရှိင့်စ်	li dÂ̜χ̜Ɛɳ	弟
陳火坤	ㄔㄣˊ ㄏㄨㄛˇㄎㄨㄣ	ချန် ဟောခဝန်း	မြိန်စ် ဟွေါ်ခွဲန်	qIÉɳ huᴐkuὲɳ	技師

表 26 華人女生

中文	注音符號	傳統緬甸文	本書緬甸文	緬語拼音	稱謂
許邇伊	ㄒㄩˇ ㄦˋㄧ	ရှီ အီ့ရီ	ယျူ အီ့ယဲး	xiu eryì	小姐、妹
司馬家淑	ㄙㄇㄚˇ ㄐㄧㄚㄕㄨ	စီးမာ ကြား စူး	စွူးမါ ကျုံးရှူး	sẁmA jiÀχ̜ù	太太
林喜梅	ㄌㄧㄣˊ ㄒㄧˇㄇㄟˊ	လင် ရှီမေ	လီန်စ် ယှီမေစ်	líɳ ximé	姐
張慧賢	ㄓㄤ ㄏㄨㄟˋㄒㄧㄢˊ	ကျန်း ဟွေ့ရှွန်	ကြိုင်း ဟွေ့ယျှိုန်စ်	jIÀɳ huêxiÆɳ	老師

友誼大金塔

တရုတ် မြန်မာ ခင်မင်ရင်းနှီးမှု စေတီပုထိုး

ㄉㄚˊㄧㄡˋ ㄇㄜㄣˋㄇㄚ ㄎㄧˇㄇㄧㄥㄧㄧㄥˋㄋㄧㄇㄨˋ ㄙㄟㄉㄧˊㄅㄨˊㄊㄛˋ

dâYóu'mIəɳma kiɳmiɳYìɳɳi̧mû sedibûtò

Friendship Golden Pagoda

第一課　問候與介紹
သင်ခန်းစာ ၁. နှုတ်ဆက်စကားများ နှင့် စတင်ကျင့်သုံးခြင်း

「ㄉㄧㄥˋㄎㄜˋㄋㄨㄙㄚˇ ㄉㄧˊ ㄋㄨˇㄘㄜˊㄙㄚˋㄍㄚㄇㄧㄚˋ ㄋㄧㄥˊ ㄙㄚˇㄉㄧㄥˋㄐㄧㄥˋㄉㄨㄇㄑㄧㄥˋ」
{ðiŊkəNsa dí' ŋóu'cə'sâgàmià ŋîŊ sâdiŊjiîŊðòuṃqlìŊ}

Lesson 1. Greetings and Introducings

【詞語學習 1】

▷ သင်ခန်းစာ「ㄉㄧㄥˋㄎㄜˋㄋㄨㄙㄚˇ」{ðiŊkəNsa}課，課文

▷ နှုတ်ဆက်စကားများ「ㄋㄨˇㄘㄜˊㄙㄚˇㄍㄚㄇㄧㄚˋ」{ŋóu'cə'sâgàmià}問候，問好

▷ နှင့်「ㄋㄧㄥˊ」{ŋîŊ}和，與，同

▷ စတင်ကျင့်သုံးခြင်း「ㄙㄚˇㄉㄧㄥˋㄐㄧㄥˋㄉㄨㄇㄑㄧㄥˋ」{sâdiŊjiîŊðòuṃqlìŊ}介紹

▷ မင်္ဂလာပါ「ㄇㄧㄥˋㄍㄚˋㄌㄚˇㄅㄚˇ」{miŊGlabA}你好，你們好，再見（可在早中晚任何時候作為問候語、告別語使用）

▷ ခင်ဗျား「ㄎㄧㄥˋㄅㄧㄚˋ」{kiŊBià}你（尊稱），您

▷ နာမည်「ㄋㄚㄇㄝˋ」{nameÑ}名字

▷ ဘယ်「ㄆㄝˇ」{Pɛ}什麼

▷ လိုခေါ်ပါသလဲ「ㄌㄜˇㄎㄜˊㄅㄚˇㄉㄚˋㄌㄝˋ」{lokɔbAðâlè}叫做（什麼呢）（疑問句用）

▷ လိုခေါ်ပါတယ်「ㄌㄜˇㄎㄜˊㄅㄚˇㄉㄝˇ」{lokɔbAdɛ}叫做（陳述句用）

▷ ကျွန်တော့်「ㄐㄜˋㄋㄉㄜˋ」{jiuəNdô}我的

▷ ရှင့်「ㄒㄧㄥˋ」{xîŊ}妳的

▷ ကျွန်မ「ㄐㄧˇㄨㄜˋㄋㄇㄚˇ」{jiuəNma}我（女生用）

▷ ထိုင်ဝမ်「ㄊㄞㄥˊㄨㄚㄇ」{taiŊuaM}臺灣

▷ ထိုင်ပေ「ㄊㄞㄥˊㄅㄝˇ」{taiŊbe}臺北

▷ ကောင်းရှို「ㄍㄠㄥˋㄒㄨㄇˋ」{gàuŊxouṃ}高雄

▷ မြို့「ㄇㄧㄛˋ」{mIô}城市

▷ ပါ「ㄅㄚˇ」{bA}表示尊敬的陳述句尾助詞，也可以表示"請"的意思。

▷ ဘယ်ကလဲ「ㄆㄝˇㄍㄚˋㄌㄝˋ」{Pɛgâlè}來自哪裡呢

▷ မန္တလေး「ㄇㄚˊㄋㄉㄚˋㄌㄝˋ」{mandâlè}曼德勒

▷ ဝင်ခွင့် 「ㄨㄧㄥˇㄅㄨㄧㄥˋ」{uiŊkuîŊ}接收，錄取

▷ ရတယ် 「ㄧㄚˋㄉㄝˇ」{Yadɛ}得到，被

▷ တွေ့ရတာ 「ㄉㄨㄝˋㄧㄚˋㄉㄚˇ」{duêYada}遇見

▷ ဝမ်းသာ 「ㄨㄚㄇㄉㄚˇ」{uàMða}高興

▷ ပါတယ် 「ㄅㄚˋㄉㄝˇ」{bAdɛ.}陳述句肯定回答小品詞，詞尾 တယ် = သည် 表示現在時，事實存在。

▷ မင်္ဂလာပါ ခင်ဗျား 「ㄇㄧㄥˇㄍㄉㄚˋㄅㄚˋ ㄎㄧㄥˇㄅㄧㄚˋ」{miŊGlabA kiŊBià}您好

▷ မတွေ့ရတာ 「ㄇㄚˋㄉㄨㄝˋㄧㄚˋㄉㄚˇ」{maduêYada}沒見面

▷ ကြာပြီ 「ㄐㄧㄚˋㄅㄧˊ」{jIabIi}表示過了好長時間的助詞

▷ လား 「ㄌㄚ」{là}嗎，放在句尾形成選擇問句，用 ဟုတ်ကဲ့ 「ㄏㄡˋㄍㄝˊ」{hóu'gê}/ ဟင့် 「ㄏㄧㄥˋ」{hîŊ} "是的/不是" 進行回答

▷ နေကောင်းလား 「ㄋㄝˋㄍㄠㄥˇㄌㄚ」{negàuŊlà}還好吧，你好

▷ ကျေးဇူးတင်ပါတယ် 「ㄐㄧㄝ卩ㄨㄉㄧㄥˇㄅㄚˋㄉㄝˇ」{jièzùdiŊbAdɛ}謝謝

▷ သူ 「ㄉㄨˇ」{ðu}他

▷ ဘယ်သူ ဖြစ် 「ㄆㄜˋㄉㄨˇ ㄆㄧˊˋ」{Pɛðu pIi'}是什麼人

▷ လဲ 「ㄌㄝˋ」{lè}呢

▷ ကျွန်တော်၏ 「ㄐㄧㄨㄜㄋˇㄉㄛˇˋㄧ」{jiuəNdɔ'î}我的

▷ အတန်းဖော် 「ˋㄚˋㄉㄜㄋˇㄆㄛˇ」{'âdèNpɔ}同學，學生

▷ တယ် 「ㄉㄝˇ」{dɛ}是，動詞詞尾

▷ ကျွန်တော်တို့ 「ㄐㄧㄨㄜㄋˇㄉㄛˇㄉㄛˇ」{jiuəNdɔdô}我們

▷ အတူ မှာ 「ˋㄚˋㄉㄨˇ ㄇㄚˇ」{'âdu ṃa}一起，共同

▷ စာကြည့်တိုက် 「ㄙㄚˋㄐㄧㄝˋㄋˊㄉㄞˋˋ」{sajIêÑdái'}圖書館

▷ သွားတယ် 「ㄉㄨㄚˋㄉㄝˇ」{ðuàdɛ}去，來

▷ ရပါတယ် 「ㄧㄚˋㄅㄚˋㄉㄝˇ」{YabAdɛ}好的

▷ တာ့တာ 「ㄉㄚˋㄉㄚˇ」{dâda}再見（口）

【範例課文】

一、仰光大學留學生許邇伊小姐(A)見到同學郭迪哈大哥(B)，兩人互相問候。

A:　မင်္ဂလာပါ။ ခင်ဗျား နာမည် ဘယ် လိုခေါ်ပါသလဲ? 你好。你叫什麼名字？

「ㄇㄧㄥˇㄍㄌㄚˇㄅㄚˋ.ㄎㄧㄥˇㄅㄧㄚˋ ㄋㄚˊㄇㄝㄏˊ ㄆㄝˇ ㄌㄛˇㄎㄛˋㄅㄚˊㄌㄚˋㄌㄝˋ?」{miŊGlabA. kiŊBià nameṆ̃ Pɛ lokɔbAðâlὲ?}

B:　မင်္ဂလာပါ။ ကျွန်တော့ နာမည် ကို သီဟာလို့ ခေါ်ပါတယ်။ ရှင့် နာမည် ဘယ်လို

ခေါ်ပါသလဲ? 你好。我叫郭迪哈。妳叫什麼名字？

「ㄇㄧㄥˇㄍㄌㄚˇㄅㄚˋ. ㄐㄨㄜㄋˇㄉㄛ̂ ㄋㄚˊㄇㄝㄏˊ ㄍㄛ ㄉㄧˋㄏㄚˊㄌㄛ̂ ㄎㄛˋㄅㄚˊㄉㄝˋ. ㄒㄧㄥˇ ㄋㄚˊㄇㄝㄏˊ ㄆㄝˇㄌㄛ ㄎㄛˋㄅㄚˊㄉㄚˋㄌㄝˋ?」{miŊGlabA. jiuəṆdô nameṆ̃ go ðihâlô kɔbAdɛ. xîŊ nameṆ̃ Pɛlo kɔbAðâlὲ?}

A:　ကျွန်မ နာမည် ယျ။ အါ်ယိဲ း လို ခေါ်ပါတယ်။ 我叫許邇伊。

「ㄐㄜㄋˇㄇㄚˇ ㄋㄚˊㄇㄝㄏˊ ㄒㄧㄨˋ ㄦㄌ̶ˋㄧ ㄌㄛˊ ㄎㄛˋㄅㄚˊㄉㄝˋ.」{jiuəṆma nameṆ̃ xiu eryì lô kɔbAdɛ.}

　　ကျွန်မကောင်းရှိမြို့ကပါ။ ခင်ဗျားဘယ်ကလဲ? 我來自高雄市。你來自哪裡？

「ㄐㄜㄋˇㄇㄚˇ ㄍㄠㄥ ㄒㄡㄇˋㄇㄧㄛ̂ㄍㄚˋㄅㄚˋ. ㄎㄧㄥˇㄅㄧㄚˋㄆㄝㄍㄚˊㄌㄝˋ?」{jiuəṆma gàuŊxoumṃIôgâbA. kiŊBiàPɛgâlὲ?}

B:　ကျွန်တော် မန္တလေးကပါ။ 我來自曼德勒。

「ㄐㄜㄋˇㄉㄛˊ ㄇㄚˇㄋㄉㄚˊㄌㄝㄍㄚˊㄅㄚˋ.」{jiuəṆdô mandâlègâbA.}

A:　တွေ့ရတာ ဝမ်းသာ ပါတယ်။ ဒီနှစ် ငါတို့ တက္ကသိုလ် ဝင်ခွင့် ရတယ်။ 很高興認識你。我們今年都考取大學了。

「ㄉㄨㄝㄚˉㄧㄚˊㄉㄚˊ ㄨㄚˋㄇˍㄛ̃ㄚ ㄅㄚˊㄉㄝˋ. ㄉㄧ̣ㄋˊㄧˊ ㄤˋㄚˊㄉㄛ̂ ㄉㄚˊㄍˋㄍㄚˋㄉㄛㄌ ㄨㄧㄥˋㄎㄨㄧㄥ̂ˇ ㄧㄚˊㄉㄝˋ.」{duêYada uàM̥õa bAdɛ. Diṇi' ŋAdô dâggâðol uiŊkuîŊ Yadɛ.}

B:　ဟုတ်ကဲ့။ 是的。

「ㄏㄡˊˊ ㄍㄝˋ.」{hóu'gê.}

A: မင်္ဂလာပါ ခင်ဗျား။ 您好。

「ㄇㄧㄥˇㄍㄌㄚˇㄅㄚˇ ㄎㄧㄥˇㄅㄧㄚˋ.」 {miŊGlabA kiŊBià.}

B: မင်္ဂလာပါ။ 你們好。

「ㄇㄧㄥˇㄍㄌㄚˇㄅㄚˇ.」 {miŊGlabA.}

A: မတွေ့ကောင်းတာကြာပြီ။ နေကောင်းလား ခင်ဗျား? 好久不見。您好嗎？

「ㄇㄚˇㄉㄨㄝˊㄍㄠㄤˋㄉㄚㄐㄧㄚˋㄅㄧˊ. ㄋㄝˇㄍㄠㄤˋㄉㄚ ㄎㄧㄥˇㄅㄧㄚ?」 {maduêgàuŊdajIabIi. negàuŊlà kiŊBià?}

B: ကောင်းပါတယ်၊ ကျေးဇူးတင်ပါတယ်။ သူ ဘယ်သူ လဲ? 滿好的，謝謝。他是誰？

「ㄍㄠㄤˇㄅㄚˇㄉㄝˇ, ㄐㄧㄝˋㄗㄨˋㄉㄧㄥˇㄅㄚˇㄉㄝˇ. ㄉㄨˇ ㄆㄝˇㄉㄨˇ ㄌㄝˊ?」 {gàuŊbAdɛ, jièzùdiŊbAdɛ. ðu Pɛðu lɛ̀?}

A: သူက ကျွန်တော်၏ အတန်းဖော် ကို သီဟ ဖြစ် တယ်။ 他是我的同學郭迪哈。

「ㄉㄨˇㄍㄚˇ ㄐㄧㄜˊㄅㄛˋㄉㄛˇˉㄧˋㄚˇㄉㄜˋㄋㄆㄛˇ ㄍㄛˋ ㄉㄧˉㄏㄚˋ ㄆㄧˊˇ ㄉㄝˇ.」 {ðugâ jiuəNdɔˈî ˈâdə̀Npɔ go ðihâ pIíˈ dɛ.}

ကျွန်တော်တို့ အတူ စာကြည့်တိုက် သွားတယ်။ 我們一起去圖書館。

「ㄐㄧㄜˊㄅㄛˋㄉㄛˇˉㄧˋㄅㄨˇ ㄙㄚˇㄐㄧㄝㄋˇㄅㄞˇˇ ㄉㄨˇㄚ ㄉㄝˇ.」 {jiuəNdɔdô ˈâdu sajIêÑdáiˈ ðuàdɛ.}

B: ကောင်းပါတယ်။ထွာ့ထာ။ 好的。再見！

「ㄍㄠㄤˇㄅㄚˇㄉㄝˇ.ㄊㄚˇㄊㄚˇ.」 {gàuŊbAdɛ.tâta.}

A: ထွာ့ထာ။ 再見！

「ㄊㄚˇㄊㄚˇ.」 {tâta.}

【詞語學習 2】

▷ ဒါ「ㄉㄚˇ」{DA}這個，這

▷ လိပ်စာကဒ်「ㄌㄟˇˋㄙㄚˇㄍㄚˇˋ」{léi'sagâ}名片

▷ ဂုဏ်ပြု「ㄍㄜˇㄣˇㄅㄧㄨˋ」{GoṆbIû}榮幸

▷ ဟို「ㄏㄛˇ」{ho}那個

▷ မိန်းမ「ㄇㄟˇㄣˇㄇㄚˇ」{mèiṆma}女性，女生

▷ သူမ, သူ「ㄉㄨㄇㄚˇˋ, ㄉㄨˋ」{ðuma, ðu}她

▷ သူ「ㄉㄨˋ」{ðu}他

▷ ကို「ㄍㄜˇ」{go}表示賓語的小品詞

▷ ဟုတ်ကဲ့「ㄏㄡˇˋㄍㄝˋ」{hóu'gê}是的，是呀

▷ သိ「ㄉㄧˇ」{ðî}認識，知道

▷ သိပါတယ်「ㄉㄧˇㄅㄚˇㄉㄝˇˋ」{ðîbAdɛ}認識呀

▷ သူငယ်ချင်း「ㄉㄨˋㄤㄝˇㄑㄧㄤˇ」{ðuŋɛqiiṆ}朋友

▷ ပဲ「ㄅㄝˋ」{bè}句尾助詞，表示強調

▷ ရှေ့ရက်က「ㄒㄝˇˋㄜˇˋㄍㄚˇ」{x̣êYə'gâ}幾天前

▷ သိမြင်「ㄉㄧˇˋㄇㄧㄤˇ」{ðîmIiṆ}認得

▷ ငါ「ㄤㄚˇ」{ŋA}我

▷ ကွန်ပျူတာ「ㄍㄜˇㄣˇㄅㄧㄨˇㄉㄚˇ」{guəṆbiuda}電腦，也可寫成: ကွန်ပျူတာ「ㄍㄜˇㄣˇㄅㄧㄨˇㄉㄚˇ」{guəṆbiûda}

▷ အသုံးပြုမှ「ˋㄚˇㄉㄡˇㄇ̩ㄅㄧㄨˇㄇ̩ˋ」{'âðòuṃbIûṃû}使用

▷ သင်ပေး「ㄉㄧˇㄤˇㄅㄝˋ」{ðiṆbè}教

▷ အဆင်「ˋㄚˇㄑㄧㄤˇ」{'âciṆ}舒適，舒服

▷ စိတ်မကောင်းပါဘူး「ㄙㄟˇˋㄇㄚˇㄍㄠˇㄤˇㄅㄚˇㄆㄨˋ」{séi'magàuṆbAPù}心裡感受不好

▷ အစာအိမ်「ˋㄚˇㄙㄚˇˋㄟ̀ㄇ̩」{'âsa'eiṂ}胃部，胃

▷ ဝေဒနာ「ㄨㄝˇㄉㄚˇㄣㄚˇ」{ueDana}疼痛，難受

▷ အလုပ်ရှုပ်「ˋㄚˇㄉㄡˇˋㄒㄡˇˋ」{'âlóu'x̣óu'}有工作，忙

▷ ဦးမယ်「ˋㄨㄇㄝˇ」{ûmɛ}需要，必須，ဦး「ˋㄨ」{û}表示預先，မယ်「ㄇㄝˇ」{mɛ}表示將要做什麼。

【常用會話】

A: တွေ့ရတာ ဝမ်းသာ ပါတယ်။ 很高興認識你。

「ㄉㄨㄝˋㄧㄚˇㄉㄚˇ ㄨㄚㄇㄉㄚˇ ㄅㄚˇㄉㄝˋ.」{duêYada uàM̪ða bAdɛ.}

B: တွေ့ရတာ ဝမ်းသာ ပါတယ်။ ဒါ ကျွန်တော်ရဲ့ လိပ်စာကဒ်ပါ။ 幸會。這是我的名片。

「ㄉㄨㄝˋㄧㄚˇㄉㄚˇ ㄨㄚㄇㄉㄚˇ ㄅㄚˇㄉㄝˋ. ㄉㄚˇ ㄐㄜㄋˇㄉㄛˇㄝˇㄧㄝˋ ㄉㄟˊㄙㄚㄍㄚˇㄅㄚˇ.」{duêYada uàM̪ða bAdɛ. DA jiuəN̪dɔYê léi'sagâ'bA.}

A: ဟို မိန်းမက ဘယ်သူလဲ? 那個女性是誰？

「ㄏㆦˇ ㄇㄟˇㄋㄇㄚˇㄍㄚˇ ㄆㄝˇㄉㄨˇㄌㄝˋ?」{ho mèiN̪magâ Pɛðulɛ̀?}

B: ကျွန်မ ကြိုင်း ဟွေ့ယျှိန်စ် ပါ၊ ထိုင်ဝမ် ကျောင်း ဆရာမ။ 是張慧賢，來自臺灣的老師。

「ㄐㄜㄋˇㄇㄚˇ ㄐㄧㄜㄤˇ ㄏㄨㄝˋㄒㄧㄜㄤˇ ㄅㄚˇ, ㄊㄞㄤㄨㄚㄇˋ ㄐㄧㄠㄤˇ ㄘㄚˇㄧㄚˇㄇㄚˇ.」{jiuəNma jIÆŊ huêxiÆŊ bA, taiŊuaM̪ jiàuŊ câYama.}

A: သူမကို သိသလား? 你認識她嗎？

「ㄉㄨˇㄇㄚˇㄍㄛˇ ㄉㄧˇㄉㄚˇㄌㄚˋ?」{ðumago ðîðâlà?}

B: ဟုတ်ကဲ့၊ သိပါတယ်။ သူငယ်ချင်းတွေပဲ။ 是的，我認識她。（我們）是朋友。

「ㄏㄡˋㄍㄝˋ, ㄉㄧˇㄅㄚˇㄉㄝˋ. ㄉㄨˇㄤㄝˇㄑㄧㄤˇㄉㄨㄝˇㄅㄝˋ.」{hóu'gê, ðîbAdɛ. ðuŋɛqiiŊduebɛ̀.}

54

စကားပြော ၂「ㄙㄚˋㄍㄚˋㄅㄌㄛ ㄋㄧ’’」{sâgàblɔ̀ ṇí’}對話二

A: သူ့ကို သိသလား? 你認識他嗎？

「ㄉㄨˇㄍㄛˇ ㄉㄧˋㄉㄚˋㄌㄚ?」{ðugo ðîðâlà?}

B: ဟုတ်ကဲ့။ 是的（認識）。

「ㄏㄡ’’ㄍㄝˋ.」{hóu’gɛ̂.}

A: ဘယ်မှာတွေ့တာလဲ? 在哪裡認識的？

「ㄆㄝˇㄇㄚˇㄉㄨㄝˋㄉㄚˇㄌㄝ?」{Pɛṃaduêdalɛ̀?}

B: ရှေ့ရက်က စာကြည့်တိုက်မှာတွေ့တာ။ 幾天前在圖書館。

「ㄒㄝˋㄧㄜ’’ㄍㄚˋ ㄙㄚˇㄐㄧㄝㄫˋㄉㄞ’’ㄇㄚˇㄉㄨㄝˋㄉㄚˇ.」{x̥êYə’gâ sajIêÑdái’ṃaduêda.}

A: သင် သူ့ကို ဘယ်လို သိတာ လဲ? 怎麼認識他的？

「ㄉㄧㄫˇ ㄉㄨˋ ㄍㄛˇ ㄆㄝˇㄌㄛˇ ㄉㄧˋㄉㄚˇ ㄌㄝ?」{ðiŊ ðû go Pɛlo ðîda lɛ̀?}

B: ငါ သူ့ကို ကွန်ပျူတာ သင်ပေးတာ။ 我教他如何使用電腦系統。

「ㄫㄚˇ ㄉㄨˋ ㄍㄛˇ ㄍㄜㄋˇㄅㄧㄨˇㄉㄚˇ ㄉㄧㄫˇㄅㄝㄉㄚˇ.」{ŋA ðû go guəŊbiuda ðiŊbèda.}

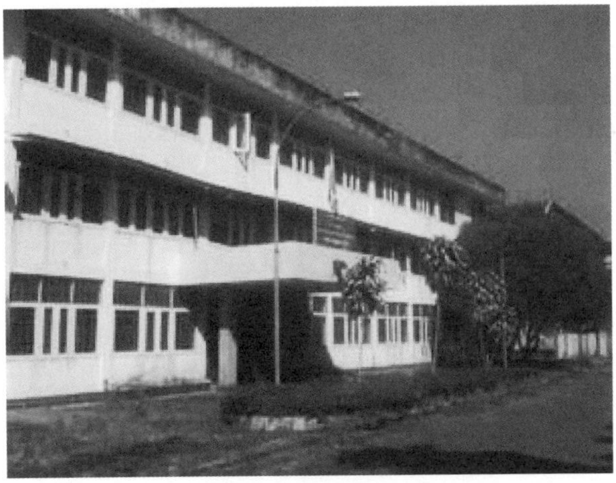

緬甸國家圖書館

မြန်မာ အမျိုးသားရေးဆိုင်ရာ စာကြည့်တိုက်

「ㄇㄧㄜㄋˇㄇㄚ’’ㄚˋㄇㄧㄛㄉㄚㄧㄝㄘㄞㄫˇㄧㄚˇ ㄙㄚˇㄐㄧㄝㄫˋㄉㄞ’’」

{mIəŊma ’âmiòðàYècaiŊYa sajIêÑdái’}

Myanmar National Library

A: မင်္ဂလာပါ။ 您好。

「ㄇㄧㄥˇ《ㄉㄚˊㄅㄚˇ」{miɳGlabA.}

B: မင်္ဂလာပါ။ 您好。

「ㄇㄧㄥˇ《ㄉㄚˊㄅㄚˇ」{miɳGlabA.}

A: အဆင်ပြေရဲ့လား? 一切都好吧？

「ˊㄚˋㄑㄧㄥˇㄅㄧㄝˊㄧㄝˋㄌㄚˋ?」{'âciɳbIeYêlà?}

B: ဟုတ်ကဲ့ အဆင်ပြေပါတယ်။အဆင်ပြေရဲ့လား? 我一切都好。（您）一切都好吧？

「ㄏㄡˊ《ㄝˋ ˊㄚˋㄑㄧㄥˇㄅㄧㄝˊㄅㄚˊㄉㄝˋ ˊㄚˋㄑㄧㄥˇㄅㄧㄝˊㄧㄝˋㄌㄚˋ?」{hóu'gê 'âciɳbIebAdɛ 'âciɳbIeYêlà?}

A: အဆင်မပြေဘူး။ 不怎麼好。

「ˊㄚˋㄑㄧㄥˇㄇㄚˇㄅㄧㄝˊㄆㄨ.」{'âciɳmabIePù.}

B: ဘာကြောင့် လဲ? 怎麼啦？

「ㄆㄚˇㄐㄧㄠㄥˋ ㄌㄝˋ?」{PajIâuɳ lȇ?}

A: အစာအိမ် ဝေဒနာ။ 胃疼。

「ˊㄚˋㄙㄚˇㄟㄇˇ ㄨㄝˋㄉㄚˊㄋㄚˇ.」{'âsa'eiM̱ ueDana.}

B: စိတ်မကောင်းပါဘူး။ 我好難過。

「ㄙㄟˋˊㄇㄚˇ《ㄠㄥˇㄅㄚˊㄆㄨ.」{séi'magàuɳbAPù.}

စကားပြော ၄「ㄙㄚˋㄍㄚㄅㄧㄛ ㄌㄝ」{sâgàbIɔ̀ lè}對話四

A: တွေ့ရတာဝမ်းသာပါတယ်! နေကောင်းလား။ 很高興見到你！還好吧？

「ㄉㄨㄝˋㄧㄚˇㄉㄚˇㄨㄚㄇㄉㄚˇㄅㄚˇㄉㄝˇ! ㄋㄝˇㄍㄠㄫㄌㄚ.」{duêYadauàM̰ðabAdɛ! negàuŊ̰là.}

B: ကောင်းပါတယ်၊ ကျေးဇူးတင်ပါတယ်! 很好呢，謝謝！

「ㄍㄠㄫㄅㄚˇㄉㄝˇ, ㄐㄧㄝㄗㄨㄉㄧㄫˇㄅㄚˇㄉㄝˇ!」{gàuŊ̰bAdɛ, jièzùdiŊ̰bAdɛ!}

A: အလုပ်ရှုပ်နေပါတယ်။ သွားပါဦးမယ်။ 我很忙。我得走啦。

「'ㄚˋㄌㄡ''ㄒㄡ''ㄋㄝˇㄅㄚˇㄉㄝˇ. ㄉㄨㄚㄅㄚˇ'ㄨㄇㄝˇ.」{'âlóu'x̥óu'nebAdɛ. ðuàbA'ȕmɛ.}

B: သွားမယ်။ နောက်ပြန်တွေ့ကြသေးတာပေါ့! 走吧。希望再見到你！

「ㄉㄨㄚㄇㄝˇ. ㄋㄠ''ㄅㄧㄜㄋˇㄉㄨㄝˋㄐㄧㄚˋㄉㄝㄉㄚˇㄅㄛˋ!」{ðuàmɛ. náu'bIəŊ̰duêjIâðèdabƆ̂!}

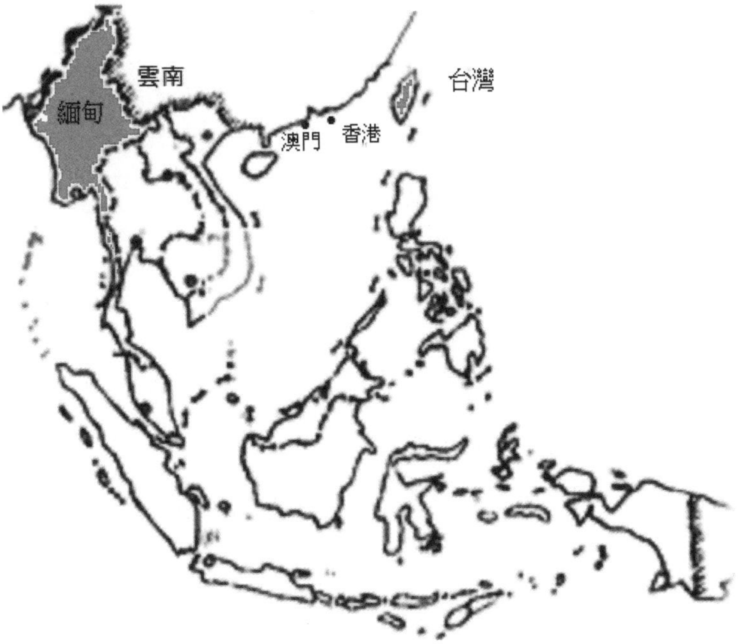

臺灣和緬甸的地理位置

ပထဝီဝင် နေရာ, ထိုင်ဝမ် နှင့် မြန်မာ

「ㄅㄚˋㄊㄚˋㄨㄧˇㄨㄧㄫˇ ㄋㄝˇㄧㄚˇ, ㄊㄞˊㄨㄢ ㄋㄧㄫˋ ㄇㄧㄜㄋˇㄇㄚˇ」

{bâtâuiuiŊ̰ neYa, táiuàn n̥îŊ̰ mIəŊ̰ma}

Geographical Position of Taiwan and Myanmar

【語法說明】語法特點；語法點滴

1.緬甸語語法的一些特點

緬甸語語序最顯著的特點是句子按照主語+賓語+動詞的順序排列，這點與中文不同。主語賓語後面可帶上小品詞，有的書稱作格助詞。凡是起語法作用的又不屬於常規語法詞類的（名詞、形容詞、動詞、代詞等）的詞本書都稱為小品詞。

緬甸的語言深受中國、印度、泰國的影響，有為數不少的借詞。借自中文的詞彙多用方言發音。現在舉一些例子。

本課出現的 ဟုတ်ကဲ့「ㄏㄡˇˊㄍㄝˋ」{hóugê}是的，是呀"，很可能是借自廣州話"好嘅"。

來自閩南話、潮州話的 ကော်ပြန့်「ㄍㄛˇㄅㄧㄜˇㄋˇ」{gɔbIⁿ̂N}蛋捲，糕點（借自 "糕餅" 的發音）。

來自海南話的 ပေါက်စီ「ㄅㄠˇˊㄙㄨㄧˇ」{bÁu'si}包子。

當然也會有來自國語的借詞，例如：လောင်ကျ「ㄌㄠˇㄍㄧㄐㄧㄚˋ」{lauŊjiâ}勞駕。

巴利語借詞，例如：ကံ「ㄍㄚㄇˋ」{gam̈}(कम्म)因果報應，緣分，命運；ကုသိုလ်「ㄍㄨˇㄉㄛˇˋ」{gûðo'}(कुसली)長處，功績；ဇီဝ「ㄗㄧˇㄨㄚˇ」{ziua}(जीव)生命。

緬甸語受英語的影響，現代科技詞彙多借自英語，比如：ရေဒီယို「ㄖㄝˇㄉㄧˇㄛˇ」{reDiyo}(radio)無線電廣播，電臺；本課出現的 ကွန်ပျူတာ「ㄍㄜㄋˊㄅㄧㄨˇㄉㄚˇ」{guəNbiuda} (computer)電腦。

來自泰語的 အရုဏ်「ˊㄚㄖㄨˇㄋˋ」{'ârûn̈}(อรุณ)黎明。

來自馬來語的 ဂိုဒေါင်「ㄍㄛˇㄉㄠㄥˊ」{GoDAUŊ}(gudang)儲藏室。

來自阿拉伯的 အလံ「ˊㄚˇㄌㄚㄇˋ」{'âlam̈}(عَلَم ʃalam)旗幟。

來自葡萄牙語的 ပေ「ㄅㄝˇ」{be}(pé)腳。

有的詞彙有新舊之分，例如：

大學：တက္ကသိုလ်「ㄉㄚˇˊㄍㄍㄚˇㄉㄛˇㄌ」{dâggâðol}；舊用英語詞：ယူနီဘာစတီ「ㄧㄨˇㄋㄧˇㄅㄚㄙㄚˇㄉㄧ」{yuniBasâdi}(university)。

緬甸語中的疊韻詞為數不少，用來表示強調，例如：ချော「ㄑㄧˇㄛ」{qiɔ}美麗，ချောချော「ㄑㄧˇㄛㄑㄧˇㄛ」{qiɔqiɔ}美極了。有時意思會有變化，如：ခဏ「ㄎㄚˇㄋㄚˇ」{kâna}瞬間 ခဏခဏ「ㄎㄚˇㄋㄚˇㄎㄚˇㄋㄚˇ」{kânakâna}頻繁地。ပြည်「ㄅㄧㄝㄋˇ」{bIeŇ}國家，在片語中用疊韻詞會產生相關聯的新意思，比如：အပြည်ပြည်ဆိုင်ရာ「ˊㄚˇㄅㄧㄝㄋˇㄅㄧㄝㄋˇㄑㄧˇㄛㄥㄧㄚˇ」{'âbIeŇbIeŇcîoŊYa}國際的。

2.語法點滴

1) 在表示第二人稱代詞的概念時，男女不同：對男生用 ခင်ဗျား「ㄎㄧㄥˊㄅㄧㄚˋ」{kiɳBià}你；對女生用 ရှင်「ㄒㄧㄥˇ」{xiɳ}妳。

2) 詞結構 မိန်းမက「ㄇㄟˋㄋㄇㄚˋㄍㄚˋ」{mèiɳmagâ}（女人）中的助詞 က「ㄍㄚˋ」{gâ}表示動作的主體。

3) 小品詞 လို့「ㄌㄛˋ」{lô}表示結果：ကုန်「ㄍㄛㄋˇ」{goɳ}尾，末尾，ဒီလကုန်လို့မှ「ㄉㄧˇㄌㄚˇㄍㄛㄋˇㄌㄛˋㄇㄚˋ」{DilagoɳlômÂ}在本月末。

4) 小品詞 နေ「ㄋㄝˇ」{ne}用來表示正在進行的動作，如：သွားနေတယ်「ㄉㄨㄚˋㄋㄝˇㄉㄝˇ」{ðuànedɛ}正在去。

5) 動詞詞尾 မယ်=မည်「ㄇㄝˇ=ㄇㄝㄋˊ」{mɛ=meɳ̂}(書)用來表示將來或有待進行的動作，如：သွားမယ်「ㄉㄨㄚˋㄇㄝˇ」{ðuàmɛ}我會去。တော့「ㄉㄛˋ」{dô}和動詞詞尾 မယ်「ㄇㄝˇ」{mɛ}一起使用時，表示動作即將發生，如：သွားတော့မယ်「ㄉㄨㄚˋㄉㄛˋㄇㄝˇ」{ðuàdômɛ}我這就要去了。တော့「ㄉㄛˋ」{dô}表示命令語氣，如：သွားတော့「ㄉㄨㄚˋㄉㄛˋ」{ðuàdô}去吧。

6) 緬甸語構詞方式和中文一樣，很靈活，現在舉一些例子。

ဝမ်း「ㄨㄚㄇˋ」{uàM}內心，肚皮+သာ「ㄉㄚˇ」{ða}舒服，舒適=ဝမ်းသာ「ㄨㄚㄇˋㄉㄚˇ」{uàMða}高興的；

နား「ㄋㄚˋ」{nà}耳朵+လည်「ㄌㄚˇㄋㄚˊ」{laɳ̌a}轉動=နားလည်「ㄋㄚˋㄌㄝㄋˊ」{nàleɳ̌}理解，明白；

မြို့「ㄇㄧㄛˋ」{mIô}城市+ရွာ「ㄧㄨㄚˇ」{Yua}鄉=မြို့ရွာ「ㄇㄧㄛˋㄧㄨㄚˇ」{mIôYua}城鄉；

သွား「ㄉㄨㄚˋ」{ðuà}去+လာ「ㄌㄚˇ」{la}來=သွားလာ「ㄉㄨㄚˋㄌㄚˇ」{ðuàla}來去；

ရောင်း「ㄧㄠㄥˋ」{YàuɳN}賣+ဝယ်「ㄨㄝˇ」{uɛ}買=ရောင်းဝယ်「ㄧㄠㄥˋㄨㄝˇ」{YàuɳNuɛ}買賣；

ဆီ「ㄑㄧˇ」{ci}油+မီး「ㄇㄧˋ」{mì}火+တိုင်「ㄉㄞㄥˇ」{daiɳ}棍棒=ဆီမီးတိုင်「ㄑㄧˇㄇㄧˋㄉㄞㄥˇ」{cimìdaiɳ}火炬。

緬甸語言習俗點滴

　　緬甸通用的問候語是"မင်္ဂလာပါ「ㄇㄧㄥˊㄍㄚˊㄌㄚˇㄅㄚˇ」{miŋGalabA}你好，你們好，意思可以理解為："把吉祥帶給你（你們）"。另外也用 နေကောင်းလား「ㄋㄝˊㄍㄠㄌㄚˇ」{negàuŊlà}還好吧"；母語屬於漢藏語系的人們，見面常說的"你吃了嗎？"是一種問候語。緬甸人也是這樣，即：ထမင်းစားပြီးပြီလာ「ㄊㄚˇㄇㄧㄥㄙㄚㄅㄧˊㄅㄧˋㄌㄚˇ」{tâmìŊsàbIibIila}吃了飯嗎？在緬甸，借自英語 hello 的 ဟဲလို「ㄏㄝㄌㄛˊ」{hèlo}"你好"一詞，現在也是流行的問候語，而過去只在打電話時使用。

Ka Gji	Kah gwei	Ga nge	Ga gji	Nga
က	ခ	ဂ	ဃ	င
Sa loun	Hsa lein	Za gwe	Za mjin zwe	Nja gji
စ	ဆ	ဇ	ဈ	ည
Ta talin gjei	Hta win be	Da jin gau	Da jei hmou	Na gji
ဋ	ဌ	ဍ	ဎ	ဏ
Ta win bu	Hta hsin du	Da dwei	Da au chai	Na nge
တ	ထ	ဒ	ဓ	န
Pa zau	Hpa ou htou	Va de chai	Ba goun	Ma
ပ	ဖ	ဗ	ဘ	မ
Ja pe le	Ja gau	La	Wa	Tha
ယ	ရ	လ	ဝ	သ
Ha	La gji	A		
ဟ	ဠ	အ		

緬文字母識別名

မြန်မာစာ အက္ခရာစဉ် အမည်

「ㄇㄧㄜˇㄋㆴˋㄇㄚˋㄙㄚˇㄍㄍㄅㄚˇㄧㄚˊㄙㄝㆷˋㄚˇㄇㄝㆷˋ」

{mIəŊmasa 'âgkâYaseẽ 'âmeÑ}

Myanmar Alphabet Characters' Name

【練習鞏固】

1. 請把下列句子翻譯成緬甸文。

　　1) 您好！見到您很高興。

　　　_____

　　2) 我來自屏東(ဖိင်စ်တုင်းမြို့「ㄆㄧㄥˋㄉㄛㄥㄇㄧㄥˋ」{píŋdòŋmlô})，吳昂來自東枝(တောင်ကြီးမြို့「ㄉㄠㄥˋ
　　ㄐㄧㄇㄧㄥˋ」{dauŋjĬimlô})。

　　　_____

　　3) 他是來自臺灣的學生(ကျောင်းသား「ㄐㄧㄠㄥㄉㄚˋ」{jiàuŋðà})。

　　　_____

2. 請把下列句子翻譯成中文。

　　1) ခင်ဗျားနာမည်ဘယ်လိုခေါ်ပါသလဲ？「ㄎㄧㄥˋㄅˋㄧㄢㄚˋㄇㄝˇㄋㄨㄝˇㄌㄛㄜˇㄅㄚˇㄉㄚˋㄌㄝˇ?」
　　{kiŋBiànameŊPɛlokɔbAðâlὲ?}

　　　_____

　　2) မစိန် လို့ခေါ်ပါတယ်။「ㄇㄚˇㄙㄟˇㄋㄨˇㄌㄛㄜˇㄅㄚˇㄉㄝˇ.」{maseiŊ lôkɔbAdε.}

　　　_____

　　3) ဟို လူကလေး (男孩)က ဘယ်သူလဲ？「ㄏㄛˇㄌㄨˇㄍㄚˇㄉㄝ ㄍㄚˋㄆㄝˇㄉㄨˇㄉㄝ?」{ho lugâlὲ gâ Pɛðulὲ?}

　　　_____

3. 緬甸文和中文語法的最大不同點是什麼。

　　　_____

第二課　致謝與感恩

သင်ခန်းစာ ၂. ကျေးဇူး နှင့် ကျေးဇူးသိတတ်

「ㄉㄧㄥˇㄎㄜˋㄋˇㄙㄚ ㄋㄧˊ` ㄐㄧㄝㄗㄨˋ ㄋㄧˋㄥˇ ㄐㄧㄝㄗㄨˋㄉㄧˋㄉㄚˊ`」

{ðiŊkə̀Ŋsa ɲí' jièzù ɲîŊ jièzùðîdá'}

Lesson 2. Thanks and Gratitude

【詞語學習 1】

▷ နေကောင်း「ㄋㄝˇㄍㄠㄥ˙」{negàuŊ}正常，好，正確

▷ ရဲ「ㄧㄝˋ」{Yê}想知道，總想著

▷ အလွန်「ˇㄚˋㄌㄨㄜˋㄋˇ」{'âluəŊ}很

▷ စူပါမက်ကက်「ㄙㄨˇㄅㄚˋㄇㄜ˙ˋㄍㄜˋ」{subAmá'gá'}超市

▷ မ「ㄇㄚˇ」{ma}否，不

▷ အတူတူ「ˇㄚˋㄉㄨˇㄉㄨˇ」{'âdudu}同樣，一樣

▷ မည်「ㄇㄝˊㄥˇ」{meŊ̂}將

▷ ဒါပေမယ့်「ㄉㄚˋㄅㄝˇㄇㄝˇ」{DAbemê}然而，不管怎樣

▷ အချိန်「ˇㄚˋㄑㄧㄟㄟˋㄋˇ」{'âqieiŊ}時間

▷ မရှိဘူး「ㄇㄚˇㄒㄧˇㄅㄨˋ」{max̂iPù}沒有

▷ ဘာ「ㄆㄚˇ」{Pa}什麼

▷ ကူညီ「ㄍㄨˇㄋˇㄧˇ」{guÑi}幫助，援助

▷ ပေးရ「ㄅㄝˇㄧㄚˋ」{bèYa} 要給，要做，要繳納，ပေး 送給，贈，ရ 要做，獲得

▷ ပါမလဲ「ㄅㄚˋㄇㄚˇㄌㄝˋ」{bAmalê}不能夠嗎，不是嗎

▷ ကီလိုဂရမ်「ㄍㄧˇㄌㄧㄛˇㄍㄚˋㄖㄚˋㄇˇ」{giloGaraM̂}公斤

▷ သရက်သီး「ㄉㄚˋㄧㄜ˙ˋㄉㄧ」{ðâYá'ðì}芒果

▷ အယ်ဖို့「ˇㄚˋㄨㄝˋㄆㄛˋ」{'âuɛpô}買些，ဖို့ 表示 "部分"、"一些"

▷ ဟုတ်ကဲ့「ㄏㄡˋㄍㄝˋ」{hóu'gê}好的，好吧

▷ အများကြီး「ˇㄚˋㄇㄧˋㄚㄐㄧˇ」{'âmiàjIi}最大限度

▷ ရပါတယ် 「ㄧㄚˇㄅㄚˋㄉㄝˋ」 {YabAdɛ} 不用了，不客氣

▷ အထုတ် 「ˊㄚˋㄊㄡˊˊ」 {'âtóu'} 包裹

▷ ပို့ချင် 「ㄅㆦˋㄑㄧㄥˋ」 {bôqiiŊ} 想寄

▷ စက်ဘီး 「ㄙㄜˊˊㄅㄧ」 {sə'Pi} 自行車，單車

▷ ကိစ္စ 「ㄍㄧˊㄙㄙㄚˋ」 {gîssâ} 事兒，情況

▷ မရှိပါဘူး 「ㄇㄚˊㄒㄧˊㄅㄚˊㄅㄨ」 {maxîbAPù} 沒有，不具有

▷ ပြန် 「ㄅㄧㄜㄋˋ」 {bIəN} 回，回來

▷ သည် 「ㄉㄝ广ˋ」 {ðeɴ̃} 這

▷ တောင်းပန် 「ㄉㄠㄥˋㄅㄜㄋˋ」 {dàuŊbəN} 撫慰，安慰

▷ တာယာ 「ㄉㄚˇㄧㄚˇ」 {daya} 輪胎(tyre)

▷ ဖောက် 「ㄆㄠˊˊ」 {páu'} 爆裂

▷ ပြီးပြီ 「ㄅㄧˇㄅㄧˇ」 {bIibIi} 小品助詞，表示完成

▷ ချုပ်ဆေး 「ㄑㄧㄡˊˊㄘㄝˋ」 {qióu'cè} 修理工

▷ ပြင်ဆင် 「ㄅㄧㄥˊㄘㄧㄥˋ」 {bIiŊciŊ} 修理，修整，弄好

▷ ကျေးဇူး 「ㄐㄧㄝㄗㄨˋ」 {jièzù} 感謝，感激

▷ အတွဲ 「ˊㄚˋㄉㄨㄝˋ」 {'âduè} 非常，很多地

▷ ထိုအရာ 「ㄊㆦˊˊㄚˇㄧㄚˇ」 {to'âYa} 什麼，哪兒的話

▷ အရာ 「ˊㄚˋㄧㄚˇ」 {'âYa} 事情，東西

▷ လုပ် 「ㄌㄨˊˊ」 {lóu'}，အလုပ် 「ˊㄚˋㄌㄨˊˊ」 {'â lóu'} 工作，行動

一、杜丹敏太太(B)幫助華人李大尚(A)買水果，李大尚很感激。

A: နေကောင်းရဲ့လား? 身體好嗎？

「ㄋㄝˇㄍㄠㄦ一ㄝˇㄌㄚ?」{negàuŊɣɛ̂là?}

B: အလွန် ကောင်း။ 很好。

「ˇㄚˋㄌㄨㄜㄋˇ ㄍㄠㄦ.」{'âluəŊ gàuŊ.}

စူပါမက်ကက်ကို သွားမလို့။ အတူတူသွားကြမလား? 我要去超市，你想一起去嗎？

「ㄙㄨˇㄅㄚˇㄇㄝˇㄍˋㄜˇㄍˇㄜˇ ㄋㄨㄚˇㄇㄚˇㄌㄛˇ. ˇㄚˋㄌㄨˇㄉㄨˇㄌㄨㄚˇㄐ一ˇㄚˇㄇㄚˇㄌㄚ?」{subAmá'gá'go ðuàmalô. 'âduduðuàjIâmalà?}

A: ကျွန်တော် သွား ချင်ပါတယ်၊ ဒါပေမယ့် ဒီမှာ အချိန်မရှိဘူး။ 我很想去，但這時候沒時間。

「ㄐㄨㄜㄋˋㄌㄛˇ ㄋㄨㄚˇ ㄑ一ㄦˇㄅㄚˇㄉㄝˇ, ㄉㄚˇㄅㄝˇㄇㄝˇ ㄉ一ˇㄇㄚˇ ˇㄚˋㄑ一ㄟㄋˇㄇㄚˇㄒ一ˇㄆㄨ.」{jiuəNdɔ ðuà qiiŊbAdɛ, DAbemɛ̂ Diṃa 'âqieiŅmaxîPù.}

B: ကို တို့ရှိင့်၊ ဘာကူညီပေးရပါမလဲ? 大尚哥，我能幫你做點什麼嗎？

「ㄍㄛˇ ㄉㄚˇㄒㄜㄦ, ㄆㄚˇㄍㄨˇ一ˇㄅㄝㄦ一ㄚˇㄅㄚˇㄇㄚˇㄌㄝ?」{go dÂxɛ̂Ŋ, PaguÑibèYabAmalɛ̀?}

A: သရက်သီး တစ် ကီလိုဂရမ် ဝယ်ခဲ့ပေးပါ။ 幫我買一公斤芒果。

「ㄉㄚˇ一ˇㄜˇㄉ一ˇ ㄉㄧ一ˇ ㄍㄧ一ˇㄌㄛˇㄍˇㄚㄖㄚˇㄇˇ ㄨㄜˇㄎㄝˇㄅㄝˇㄅㄚ.」{ðâɣá'ðì dí' giloGaraṂ uɛkɛ̂bèbA.}

B: ဟုတ်ကဲ့။ 好的。

「ㄏㄡˇˇㄍㄝ.」{hóu'gɛ̂.}

A: ကျေးဇူးအများကြီးတင်ပါတယ်။ 非常感謝！

「ㄐ一ㄝㄗㄨˇˇㄇㄚˇㄐ一ˇㄌㄧ一ㄉ一ㄋㄦˇㄅㄚˇㄉㄝ.」{jièzù'âmiàjIidiŊbAdɛ.}

B: ရပါတယ်။ ကျေးဇူးတင်စရာမလိုပါဘူး။ 好了，不用謝！

「一ㄚˇㄅㄚˇㄉㄝ. ㄐ一ㄝㄗㄨˇㄉ一ˇㄋㄦˇㄙㄚˇ一ㄚˇㄇㄚˇㄌㄛˇㄅㄚˇㄆㄨ.」{YabAdɛ. jièzùdiŊsâYamalobAPù.}

A: အထုတ် သွားပို့မလို့လား？ စက်ဘီး စီးသွား။ 去寄包裹嗎？騎單車去吧。

「ˋㄚˋㄊㄡˋ ㄉㄨㄚㄅㄛˊㄇㄚˋㄌㄛˊㄌㄚ? ㄙㄜˋㄆㄧˉ ㄙㄧˋㄉㄨㄚˋ.」{'âtóu' ðuàbômalôlà? sə'Pì sìðuà.}

B: ဟုတ်ကဲ့၊ ရှင့် ကို ကျေးဇူးတင်ပါတယ်။ 好的，謝謝您！

「ㄏㄡˋˊㄍㄝˋ, ㄒㄧˉㄥˋ ㄍㄛˋ ㄐㄧㄝㄗㄨㄉㄧˉㄥˋㄅㄚˊㄉㄝˋ.」{hóu'gê, xîㄋ go jièzùdiㄋbAdɛ.}

A: ကိစ္စမရှိပါဘူး။ 不客氣。

「ㄍㄧˉㄙㄙㄚㄇㄚˋㄒㄧˉㄅㄚˊㄅㄨˋ.」{gîssâmaxîbАРù.}

B: ပြန်လာပြီ။ ဒေါ် တန်းမေ၊ တောင်းပန်ပါတယ်။ 我回來了。杜丹敏太太，對不起！

「ㄅㄧˋㄜˋㄋˊㄌㄚˊㄅㄧˋ. ㄉㄛˋ ㄉㄜˋㄋˋㄇㄝˋ, ㄉㄠㄥˋㄅㄜˋㄋˋㄅㄚˊㄉㄝˋ.」{bIəㄋlabIi. CƆ dàㄋme, dàuㄋbəㄋbAdɛ.}

   တာယာ ပေါက်သွားပြီ။ 輪胎漏氣了。

「ㄉㄚˋㄧˋㄚˋ ㄅㄠˋˊㄉㄨㄚˋㄅㄧˋ.」{daya bÁu' ðuàbIi.}

A: ရပါတယ်။ 沒關係。

「ㄧˋㄚˊㄅㄚˊㄉㄝˋ.」{YabAdɛ.}

B: ပြင်ဆိုင် မှာ ပြင်ခဲ့တယ်။ 修車工把它修好了。

「ㄅㄧˋㄥˊㄘㄞㄥˋ ㄇㄚˋ ㄅㄧˋㄥˋㄎㄝˊㄉㄝˋ.」{bIiㄋcaiㄋ ma bIiㄋkêdɛ.}

A: ကျေးဇူး အထူး တင်ပါတယ်။ 非常感謝！

「ㄐㄧㄝㄗㄨ ˋㄚˋㄊㄨ ㄉㄧˋㄥˋㄅㄚˊㄉㄝˋ.」{jièzù 'âtù diㄋbAdɛ.}

B: မလိုပါဘူး။ 不客氣！

「ㄇㄚˋㄌㄛˋㄅㄚˊㄅㄨ.」{malobАРù.}

【詞語學習 2】

▷ ငှား「ㄤㄚˋ」{ŋà}借，弄，從事

▷ ဘာလို့လဲ「ㄆㄚˇㄌㄛˋㄌㄝˋ」{Palôlè}為什麼呢

▷ ဟ「ㄏㄚˇ」{ha}強調前面說的內容

▷ ရှာမတွေ့「ㄒㄚˇㄇㄚˇㄌㄨㄝˋ」{xamaduê}丟失

▷ စရာ「ㄙㄚˋ一ㄚˇ」{sâYa}事情，東西

▷ အီးမေးလ်「'一ㄇㄝㄌ」{'imèl}電子郵件

▷ ပျက်နေ「ㄅ一ㄜˋˋㄋㄝ」{biá'ne}壞，損壞

▷ အလွန်「'ㄚˇㄌㄨㄛㄥˋ」{'âluəN}完全，絕對

▷ ထိုအရာ「ㄊㄛˋˋㄚˋ一ㄚˇ」{to'âYa}那東西，它

內比都機場全景
နေပြည်တော် လေဆိပ် မြင်ကွင်းကျယ်
「ㄋㄝˋㄅ一ㄝㄋˊㄌㄛ ㄌㄝˇㄘㄟ゛ ㄇ一ㄥˇ《ㄨ一ㄥㄐ一ㄝ」
{nebIeÑdɔ lecéi' mIiŊguiŊjiɛ}
Naypyidaw Airport Panorama

【常用會話】

စကားပြော ၁「ㄙㄚˋㄍㄚˋㄅㄧㄛˋ ㄉㄧˊ」{sâgàblò dí}對話一

A: ဖုန်း ခဏ ငှားလို့ရမလား? 能把手機借給我嗎？

「ㄆㄛㄋ ㄎㄚˋㄋㄚ ㄤˋㄌㄛˊㄧˋㄇㄚˋㄌㄚ?」{pòN kâṇa ŋàlôYamalà?}

B: ဘာလို့လဲ? 為什麼呢？

「ㄆㄚˊㄌㄛˋˋㄌㄝ?」{Palôlè?}

A: ငါ့ဟာ ရှာမတွေ့လို့။ （由於）我的弄丟了。

「ㄤˊㄏㄚˋ ㄒㄚˇㄇㄚˋㄌㄨㄝˋㄌㄛˋ.」{ŋÂha ҳamaduêlô.}

B: ရပါတယ်။ 好的。

「ㄧㄚˇㄅㄚˇㄌㄝˋ.」{YabAdɛ.}

စကားပြော ၂「ㄙㄚˋㄍㄚˋㄅㄧㄛˋ ㄋㄧˊ」{sâgàblò ṇí}對話二

A: ဘာကြောင့် အီးမေးလ် မပြန်တာလဲ? 為什麼不回覆電子郵件？

「ㄆㄚˊㄐㄧㄠㄤˇˋㄧˋㄇㄝㄌ ㄇㄚˋㄅㄧㄢㄛˋㄋˋㄉㄚˋㄌㄝ?」{PajIâuṆ 'ìmèl mablǝNdalè?}

B: ကွန်ပျူတာပျက်နေလို့၊တောင်းပန်ပါတယ်။ 我的電腦壞了，對不起！

「ㄍㄨㄛㄋˋㄅㄧㄨˋㄉㄚˋㄅㄧㄛˋˊㄋㄝˋㄌㄛˋ, ㄉㄠㄧˋㄅㄛㄋˋㄅㄚˇㄌㄝˋ.」{guǝNbiudabió'nelô, dàuṆbǝNbAdɛ.}

A: ကျွန်တော် ပြင်ပေးမယ်လေ။ 我幫你修理。

「ㄐㄨㄛㄋˇㄌㄛˋ ㄅㄧㄤㄅㄝㄇㄝㄌㄝˋ.」{jiuǝNdo blIṆbèmɛle.}

B: သင် ကို အလွန် ကျေးဇူးတင် သည်! 非常感謝你！

「ㄉㄧㄤˇ ㄍㄛˋˊㄚˋㄌㄨㄛㄋˋ ㄐㄧㄝㄗㄨˋㄉㄧㄤˇ ㄉㄝ广!」{ðiṆ go 'âluǝN jièzùdiṆ ðeÑ!}

A: ကိစ္စ မရှိပါဘူး။ 不客氣。

「ㄍㄧˇㄙㄙㄚˋ ㄇㄚˋㄒㄧ-ㄅㄚˇㄆㄨˇ.」{gîssâ maҳîbAPù.}

【語法說明】動詞簡介；不同用詞法；語法點滴

1.動詞簡介

　　緬甸語動詞可加上詞尾來表示不同的語法現象。

〇 တယ်「ㄉㄝˇ」{dɛ}表示現在時或陳述，例如：ရေးတယ်「ㄧㄝㄉㄝˇ」{Yèdɛ}書寫。/在寫字。但此助詞有時表示的是過去時，例如：ကျောင်း သွားတယ်။「ㄐㄧㄠㄣ ㄉㄨㄚㄉㄝˇ.」{jiàuﻪ ðuàdɛ.}去學校了。

〇 ခဲ့「ㄎㄝˋ」{kê}表示過去時，例如：ရေးခဲ့「ㄧㄝㄎㄝˋ」{Yèkê}寫過了。ခဲ့「ㄎㄝˋ」{kê}可加 သလား「ㄉㄚㄌㄚ」{ðâlà}，例如：လာခဲ့သလား「ㄌㄚㄎㄝˋㄉㄚㄌㄚ」{lakêðâlà}來了。ခဲ့「ㄎㄝˋ」{kê}有時卻由表示將來，例如本課的："သရက်သီး တစ် ကီလိုဂရမ် ဝယ်ခဲ့ပေးပါ။「ㄉㄚˋㄧㄚˊㄉ一 ㄉㄚ 一 ㄍㄚ一ㄌㄛㄍㄚ一ㄚ一ㄇ ㄨㄝˋㄎㄝˋㄅㄟㄅㄚˋ.」{ðâYá'ðì dí' giloGaYaﻪ uɛkêbèbA.} 幫我買一公斤芒果。" 就是這樣。

〇 နေ「ㄋㄝˇ」{ne}表示進行時，例如：ရေးနေ「一ㄝㄋㄝˇ」{Yène}正在寫。詞尾可以聯合使用：ငါ ရေးနေတယ်「ㄥㄚˇ 一ㄝㄋㄝˇㄉㄝˇ」{ŋA Yènedɛ}我正在寫。

2.不同用詞法

　　正式場合和口頭用語有時用詞不同：

中文	正式場合	口頭用語
曾經是，如果發生	သောအခါက「ㄉㄛˇㄚˇㄎㄚˋㄍㄚ」{ðò'âkAgâ}	တုံးက「ㄉㄡㄇㄍㄚ」{dòuﻪgâ}
句子結尾	သည်「ㄉㄝㄣˇ」{ðeﻪ}	တယ်「ㄉㄝˇ」{dɛ}
複數小品詞	က「ㄐㄧㄚˋ」{jIâ}	များ「ㄇㄧㄚˋ」{mià}
大約數小品詞	မျှ「ㄇㄧㄚˋ」{ﻪiâ}	လောက်「ㄌㄠˇˋ」{láu'}

　　複數小品詞 များ 還可以表示"猜測，估計"，是助詞。

　　僧侶和平民有時用詞不同：

〇 ကျိန်း「ㄐㄧㄟㄣ」{jièiﻪ}（僧侶用）寢息；အိပ်「ㄟˇˋ」{'éi'}（平民用）睡覺

〇 ပျိုလွန်တော်မူ「ㄅㄧㄚㄇˊㄌㄨㄚㄥˇㄉㄛˇㄇㄨ」{biaﻪ luaﻪdɔmu}（僧侶用）圓寂；သေ「ㄉㄝˇ」{ðe}（平民用）死亡

　　利用語音變化表示時態，例如：

　　　　ချက်「ㄑㄧㄚˊˋ」{qiá'}烹飪；ကျက်「ㄐㄧㄚˊˋ」{jiá'}煮好了

　　　　ဖြေ「ㄆㄧㄝˇ」{pIe}放鬆；ပြေ「ㄅㄧㄝˇ」{bIe}鬆開了

　　　　မြှင့်「ㄇㄧㄥˋ」{ﻪîﻪ}提高；မြင့်「ㄇㄧㄥˋ」{mîﻪ}抬高了

　　人稱代詞也有多種形式，現在以單數第一人稱"我"為例說明。

　　　　一般說法：

　　　　ကျွန်ုပ်「ㄐㄨㄛㄣˋㄡˇˋ」{jiuaﻪóu'}普通用法；

　　　　ကျုပ်「ㄐㄧㄡˋˋ」{jióu'}縮略用法；

68

ဆ「ŋ丫ˇ」{ŋA}熟悉者之間；

ကျုပ်တို့「ㄐ一ㄡˇˋㄉㄛˋ」{jióu'dô}用於報刊文章。

禮貌說法：

ကျွန်တော်「ㄐㄨㄜㄋˇˋㄉㄛˋ」{jiuəNdɔ}正式場合、ကျနော်「ㄐㄧ丫ˋㄋㄛˋ」{jiânɔ}口語（男）；

ကျွန်မ「ㄐㄨㄜㄋˇˋㄇ丫ˇ」{jiuəNma}正式場合、ကျမ「ㄐㄧ丫ˋㄇ丫ˇ」{jiâma}口語（女）。

3.語法點滴

1)含有小品詞 လိမ့် 的組合 ပါလိမ့်「ㄅ丫ˇㄉㄟㄇ」{bAlêiM}表示 "將會"。ဘယ်လိုများဖြစ်သွားပါလိမ့်။「ㄠㄝˇㄉㄛˋㄇ一ㄚㄊ一ˇˋㄉㄨ丫ㄅ丫ㄉㄟㄇˋ.」{PɛlomiàpIí'ðuàbAlêiM.}到底怎麼啦，其中小品詞 ဖြစ်သွား「ㄊ一ˇˋㄉㄨ丫」{pIí'ðuà}表示 "疑惑、疑問"。

2)小品詞 မ 表示否定。一般來說，မ 用在句尾，以 မ+動詞+ ဘူး 的結構組成否定句，如：မသွားဘူး 不去。例如本課的：အတူတူသွားㅋကြမလား？「ˋ丫ˇㄉㄨˇㄉㄨˇㄉㄨㄉㄨㄐㄧ丫ˇㄇ丫ˇㄉ丫？」{'âduduðuàjIâmalà?}實際含義為：不想一起去嗎？=အတူတူမသွားချင်ဘူးလား？「ˋ丫ˇㄉㄨˇㄉㄨˇㄇ丫ˇㄉㄨˇㄑㄧㄥˊㄆㄨㄉ丫？」{'âdudumaðuàqiiŊPùlà?}

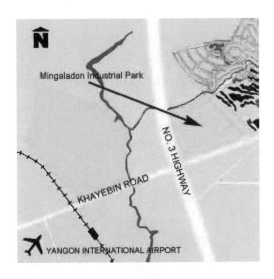

仰光機場圖

ရန်ကုန် လေဆိပ် မြေပုံ

「一ㄜㄋˇˋㄍㄛㄋˋ ㄉㄝˋㄑㄟˋ ㄇ一ㄝˇㄅㄡㄇ」

{YəNgoN lecéi' mIeboum}

Yangon Airport Map

【文化背景】禮儀

緬甸人的禮儀

緬甸人非常講禮儀。人們相互見面和交往時禮節很多：介紹禮（將女方先介紹給男方、將級別和職位高的人先介紹給級別和職位低的人）；跪拜禮、坐拜禮、站拜禮（對老人、領導及學者）；五體投地禮（對佛、法、僧）；合十禮、深鞠躬禮（尊重對方）；拜訪禮（先預約、不失約、彬彬有禮、星期日不送東西、不能當著自己的妻子向別的女人介紹自己能幹）；送物接物禮（不能用左手）；行立坐臥禮（站有站相、坐有坐相）；問候禮（見面說話得體）等等。

對方向自己表示敬意，自己也要彎腰低首以示回禮。緬甸人尊重婦女：男子不能主動要求和女方握手，更不能主動伸出手去；神聖的地方都不能穿鞋進入。

開門和關門時，要輕關輕開，不能發出太大的聲音，不能發出如大象叫聲（不吉利）；剪指甲只能在星期二和星期六兩天內剪，其他日子剪就壞事；觀光客不能觸碰廟、佛像、和尚等，更不能隨心所欲，比如：跨坐在石佛像上拍照，這會被視為“滔天之罪”，惹出麻煩，甚至可能被課刑，等等。在緬甸生活，需入境隨俗。

緬甸人認為東方是吉祥的方向，因為太陽從東方升起、釋迦牟尼在那兒成佛；西方是晦氣的方向，因為那是死神居住的地方。緬甸人家裡的佛龕都供在室內東牆上；睡覺時頭必須朝東，否則會招致不幸。古代緬甸國王斬殺犯人時，都是出宮殿西門。緬甸人把東面和南面稱為頭頂部，把西面和北面稱為腳尾部。家中長者的座位在頭頂部，晚輩的座位在腳尾部。

吃飯時長者先吃，老人不在場時放一勺飯在一邊作為尊重他們的象徵(ဦးချ「’ㄨˋㄑㄧㄚˋ」{’ùqiâ})。年輕人不要坐在老人應該坐的位子上，遞東西要用雙手遞給長老。男人可以交叉雙腿坐在椅子或坐墊上，但女人不可以。緬甸家長從小就教育孩子們要 ကြီးသူကိုရိုသေ၊ ရွယ်သူကိုလေးစား၊ ငယ်သူကိုသနား။「ㄐㄧㄉ̱ㄨˇㄍㄛˇㄧㄛˇㄉ̱ㄝˇ, ㄧㄨㄝ̱ˇㄉ̱ㄨˇㄍㄛˇㄌㄝㄙㄚ, ㄫㄝ̱ˇㄉ̱ㄨˇㄍㄛˇㄉ̱ㄚˋㄋㄚ.」{jIìðugoYoðe, Yuɛðugolèsà, ŋɛðugoðânà.} 崇敬長輩，尊重同輩，善待晚輩。

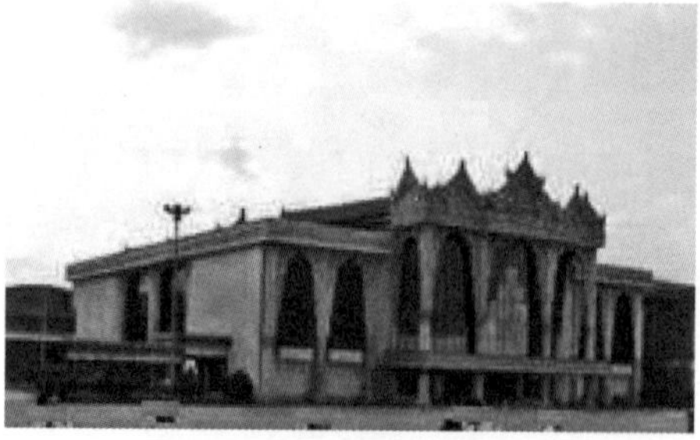

仰光機場外景

အပြင် ရန်ကုန် လေဆိပ်

「’ㄚˋㄅㄧㄫ̱ˇ ㄧㄜㄋ̱ˇㄍㄛㄋ̱ˇ ㄌㄝˇㄘㄟ’ˊ」

{’âbIiŊ̰ YəŊ̰goŊ̰ lecéi’}

Outside Yangon Airport

【練習鞏固】

1. 請把下列句子翻譯成緬甸文。

   1)非常感謝！

   _____

   2)不客氣！

   _____

2. 請把下列句子翻譯成中文。

   1) စက်ဘီး ခက တားလို့ရမလား? 「ㄙㄜˋㄆㄧˉ ㄎㄚˋㄋㄚˋ ㄊㄚˋㄌㄛˊㄧˇㄇㄚˇㄌㄚˋ?」{sə'Pì kân̪a n̪àlôYamalà?}

   _____

   2) ဖုန်းပျက်နေတယ်။ 「ㄆㄛˋㄋˇㄅㄧㄝˇˊㄋㄝˇㄉㄝˇ.」{pòN̪biə'nedɛ.}

   _____

3. 填空。

   1) နှစ် (_____) သရက်သီး ဝယ်ခဲ့ပေးပါ။ 「ㄋㄧˊˇˇ … ㄉㄚˋㄜˇㄅㄧˋ ㄨㄝˇㄅㄝˇㄅㄝˊㄅㄚˇ.」{n̪í'… ðâYə'ðì uɛkêbèbA.} 幫我買兩（公斤）芒果。

   2) (_____)ကို အတူတူသွားကြမလား? 「《ㄛˋㄚˋㄉㄨˇㄉㄨˇㄉㄨˋㄨㄚˋㄐㄧˋㄇㄚˇㄌㄚˋ?」{go 'âduduðuàjIâmalà?} 一起去（圖書館），好嗎？

曼德勒機場外景

အပြင် မန္တလေး လေဆိပ်

「ㄚˇㄅㄧˉㄥˋ ㄇㄚˋㄋˊㄉㄚˋㄌㄝ ㄌㄝˇㄑㄝˋˇˋ」

{'âbIiN̪ mandâlè lecéi'}

Outside Mandalay Airport

第三課　籍貫與家庭

သင်ခန်းစာ ၃. လူမျိုး နှင့် မိသားစု

「ㄉㄧ˙ㄥㄎㄜˋㄋㄙㄚˇ ㄉㄡㄇ ㄌㄨˇㄇㄧㄛˋ ㄋㄧ˙ㄥ ㄇㄧ˙ㄉㄚㄙㄨˋ」

{ðiŊkə̀Ŋsa ðòuṃ lumiò ŋîŊ mîðàsû}

Lesson 3. Nationality and Family

【詞語學習1】

▷ မဟုတ်ပါဘူး, မဟုတ်ဘူး 「ㄇㄚˇㄏㄡˋˋㄅㄚˇㄆㄨ, ㄇㄚˇㄏㄡˋˋㄆㄨ」{mahóu'bAPù, mahóu'Pù}不是（加了 ပါ 以後更加客氣）

▷ ဟင့် 「ㄏㄧㄥˋ」{hîŊ}不，否

▷ ရ 「ㄧㄚˋ」{Ya}做，獲得

▷ ကာ 「ㄉㄚˇ」{da}久，長

▷ ဝမ်း 「ㄨㄚㄇ」{uàṂ}臉面

▷ ရှိ 「ㄒㄧˋ」{ꭓî}是

▷ မဟုတ် 「ㄇㄚˇㄏㄡˋˋ」{mahóu'}不是嗎？對吧？

▷ ဖွား 「ㄆㄨㄚ」{puà}出生

▷ ဗီယက်နမ် 「ㄅㄧ˙ˊㄜˋˋㄋㄚㄇ」{Biyə́'naṂ}越南，越南人

▷ လူမျိုး 「ㄌㄨˇㄇㄧㄛˋ」{lumiò}籍貫為某某地方的人，例如：臺灣人 ထိုင်ဝမ်လူမျိုး 「ㄊㄞㄥㄨˇㄚㄇˊㄌㄨˇㄇㄧㄛˋ」{taiŊuaṂlumiò}這樣的表示某地方的人時，後一詞 လူမျိုး 可以不用。

▷ လှ 「ㄌㄚˋ」{l̥â}美麗，好看

▷ အိမ်ထောင် 「ˋㄟㄇˊㄊㄠㄥˇ」{'eiṂtauŊ}結婚

▷ ဟင့် 「ㄏㄧㄥˋ」{hîŊ}沒有，不是

▷ အကို/အစ်ကို 「ˋㄚˇㄍㄛˊㄟ˙ˋㄚˊㄍㄛˊ」{'âgo /'á'go}兄弟

▷ အမ/အစ်မ 「ㄚˋㄇㄚˋ/ˋㄜˋˊㄇㄚˇ」{'âma /'ə́'ma}姊妹

▷ ဝမ်း 「ㄨㄚㄇ」{uàM}內心，肚皮

▷ တာ 「ㄉㄚˇ」{da}小品詞：得以，能夠

▷ ယောက် 「一ㄠˋˋ」{yáu'}幾個，幾名

▷ ယောက်ျားလေး 「一ㄛˋㄐㄐ一ㄚˋㄉㄝ」{yɔ̀jjiàlè}男孩

▷ မိန်းကလေး 「ㄇㄟˋㄋˋㄍㄚˇㄉㄝ」{mèiŊgâlè}女孩

▷ ခေါ် 「ㄎㄛˋˋ」{kɔ}叫做，說

▷ သလဲ 「ㄉㄚˋㄉㄝ」{ðâlè}句末表示客氣問話的小品詞

▷ အသက် 「ˋㄚˋㄉㄜˋˋ」{'âðə́'}年紀，年齡

▷ လောက် 「ㄉㄠˋˋ」{láu'}約多少，多大

▷ ကျောင်း 「ㄐ一ㄠㄤ」{jiàuŊ}學校

▷ တုန်း 「ㄉㄛˋㄋ」{dòŊ}仍舊，還在

曼德勒火車站
မန္တလေး ရထားသံလမ်း ဘူတာရုံ
「ㄇㄚˋㄋㄉㄚˇㄉㄝ 一ㄚˋㄊㄚˇㄉㄚㄇˋㄉㄚˋㄇ ㄆㄨˋㄉㄚˋ一ㄠㄇ」
{mandâlè YatàðaṃlàM̥ PudaYouṃ}
Mandalay Railway Station

【範例課文】

一、趙金彪(B)和瑪敏(A)相遇，互相瞭解對方情況。

A: မြင်ရတာ ဝမ်းသာ ပါတယ်။ 很高興見到你。

「ㄇㄧㄥ˘ㄧㄚ˘ㄉㄚˇ ㄨㄚㄇ ㄉㄚˇ ㄅㄚˇㄉㄝ.」{mIiŊYada uàM̪a bAdɛ.}

B: ကျွန်တော် လည်းပဲ။ 我也是。

「ㄐㄨㄜㄋˇㄉㄛˇ ㄉㄝㄍˋㄅㄝˋ.」{jiuəŊdɔ lèN̪bè.}

A: နာမည် ဘယ်လိုခေါ် လဲ။ 你叫什麼名字？

「ㄋㄚˇㄇㄝㄍˋ ㄆㄝˇㄉㄛˇㄅㄛˇㄉㄝˇ.」{nameŅ PɛlokɔΙè.}

B: ကျွန်တော့ နာမည် ကြောင့် ကျိန်းပျောင်း ပါ။ နင်ကော? 我叫趙金彪。你呢？

「ㄐㄨㄜㄋˇㄉㄛˇ ㄋㄚˇㄇㄝㄍˋ ㄐㄧㄠㄥ ㄐㄧˊㄋㄧˇㄧㄠㄥ ㄅㄚ. ㄋㄧˇㄥㄍㄛˋ?」{jiuəŊdô nameŅ jIÂUŊ jiiN̪biÀUŊ bA. niŊgò?}

A: ကျွန်မ နာမည် မမြင့် ပါ။ မင်းကဗီယက်နမ် လား? 我叫瑪敏。你是越南人嗎？

「ㄐㄨㄜㄋˇㄇㄚˇ ㄋㄚˇㄇㄝㄍˋ ㄇㄚˇㄇㄧㄥ ㄅㄚ. ㄇㄧㄥㄍㄚˊㄅㄧㄚˊㄋㄧˋㄜˇㄋㄚˇㄇˇㄉㄚˇ?」{jiuəŊma nameŅ mamIîŊ bA. mìŊgâBiyə'naM̪ là?}

B: ဟင့်အင်း၊ ဗီယက်နမ် မဟုတ် ပါဘူး၊ ထိုင်ဝမ်ပါ။ 不是，我不是越南人，我是臺灣人。

「ㄏㄧㄥ˙ㄧㄥ, ㄅㄧˊㄜˇㄋㄚˇㄇˇ ㄇㄚˇㄏㄡ ㄅㄚˇㄆㄨ, ㄊㄞㄥˇㄨㄚˇㄇˇㄅㄚ.」{hîŊ'iŊ, Biyə'naM̪ mahóu' bAPù, taiŊuaM̪bA.}

A: ထိုင်ဝမ်လူမျိုး? ကျွန်မ ထိုင်ဝမ် သို့ သွားဖူးတယ်၊ အလွန် လှတယ်။ 臺灣人？我去過臺灣，很美。

「ㄊㄞㄥˇㄨㄚㄇˇㄉㄨˋㄇㄧㄜˋ? ㄐㄨㄜㄋˇㄇㄚˇ ㄊㄞㄥˇㄨㄚㄇˇ ㄉㄛˋ ㄉㄨㄚˋㄆㄨˋㄉㄝˇ, 'ㄚˊㄉㄨㄜㄋˇ ㄌㄚˇㄉㄝˇ.」{taiŊuaM̪lumiò? jiuəŊma taiŊuaM̪ ðô ðuàpùdɛ, 'âluəŊ ļâdɛ.}

B: ရှင် က အိမ်ထောင်နဲ့လား? 妳結婚了嗎？

「ㄒㄧㄥˇ ㄍㄚˋㄟㄇˊㄊㄠㄥˇㄋㄝˇㄉㄚˊ?」{xiŊ gâ 'eiM̪tauŊnêlà?}

A: ဟင့်အင်း၊ ဒါပေမယ့် ချစ်သူရှိတယ်။ 沒有，但有男朋友了。

「ㄏㄧㄥ˙ㄧㄥ, ㄉㄚˇㄅㄝㄇㄝˊ ㄑㄧˊㄉㄨˇㄒㄧˇㄉㄝˇ.」{hîŊ'iŊ, DAbemÊ qii'ðuxîdɛ.}

B: ညီအကိုမောင်နှမဘယ်နှစ်ယောက်ရှိလဲ? 妳有兄弟姊妹嗎？

「ㄏㄧˊㄚˊㄍㄛˇㄇㄠㄥˇㄋㄚˇㄇㄚˇㄆㄝˇㄋㄧˇㄧㄠˋㄒㄧˇㄉㄝˇ?」{Ñi'âgomauŊn̪âmaPɛņí'yáu'xîlè?}

A: ညီ တစ် ယောက်ရှိတယ်။ 我有一個弟弟。

「ㄏㄧˊ ㄉㄧˊˋ ㄧㄠˋˇ ㄒㄧˇㄉㄝˇ.」{Ñi dí' yáu'xîdɛ.}

74

B: ကျွန်တော်၏ မိသားစု တွင် အဖေ အမေ နှင့်ကျွန်တော်။ 我家有爸爸、媽媽和我。

「ㄐㄨㄝㄋㄉㄛˇㄌㄤˇ一ˋ ㄇㄧˋㄌㄚㄙㄨˋ ㄌㄨㄥˇ ˊㄚˋㄆㄝ ˊㄚˋㄇㄝˋ ㄋㄧㄥˊ ㄐㄨㄝㄋㄉㄛˇ.」 {jiuəṆdɔˇˆ mîðàsû duiṆ ˊâpe ˊâme n̦îṆ jiuəṆdɔ.}

獨立紀念碑
လွတ်လပ်ခြင်း မော်ကွန်းကျောက်တိုင်
「ㄌㄨㄛˊㄌㄚˊㄑㄧㄥ ㄇㄛˊㄍㄛㄋㄐㄧㄠˊㄌㄞㄥ」
{luɔˊláˊqIiṆ mɔguəṆjiáuˊdaiṆ}
Independence Monument

75

二、老朋友孫文達(A)和楠迪雅(B)相遇，他們寒暄起來。

A: မတွေ့ရတာ ကြာပြီ။နေကောင်း ပါရဲ့လား? 好久不見。你身體好嗎?

「ㄇㄚˇㄉㄨㄝˋㄧㄚˇㄉㄚˇ ㄐㄧㄚˇㄅㄧˇ.ㄋㄝˇㄍㄠπ̥ ㄅㄚˇㄧㄝ̥ˋㄌㄚ?」{maduêYada jIabIi.negàuŊ̥ bAYɛ̂lÀ?}

B: နေကောင်း ပါတယ်။ 好。(健康。)

「ㄋㄝˇㄍㄠπ̥ ㄅㄚˇㄉㄝ̥ˇ.」{negàuŊ̥ bAdɛ.}

A: နန်းသီရိ၊ မှာ ကလေးရှိလား။ 楠迪雅，你有孩子嗎？

「ㄋㄜˇㄋ̥ㄉ̥ㄧˇㄧㄚˇ, ㄇ̥ㄚˇ ㄍㄚˋㄌㄝㄒㄧˋㄌㄚ.」{nəŊ̥ðiYa, m̥a gâlèx̥îlà.}

B: အင်း။ 嗯。

「'ㄧπ̥.」{'iŊ̥.}

A: ဘယ်နှစ်ယောက်ရှိသလဲ? 你有幾個孩子呢？

「ㄆ̥ㄝˇㄋ̥ㄧ''ㄧㄠ''ㄒㄧˋㄉ̥ㄚˋㄌㄝ̥?」{Pɛn̥í'yáu'x̥îðâlɛ̀?}

B: နှစ်ယောက်၊ ယောကျ်ားလေး တစ်ယောက် နဲ့ မိန်းကလေးတစ်ယောက်။ 有兩個，一個男孩和一個女孩。

「ㄋ̥ㄧ''ㄧㄠ'', ㄧㄛ̥ㄐㄐㄧㄚㄌㄝㄉㄧ''ㄧㄠ''ㄋㄝ̥ˋㄇㄟㄋ̥ㄍㄚˋㄌㄝㄉㄧ''ㄧㄠ''.」{n̥í'yáu', yɔ̀jjiàlè dí'yáu' nɛ̂ mèiŊ̥gâlè dí'yáu'.}

A: သူတို့ နာမည်ဘယ်လိုခေါ်သလဲ? 他們叫什麼名字？

「ㄉ̥ㄨˇㄉㄛˋ ㄋㄚˇㄇㄝ广ˇㄆ̥ㄝˇㄌㄛˇㄎㄛ̥ˇㄉ̥ㄚˋㄌㄝ̥?」{ðudô nameŇPɛlokƆðâlɛ̀?}

B: သီဟ နဲ့ မမြင့်။ 郭迪哈和瑪敏。

「ㄉ̥ㄧˇㄏㄚˋ ㄋㄝ̥ˋ ㄇㄚˇㄇㄧπ̥ˋ.」{ðihâ nɛ̂ mamIîŊ̥.}

A: အသက်ဘယ်လောက်ရှိပြီလဲ? 他們多大了？

「'ㄚˋㄉ̥ㄜ''ㄆ̥ㄝˇㄌㄠ''ㄒㄧˋㄅㄧˇㄌㄝ̥?」{'âðə'Pɛláu'x̥îbIilɛ̀?}

B: သီဟက ၂၀ နှစ် နဲ့ မမြင့်က ၂၄ နှစ်။ 迪哈二十歲，而瑪敏二十四歲。

「ㄉ̥ㄧˇㄏㄚˋㄍㄚˋㄋ̥ㄧ'' ㄘㄝ̥ˇㄋ̥ㄧ'' ㄋㄝ̥ˋ ㄇㄚˇㄇㄧπ̥ˋㄍㄚˋ ㄋ̥ㄧ'' ㄘㄝ̥ˇㄌㄝ ㄋ̥ㄧ''.」{ðihâgâ n̥í'cɛ n̥í nɛ̂ mamIîŊ̥gâ n̥í'cɛlèn̥í'.}

A: ကျောင်းတက်နေတုန်းလား။ (他們)在上學嗎？

「ㄐㄧㄠπ̥ㄉㄜ''ㄋㄝˇㄉㄛㄋ̥ㄌㄚ.」{jiàuŊ̥də'nedòŊ̥là.}

B: သီဟက တက်နေတုန်း၊ရန်ကုန် တက္ကသိုလ်မှာ တက်နေတယ်။မမြင့်က နေပြည်တော် မှာ အလုပ်လုပ်နေတယ်။ 迪哈在上學，他在仰光大學讀書。瑪敏在內比都工作。

「ㄉㄧˇㄏㄚˋㄍㄚˋ ㄉㄜˊㄋㄝˇㄉㄛˋㄋ, 一ㄜˋㄋㄍㄛˋㄋ ㄉㄚˋㄍㄍㄚˋㄉㄛˇㄌㄇㄚˇ ㄉㄜˊㄋㄝˇㄉㄝˇ. ㄇㄚˋㄇㄧˆㄋㄍㄚˋ ㄋ ㄝˇㄅ一ㄝㄥˋㄉㄛ ㄇㄚˇㄚˇㄌㄡˋㄌㄡˋㄋㄝˇㄉㄝˇ.」 {ðihâgâ dɔ́'nedòɴ, Yəɴgoɴˇdâggâðolˌma dɔ́'nedɛ. mamlî̤ɴgâ
nebleɴ̥dɔ m̤a 'âlóu'lóu'nedɛ.}

A: သိတ်ကောင်းတာပဲ‖ 太好了！

「ㄉㄟˇˇㄍㄠㄤˇㄉㄚˇˇㄅㄝˇ.」 {ðéi'gàuɴ̥dabɛ̀.}

B: ကျေးဇူးတင်ပါတယ်‖ 謝謝！

「ㄐ一ㄝㄗㄨㄉㄧㄤˇˇㄅㄚˇㄉㄝˇ.」 {jièzùdiɴ̥bAdɛ.}

內比都機場國際出發大廳
နေပြည်တော် လေဆိပ် အပြည်ပြည်ဆိုင်ရာ ထွက်ခွာခြင်း ခန်းမ
「ㄋㄝˇㄅ一ㄝㄥˇㄉㄛˇ ㄌㄝˇㄘㄟˇˇ'ㄚˋㄅ一ㄝㄥˇㄅ一ㄝㄥˇㄘㄞ̥ㄤˇ一ˇㄚˇ ㄊㄨㄛˊ'ㄎㄨㄚㄑㄧˋㄤˇ ㄎㄜˋㄥㄇㄚˇ」
{nebleɴ̥dɔ lecéi' 'âble̤ɴ̥ble̤ɴ̥caiɴ̥Ya tuɔ́'kuaqlìɴ kə̀ɴma}
Naypyidaw Airport International Departure Hall

【詞語學習 2】

▷ ကျွန်တော့်「ㄐㄨㄜ˙ㄋㄉㄠㄌㄠㄥˇ」{jiuəNdÂUŊ}我的（男用）= ကျွန်တော်「ㄐㄨㄜ˙ㄋㄉㄛˇ」{jiuəNdɔ}

▷ စိုက်「ㄙㄞˇ'」{sái'}注意到

▷ ဆင်ခြေဖုံး「ㄘㄧㄥˇㄑㄧㄝ˙ㄆㄡㄇ」{ciŊqIepòuṃ}郊區，市郊

▷ အိမ်「'ㄟㄇ」{'eiM̲}家，家庭

▷ ဓာတ်ပုံ「ㄊㄜˇ'ㄅㄡㄇ」{Tǽ'bouṃ}照片

▷ ဟုတ်「ㄏㄡˇ'」{hóu'}是的

▷ အဲဒါ「'ㄝㄉㄚˇ」{'ɛ̀DA}那，那個

▷ ဟောဒီ「ㄏㄛˇㄉㄧˇ」{hɔ̀Di}看這裡

▷ အုံ့သြစရာကောင်း「'ㄚㄇˇㄉㄧㄚˇㄙㄚˇㄧˇㄍㄠㄥ」{'âm̲ðIâsâYagàuŊ}棒，了不起

▷ စိတ်အနှောင့်အယှက်「ㄙㄟˇ'ㄚˇㄋㄠㄥˇ'ㄚˇㄒㄜˇ'」{séi'âŋ̲âuŊ'âxɔ'}打擾，打攪

▷ ဖြစ်「ㄆㄧˇ'」{pIí'}成為，是

▷ ဟေ့「ㄏㄝˋ」{hê}嗨

▷ ညှို့ခံတာ「'ㄝˇㄝˇㄋˇㄎㄚㄇˇㄉㄚˇ」{'ēêŊ̲kaṃda}招待

▷ လိုက်လဲ့စွာကြိုဆိုသော「ㄌㄞˇ'ㄌㄝˋㄙㄨㄚˇㄐㄧˇㄛˇㄘㄛˇㄉㄛˋ」{ḷái'lɛ̀suajIocoðɔ̀}歡迎

▷ နောက်「ㄋㄠˇ'」{náu'}今後

▷ လည်「ㄌㄝㄋˇ」{leŊ̲}回轉，回頭

▷ ဖိတ်ခေါ်「ㄆㄟˇ'ㄎㄛˇ」{péi'kɔ}邀請

【常用會話】

A: သူက ဘယ်သူ လဲ? 他是誰？

「ㄉㄨˋㄍㄚˋ ㄆㄝˇㄉㄨˇ ㄌㄝˋ?」 {ðugâ Pɛðu lɛ̀?}

B: ကို သီဟ ပါ၊ ကျွန်တော့ သူငယ်ချင်းပါ။ 郭迪哈，是我的朋友。

「ㄍㄛˋ ㄉ一ˉㄏㄚˋ ㄅㄚˋ, ㄐㄨㄜㄋˇㄉㄛˋ ㄉㄨㄥㄝ一ㄥㄙㄝˊㄑ一ㄥㄅㄚˋ.」 {go ðihâ bA, jiuəNdô ðuŋeqiiŊbA.}

A: ကျွန်မ နာမည် မမြင့် ပါ။ နင်က ဗီယက်နမ် လား? 我叫瑪敏。你是越南人嗎？

「ㄐㄨㄜㄋˇㄇㄚˇ ㄋㄚˊㄇㄝㄋˊ ㄇㄚˇㄇ一ㄥˋ ㄅㄚˋ. ㄋ一ㄥˋㄍㄚˋ ㄅ一ㄜˊㄋㄚㄇˇ ㄌㄚˋ?」 {jiuəNma nameÑ mamIîŊ bA. niŊgâ Biyɔ'naM̱ là?}

B: ဟင့်အင်း၊ ဗီယက်နမ် မဟုတ် ပါဘူး၊ ထိုင်ဝမ်ပါ။ 不是，我不是越南人，我是臺灣人。

「ㄏ一ㄥˇˊ一ㄥ, ㄅ一ˊㄜˊ ㄋㄚㄇˇ ㄇㄚˇㄏㄡˇˇ ㄅㄚˇㄆㄨ, ㄊㄞㄋ一ㄥˇㄨㄚㄇˇㄅㄚˋ.」 {hîŊ'iŊ, Biyɔ'naM̱ mahóu' bAPù, taiŊuaM̱bA.}

A: သူက ထိုင်ဝမ်လူမျိုး လား? 他是臺灣人嗎？

「ㄉㄨˋㄍㄚˋ ㄊㄞㄋ一ㄥˇㄨㄚㄇˇㄌㄨˇㄇ一ㄜˋ ㄌㄚˋ?」 {ðugâ taiŊuaM̱lumiɔ̀ là?}

B: မဟုတ်ပါဘူး၊ သူက မြန်မာလူမျိုးပါ။ 不是，他是緬甸人。

「ㄇㄚˇㄏㄡˇˇㄅㄚˇㄆㄨ, ㄉㄨˋㄍㄚˋ ㄇ一ㄜㄋˇㄇㄚˇㄌㄨˇㄇ一ㄜˋㄅㄚˋ.」 {mahóu'bAPù, ðugâ mIəṈmalumiɔ̀ bA.}

A: သူ ဘယ်မှာ နေသလဲ? 他住哪兒？

「ㄉㄨˋ ㄆㄝˇㄇㄚˇ ㄋㄝˋㄉㄚˇㄌㄝˋ?」 {ðu Pɛ̱ma neðâlɛ̀?}

B: တောင်းပန် တယ်၊ ငါ မသိဘူး။ 對不起，我不知道。

「ㄉㄠㄥˇㄅㄜㄋˇㄉㄝˋ, ㄥㄚˇ ㄇㄚˇㄉ一ˊㄆㄨ.」 {dàuŊbəNdɛ, ŋA maðîPù.}

A: လောင်ကျ။ နင် ဘယ်မှာနေတာလဲ? 勞駕，你住在哪裡？

「ㄌㄠㄐㄧㄚˋ, ㄋㄧㄥˇ ㄆㄝㄇㄚˇㄋㄝˋㄉㄚˇㄌㄝ?」{lauɳjiâ, ɳiɳ Pɛɱaɳedalὲ?}

B: ကျွန်မ ဆင်ခြေဖုံး တွင်နေတယ်။ 我住在市郊。

「ㄐㄨㄜㄋˇㄇㄚˇ ㄑㄧㄥˇㄑㄧㄝˊㄆㄡㄇˋ ㄉㄨㄧㄥˇㄋㄝˊㄉㄝ.」{jiuəɳma ciɳqIepòuɱ duiɳnedɛ.}

A: ကျွန်တော် မြို့ထဲ တွင်နေတယ်။ 我住在市中心。

「ㄐㄨㄜㄋˇㄉㄛˇ ㄇㄧㄛˋㄊㄝˋ ㄉㄨㄧㄥˇㄋㄝˊㄉㄝ.」{jiuəɳdɔ mÎôtὲ duiɳnedɛ.}

B: ဒီလိုဆို ကျွန်မအိမ် လာမလား? 那麼要到我家嗎？

「ㄌㄧˇㄌㄛˇㄘㄛˇ ㄐㄨㄜㄋˇㄇㄚˇㄟㄇˇ ㄌㄚˊㄇㄚˇㄌㄚˋ.」{Diloco jiuəɳma'eiɱ lamalà.}

A: ရပါတယ်။ 好的。

「ㄧㄚˇㄅㄚˇㄉㄝ.」{YabAdɛ.}

B: ကျွန်မမှာ မောင်၂ ယောက် အစ်မ ၁ ယောက် ညီမ ၁ ယောက် ရှိတယ်။ 我有兩個弟弟、
一個姐姐、一個妹妹。
「ㄐㄨㄜㄋˇㄇㄚㄇㄚˇ ㄇㄠㄥˇ ㄋㄧˊˊㄧㄠˇˊㄛˇˊㄇㄚˇㄉㄧˊˊㄧㄠˇˊ ㄋˊㄧㄇㄚˇㄉㄧˊˊㄧㄠˇˊ ㄒㄧˊㄉㄝ.」{jiuəɳmaɱa mauɳ ɳí' yáu' 'ə'ma dí' yáu' Ñima dí' yáu' x̣îdɛ.}

A: ကျွန်တော့်မှာ ညီအကိုမောင်နှမ မရှိပါဘူး။ 我沒有兄弟姊妹。

「ㄐㄨㄜㄋˇㄉㄛˇㄇㄚˇ ㄋˊㄧˊㄚˇㄍㄛˇㄇㄠㄥˇㄋˊㄚˇㄇㄚˇ ㄇㄚˇㄒㄧˊㄅㄚˇㄆㄨ.」{jiuəɳdôɱa Ñi'âgomauɳn̩âma max̣ibAPù.}

B: ဒီဟာ ကျွန်မတို့ မိသားစု ဓာတ်ပုံပါ။ 這是我家的照片。

「ㄌㄧˇㄏㄚˇ ㄐㄨㄜㄋˇㄇㄚˇㄉㄛˇ ㄇㄧˊㄉㄚˋㄙㄨˋ ㄊㄝˇˊㄅㄡㄇˋㄅㄚˇ.」{Diha jiuəɳmadô mîðàsû Tæ̂'bouɱbA.}

A: ဟုတ်လား? 是嗎？

「ㄏㄡˊˊㄌㄚˋ?」{hóu'là?}

B: ဒါ ညီ လေး။ အဲဒါကျွန်မ အဖေပါ။ ဒါက အမေ။ 這是弟弟。那是我的父親。這是媽媽。

「ㄌㄚˇ ㄋˊㄧˊ ㄌㄝˋ. ㄝˋㄌㄚˇㄐㄨㄜㄋˇㄇㄚˇˊㄚˇㄆㄝㄅㄚˇ. ㄌㄚˇㄍㄚˋ ˊㄚˇㄇㄝ.」{DA Ñi lὲ. 'ὲDAjiuəɳma 'âpebA. DAgâ 'âme.}

A: ဒီမိန်းကလေးက ဘယ်သူလဲ? 那女孩是誰？

「ㄌㄧˇㄇㄟˋㄋˇㄍㄚˇㄌㄝˇㄍㄚˋ ㄆㄝˇㄉㄨˇㄌㄝˋ?」{DimèiɳgâlὲgÂ PeðulÈ?}

B: သူမက ကျွန်မ သူငယ်ချင်းပါ။ဒီမှာကြည့်! ဒါက မြစ်ကြီးနားမြို့က ကျွန်မ အဒေါ်။ 她是我的

女朋友。看這裡！這是我密支那的姑母。

「ㄉㄨㄇㄚˊㄍㄚˋ ㄐㄨㄜㄋㄇㄚ ㄉㄨㄥㄑㄧㄟˋㄅㄚˋ.ㄉㄧ－ㄇㄚˋㄐㄧ－ㄝㄋˇ! ㄉㄚˋㄍㄚˋ ㄇㄧ－ˊㄐㄧㄌㄧㄣㄚㄇㄌㄛˊㄍㄚˋ ㄐㄨㄜㄋㄇㄚ ˋㄉㄛ.」 {ðumagâ jiuəŊma ðuŋeqìiŊbA.DiṃajIêŊ! DAgâ mIí'jIìnàmIôgâ jiuəŊma 'âDƆ.}

A: ကောင်းတယ်! ငါပြန်တော့မယ်။ စိတ်အနှောင့်အယှက်ဖြစ်စေတာ တောင်းပန်ပါတယ်။ 真

棒！我要回去了。很抱歉打擾你。

「ㄍㄠㄥˋㄉㄝ! ㄌㄚˋㄅㄧㄜㄋㄉㄛˊㄇㄝ. ㄙㄟˇˋㄚㄤˊㄠㄌㄟˇˋㄚㄒㄛˊˋㄆㄧˋ'ˋㄙㄝˋㄉㄚˇ ㄉㄠㄥㄅㄜㄋㄅㄚˊㄉㄝ.」 {gàuŊdɛ! ŋAbIəŊdômɛ. séi'âŋâuŊ'âxə'pIí'seda dàuŊbəŊbAdɛ.}

B: ဒီလို မပြောပါနဲ့။ 別這樣説。

「ㄉㄧ－ˋㄌㄛˇ ㄇㄚˋㄅㄧㄛˋㄅㄚˋㄋㄝ.」 {Dilo mabIɔbAnê.}

A: ညည့်ခံတာကိုကျေးဇူးတင်ပါတယ်။ 謝謝招待！

「ˋㄝㄝㄥˇˋㄎㄚㄇˇㄉㄚˋㄍㄛˋㄐㄧㄝˋㄗㄨㄉㄧㄥˋㄅㄚˇㄉㄝ.」 {'ēêŊkaṃdagojièzùdiŊbAdɛ.}

全家福

မိသားစု ပုံတူပန်းချီ

「ㄇㄧˋㄉㄚˋㄙㄨˊ ㄅㄡㄇˇㄉㄨˋㄅㄜˋㄋㄑㄧ－」

{mîðàsû bouṃdubèŊqii}

Family Portrait

【語法說明】親戚稱謂；名詞的性

1. 親戚稱謂

緬甸語親戚稱謂往往有多種說法，有標準語和地方語的區別。在標準語中，"弟弟"一詞說話人男女用不同的詞：ညီလေး「ㄏ一ˇㄌㄝˋ」{Ñilè} (男用)、မောင်လေး「ㄇㄠㄥˇㄌㄝˋ」{mauŊlè} (女用)。

多數男生女生用詞相同：

အစ်ကို「ˇㄜ˙˙《ㄛˋ」{'ə'go}, ကိုကို「《ㄛ˙《ㄛ˙」{gogo} 哥哥；

အစ်မ「ˇㄜ˙˙ㄇㄚˇ」{'ə'ma}, မမ「ㄇㄚˇㄇㄚˇ」{mama} 姐姐；

ညီမ「ㄏ一ˇㄇㄚˇ」{Ñima}, ညီမလေး「ㄏ一ˇㄇㄚˇㄌㄝˋ」{Ñimalè} 妹妹；

အဖေ「ˇㄚˋㄆㄝˇ」{'âpe}, ဖေဖေ「ㄆㄝˇㄆㄝˇ」{pepe} 父親；

အမေ「ˇㄚˋㄇㄝˇ」{'âme}, မေမေ「ㄇㄝˇㄇㄝˇ」{meme} 母親；

သား「ㄉㄚˋ」{ðà} 兒子；

သမီး「ㄉㄚˋㄇ一ˋ」{ðâmì} 女兒；

ဦးလေး「ˇㄨˋㄌㄝˋ」{'ûlè} 叔父；

ဘကြီး「ㄆㄚˇㄐ一ˋ」{PajIì}, ဘဘ「ㄆㄚˇㄆㄚˇ」{PaPa}, ဦးကြီး「ˇㄨˋㄐ一ˋ」{'ûjIì}, ဦးရီး「ˇㄨˋㄧ一ˋ」{'ûYì} 伯父；

အဒေါ်「ˇㄚˋㄉㄛˇ」{'âDɔ}, ဒေါ်ဒေါ်「ㄉㄛˇㄉㄛˇ」{DɔDɔ}, ဒေါ်လေး「ㄉㄛˇㄌㄝˋ」{Dɔlè} 叔母；

ကြီးကြီး「ㄐ一ˋㄐ一ˋ」{jIìjIì}, အကြီး「ˇㄚˋㄐ一ˋ」{'âjIì}, ဒေါ်ကြီး「ㄉㄛˇㄐ一ˋ」{DɔjIì}, ကြီးဒေါ်「ㄐ一ˋㄉㄛˇ」{jIìDɔ}, ကြီးမေ「ㄐ一ˋㄇㄝˇ」{jIìme}, အရီး「ˇㄚˋㄧ一ˋ」{'âYì} 伯母；

တူ「ㄉㄨˇ」{du}, တူလေး「ㄉㄨˇㄌㄝˋ」{dulè} 侄子，外甥；

တူမ「ㄉㄨˇㄇㄚˇ」{duma}, တူမလေး「ㄉㄨˇㄇㄚˇㄌㄝˋ」{dumalè} 侄女，外甥女；

အဖိုး「ˇㄚˋㄆㄛˋ」{'âpò}, ဖိုးဖိုး「ㄆㄛˋㄆㄛˋ」{pòpò}, ဖိုးဖိုးကြီး「ㄆㄛˋㄆㄛˋㄐ一ˋ」{pòpòjIì}, အဘိုး,「ˇㄚˋㄆㄛˋ」{'âPò} အဖွား「ˇㄚˋㄆㄨㄚˋ」{'âpuà}, အဘွား「ˇㄚˋㄆㄨㄚˋ」{'âPuà} 祖父；

အဖွား「ˇㄚˋㄆㄨㄚˋ」{'âpuà}, ဖွားဖွား「ㄆㄨㄚˋㄆㄨㄚˋ」{puàpuà}, ဖွားဖွားကြီး「ㄆㄨㄚˋㄆㄨㄚˋㄐ一ˋ」{puàpuàjIì}, ဖွားဖွားမေ「ㄆㄨㄚˋㄆㄨㄚˋㄇㄝˇ」{puàpuàme} 祖母；

မြေး「ㄇ一ㄝˋ」{mIè}, မြေးလေး「ㄇ一ㄝˋㄌㄝˋ」{mIèlè} 孫子，等等。

下表說明親戚稱謂有時在上緬甸語、下緬甸語和方言中有不同說法，或者相同的詞表示不同意思。

親戚稱謂	上緬甸語	下緬甸語	方言
姑母	အရီးကြီး「ㄚˋ一ㄐ一」{âYijIì}	ဒေါ်ကြီး「ㄉㄛˇㄐ一」{DɔjIì}	မိကြီး「ㄇ一ˋㄐ一」{mîjIì}
小姑子	အရီးလေး「ㄚˋ一ㄌㄝ」{âYilè}		
姨母	ဒေါ်ကြီး「ㄉㄛˇㄐ一」{DɔjIì}	ဒေါ်လေး「ㄉㄛˇㄌㄝ」{Dɔlè}	မိယဲ「ㄇ一ˋㄝㄝ」{mîŋɛ}
小姨子	ဒေါ်လေး「ㄉㄛˇㄌㄝ」{Dɔlè}		
阿伯	ဘကြီး「ㄆㄚˇㄐ一」{PajIì}	ဘကြီး「ㄆㄚˇㄐ一」{PajIì}	ဖကြီး「ㄆㄚˋㄐ一」{pâjIì}
阿叔	ဘလေး「ㄆㄚˇㄌㄝ」{Palè}		
舅舅	ဦးကြီး「ㄨˋㄐ一」{ûjIì}	ဦးလေး「ㄨˋㄌㄝ」{ûlè}	ဖယဲ「ㄆㄚˋㄝㄝ」{pâŋɛ}
小舅子	ဦးလေး「ㄨˋㄌㄝ」{ûlè}		
哥哥	နောင်「ㄋㄠㄫˇ」{nauŊ}（男用） ကို「ㄍㄛˇ」{go}（女用）		
弟弟	ညီ「ㄏ一ˋ」{Ñi}（男用） မောင်「ㄇㄠㄫˇ」{mauŊ}（女用）		
姐姐	မ「ㄇㄚˇ」{ma}		
妹妹	နှမ「ㄋㄚˋㄇㄚˇ」{n̥âma}（男用） ညီမ「ㄏ一ˋㄇㄚˇ」{Ñima}（女用）		

2. 名詞的性

緬甸語男子、公動物可在詞後面加 ထီး「ㄊ一」{tì}、ဖ「ㄆㄚˋ」{pâ}、ဖို「ㄆㄛˇ」{po}，表示，

而女子、母動物加 မ「ㄇㄚˇ」{ma} 表示，例如：

男廚師 မီးဖို「ㄇ一ㄆㄛˇ」{mìpo}；

姐夫 ယောက်ဖ「一ㄠˇㄆㄚˋ」{yáupâ}；

公貓 ကြောင်ထီး「ㄐ一ㄠㄫˇㄊ一」{jIauŊtì}；

母貓 ကြောင်မ「ㄐ一ㄠㄫˇㄇㄚˇ」{jIauŊma}；

女老師 ဆရာမ「ㄘㄚˋ一ㄚˇㄇㄚˇ」{câYama}；

公狗 ခွေးထီး「ㄎㄨㄝㄊ一」{kuètì}；

母狗 ခွေးမ「ㄎㄨㄝㄇㄚˇ」{kuèma}；

公雞 ကြက်ဖ「ㄐ一ㄜˇㄆㄚˋ」{jIɤ́pâ}；

母雞 ကြက်မ「ㄐ一ㄜˇㄇㄚˇ」{jIɤ́ma}；

公鵝 ငန်းဖို「ㄫㄜˋㄋㄆㄛˇ」{ŋɤ̀Npo}；

母鵝 ငန်းမ「ㄫㄜˋㄋㄇㄚˇ」{ŋɤ̀Nma}，等等。

【文化背景】緬甸人姓名、職業名稱

緬甸人的姓名

　　緬甸人名沒有像臺灣人那樣的姓，通常是在自己的名字前面加一表示性別、年齡、身份和地位的接頭詞。青年男子一般稱 "貌" မောင်「ㄇㄠˇㄥ」{mauŋ}（阿弟），表示謙虛。對幼輩或少年也稱 "貌"，對平輩或兄長則稱 "郭" ကို「ㄍㄛˇ」{go}（阿哥），對長輩或有地位的人則稱 "吳" ဦး「ˋㄨ」{ʼù}（阿叔，阿伯）。本書的 "郭迪哈" ကို သီဟ「ㄍㄛˇ ㄉㄧˇㄏㄚˇ」{go ðihâ}，實際名字為 "迪哈" သီဟ「ㄉㄧˇㄏㄚˇ」{ðihâ}，加了接頭詞 "郭" 表示他是年輕的男人，他本人可稱自己為 "貌迪哈" မောင်သီဟ「ㄇㄠˇㄥˇ ㄉㄧˇㄏㄚˇ」{mauŋ ðihâ}。隨著他的年齡和地位的變化，會被稱作 "吳迪哈" ဦးသီဟ「ˋㄨ ㄉㄧˇㄏㄚˇ」{ʼù ðihâ}。

　　緬甸婦女不論已婚與否，一般在名字前加 "瑪" မ「ㄇㄚˇ」{ma}（女子），表示謙虛；對幼輩或平輩也稱 "瑪"（女孩，姑娘），對長輩或有地位的則稱 "杜"（阿姑、阿姨、阿嬸）。本書的 "杜丹敏" ဒေါ် တန်းမင်း「ㄉㄛˇ ㄉㄜㄋˇㄇㄧㄥ」{Cɔ dàŊmìŊ}，她本人可自稱 "瑪丹敏" မ တန်းမင်း「ㄇㄚˇ ㄉㄜㄋˇㄇㄧㄥ」{ma dàŊmìŊ}。

　　緬甸家長在提到自己孩子的名字時，表示接頭詞的音節要略去。像 ကိုသီဟ「ㄍㄛˇ ㄉㄧˇㄏㄚˇ」{go ðihâ}（郭迪哈）、မမြင့်「ㄇㄇㄧˇㄥ」{mamîŋ}（瑪敏）這樣的名字，作為母親的楠迪雅提到郭迪哈時，就只說 သီဟ「ㄉㄧˇㄏㄚˇ」{ðihâ}（迪哈）、မြင့်「ㄇㄧㄥ」{mîŋ}（阿敏），不必對自己的孩子表示 "尊敬"。但 မြင့်（阿敏）亦可說成 မမြင့်（瑪敏），表示阿敏是女孩。

　　緬甸人的名字用詞不多，因而緬甸人同名的很多。用這些詞互相組合，形成不同名字。緬甸人往往在名字前加職業名稱，有的還在名字後加上籍貫或工作單位。

　　不同的人叫同一個人的名字可能會不同，比如本書使用的 "杜丹敏" 這個名字，在正式場合人們叫她 ဒေါ် တန်းမင်း「ㄉㄛˇ ㄉㄜㄋˇㄇㄧㄥ」{Cɔ dàŊmìŊ}，意思是 "杜丹敏太太"，而晚輩則叫她 ဒေါ် တန်းမေ「ㄉㄛˇ ㄉㄜㄋˇㄇㄝ」{Cɔ dàŊme}，意思是 "杜丹敏阿姨"，這時也可音譯成 "杜丹梅阿姨"。

　　常用的表示職業名稱的接頭詞如下表。

拼寫	緬文和讀音	翻譯	說明
Ashin	အရှင်「ˋㄚˋㄒㄧㄥ」{ʼâxiŋ} အသျှင်「ˋㄚˇㄉㄧㄥ」{ʼâðiiŋ}	老爺	僧侶，貴族使用，女性少用
Binnya Banya	ဗညား「ㄅㄚˇㄏㄚ」{BaÑà} ဗညာ「ㄅㄚˇㄏㄚ」{BaÑa}	老爺	稱呼皇室成員和貴族，ဗညာ[pəɲèa]為孟語詞彙
Bo Bogyoke	ဗိုလ်「ㄅㄛˇㄉ」{Bol} ဗိုလ်ချုပ်「ㄅㄛˇㄉㄑㄧㄡˇ」{Bolqióu}	司令，指揮者，將軍	軍事人員，如：ဗိုလ်ချုပ် အောင်ဆန်း「ㄅㄛˇㄉㄑㄧㄡˇ ˋㄠㄥ ㄘㄜㄋˇ」{Bolqióu ʼauŊcàŊ} 昂山將軍
Daw	ဒေါ်「ㄉㄛˇ」{Cɔ}	阿姨，女士	用於職位高或成年女性
Duwa	ဒူးဝါး「ㄉㄨㄨㄚ」{DùuÀ}	首領	用於克欽族酋長
Khun	ခွန်「ㄎㄨㄜㄋˇ」{kuəŊ}	先生	緬甸撣族人使用
Ko	ကို「ㄍㄛˇ」{go}	阿兄，阿哥	用於年齡相差不大的男生
Ma	မ「ㄇㄚˇ」{ma}	阿姐，阿妹	用於年齡相差不大的女生，年輕女性
Mahn	မန်း「ㄇㄜㄋ」{màŊ}	先生	緬甸克倫族男生使用

Mai, Me	မယ်「ㄇㄝˇ」{mɛ}	阿姐，阿妹	相當於 ㄨ，用來指女生，但極為罕見
Maung	မောင်「ㄇㄠㄥ」{mauŋ}	阿弟	有時放在年輕男生名字前面
Mi	မိ「ㄇㄧˋ」{mî}	女士	用來指緬族或孟族女生，通常作為昵稱
Minh	မင်း「ㄇㄧㄥ」{mìŋ}	先生	作為詞尾用來指緬族或孟族男生
Nai	နိုင်「ㄋㄞㄥ」{naiŋ}	先生	用來指孟族男生，相當於孟語的 နဲ[nài]
Nang	နန်း「ㄋㄜˋㄋ」{nèN}	女士	指撣族婦女，相當於撣語的 ᥢᥣင်း[naaŋ]
Naw	နော်「ㄋㄛˇ」{nɔ}	女士	用來指克倫族婦女
Nga	င「ㄥㄚˇ」{ŋa}	-鬼	用來指男生，現在為貶義
Sai	စိုင်း「ㄙㄞㄥ」{sàiŋ}	先生	撣族人使用，相當於撣語的 လ်း[tsaaj]
Salai	ဆလိုင်း「ㄘㄚˇㄌㄞㄥ」{câlàiŋ}	先生	緬甸欽族人使用
Sao	စဝ်「ㄙㄚˇㄨ」{sâu}	老爺	撣族人使用，相當於撣語的 လး[tsaw]
Saw	စော「ㄙㄛˋ」{sɔ̀}	先生	克倫族人使用
Sawbwa	စော်ဘွား「ㄙㄛˇㄆㄨㄚˋ」{sɔPuà}	首領	撣族人首領，相當於撣語的 လင်းၽြ [tsawpʰaa]
Saya	ဆရာ「ㄘㄚˇㄧㄚˇ」{câYa}	老師	用於高職位或高齡男人
Sayadaw	ဆရာတော်「ㄘㄚˇㄧㄚˇㄉㄛˇ」{câYadɔ}	高僧	用於僧人
Sayama	ဆရာမ「ㄘㄚˇㄧㄚˇㄇㄚˇ」{câYama}	老師	用於高職位或高齡女人
Shin	ရှင်「ㄒㄧㄥˇ」{xiŋ} သျှင်「ㄉㄧㄥˇ」{ðiiŋ}	老爺	用於僧侶和貴族男女
Tekkatho	တက္ကသိုလ်「ㄉㄚˇㄍㄍㄚˇㄉㄛˇㄉ」{dâggâðol}	大師	用於作家等
Thakin	သခင်「ㄉㄚˇㄎㄧㄥˇ」{ðâkiŋ}	主人	德欽族表示主人
Theippan	သိပ္ပံ「ㄉㄧˊˋㄅㄅㄚㄇˇ」{ðîbbaɱ}	技師	用於科學技術等
U	ဦး「ˊㄨˋ」{ʔù}	先生，阿叔，阿伯	用於高職位、長輩的男人，也用於僧人

緬甸人往往按照這樣的方式取名：把 33 個字母分給一星期七天，每天規定一個子音陣列的全部或幾個字母，在那天出生的人取名時名字的第一字母可為這些字母，（但不一定是必須的）。即：

星期一(တနင်္လာ「ㄉㄚˇㄋㄚˇㄥㄥㄚˇㄌㄚˇ」{dânaŋŋala})為 က、ခ、ဂ、ဃ、င；

星期二(အင်္ဂါ「ˊㄚˇㄥㄥㄚˇㄍㄚˇ」{ʔâŋŋaGA})為 စ、ဆ、ဇ、ဈ、ည；

星期三早晨(ဗုဒ္ဓဟူး「ㄅㄨˇㄉㄊㄚˇㄏㄨˋ」{BûDTahù})為 လ、ဝ；

星期三下午(ရာဟု「ㄧㄚˇㄏㄨˇ」{Yahû})為 ယ、ရ）；

星期四(ကြာသပတေး「ㄐㄧㄚˇㄉㄚˇㄅㄚˇㄉㄝ」{jIaðâbâdè})為 ပ、ဖ、ဗ、ဘ、မ；

星期五(သောကြာ「ㄉㄛˋㄐㄧㄚˇ」{ðɔ̀jIa})為 သ、ဟ；

星期六(စနေ「ㄙㄚˋㄋㄝˇ」{sâne})為 တ、ထ、ဒ、ဓ、န；

星期日(တနင်္ဂနွေ「ㄉㄚˋㄋㄚˇㄫㄫㄚˇㄍㄚˇㄋㄨㄝˇ」{dânaŋŋaGanue})為 အ。

判斷時應該去掉接頭詞，例如：郭迪哈(ကို သီဟ「ㄍㄛˇ ㄉ̱ㄧˇㄏㄚˋ」{go ðihâ})這一名字，去掉接頭詞，第一字母是 သ，應該是星期五出生的。生肖屬相為“豚鼠”（參見第九課的“文化背景”）。

和臺灣人一樣，緬甸人將名字的一個字讀成疊音，就表示愛稱，例如：

吞吞：ထွန်းထွန်း「ㄊㄨㄜㄋ̰ㄊㄨㄜㄋ̰」{tuəN̰tuəN̰}；

奈奈：နိုင်နိုင်「ㄋㄞㄫ̰ˇㄋㄞㄫ̰ˇ」{naiŊ̰naiŊ̰}；

喬喬：ချိုချို「ㄑㄧㄛˇㄑㄧㄛˇ」{qioqio}；

卿卿：ခင်ခင်「ㄎㄧㄫ̰ˇㄎㄧㄫ̰ˇ」{kiŊ̰kiŊ̰}；

飄飄：ဖြူဖြူ「ㄆㄧㄨˇㄆㄧㄨˇ」{pIupIu}等等。

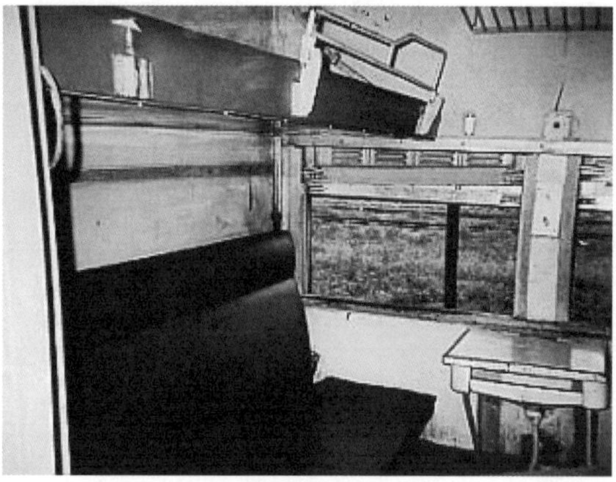

臥鋪車廂

အိပ်နေသူ အခန်း

「'ㄟ''ㄋㄝˇㄉ̱ㄨˇ'ㄚˋㄎㄜㄋ̰」

{'éi'neðu 'âkəN̰}

A Sleeper Compartment

【練習鞏固】

1. 請把下列句子翻譯成緬甸文。

   1)不是，我不是韓國人(ကိုရီးယား「ㄍㄛˇㄖㄧ一ㄚˋ」{goriyà})，我是臺灣人。

   _____

   2)臺灣很美。

   _____

   3)你幾個孩子呢？

   _____

   4)三個。

   _____

2. 請把下列句子翻譯成中文。

   1) ခင်ဗျားက အိမ်ထောင်နဲ့လား? 「ㄎㄧㄥˇㄅㄧ一ㄚㄍㄚ´ ˋㄟㄇˋㄊㄠㄥˋㄋㄝ̂ ㄌㄚ?」{kiᶇBiàgâ 'eiM̥tauᶇnêlà?}

   _____

   2) အင်းအိမ်ထောင်နဲ့ ပါ။ 「ˊ一ㄥ, ˋㄟㄇˋㄊㄠㄥˋㄋㄝ̂ ㄅㄚˋ」{'ìᶇ, 'eiM̥tauᶇnê bA.}

   _____

   3) ကျွန်တော်၏ မိသားစု တွင် အဖေ အမေ ညီကို နှင့် ကျွန်တော်။「ㄐㄨㄜㄋˇㄉㄛˇˊ一 ㄇ一ˋㄉㄚˋㄙㄨˋ ㄉㄨ一ㄥˇㄚ̀ㄆㄝˋㄚ̀ㄇㄝ ㄋˊ一ㄍㄛ ㄋˋ一ㄥ ㄐㄨㄜㄋˇㄉㄛˇ.」{jiuəᶇdɔˊî mîðàsû duiᶇ 'âpe 'âme Ñigo n̥îᶇ jiuəᶇdɔ.}

   _____

3. 填空。

   1) တောင်းပန် ပါတယ်၊「ㄉㄠㄥˋㄅㄜㄋˇ ㄅㄚˋㄉㄝ̌」{dàuᶇbəᶇ bAdɛ,} (_____) သင် နေတယ်။「ㄉㄧㄥˇ ㄋㄝˋㄉㄝˇ.」{ðiᶇ nedɛ.}勞駕，你住在(哪裡)？

   2) (_____) ဆင်ခြေဖုံး တွင်နေတယ်။「ㄎㄧㄥˇㄑㄧㄝˇㄆㄡㄇ ㄉㄨㄧㄥˇㄋㄝˋㄉㄝˇ.」{ciᶇqIepòuṃ duiᶇnedɛ.}(我)住在市郊。

   3) ကျွန်တော်「ㄐㄨㄜㄋˇㄉㄛˇ」{jiuəᶇdɔ} (_____) တွင်နေတယ်။「ㄉㄨㄧㄥˇㄋㄝˋㄉㄝˇ.」{duiᶇnedɛ.}我住在(市中心)。

   4) ဒီဟာ ကျွန်မတို့「ㄉㄧˇㄏㄚˋ ㄐㄨㄜㄋˇㄇㄚˋㄉㄛˇ」{Diha jiuəṆmadô} (_____) ပါ။「ㄅㄚˋ.」{bA.}這是我家的(房子)。

第四課　工作與職業

သင်ခန်းစာ ၄. အလုပ် နှင့် အလုပ်အကိုင်

「ㄉㄧㄥˇㄎㄜˋㄋㄚˊ ㄌㄝˋㄚˋㄌㄡˇˇ ㄋㄧㄥˇˇㄚˋㄌㄡˇˇ Y˙《万π˙」

{ðiŋkàNsa lè' âlóu' ŋîŋ 'âlóu'âgaiŋ}

Lesson 4. Job and Profession

【詞語學習 1】

▷ ၀င် 「ㄨㄧㄥˇ」{uiŋ} 進，進來

▷ ပါဦး 「ㄅㄚˇˇㄨ」{bA'ǔ} (尾助詞)請

▷ အလုပ် 「ˇㄚˋㄌㄡˇˇ」{'âlóu'} 做的事情

▷ လုပ် 「ㄌㄡˇˇ」{lóu'} 做

▷ ၀န် 「ㄨㄜˊㄋˇ」{uəN} 職業

▷ အင်္လိပ်စာ 「ˇㄚˇㄫㄫㄚˊ《ㄚˋㄌㄟˇˇㄙㄚˇ」{'âŋŋaGaléi'sa} 英語

▷ အထက်တ 「ˇㄚˇㄊㄜˋㄉㄚˇ」{'âtə'dâ} 高級的，上面的

▷ နေရာလွတ် 「ㄋㄝˇˊㄚˇㄌㄨㄜˇˇ」{neYaluə'} 清空，空缺

▷ လိုက် 「ㄌㄞˇˇ」{lái'} 跟著，跟蹤，查詢

▷ မီးဖို 「ㄇㄧㄆㄛˇ」{mipo} 炊事員，廚師

▷ ရန် 「ㄧㄜˊㄋˇ」{YəN} 對於

▷ နိုင် 「ㄋㄞㄫˇ」{naiŋ} 能夠，可以

▷ ကဲ့ 「《ㄝˇ」{gê} 到時，然後

▷ သို့ 「ㄉㄛˇ」{ðô} 表示方向的助詞，相當於 "到，去到"

【範例課文】

一、孫文達(B)和薩雅桑達(A)互相聊到對方的工作。

A: ဝင်ပါဦး။ 請進！

「ㄨㄧㄥˇㄅㄚ˙˙ㄨ.」{uiŊbA'ù.}

B: တွေ့ရတာ ဝမ်းသာ ပါတယ်။ 很高興見到你。

「ㄉㄨㄝˉㄧㄚˇㄉㄚˇ ㄨㄚㄇㄉㄚˇ ㄅㄚˇㄉㄝˇ.」{duêYada uàM̥ða bAdɛ.}

A: ဘာအလုပ်လုပ်ပါသလဲ? 你是做什麼工作的？

「ㄆㄚˇˇㄚˇㄉㄡˇㄉㄡˇㄅㄚˇㄉㄚˇㄉㄝ?」{Pa'âlóu'lóu'bAðâlè?}

B: ဆရာဝန်ပါ။ 我是個醫生。

「ㄔㄚˇˇㄚˇㄜˇㄋˇㄅㄚˇ.」{câYauəN̥bA.}

A: အိုး၊ ဘယ်မှာလုပ်ပါသလဲ? 是這樣。你在哪兒工作？

「ㄜ, ㄆㄝˇㄇㄚˇㄉㄡˇ ㄅㄚˇㄉㄚˇㄉㄝ?」{'ò, Pe̥malóu'bAðâlè?}

B: ရန်ကုန် တက္ကသိုလ် ဆေးရုံမှာပါ။ 仰光大學醫院。

「ㄧㄜˇˇ《ㄜˇˇ ㄉㄚˇ《《ㄚˇㄉㄛˇˇㄉ ㄔㄝˉㄡㄇˇㄇㄚˇㄅㄚˇ.」{YəNgoN dâggâðol cèYoum̥mabA.}

   ဒါ ကျွန်တော့်ရဲ့လိပ်စာကဒ်ပါ။ 這是我的名片。

「ㄉㄚˇ ㄐㄨㄜㄋˇㄉㄜˇˇㄌㄛˇˇㄧㄝˇㄌㄟ'ㄙㄚˇ《ㄚˇˇㄅㄚˇ.」{DA jiuəNdɔ̂Yêléi'sagâ'bA.}

A: ကျေးဇူးတင်ပါတယ်။ 謝謝。

「ㄐㄧㄝㄗㄨㄉㄧㄥˇㄅㄚˇㄉㄝˇ.」{jièzùdiŊbAdɛ.}

B: ဘာအလုပ်လုပ်ပါသလဲ? 你做什麼工作？

「ㄆㄚˇˇㄚˇㄉㄡˇㄉㄡˇㄅㄚˇㄉㄚˇㄉㄝ?」{Pa'âlóu'lóu'bAðâlè?}

A: ကျောင်း ဆရာ ပါ။ 我是一名教師。

「ㄐㄧㄠㄥˇ ㄔㄚˇㄧㄚˇ ㄅㄚˇ.」{jiàuŊ câYa bA.}

B: ဘာ သင်ပါသလဲ? 你教什麼？

「ㄆㄚˇ ㄉㄧㄥˇㄅㄚˇㄉㄚˇㄉㄝ?」{Pa ðiŊbAðâlè?}

A: အင်္ဂလိပ်စာ သင်ပါတယ်။ 我教英語。

「ˇㄚˇㄤㄤㄚˇ《ㄚˇㄉㄟˇˇㄙㄚˇ ㄉㄧㄥˇㄅㄚˇㄉㄝˇ.」{'âŋŋaGaléi'sa ðiŊbAdɛ.}

89

B: ဘယ်မှာ ပါလဲ? 在哪裡（教）？

「ㄅㄝˇㄇㄚˇ ㄅㄚˇㄌㄝ?」{Pɛɱa bAlɛ̀?}

A: အထက်တန်းကျောင်းမှာပါ။ 在一所高中。

「ˇㄚˇㄊㄜˇˇㄌㄜˇㄋㄐㄧㄠ兀ㄇㄚˇㄅㄚˇ.」{'âtə́'də̀NjiàuɳɱabA.}

果敢人學校
ကိုးကန့်လူမျိုး ကျောင်း
「ㄍㄛˋㄍㄜˋ兀ˋㄌㄨˊㄇㄧㄜˋ ㄐㄧㄠ兀」
{gògâNlumiò jiàuɳ}
A Kokang (Chinese Descendants) School

90

二、趙金標到杜丹敏的公司應聘。這是他們的對話。

A: မင်္ဂလာပါ॥ 你好。

「ㄇㄧㄥˋㄍㄌㄚˇㄅㄚˇ.」{miŊGlabA.}

B: မင်္ဂလာပါ॥ 你好。

「ㄇㄧㄥˋㄍㄌㄚˇㄅㄚˇ.」{miŊGlabA.}

A: ခင်ဗျား နာမည် ဘယ် လို့ခေါ် ပါသလဲ? 你叫什麼名字？

「ㄎㄧㄥˋㄅㄧㄚˋ ㄋㄚˇㄇㄝˇ ㄆㄜˇ ㄌㄛˇㄎㄛˇㄅㄚˇㄌㄚˇㄌㄝ?」{kiŊBià nameŊ̃ Pɛ lokɔbAðâlè?}

B: ကျွန်တော့် နာမည် ကြော့် ကျိန်းပျောင်း လို့ခေါ် ပါတယ်॥ 我叫趙金標。

「ㄐㄨㄜˇㄋㄉˇㄉㄠˋ ㄋㄚˇㄇㄝˇ ㄐㄠˋ ㄐㄧˋㄋㄧㄠˇ ㄌㄛˇㄎㄛˇㄅㄚˇㄉㄝ.」{jiuəNdÂUŊ nameŊ̃ jIÂUŊ jiiŊbiÀUŊ lôkɔbAdɛ.}

A: ငါ့ ကုမ္ပဏီမှာ နေရာလွတ်ရှိတယ်॥ 我公司有一個空缺職位。

「ㄫㄚˋ ㄍㄨㄇㄅㄚˋㄋㄧˇㄇㄚˋ ㄋㄝㄧㄚˊㄌㄨㄛˇˊㄒㄧˇㄉㄝˇ.」{ŋÂ gûmbânịma neYaluə'x̂idɛ.}

   မီးဖိုခြောင်မှာ॥ 是炊事員。

「ㄇㄧㄆㄛˋㄑㄧㄠˇㄇㄚˋ.」{mìpoqiauŊ̣ma.}

B: ငါ ဒီ အလုပ် လုပ် ချင် တယ်॥ 我想做該工作。

「ㄫㄚˋㄉㄧˋ ˊㄚˋㄌㄡˇ ㄌㄡˇ ㄑㄧㄥˇ ㄉㄝˇ.」{ŋA Di 'âlóu' lóu' qiiŊ dɛ.}

A: ခင်ဗျားအရင်ကဘာအလုပ်တွေလုပ်ခဲ့ဖူးပါသလဲ॥ 你以前做過什麼工作？

「ㄎㄧㄥˋㄅㄧㄚˋㄚˋㄧㄥˇㄍㄚˇㄆㄨˋㄚˋㄌㄡˇㄉㄨㄝˇㄌㄡˇㄎㄜˇㄆㄨㄅㄚˇㄌㄚˇㄌㄝ.」{kiŊBià'âYiŊgâPa'âlóu'duelóu'kêpùbAðâlè.}

B: မီးဖို ခြောင်မှာ တစ် နှစ် လုပ်ခဲ့ဖူးပါတယ်॥ 我做過一年炊事員。

「ㄇㄧㄆㄛˋ ㄑㄧㄠˇㄇㄚˋ ㄉㄧˊ ㄋㄧˊ ㄌㄡˇ'ㄎㄜˇㄆㄨㄅㄚˇㄉㄝˇ.」{mìpo qiauŊ̣ma dí' ṇí' lóu'kêpùbAdɛ.}

A: ဒါဆို သင် ဒီမှာ အလုပ် လုပ် နိုင် တယ်॥ 那麼你可以做這項工作。

「ㄉㄚˋㄎㄛˋ ㄉㄧㄥˇ ㄉㄧˋㄇㄚˋ 'ㄚˋㄌㄡˇ ㄌㄡˇ' ㄋㄞㄥˇ ㄉㄝˇ.」{DAco ðiŊ Dịma 'âlóu' lóu' naiŊ dɛ.}

   မနက်ဖြန် အလုပ် စဆင်းနိုင်ပြီ॥ 明天就開始吧。

「ㄇㄚˊㄋㄜˇㄆㄛㄜˇˊㄚˋㄌㄡˇ ㄙㄚˇㄘㄧㄥˇㄋㄟˇㄥˇㄅㄧˋ.」{maná'pləŊ 'âlóu' sâcìŊneiŊbIi.}

B: ဟုတ်ကဲ့၊ ကျေးဇူးအများကြီးတင်ပါတယ်! 好的，非常感謝！

「ㄏㄡˇˊㄍㄝˋ, ㄐㄧㄝㄗㄨˋˊㄇㄧㄚˋㄐㄧˋㄌㄧˇㄉㄧㄥˇㄅㄚˇㄉㄝˇ!」{hóu'gê, jièzù'âmiàjlìdiŊbAdɛ!}

A: ရပါတယ်။ 不客氣。

「ㄧㄚˇㄅㄚˇㄉㄝˋ.」{YabAdε.}

【詞語學習 2】

▷ ဖြင့် 「ㄆㄧㄥˋ」{plîŊ}在裡面，利用

▷ ဘတ်စ် 「ㄆㄚˋ」{Pá'}公共汽車，巴士（也可讀成：「ㄆㄚˋㄙ」{Pá's}）

▷ ဘတ်စ်ကား 「ㄆㄚˋㄙㄍㄚˋ」{Pá'sgà}班車

▷ ရုံး 「ㄧㄡㄇ」{Yòuṃ}辦公室

▷ ရုံးတက် 「ㄧㄡㄇㄉㄜˋ」{Yòuṃdə'}上班

▷ ရုံးဆင်း 「ㄧㄡㄇㄑㄧㄥ」{YòuṃciŊ}下班

▷ ညနေ 「ㄏㄚˇㄋㄝˋ」{Ñane}晚上

▷ စာရေးမ 「ㄙㄚˇㄧㄝㄇㄚˇ」{saYèma}售貨員，女售貨員

▷ ရှေ့နေ 「ㄒㄝˋㄋㄝˋ」{xêne}律師

▷ အထွေထွေ 「ˋㄚˇㄊㄨㄝˇㄊㄨㄝˇ」{'âtuetue}總管的

▷ မန်နေဂျာ 「ㄇㄜˋㄋˇㄋㄝˇㄐㄧㄚˇ」{məŊneJia}經理

街邊海鮮

လမ်းမ ပင်လယ်စာ

「ㄅㄧㄥˇㄌㄝˇㄙㄚˇ」{biŊlεsa}

Street Seafood

စကားပြော ၁「ㄙㄚˋㄍㄚˋㄅ一ㆸ ㄉ一ˊ」{sâgàb1ɔ̀ dí'} 對話一

A: ကျွန်မ ကုမ္ပဏီ ဘတ်စ်ကား ဖြင့် ကုမ္ပဏီ သို့ သွား တယ်။ 我坐公司交通車上班。

「ㄐㄨㄛㄋˇㄇㄚˇ ㄍㄨˉㄇㄅㄚˋㄋ一ˉ ㄆㄚˊㄙㄍㄚˋ ㄆ一ㆪ ㄍㄨˉㄇㄅㄚˋㄋ一ˉ ㄉㆦˋ ㄉㄨㄚˋ ㄉㄝ˳」{jiuəNma gûmbân̥i Pá'sgà p1îN̥ gûmbân̥i ðô ðuà dɛ.}

B: ဘယ်အချိန် ရုံးတက်သလဲ။ 每天幾點上班？

「ㄆㄝˇㄚˇㄑ一ㄟㄋˋ 一ㄡㄇㄉㄜˋˊㄉㄚˊㄉㄝ˳」{Pɛ'âqieiN̥ Yòum̥dáˊðâlɛ̀.}

A: နံနက် ဆယ် (၁၀) နာရီ။ 早上十點。

「ㄋㄚㄇˇㄋㄜˊˊ ㄘㄝˇㄋㄚˇ一ˊˉ」{nam̥nə́' cɛ naYi.}

B: ဘယ်အချိန် မှာ ရုံးဆင်းသလဲ။ 每天幾點下班？

「ㄆㄝˇㄚˇㄑ一ㄟㄋˋ ㄇㄚˇ 一ㄡㄇ̥ㄘ一ㆭㄉㄚˋㄉㄝˋ」{Pɛ'âqieiN̥ m̥a Yòum̥cìN̥ðâlɛ̀.}

A: ညနေ ခြောက် (၆) နာရီ။ 晚上六點。

「ㄏㄚˇㄋㄝˇ ㄑ一ㄠˋˊㄋㄚˇ一ˊˉ」{Ñane qláu' naYi.}

B: ည တွေ့မယ်။ 晚上見。

「ㄏㄚˇ ㄉㄨㄝˋㄇㄝ˳」{Ña duêmɛ.}

လက်လီ 「ㄌㄜˋˊㄌ一ˇ」{láˊ1i}
零售 ㄌ一ㄥˊㄕㄡˋ lingshòu
လက်ကား 「ㄌㄜˋˊㄍㄚ」{láˊgà}
批發 ㄆ一ㄈㄚ pīfā

商店標牌
ဈေးဆိုင် သင်္ကေ်တ
「ㄙ一ㄝˋㄘㄞㆭ ㄉㄚˋㄥㄜㄍㄝˇㄉㄚˋ」
{siècaiN̥ ðâŋŋagedâ}
Shop Sign

「ㄙㄚˇㄍㄚˋㄌㄛˋ ㄋㄧˊ」 {sâgàlǒ ŋí} 對話二

A: ခင်ဗျား အရင်ကဘာအလုပ်တွေလုပ်ခဲ့ဖူးပါသလဲ? 你以前做過什麼工作？

「ㄎㄧㄥˇㄅㄧㄚˋㄚˊㄧㄥˋㄍㄚˊㄅㄚˊㄌㄡˊㄌㄨㄝˊㄌㄡˊㄎㄝˋㄆㄨㄅㄚˋㄉㄚˋㄌㄝˋ?」 {kiŊBià'âYiŊgâPa'âlóu'duelóu'kêpùbAðâlè?}

B: ကျွန်မ အရောင်း စာရေးမ လုပ်ခဲ့ဖူးပါတယ်၊ ခင်ဗျားကော? 我以前是售貨員，您呢？

「ㄐㄨㄜㄋˇㄇㄚˋㄚˊㄧㄠˋㄥ ㄙㄚˇㄧㄝㄇㄚˇ ㄌㄡˊㄎㄝˋㄆㄨㄅㄚˋㄉㄝˋ, ㄎㄧㄥˇㄅㄧㄚˊㄍㄛˋ?」 {jiuəŊma 'âYàuŊ saYèma lóu'kêpùbAdɛ, kiŊBiàgɔ̀?}

A: ကျွန်တော် ရှေ့နေ လုပ်ခဲ့ဖူးပါတယ်။ 我以前是律師。

「ㄐㄨㄜㄋˇㄌㄛˋ ㄒㄝˋㄋㄝˋ ㄌㄡˊㄎㄝˋㄆㄨㄅㄚˋㄉㄝˋ.」 {jiuəŊdɔ xêne lóu'kêpùbAdɛ.}

အခုကတော့ ကုမ္ပဏီရဲ့ အထွေထွေ မန်နေဂျာ ဖြစ် တယ်။ 現在是公司總經理。

「ㄚˊㄎㄨˋㄍㄚˋㄉㄛˋ ㄍㄨㄇㄅㄚˋㄋㄧㄝˋㄚˋㄊㄨㄝˋㄊㄨㄝ ㄇㄜㄋˇㄋㄝˋㄐㄧㄚˋ ㄆㄧˊ ㄉㄝˋ.」 {'âkùgâdô gûmbâŋiYê 'âtuetue məŊneJia pIí'dɛ.}

B: ခင်ဗျား ဒီမှာအလုပ်လုပ်တာ ဘယ်လောက်ကြာပြီလဲ။ 你在這裡工作多長時間了？

「ㄎㄧㄥˇㄅㄧㄚˋ ㄉㄧˇㄇㄚˋㄚˊㄌㄡˊㄌㄡˊㄉㄚˋ ㄆㄝˋㄌㄠˊㄐㄧㄚˋㄅㄧˊㄌㄝˋ.」 {kiŊBià Diṃa'âlóu'lóu'da Pɛláu'jIabIilè.}

A: နှစ်နှစ် ရှိပါပြီ။ 工作兩年。

「ㄋㄧˊㄋㄧˊ ㄒㄧˊㄅㄚˋㄅㄧˊ.」 {ŋí'ŋí' xîbAbIi.}

我是…

…ပါတယ်။

「…ㄅㄚˋㄉㄝˋ.」 {…bAdɛ.}

I'm …

94

【語法說明】名詞；語法點滴

1.名詞

　　有的名詞為幾個有具體意義的音節組合而成，例如：

飛機：လေယာဉ်ပျံ「ㄌㄝˇㄧㄝㄣˇㄅㄧㄚㄇˋ」{leyæ̃ɲbiam̩}=လေ「ㄌㄝˇ」{le}空氣，空中 ＋ ယာဉ「ㄧㄝㄣˇ」{yæ̃ɲ}（巴利語）乘坐，搭乘: ＋ ပျံ「ㄅㄧㄚㄇˋ」{biam̩}飛行。含義為：在空中乘坐飛行的機器。

　　表示名詞複數的詞尾有以下幾個，以 လူ「ㄌㄨˇ」{lu}"人"一詞舉例，表達"人們"之意：

　　　　လူတွေ「ㄌㄨˇㄌㄨㄝˇ」{ludue}人們，大家（口語體）

　　　　လူများ「ㄌㄨˇㄇㄧㄚ」{lumià}人們，各位（正式體）

　　　　လူတို့「ㄌㄨˇㄌㄛˋ」{ludô}人們，諸位（文語體）

　　　　လူကြ「ㄌㄨˇㄐㄧㄚˋ」{lujIâ}尊位（尊敬體，鄭重體）

　　名詞前面或後面可以加以下小品詞。

1)အ-「ˋㄚˋ」{'â}，主要是從動詞、形容詞變成名詞，例如：

　　　　ကောင်း「《ㄠㄈ」{gàuɒ}好的→အကောင်း「ˋㄚˋ《ㄠㄈ」{'âgàuɒ}好；

　　　　လှ「ㄌㄚˋ」{lâ}美的→အလှ 美「ˋㄚˋㄌㄚˋ」{'âlâ}；

　　　　နီ「ㄋㄧˇ」{ni}紅的→အနီ「ˋㄚˋㄋㄧˇ」{'âni}紅色；

　　　　က「《ㄚˋ」{gâ}跳舞→အက「ˋㄚˋ《ㄚˋ」{'âgâ}舞蹈；

　　　　ပြော「ㄅㄧㄛˋ」{bIò}講述→အပြော「ˋㄚˋㄅㄧㄛˋ」{'âbIò}話語，等等。

2)-မှု「ㄇㄨˋ」{m̩û}，組成抽象名詞，例如：

　　　　စွမ်းဆောင်မှု「ㄙㄨㄚㄇㄘㄠㄈㄇㄨˋ」{suàM̩cauɒm̩û}成就；

　　　　အနာဂတ်လုပ်ရှားမှု「ˋㄚˋㄋㄨˇㄅㄧˋㄍㄚˇㄌㄡˊㄒㄚㄇㄨˋ」{'ânûbâÑalóu'x̩àm̩û}未來主義，等等。

3)-ချက်「ㄑㄧㄛˋˊ」{qiə'}，由動詞變成名詞，例如：

　　　　အာမခံချက်「ˋㄚˇㄇㄚˇㄎㄚㄇˇㄑㄧㄛˋ」{'amakam̩qiə'}保障，擔保，等等。

4)-ရေး「ㄧㄝ」{Yè}，表示從事某種工作的人，例如：

　　　　စာရေး「ㄙㄚˇㄧㄝ」{saYè}文員，店員

5)-စရာ「ㄙㄚˋㄧㄚˇ」{sâYa}，從動詞、形容詞變成名詞，例如：

　　　　တွယ်စရာ「ㄌㄨㄝˇㄙㄚˋㄧㄚˇ」{duεsâYa}採購；

ဝမ်းနည်းစရာ「ㄨㄚㄇㄋㄝˇㄨˋㄙˆㄚˇㄧㄚˇ」{uàMnèÑsâYa}悲哀;

သွားစရာ「ㄉㄨㄚㄙㄚˋㄧㄚˇ」{ðuàsâYa}行走;

စားစရာ「ㄙㄚㄙㄚˋㄧㄚˇ」{sàsâYa}吃的東西,食物,等等。

6)-ခြင်း「ㄑㄧㄤ」{qⅠⅰᴅ},從動詞、形容詞變成名詞,例如:

ငန်ခြင်း「ㄤㄜㄋˇㄑㄧㄤ」{ŋəNqⅠⅰᴅ}鹹味;

ကျေနပ်ခြင်း「ㄐㄧㄝˇㄋㄚˇˇㄑㄧㄤ」{jiená'qⅠⅰᴅ}滿足,等等。

2.語法點滴

1)小品詞 တို့「ㄉㆆˋ」{dô}可以用來列舉名詞,...တို့...တို့「ㄉㆆˋ...ㄉㆆˋ」{dô...dô}表示 "…啦…啦,還有…還有…" 。

2)小品詞 နဲ့「ㄋㄝˋ」{nê}的功用有:表示方法、手段; "和…一起" 。例如:

အဖေနဲ့ အမေ စျေးသွားကြသလဲ?「ˋㄚˇㄆㄝˇㄋㄝˇˋㄚˇㄇㄝˇ ㄗㄝˋㄉㄨㄚㄐㄧㄚˇㄉㄚˇㄌㄝˇ?」{'âpenê 'âme ZèðuàjIâðâlè?}爸爸媽媽去市場了嗎?

ရှင် က အိမ်ထောင်နဲ့လား?「ㄒㄧㄤˇ ㄍㄚˋ ˋㄟㄇˇㄊㄠㄤˇㄋㄝˇㄉㄚˇ?」{x̧iᴅ gâ 'eiMtauᴅnêlà?}妳結婚了嗎?(直譯:妳和家庭在一起嗎?)

နဲ့「ㄋㄝˋ」{nê}=နှင့်「ㄋㄧㄤˋ」{n̊îᴅ} (書)還可以用來表示命令語氣,如:

မသွားနဲ့「ㄇㄚˇㄉㄨㄚㄋㄝˇ」{maðuànê}不要去了。

3)男生說 "我的" 有幾種標記法:

ကျွန်တော်၏「ㄐㄨㄜㄋˇㄉㆆˇˋㄧ」{jiuəNdɔˋî};

ကျွန်တော့「ㄐㄨㄜㄋˇㄉㆆˋ」{jiuəNdô};

甚至可以寫成 ကျွန်「ㄐㄨㄜㄋˋ」{jiuəᴅ}。

也可以用不加隨韻符的形式:ကျွန်တော「ㄐㄨㄜㄋˇㄉㆆˋ」{jiuəNdɔ}。

以及寫成 ကျွန်တော့်「ㄐㄨㄜㄋˇㄉㆆˋㄨ」{jiuəNdôᴅ}、ကျွန်တောင့်「ㄐㄨㄜㄋˇㄉㄠㄤ」{jiuəNdÂUᴅ}。

【文化背景】職業詞彙；緬甸服飾

1. 職業詞彙

ကထိက「ㄍㄚˋㄊㄧˋㄍㄚˋ」{gâtîgâ}講師

ကဗျာဆရာ「ㄍㄚˋㄅ̰ㄧㄚˇㄘㄚˋㄧㄚˇ」{gâBiacâYa}詩人

ကျန်းမာရေးမှူး「ㄐㄧㄜㄋ̰ㄇㄚˇㄧㄝㄇ̥ㄨˋ」{jiəN̰maYèm̥û}衛生人員

ကျောင်းဆရာ「ㄐㄧㄠㄫ̰ㄘㄚˋㄧㄚˇ」{jiàuŊ̰câYa}老師

ကျောင်းသား「ㄐㄧㄠㄫ̰ㄉ̰ㄚ」{jiàuŊ̰ðà}男學生

ကျောင်းသူ「ㄐㄧㄠㄫ̰ㄉ̰ㄨˇ」{jiàuŊ̰ðu}女學生

ကလေးထိန်း「ㄍㄚˋㄌㄝㄊㄟㄋ̰」{gâlètèiN̰}保姆

ကာတွန်းဆရာ「ㄍㄚˇㄉㄨㄜㄋ̰ㄘㄚˋㄧㄚˇ」{gaduəN̰câYa}漫畫家

ကိုယ်ရံတော်「ㄍㄛˇㄝ̰ˇㄧㄚㄇ̰ˇㄉㄛ̰ˇ」{goɛYam̰dɔ}保鏢

ကုထုံးပညာရှင်「ㄍㄨˋㄊㄡㄇ̰ㄅㄚˋㄏ̰ㄚˇㄒㄧㄫ̰ˇ」{gûtòum̰bâÑax̥iŊ̰}治療師

ကုန်သည်「ㄍㄛㄋ̰ˇㄉ̰ㄝㄏ̰ˇ」{goN̰ðeÑ̰}交易員

ကုန်သည်ကြီး「ㄍㄛㄋ̰ˇㄉ̰ㄝㄏ̰ˇㄐㄧ」{goN̰ðeÑ̰jIì}生意人

ကောင်စစ်ဝန်「ㄍㄠㄫ̰ˇㄙㄧ’ˊㄨㄜㄋ̰ˇ」{gauŊ̰sí’uəN̰}領事

ခရိယာန်ဘုန်းကြီး「ㄎㄚˋㄖㄧˋㄧㄜ̰ㄋ̰ˇㄆ̰ㄛㄋ̰ㄐㄧ」{kârîyæN̰PòN̰jIì}牧師

ခွဲစိတ်ကုဆရာဝန်「ㄎㄨㄝ̰ㄙㄟ’ˊㄍㄨˋㄘㄚˋㄧㄚˇㄨㄜㄋ̰ˇ」{kuɛ̀séi’gûcâYauəN̰}外科醫生

ငွေကိုင်「ㄫㄨㄝˇㄍㄞㄫ̰ˇ」{ŋuegaiŊ̰}收銀員

စကားပြန်「ㄙㄚˋㄍㄚㄅㄧㄜㄋ̰ˇ」{sâgàbIəN̰}口譯員

စက်ပြင်「ㄙㄜ’ˊㄅㄧㄫ̰ˇ」{sə́’bIiŊ̰}技工，修理工

စက်မှုပညာရှင်「ㄙㄜ’ˊㄇ̥ㄨˋㄅㄚˋㄏ̰ㄚˇㄒㄧㄫ̰ˇ」{sə́’m̥ûbâÑax̥iŊ̰}技術員

စက်မောင်းသမား「ㄙㄜ’ˊㄇㄠㄫ̰ㄉ̰ㄚˋㄇㄚ」{sə́’màuŊ̰ðâmà}技術操作員

စက်ရုံမန်နေဂျာ「ㄙㄜ’ˊㄧㄡㄇ̰ˇㄇㄜㄋ̰ˇㄋㄝˇㄐㄧㄚˇ」{sə́’Youm̰məN̰neJia}廠長

စက်ရုံလုပ်သား「ㄙㄜ’ˊㄧㄡㄇ̰ˇㄌㄡˊㄉ̰ㄚ」{sə́’Youm̰lóu’ðà}工人

စစ်ဆေးသူ「ㄙㄧ’ˊㄘㄝㄉ̰ㄨˇ」{sí’cèðu}督察

စစ်ဗိုလ်「ㄙㄧ’ˊㄅ̰ㄛˇㄌ」{sí’Bol}軍官

စစ်သား「ㄙㄧ’ˊㄉ̰ㄚ」{sí’ðà}戰士

စန္ဒရားဆရာ「ㄙㄚˊㄋˇㄉㄚˋㄧㄘㄚˋㄧˇㄚˇ」{sânDaYàcâYa}鋼琴家

စပယ်ယာ「ㄙㄚˇㄅㄝˇㄧㄚˇ」{sâbɛya}公車售票員

စာကြည့်တိုက်မှူး「ㄙㄚˇㄐㄧㄝㄡˇㄉㄞ'ㄇㄨ̂」{sajIêN̄dái'm̥û}圖書館員

စာတည်း「ㄙㄚˇㄉㄝㄡˇ」{sadèN̄}編輯

စာပို့လုလင်「ㄙㄚˇㄅㄛˇㄉㄨˇㄌㄧㄥˇ」{sabôlûliIŋ}郵差

စာရင်းကိုင်「ㄙㄚˇㄧㄥˇ《ㄞㄥˇ」{saYìDgaiŋ}會計師

စာရေး「ㄙㄚˇㄧㄝˋ」{saYè}店員，文員

စာရေးဆရာ「ㄙㄚˇㄧㄝˋㄘㄚˋㄧˇㄚˇ」{saYècâYa}作者

စီးပွားရေးသမား「ㄙˇㄅㄨㄚˇㄧㄝˋㄉㄚˇㄇㄚˋ」{sìbuàYèðâmà}商人

စုံထောက်「ㄙㄡㄇˇㄊㄠˇ」{soum̥táu'}偵探

ဆံပင်ညှပ်ဆရာ「ㄘㄚㄇˇㄅˇㄧㄥˇㄡˇㄚˇㄘㄚˋㄧˇㄚˇ」{cam̥biDN̄á'câYa}理髮師

ဆံပင်အလှပြင်သူ「ㄘㄚㄇˇㄅˇㄧㄥˇˇㄚˇㄌㄚˇㄅㄧˇㄧㄥˇㄉㄨˇ」{cam̥biD'âl̥âbliDðu}髮型師

ဆရာဝန်「ㄘㄚˋㄧˇㄚˇㄨㄛˇㄋˇ」{câYauəN̄}醫生

ဆိုက်ကားဆရာ「ㄘㄞˇ《ㄚˇㄘㄚˋㄧˇㄚˇ」{cái'gàcâYa}三輪車司機

ဆိုင်ရှင်「ㄘㄞㄥˇㄒㄧㄥˇ」{caiDxiŋ}老闆

ဈေးသည်「ㄗㄝˇㄉㄝㄡˇ」{ZèðeN̄}市場行銷員

ညွှန်ကြားရေးမှူး「ㄡˇㄨㄛˇㄋˇㄐㄧˇㄧㄚˇㄧㄝㄇˇㄨˇ」{N̄uəNjIàYèm̥û}導演

တံငါသည်「ㄉㄚㄇˇㄦㄚˇㄉㄝㄡˇ」{dam̥ηAðeN̄}漁夫

တရားသူကြီး「ㄉㄚˋㄧˇㄚˇㄉㄨˇㄐㄧ」{dâYàðujIì}法官

တိုက်စစ်မှူး「ㄉㄞˇㄙˇㄧˇㄇˇㄨˇ」{dái'sí'm̥û}球隊隊長

တီထွင်သူ「ㄉㄧˇㄊㄨˇㄧㄥˇㄉㄨˇ」{dituiDðu}發明家

ဒရဝမ်「ㄉㄚˇㄖㄚˇㄨㄚˇㄇˇ」{DarauaM̥}保全人員

ဒိုင်လူကြီး「ㄉㄞㄥˇㄉㄨˇㄐㄧ」{DaiDlujIì}裁判，仲裁

ဒီဇိုင်းဆွဲသူ「ㄉㄧˇㄗㄞㄥˇㄘㄨㄝˇㄉㄨˇ」{DizàiDcuèðu}設計師

ဓာတ်ပုံဆရာ「ㄊㄞˇㄅㄡㄇˇㄘㄚˋㄧˇㄚˇ」{Tǽ'boum̥câYa}攝影師

နည်းပြဆရာ「ㄋㄝㄡˇㄅㄧˇㄚˇㄘㄚˋㄧˇㄚˇ」{nèN̄bIâcâYa}教練

နိုင်ငံခြားမှကုန်သွင်းသူ「ㄋㄞㄥˇㄤˇㄤㄇˇㄑㄧˇㄚㄇˇㄚˇ《ㄛˇㄋˇㄉㄨㄥˇㄉㄨˇ」{naiDηam̥qIàm̥âgoN̄ùDðu}進口商

ပန်းထိန်ဆရာ 「ㄅㄜㄋㆴㄊㄟㄋㆴㄘㄚˋㄧ˘ㄚ˘」{bàNteiNcâYa}金匠

ပန်းပဲဆရာ 「ㄅㄜㄋㆴㄅㄝㄘㄚˋㄧ˘ㄚ˘」{bàNbècâYa}鐵匠

ပန်းရန်ဆရာ 「ㄅㄜㄋㆴㄜㄋㆴㄘㄚˋㄧ˘ㄚ˘」{bàNYəNcâYa}石匠，泥瓦匠

ပါမောက္ခ 「ㄅㄚˇㄇㄜˋㄍㄅㄚˋ」{bAmògkâ}教授

ပိုင်ရှင် 「ㄅㄞㄤㄒㄧㄥ˘」{baiNxiN}業主

ပုံဆွဲသူ 「ㄅㄡㄇㆴㄘㄨㄝㄅㄨ˘」{bouṃcuèðu}繪圖員

ပုံနှိပ်ထုတ်ဝေသူ 「ㄅㄡㄇㆴㄋㄟˋㄊㄡˊㄨㄝㄅㄨ˘」{bouṃṇéi'tóu'ueðu}出版商

ပွဲစား 「ㄅㄨㄝㄙㄚ`」{buèsà}經紀人，代理

ဖောက်သည်အမှုဆောင် 「ㄆㄠˊㄅㄝㄋㆴ`ㄚˇㄇㄨˋㄘㄠㄥ˘」{páu'ðeṆ'âmûcauṆ}客戶服務代表

ဗိသုကာပညာရှင် 「ㄅㄧˊㄅㄨˋㄍㄚˊㄅㄚˇㄋ˘ㄚˇㄒㄧㄥ˘」{BîðûgabâÑaxiṇ}建築師

ဗိုလ်ကြီး 「ㄅㄛˇㄌㄐㄧㄧˋ」{BoljIì}上尉

ဗိုလ်မှူးချုပ် 「ㄅㄛˇㄌㄇㆴㄨˋㄑㄧㄡˊ」{Bolṃûqióu'}旅長

ဗေဒင်ဆရာ 「ㄅㄝˇㄉㄧㄥˋㄘㄚˋㄧ˘ㄚ˘」{BeDiṆcâYa}占星家

ဘဏ်မန်နေဂျာ 「ㄆㄚㄋㆴㄇㄜㄋㆴㄋㄝㄐㄧˇㄚ˘」{PaṆməṆneJia}銀行家

ဘာသာပြန်သူ 「ㄆㄚˇㄅㄚˇㄅㄜㄋㆴㄅㄨ˘」{PaðabIəṆðu}翻譯

ဘုန်းကြီး 「ㄆㄛˋㄋㆴㄐㄧㄧˋ」{PòNjIì}和尚

မန်နေဂျာ 「ㄇㄜㄋㆴㄋㄝㄐㄧˇㄚ˘」{məṆneJia}經理

မျက်မှန်ပညာရှင် 「ㄇㄧㄝˊㄇㄜㄋㆴㄅㄚˇㄋ˘ㄚˇㄒㄧㄥ˘」{miéˊṃəṆbâÑaxiṆ}配鏡員

မြို့တော်ဝန် 「ㄇㄧㄛˊㄉㄛˇㄨㄜㄋ˘」{mIôdɔuəṆ}市長

မြို့ပြအင်ဂျင်နီယာ 「ㄇㄧㄛˊㄅㄧㄚˇㄧㄥˊㄐㄧㄥˊㄋㄧㄧㄥˊㄧ˘ㄚ˘」{mIôbIâ'iṆJiiṆniya}土木工程師

မြေပုံဆွဲသူ 「ㄇㄧㄝˇㄅㄡㄇㆴㄘㄨㄝㄅㄨ˘」{mIebouṃcuèðu}製圖員

မီးသမား 「ㄇㄧㄅㄚˋㄇㄚ˘」{mìðâmà}電工

မော်ဒယ် 「ㄇㄛˇㄉㄝˇ」{mɔDɛ}模特兒

ယာဉ်မောင်း 「ㄧㄜㄣ˘ㄇㄠㄥˋ」{yæṃ̀màuṆ}司機

ရင်းနှီးမြှုပ်နှံသူ 「ㄧㄥˋㄋㄧˋㄇㄧㄡˊㄋㄚㄇㆴㄅㄨ˘」{YiṆṇìmIóu'ŋaṃðu}投資者

ရှေ့နေ 「ㄒㄝˋㄋㄝ˘」{x̣êne}律師

ရုံးအုပ် 「ㄧㄡㄇㆴㄡˊ」{Yòuṃ'óu'}監督人，所長

ရုပ်ရှင်ဒါရိုက်တာ「ㄧㄡˊㄒㄧㄤˋㄉㄚˊㄖㄞˋˊㄉㄚˇ」{YóuˈxiŋDArái'da}電影導演

ရုပ်ရှင်မင်းသမီး「ㄧㄡˊㄒㄧㄤˇㄇㄧㄤˋㄉㄚˋㄇㄧ」{Yóuˈxiŋmìŋðâmì}女演員

ရုပ်ရှင်မင်းသား「ㄧㄡˊㄒㄧㄤˇㄇㄧㄤˋㄉㄚˋ」{Yóuˈxiŋmiŋðà}演員

ရေပိုက်သမား「ㄧㄝˋㄅㄞˋˊㄉㄚˋㄇㄚˋ」{Yebái'ðâmà}水管工

ရေယာဉ်မှူး「ㄧㄝˇㄜˋㄍˋㄇㄨˊ」{Yeyæ̃m̥û}船長

ရဲ / ရဲသား「ㄧㄝˋ/ㄧㄝˋㄉㄚˋ」{Yè/Yèðà}員警

လက်ကားရောင်းသူ「ㄌㄜˊㄍㄚˋˊㄠㄤˋㄉㄨˇ」{lá'gàYàuŋðu}批發商

လက်မှုပညာရှင်「ㄌㄜˊㄇㄨˇㄅㄚˋㄋㄚˊㄒㄧㄤˇ」{lá'm̥ûbâÑaxiŋ}工匠

လက်လီရောင်းသူ「ㄌㄜˊㄌㄧˊㄠㄤˋㄉㄨˇ」{lá'liYàuŋðu}零售商

လက်သမား「ㄌㄜˊㄉㄚˋㄇㄚˋ」{lá'ðâmà}木匠

လယ်သမား「ㄌㄝˇㄉㄚˋㄇㄚˋ」{leðâmà}農夫

လုံခြုံရေး「ㄌㄡㄇㄑㄧㄡㄇˋㄧㄝˋ」{loum̥qioum̥Yè}安檢人員

လုပ်ငန်းရှင်「ㄌㄡˋㄤㄜˋㄋㄒㄧㄤˇ」{lóu'ŋèŋxiŋ}企業主

လုပ်ငန်းသစ်ဖန်တီးရှင်「ㄌㄡˋㄤㄜˋㄋㄉㄧˊˊㄆㄜˋㄋˊㄉㄧˊㄒㄧㄤˇ」{lóu'ŋèŋðí'pəNdìxiŋ}企業家

လေယာဉ်မယ်「ㄌㄝˇㄧㄜˋㄍˋㄇㄝˇ」{leyæ̃mɛ}空姐，空中服務員

လေယာဉ်မှူး「ㄌㄝˇㄧㄜˋㄍˋㄇㄨˊ」{leyæ̃m̥û}飛行員

လေယာဉ်မောင်「ㄌㄝˇㄧㄜˋㄍˋㄇㄠㄤˇ」{leyæ̃mauŋ}空少，空中服務員

ဝက်ဘ်ဆိုက်ရေးသူ「ㄨㄜˊㄅㄅㄞˊˊㄧㄝˋㄉㄨˇ」{uá'bcái'Yèðu}網站管理員

ဝန်ထမ်း「ㄨㄜˋㄋˊㄊㄚㄇ」{uəNtàM}工作人員

သံတမန်အရာရှိ「ㄉㄚㄇˇㄉㄚˋㄇㄜˋㄋˋㄚˋㄧㄚˋㄒㄧ」{ðam̥dâməN'âYaxî}外交官

သံအမတ်ကြီး「ㄉㄚㄇˇˊㄚˇㄇㄚˋㄐㄧ」{ðam̥'âmá'jIì}大使

သင်ပြသူ「ㄉㄧㄤˇㄅㄧㄚˋㄉㄨˇ」{ðiŋbIâðu}指導員

သင်္ဘောသား「ㄉㄚˋㄤㄤㄚˇㄆㄜˋㄉㄚˋ」{ðâŋŋaPèðà}水手

သတင်းစာဆရာ「ㄉㄚˋㄉㄧㄤㄥㄚˋㄘㄚˊㄧㄚˇ」{ðâdìŋsacâYa}記者

သတင်းထောက်「ㄉㄚˋㄉㄧㄤˋㄊㄠˊ」{ðâdìŋtáu'}報導員

သားသတ်သမား「ㄉㄚˋㄉㄚˊˊㄉㄚˋㄇㄚˋ」{ðàðá'ðâmà}屠宰匠

သိပ္ပံပညာရှင်「ㄉㄧˊㄅㄅㄚㄇˇㄅㄚˋㄋㄚˊㄧㄚˋㄒㄧㄤˇ」{ðîbbam̥bâÑaxiŋ}科學家

သူဌေး「ㄉ̰ㄨˇㄊㄝ」{ðuṭè}老闆

သူနာပြု (ဆရာမ) 「ㄉ̰ㄨˇㄋㄚˇㄅㄧㄨˋ (ㄘㄚˋㄧㄚˇㄇㄚˇ)」{ðunablû (câYama)}護士

သွားဆရာဝန်「ㄉ̰ㄨㄚㄘㄚˋㄧㄚˇㄨㄜㄋ̰ˇ」{ðuàcâYauəN̰}牙醫

အကြံပေးပုဂ္ဂိုလ်「’ㄚˋㄐㄧㄚㄇ̰ˇㄅㄝㄅㄨˋㄍㄍㄛˇㄌ」{’âjIam̰bèbûGGol}顧問

အငြိမ်းစား「’ㄚˋㄫㄧㄟㄇ̰ㄙㄚ」{’âŋIèiM̰sà}退休人員

အင်ဂျင်နီယာ「’ㄧㄫ̰ˇㄐㄧㄫ̰ˇㄋㄧˇㄧㄚˇ」{’iŊ̰JiiŊ̰niya}工程師

အစောင့်「’ㄚˋㄙㄠㄫ̰ˋ」{’âsâuŊ̰}門房

အဆိုတော်「’ㄚˋㄘㄛˇㄉㄛ̩ˇ」{’âcodɔ}歌手

အတွင်းရေးမှူး「’ㄚˋㄉㄨㄫ̰ㄧㄝㄇ̥ㄨˋ」{’âdùŊ̰Yèm̥û}秘書

အနှိပ်သည်「’ㄚˋㄋ̥ㄟ’ˊㄉ̰ㄝㄬ̰ˇ」{’ân̥éi’ðeÑ̰}按摩師

အပ်ချုပ်ဆရာ「’ㄚ’ˊㄑㄧㄡˊㄘㄚˋㄧㄚˇ」{’á’qióu’câYa}裁縫

အရက်ရောင်းသူ「’ㄚˋㄧㄜ’ˊㄧㄠㄫ̰ㄉ̰ㄨˇ」{’âYə́’YàuŊ̰ðu}酒保

အရောင်းဝန်ထမ်း「’ㄚˋㄧㄠㄫ̰ㄨㄜㄋ̰ˇㄊㄚㄇ̰」{’âYàuŊ̰uəN̰tàM̰}銷售代表

အလုပ်ရှင်「’ㄚˋㄌㄡˊㄒㄧㄫ̰ˇ」{’âlóu’x̥iŊ̰}雇主

အလုပ်သမား「’ㄚˋㄌㄡˊㄉ̰ㄚˋㄇㄚ」{’âlóu’ðâmà}勞動者

အသက်ကယ်သမား「’ㄚˋㄉ̰ㄜ’ˊㄍㄝ̩ˇㄉ̰ㄚˋㄇㄚ」{’âðə́’gɛðâmà}救生員

အိမ်ဖော်「’ㄟㄇ̰ˇㄆㄛ̩ˇ」{’eiM̰pↃ}女僕，女傭

အိမ်ရှင်「’ㄟㄇ̰ˇㄒㄧㄫ̰ˇ」{’eiM̰x̥iŊ̰}屋主，房東，雇主

ဧည့်ကြို「’ㄝˇㄝㄬ̰ˋㄐㄧㄛˇ」{’ēêÑ̰jIo}接待員

ဧည့်လမ်းညွှန်「’ㄝˇㄝㄬ̰ˋㄌㄚㄇ̰ㄬ̥ㄨㄜㄋ̰ˇ」{’ēêÑ̰làM̰Ñ̥uəN̰}導遊

2. 緬甸人的服飾

頭巾裝飾是緬甸人的民族特徵。曼德勒古都之一的阿馬拉布拉生產絹 ပိုး「ㄅㄛˋ」{bò}織的婦女用頭巾 ချိတ်ထဘီ「ㄑㄧˋㄊㄚˇㄅ一ˇ」{qiéiutâPi}。棉布 ချည်「ㄑ一ㄝㄣˇ」{qie
Ñ}織的男人頭巾 ဝမ်းတွင်း「ㄨㄚㄇㄉㄨㄥˋ」{uàM̱dùŊ}也叫 ပုဆိုး「ㄅㄨˋㄘㄛˋ」{bûcò}。若開邦生產的頭巾用料充足，可以卷成漩渦形狀的頭飾 စစ်တွေ「ㄙ一ˇˋㄉㄨㄝˇ」{sí'due}。

緬族男子穿中國式馬褂(တိုက်ပုံအကျီ「ㄉㄞˇˋㄅㄨㄇˇˋㄚˋㄇㄇㄚˇㄐ一ˇ」{dái'boum̱'âŋŋajii})。在緬甸，男女都穿的紗籠圍裙(လုံချည်「ㄉㄨㄇˋㄑ一ㄝㄣˋ」{loum̱qieŇ})。在城市地區，裙子和褲子正變得越來越普遍，尤其是在年輕人中間。

緬甸服飾
မြန်မာ အဝတ်အထည်
「ㄇ一ㄜㄋˋˋㄇㄚˇˋㄚˋㄨㄚˇˋˋㄚˋㄊㄝㄣˋ」
{mIəṈma 'âuá'âteŇ}
Myanmar Clothing

【練習鞏固】

1. 請把下列句子翻譯成緬甸文。

1)你是做什麼工作的？

_____

2)我是一名教師。

_____

3)你在哪兒工作？

_____

4)仰光大學。

_____

5)這是我的名片。

_____

2. 請把下列句子翻譯成中文。

1)ခင်ဗျားအရင်ကဘာအလုပ်တွေလုပ်ခဲ့ဖူးပါသလဲ။「丂ㄧㄥˇㄅㄧ`ㄚˊㄚ`ㄧㄥˇㄍㄚˊㄅㄚ`ㄌㄡˊㄉㄨㄝˇㄌㄡˊㄎㄝˇㄆㄨˋㄅㄚ`ㄉㄚˋㄌㄝˇ.」{kiŊBià`âYiŊgâPa`âlóu'duelóu'kêpùbAðâlè.}

_____

2)ဆယ် နှစ် ကဲ့သို့ ဆရာဝန် အတွက် လုပ်ခဲ့ဖူးပါတယ်။「ㄘㄝˇ ㄋㄧ`˙ ㄍㄝˋㄉㄛˋ ㄘㄚㄧㄚˇㄨㄛˊㄋˇㄚㄉㄨㄜˊ ˊㄌㄡˇㄅㄝˇㄆㄨㄅㄚˇㄌㄝˇ.」{cɛ ŋí' gêðô câYauəŊ 'âduə' lóu'kêpùbAdɛ.}

_____

3. 填空。

1)(_____) ရုံးတက်သလဲ။「ㄧㄡㄇㄉㄜˇ`ㄌㄚˋㄌㄝˇ.」{Yòumdə'ðâlè.} 每天(幾點)上班？

2)ဘယ်အချိန် မှာ「ㄆㄝˇㄚˇㄑㄧㄝㄟㄋˇ ㄇㄚˇ」{Pɛ'âqieiŊ ma} (_____)သလဲ။「ㄉㄚˇㄌㄝˇ.」{ðâlè.} 每天幾點(下班)？

3)သူမ အခု ကုမ္ပဏီ၏「ㄉㄨˇㄇㄚˇㄚˇㄎㄨˇ ㄍㄨˇㄇㄅㄚˇㄋㄧˋㄧˋ」{ðuma 'âkû gûmbâŋi'î} (_____) ဖြစ်တယ်။「ㄆㄧˊˇㄉㄝˇ.」{plí'dɛ.} 她現在是公司(經理)。

第五課　出境與入境

သင်ခန်းစာ ၅. နိုင်ငံ ထွက်ခွာနေ နှင့် နိုင်ငံ ဝင်လာနေ

「ㄉ̪ㄧㄫ̰ˇㄎㄜㄋ̰ㄙㄚˇ ㄫㄚ ㄋㄞㄫ̰ˇㄫㄚㄇ̰ˇ ㄊㄨㄜ˙˙ㄎ̥ㄨㄚˇㄋㄝˇ ㄋ̥ㄧㄫ̰ˋ ㄋㄞㄫ̰ˇㄫㄚㄇ̰ˇ ㄨㄧㄫ̰ˇㄌㄚˇㄋㄝˇ」

{ðiŊkəŊsa ŋÀ naiŊŋam̰ tuə'kuane n̥îŊ naiŊŋam̰ uiŊlane}

Lesson 5. Leaving and Entering a Country

【詞語學習 1】

- ▷ ထွက်ခွာနေ「ㄊㄨㄜ˙˙ㄎㄨㄚˇㄋㄝˇ」{tuə'kuane}離開，出去
- ▷ ဝင်လာနေ「ㄨㄧㄫ̰ˇㄌㄚˇㄋㄝˇ」{uiŊlane}到達，進入
- ▷ ပြီးပြီး「ㄅㄧㄨˋㄅㄧ」{bIûbIì}表示動作完成的助詞
- ▷ ဖောင်ပြဖို့「ㄆㄠㄫ̰ˇㄅㄧㄚˋㄆㄛˋ」{pauŊbIâpô}（海關）申報
- ▷ ပုံစံ「ㄅㄡㄇ̰ˇㄙㄚㄇ̰ˇ」{boum̰sam̰}表格
- ▷ ဖြည့်「ㄆㄧㄝㄏ̰ˋ」{pIêÑ}填
- ▷ ထင်「ㄊㄧㄫ̰ˇ」{tiŊ}考慮，想：မထင်ဘူး「ㄇㄚˇㄊㄧㄫ̰ˇㄆ̬ㄨ」{matiŊPù}沒想過
- ▷ဝန်စည်စလယ်「ㄨㄜㄋ̰ˇㄙㄝㄏ̰ˇㄙㄚˋㄌㄝ̠ˇ」{uəŊseÑsâlɛ}行李
- ▷ နေ့စဉ်「ㄋㄝˋㄙㄝㄏ̰ˇ」{nêseñ}日常用品，必需品
- ▷ သညာ「ㄉ̪ㄚˋㄏㄚˇ」{ðâÑa}學習
- ▷ အတွက်「'ㄚˋㄉㄨㄜ˙˙」{'âduə'}為了，以至於
- ▷ အဆောင်「'ㄚˋㄘㄠㄫ̰ˇ」{'âcauŊ}宿舍，公寓

【範例課文】

一、許邇伊(B)在緬甸入境時與海關人員(A)的談話。

A: ရှင် ဘယ်ကလဲ? 妳來自哪裡？

「ㄒㄧㄤˇ ㄆㄝˋ《ㄚˋㄌㄝ?」{x̣iǸ Pɛgâlè?}

B: ကျွန်မ ထိုင်ဝမ် ကပါ။ 我來自臺灣。

「ㄐㄨㄛˇㄇㄚˋ ㄊㄞㄤˇㄨㄚㄇˋ 《ㄚˋㄅㄚˇ.」{jiuəǸma taiǸuaM gâbA.}

A: ကျေးဇူးပြုပြီး ဒီပုံစံ ကို ဖြည့်ပါ။ 請填這張表格。

「ㄐㄧㄝㄗㄨˋㄅㄧ-ㄨˋㄅㄧˇ ㄉㄧˋㄅㄡㄇˇㄙㄚㄇˋ 《ㆦˋ ㄆㄧㄝˋㄅㄧˇㄅㄚˇ.」{jièzùbIûbIi DiboumsaM go pIêǸbA.}

B: ဖြည့်ပြီးပြီ။ မှန်သလား? 填好了。這樣可以嗎？

「ㄆㄧㄝˋㄅㄧˇ-ㄅㄧˇ. ㄇㆦˇㄋˇㄌㄚˋㄌㄚ?」{pIêǸbIibIi. ṃəǸðâlà?}

A: မှန်ပါသည်။ 可以。

「ㄇㆦˇㄋˇㄅㄚˋㄌㄝˋ.」{ṃəǸbAðeǸ.}

B: ဤ ရှင် ဝန်စည်စလယ် လား? 這些是妳的行李嗎？

「'ㄧˊ ㄒㄧㄤˇ ㄨㆦˇㄙㄝˋㄙㄚˋㄌㄝˋ ㄌㄚ?」{'Ī x̣iǸ uəǸseǸsâlɛ là?}

A: ဟုတ်ကွဲ။ 是的。

「ㄏㄡˋˊ《ㄝˋ.」{hóu'gê.}

B: ဖောင်ပြဖို့ ရှိသေးလား? 還有要申報的嗎？

「ㄆㄠㄤˇㄅㄧˋㄆㆦˋ ㄒㄧˊㄌㄝㄌㄚ?」{pauǸbIâpô x̣iðèlà?}

A: ဟင့်အင်း၊ မရှိတော့ပါဘူး၊ အဝတ်အစားတွေချည်းပါပဲ။ 沒有，都是一些衣物。

「ㄏㄧㄤˋ'ㄧㄤ, ㄇㄚˋㄒㄧˋㄌㆦˋㄅㄚˋㄆㄨ, 'ㄚˋㄨㄚˋ'ㄚˋㄙㄚˋㄌㄨㄝˋㄑㄧㄝˋㄅㄧˇㄅㄝˋ.」{hîǸ'iǸ, max̣îdô bAPù, 'âuá'âsàdueqièǸbAbɛ̀.}

B: ဟုတ်ကွဲ၊ သွားလို့ရပြီ။ 好的，可以走了。

「ㄏㄡˋˊ《ㄝˋ, ㄌㄨㄚˋㄌㆦˇㄧˋㄚˋㄅㄧˇ.」{hóu'gê, ðuàlôYabIi.}

A: ကျေးဇူးတင်ပါတယ်။ 謝謝。

「ㄐㄧㄝㄗㄨˋㄌㄧㄤˇㄅㄚˋㄌㄝˋ.」{jièzùdiǸbAdɛ.}

A: သင် မြန်မာပြည် လာတဲ့ ရည်ရွယ်ချက်ကဘာလဲ? 你來緬甸的目的是什麼？

「ㄉㄧˊㄥ ㄇㄧㄜˇㄋ˙ㄇㄚˊㄅㄧㄝˇˋㄉㄚˊㄉㄝ一ㄝˇˋㄨㄝˋㄑㄧㄜˇˊ《ㄚˊㄅㄚˊㄉㄝˊ?」{ðiŊ mIəŊmabIeŇ ladê YeŇYuɛqiá' gâPalè?}

B: ပညာ လာသင်တာ။ 來學習。

「ㄅㄚˊㄏㄚˇ ㄉㄚˇㄉㄧㄜˇㄉㄚˇ.」{bâŇa laðiŊda.}

A: ဒီ အမျိုးသားက ဘယ်သူလဲ? 這位男士是誰？

「ㄉㄧㄧˊㄚˋㄇㄧㄜˇㄉㄚˊ《ㄚˊ ㄆㄝˇㄉㄨˇㄉㄝˊ?」{Di 'âmiòðàgâ Pɛðulè?}

B: သူက ကျွန်တော့် အဖေ။ 他是我的父親。

「ㄉㄨˇ《ㄚˇ ㄐㄨㄜˇㄋ˙ㄉㄜˊ˙ㄚˊㄆㄝ.」{ðugâ jiuəŇdô 'âpe.}

A: ဘာအလုပ်လုပ်သလဲ? 他是做什麼的？

「ㄆㄚˇˋㄚˇㄌㄡˇˋㄌㄡˇˋㄉㄚˇㄉㄝˊ?」{Pa'âlóu'lóu'ðâlè?}

B: သူက စီးပွားရေး အတွက် ဒီနေရာမှာလာ လုပ်တာ။ 他到這裡來做生意。

「ㄉㄨˇ《ㄚˇㄙ一ˋㄅㄨㄚ一ㄝˊㄚˋㄉㄨㄛˇ ㄉㄧˋㄋㄝˊㄧㄚˊㄇㄚˇㄉㄚˊㄌㄡˇˋㄉㄚˇ.」{ðugâ sìbuàYè'âduá' DineYaṃala lóu'da.}

A: ခင်ဗျားတို့ ရန်ကုန်မှာ ဘယ်မှာနေလဲ? 你們在仰光住在哪裡？

「ㄎㄧㄥˊˋㄅㄧㄚˇㄉㄛˋ 一ㄝˊ《ㄛˇㄋ˙ㄇㄚˇ ㄆㄝˇㄇㄚˇㄋㄝˊㄉㄝ?」{kiŊBiàdô YəNgoŊṃa Pɛṃanelè?}

B: ငါ တက္ကသိုလ် အဆောင် မှာ နေ လိမ့်မယ်။ 我將會住在大學的宿舍裡。

「ㄫㄚˇ ㄉㄚˇ《《ㄚˊㄉㄛˇㄉ˙ㄚˇㄘㄠˇ ㄇㄚˇ ㄋㄝˊ ㄉㄟˇㄇˇㄇㄝ.」{ŋA dâggâðol 'âcauŊ ṃa ne lêiṂmɛ.}

ကျွန်တော့် အဖေ ဟိုတယ်မှာ နေမယ်။ 我的父親會住在一家酒店。

「ㄐㄨㄜˇㄋ˙ㄉㄛˇˋㄚˊㄆㄝˊ ㄏㄛˊㄉㄝˊㄇㄚˇ ㄋㄝˇㄇㄝ.」{jiuəŇdô 'âpe hodɛṃa neṃɛ.}

A: ကောင်း ပါတယ်။ 好的。

「《ㄠㄥ ㄅㄚˇㄉㄝˊ.」{gàuŊ bAdɛ.}

【詞語學習 2】

▷ ပက်စ်စပို့「ㄅㄜˇㆴㄙㄚˋㄅㆦ」{bə'sâbô}護照

▷ ဒါပဲ「ㄉㄚˇㄅㄝˋ」{DAbɛ̀}在這裡

▷ ဖွင့်「ㄆㄨㆭˇ」{pûꞐ}打開

▷ ဝိုင်「ㄨㄞㆭˇ」{uaiꞐ}葡萄酒

▷ အခွန်「ˇㄚˋㄎㄨㄜㆭˇ」{'âkuəꞐ}稅金

▷ ပိုက်ဆံ「ㄅㄞˇㄘㄚㄇˇ」{bái'cam̠}繳納

▷ ရာခိုင်နှုန်း「ㄧㄚˇㄎㄞㆭˇㆭㆦㆭ」{YakaiꞐṇòꞐ}百分之

▷ သြော「ˇㆦˇ」{'ɔ̂}哦

▷ ဘဏ်「ㄆㄚㆭ」{PaꞐ}銀行

▷ ပတ်လျက်「ㄅㄚˇㄌㄧㄜˇ」{bá'liə'}在附近

▷ ဒေါင့်ချိုး「ㄉㄠㆭˇㄑㄧㆦ」{DÂUꞐqiò}拐角處

▷ ကြောင်း「ㄐㄧㄠㆭ」{jIàuꞐ}當然

▷ ကျပ်「ㄐㄧㄚˇ」{jiá'}緬元

▷ ငွေစက္ကူ「ㆭㄨㄝˇㄙㄚˋㄍㄍㄨˇ」{Ꞑuesâggu}紙幣，鈔票

▷ အကြွေ「ㄚˋㄐㄧㄨˇㄝˇ」{âjIue}零錢

【常用會話】

A: မင်္ဂလာပါ။ ပက်စ်စပို့ ပြပါ။ 你好。請出示護照。

「ㄇㄧㄥˇㄍㄚㄅㄚˇ, ㄅㄜˊˋㄙㄚㄅㄛˇ ㄅㄧㄚˇㄅㄚˋ.」{miŋGlabA, bá'sâbô bIâbA.}

B: ဒါပဲ။ 給你。

「ㄉㄚˇㄅㄝˋ.」{DAbè.}

A: ခင်ဗျားတို့ ခရီးဆောင်အိတ်များ ဖွင့်ပါ။ 打開你們的手提箱。

「ㄎㄧㄥˇㄅㄧㄚˋㄉㄛˇ ㄎㄚˋㄧㄘㄠㄥˇㄟˋㄇㄧㄚˋ ㄆㄨㄧㄥˇㄅㄚˋ.」{kiŋBiàdô kâYìcauŋ'éi'mià puîŋbA.}

B: ဟုတ်ကဲ့ပါ။ 好的。

「ㄏㄡˊˋㄍㄝˋㄅㄚˇ.」{hóu'gêbA.}

A: ဤ ဝိုင် အတွက် အခွန် ပိုက်ဆံ ပေးရမယ်။ 這些葡萄酒須繳稅金。

「ㄧˊ ㄨㄞㄥˇㄚˋㄉㄨㄛˇˋ ㄚˇㄎㄨㄛㄋˇ ㄅㄞˊㄘㄚㄇˇ ㄅㄝㄧㄚㄇㄝˋ.」{ī uaiŋ 'âduó 'âkuəŋ bái'caṃ bèYamɛ.}

B: ဘယ်လောက်လဲ? （要）多少呢？

「ㄆㄝˇㄌㄠˊˋㄌㄝˋ?」{Pɛláu'lè?}

A: စျေးနှုန်း၏ နှစ်ရာ နှုန်း ပေးရမယ်။ ငါ့နဲ့လိုက်ခဲ့။ 兩成的價格。請跟我來！

「ㄗㄝˋㄋㄛㄋˇˋㄧˊㄋㄧˊˋㄧㄚˇㄋㄛˋㄋ ㄅㄝㄧㄚㄇㄝˋ. ㄤㄚˇㄋㄝˋㄌㄞˊˋㄎㄝˋ.」{ZèŋòŊ'î ŋí'Ya ŋòŊ bèYamɛ. ŋAnêlái'kê.}

B: သြော်၊ ဟုတ်ကဲ့။ 哦，好的！

「ˊㄛˇ, ㄏㄡˊˋㄍㄝˋ.」{'ɔ̄, hóu'gê.}

A: ခင်ဗျားတို့ ဘယ် သွား မှာလဲ? 你們要去哪裡？

「ㄎㄧㄥˇㄅㄧㄚˋㄉㄛˇ ㄆㄝˇ ㄉㄨㄚㄇㄚˇㄌㄝˋ?」{kiŋBiàdô Pɛ ðuàṃalè?}

B: ငါတို့ နိုင်ငံ ပြန် တော့မယ်။ 我們要回國。

「ㄤㄚˇㄉㄛˇ ㄋㄞㄥˇㄤㄚㄇˇ ㄅㄧㄛㄋˇ ㄉㄛˇㄇㄝˋ.」{ŋAdô naiŋŋaṃ bIəŊ dômɛ.}

108

A: ဘယ်နေရာမှာ ဘဏ် ရှိသလဲ? 在哪裡可以找到一家銀行？

「ㄆㄝˇㄋㄝㄧㄚˉㄇㄚˇㄆㄚㄋˇ ㄒㄧˊㄉㄚˋㄌㄝ?」{PεneYaṃa PaṈ x̣îðâlὲ?}

B: ဒေါင့်ချိုး။ 拐角處。

「ㄉㄠㄢˋㄑㄧˋㄛ」{DâuṈqiò}

A: လမ်းလျှောက် သွားလို့ရလား? 走路去可以嗎？

「ㄌㄚㄇㄒㄧㄠˇˇ ㄌㄨㄚㄌㄛˊㄧㄚˇㄌㄚ?」{làM̠Xiáu' ðuàlôYalà?}

B: ရတာပေါ့။ 當然可以。

「ㄧㄚˇㄌㄚˇㄅㄛˋ」{Yadabᴗ̂.}

拐角處

ဒေါင့်ချိုး

「ㄉㄠㄢˋㄑㄧˋㄛ」

{DâuṈqiò}

The Corner of the Street

109

စကားပြော ၃「ㄙㄚˋㄍㄚˋㄅㄌㄜ ㄉㄡㄇ」{sâgàblɔ̀ ðòum̥}對話三

A: ထိုင်ဝမ်ဒေါ်လာ နဲ့မြန်မာငွေ ကျပ် ဘယ်လောက်ပါလဲ? 新臺幣(NTD)兌換緬元(MMK)是多少?

「ㄊㄞㄫˇㄨㄚㄇˇㄉㄛˇㄌㄚˇ ㄋㄝˋㄇㄧㄜㄋˇㄇㄚˇㄫㄨㄝˇ ㄐㄧㄚˊ ㄆㄝˇㄌㄠˊㄅㄚˇㄌㄝ?」{taiŊuaMDƆla nɛ̂mIəŊmaŋue jiá' Pɛláu'bAlɛ̀?}

B: ထိုင်ဝမ် တစ် ဒေါ်လာ သုံးဆယ် နှစ် ဒသမ ငါး ကျပ် ရှိတယ်။ 一元新臺幣換32.5緬元。

「ㄊㄞㄫˇㄨㄚㄇˇ ㄉㄧˊ ㄉㄛˇㄌㄚˇ ㄉㄡㄇㄘㄝˇ ㄋㄧˊ ㄉㄚˇㄉㄚˋㄇㄚˇ ㄫㄚ ㄐㄧㄚˊ ㄒㄧˋㄉㄝˇ.」{taiŊuaM dí' DƆla ðòum̥cɛ n̥í' Daðâma ŋÀ jiá' x̥îdɛ.}

A: ထိုင်ဝမ်ဒေါ်လာ ငါး ထောင် (၅၀၀၀) ကျပ်လဲပေးပါ။ 換五千新臺幣。

「ㄊㄞㄫˇㄨㄚㄇˇㄉㄛˇㄌㄚˇ ㄫㄚ ㄊㄠㄫˇ ㄐㄧㄚˊㄌㄝㄅㄝㄅㄚˇ.」{taiŊuaMDƆla ŋÀ tauŊ jiá'lɛ̀bèbA.}

B: အားလုံးပေါင်း တစ် သိန်း ခြောက် သောင်း နှစ် ထောင် ငါး ရာ ကျပ်။ 一共162,500緬元。

「'ㄚㄌㄡㄇㄅㄠㄫ ㄉㄧˊ ㄉㄟㄋ ㄑㄧㄠˊ ㄉㄠㄫ ㄋㄧˊ ㄊㄠㄫˇ ㄫㄚ ㄧㄚˇ ㄐㄧㄚˊ.」{'àloum̥bÀUŊ dí' ðèiŊ qIáu' ðàuŊ n̥í' tauŊ ŋÀ Ya jiá'.}

A: ကျွန်တော့်/ကျွန်မကို အကြွေ ပေးပါ။ 請給我一些零錢。

「ㄐㄧㄨㄜㄋˇㄉㄛ/ㄐㄧㄨㄜㄋˇㄇㄚˇㄍㄛˇ'ㄚˋㄐㄧㄨˇㄝˇ ㄅㄝㄅㄚˇ.」{jiuəŊdô/jiuəŊmago 'âjIue bèbA.}

B: ဟုတ်ကဲ့။ ဒီမှာပါ။ 好的。給您。

「ㄏㄡˊㄍㄝˋ. ㄉㄧˇㄇ̥ㄚˇㄅㄚˇ.」{hóu'gɛ̂. Dim̥abA.}

A: ကျေးဇူးတင်ပါတယ်။ 謝謝。

「ㄐㄧㄝㄗㄨㄉㄧㄫˇㄅㄚˇㄉㄝˇ.」{jièzùdiŊbAdɛ.}

【語法說明】禮貌說法；語法點滴

1. 禮貌說法

　　有的緬文的名詞、代詞、副詞等有 "禮貌說法" 和 "普通說法" 所用的詞彙。前者用在正式場合、對聽話的人表示尊重、下輩對上輩等；後者用在非正式場合、家人和朋友之間、上輩對下輩等。

禮貌及普通說法詞彙例

禮貌說法			普通說法		
ဖခင်	「ㄆㄚˋㄎㄧㄤˇ」{pâkiŊ}	父親，尊父	အဖေ အဖ	「ˊㄚˋㄆㄝˋ」{'âpe} 「ˊㄚˋㄆㄚˋ」{'âpâ}	爸爸 阿爸
မည်	「ㄇㄝˇㄣˇ」{meÑ}	將，怎麼	ဘယ်	「ㄆㄝˋ」{Pɛ}	將，如何
မည်သည့်	「ㄇㄝˇㄣˇㄉㄝˇㄣˇ」{meÑðêÑ}	哪一個，什麼	ဘာ	「ㄆㄚˇ」{Pa}	哪一個，啥
ဘယ်မှာ ဘယ်နေရာ	「ㄆㄝˇㄇㄚˋ」{Pɛma} 「ㄆㄝˋㄋㄝˇㄧㄚˋ」{PɛneYa}	哪裡，在哪	ဘယ်	「ㄆㄝˋ」{Pɛ}	哪裡，在啥地方
မည်သူ	「ㄇㄝˇㄣˇㄉㄨˇ」{meÑðu}	誰	ဘယ်သူ	「ㄆㄝˋㄉㄨˇ」{Pɛðu}	誰，哪個，啥人
မိခင်	「ㄇㄧˋㄎㄧㄤˇ」{mîkiŊ}	母親	အမေ အမိ	「ˊㄚˋㄇㄝˋ」{'âme} 「ˊㄚˋㄇㄧˋ」{'âmî}	阿媽，娘
သည ဤ	「ㄉㄝˇㄣˇ」{ðeÑ} 「ˊㄧˇ」{'ī}	這個	ဒါ ဒီ	「ㄉㄚˇ」{DA} 「ㄉㄧˇ」{Di}	這個
သည်မှာ	「ㄉㄝˇㄣˇㄇㄚˋ」{ðeÑma}	這裡	ဒီမှာ	「ㄉㄧˇㄇㄚˋ」{Dima}	這裡，此處
လျှင် အကယ်၍	「ㄒㄧˇㄤˇ」{XiiŊ} 「ˊㄚˋㄍㄝˇㄧㄨㄝˋ」{'âgɛyuê}	如果	ရင်	「ㄧˇㄤˇ」{YiŊ}	假使
ခင်ပွန်း	「ㄎㄧˇㄤˇㄅㄨㄜˋㄋˇ」{kiŊbuèN}	丈夫，先生	လင်	「ㄌㄧˇㄤˇ」{liŊ}	丈夫，老公
ဇနီး	「ㄗㄚˇㄋㄧˋ」{zanì}	夫人	မယား	「ㄇㄚˇㄧㄚˋ」{mayà}	妻子，老婆
အမျိုးသမီး	「ˊㄚˋㄇㄧㄛˋㄉㄚˋㄇㄧˋ」{'âmiòðâmî}	女士，婦女	မိန်းမ	「ㄇㄟˋㄋˇㄇㄚˋ」{mèiNma}	女人
အမျိုးသား	「ˊㄚˋㄇㄧㄛˋㄉㄚˋ」{'âmiòðà}	男士	ယောက်ျား	「ㄧㄛˋㄐㄐㄧˋㄚˋ」{yòjjià}	男人

2.語法點滴

1)小品詞：စာရင်「ㄙㄚˇㄧㄫ̰ˇ」{saYiŊ̰}可以理解為“比起來”，為ရင်「ㄧㄫ̰ˇ」{YiŊ̰}如果+စာ「ㄙㄚˇ」{sa}比的組合。

2)動詞+小品詞ပါဦး「ㄅㄚ̏ˋ ㄨ」{bA’ǜ}表示建議、懇求別人做什麼。

ကြည့်ပါဦး။「ㄐㄧㄝㄬ̰ˋㄅㄚ̏ˋㄨ.」{jIêÑ̰bA’ǜ.}請看。

ရေးပါဦး။「ㄧㄝㄅㄚ̏ˋㄨ.」{YèbA’ǜ.}請寫。

သကြား နည်းနည်း ထပ် ထည့်ပါဦး။「ㄉ̰ㄚˋㄐㄧㄚㄋㄝㄬ̰ㄋㄝㄬ̰ㄊㄚˊˊㄊㄝㄬ̰ˋㄅㄚ̏ˋㄨ.」{ðâjIànèÑ̰nèÑ̰ tá’ têÑ̰bA’ǜ.}再加一點點糖。

3) 小品詞 တဲ့「ㄉㄝ̣ˋ」{dɛ̂}可以表示引述，例如：

သင် ကမ္ဘောဒီးယား လာတဲ့ ရည်ရွယ်ချက် ကတာလဲ?「ㄉ̰ㄧㄫ̰ˇ ㄍㄚˋㄇㄆ̰ㄛ̣ㄉ̰ㄧㄚ ㄌ̣ㄚˇㄉㄝ̣ˋ ㄧㄝㄬ̰ˇㄧㄨㄝ̣ˇㄑㄧㄜˊˊ ㄍㄚˋㄉㄚˇㄌ̣ㄝ̣?」{ðiŊ̰ gâmPɔ̀Dìyà ladɛ̂ YeÑ̰Yuɛqiə́’ gâdalɛ̀?}你到柬埔寨的目的是什麼？

4) 問句မှန်သလား?「ㄇ̥ㄜㄋ̰ˇㄉ̰ㄚˋㄌ̣ㄚ?」{m̥əŊ̰ðâlà?}中မှန်「ㄇ̥ㄜㄋ̰ˇ」{m̥əŊ̰}是“正確”之意，所以可以轉譯成“可以嗎？”又如：မှန်တာပေါ့။「ㄇ̥ㄜㄋ̰ˇㄉㄚˇㄅㄛ̣ˋ.」{m̥əŊ̰dabɔ̂.}是對的。

5) “零錢”အကြွေ「ㄚˋㄐㄧㄨˇㄝˇ」{âjIue}還可以說成：ငွေအကြွေ「ㄫㄨㄝ̏ˋㄚˋㄐㄧㄨˇㄝˇ」{ŋue’âjIue}。

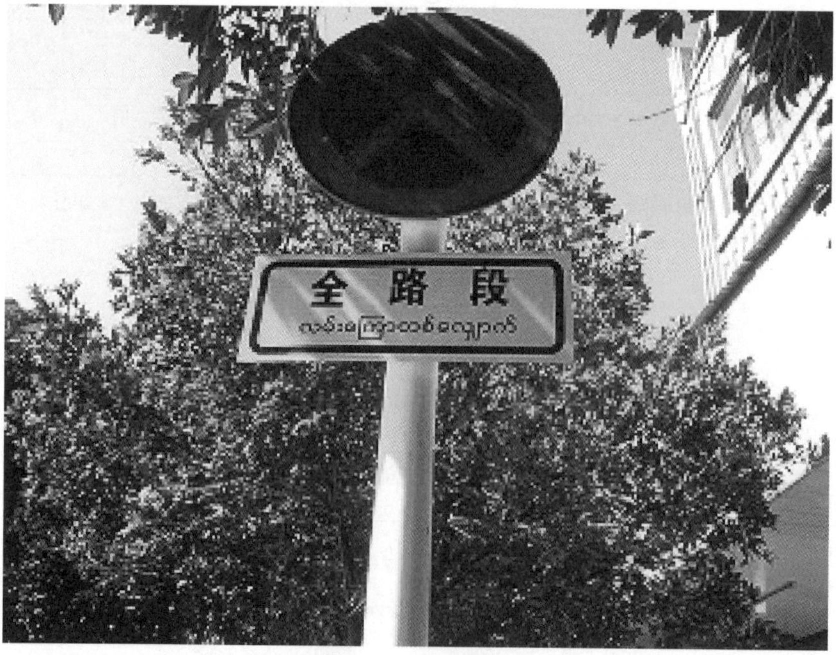

瑞麗姐告交通標識

ရွှေလီ ကျယ်ကောင့် မှာ ယာဉ်အသွားအလာ ပိုစတာ

「ㄒㄨㄝˇㄌㄧˇ ㄐㄧㄝ̣ˇㄍㄠㄫ̰ˋ ㄇ̥ㄚˇ ㄧㄜ̣ㄬ̰̏ㄚˋㄉ̰ㄨㄚ’ㄚˋㄌ̣ㄚˇ ㄅㄛˇㄙㄚˋㄉㄚˇ」

{x̥ueli jiɛgÂUŊ̰ m̥a yæñ̰’âðuà’âla bosâda}

Parking Prohibited at Whole Section

【文化背景】緬甸的地名；緬甸的民族；世界國家名稱

1.緬甸的地名

　　緬甸聯邦有七省(တိုင်းဒေသကြီး「ㄉㄞㄉㄜㄙㄚˊㄐㄧ」{dàiŊDeðâjIì})、七邦(ပြည်နယ်「ㄅㄧㄝㄋㄣㄝ」{bleŊnɛ})。七個省主要人口為緬族，而七個邦的主要人口由當地的主體民族和其他民族構成。緬甸是個民族眾多的國家。獲得緬甸政府承認的民族(လူမျိုး「ㄌㄨㄇㄧㄛˋ」{lumiò})有135個。民族按地理分佈分成八大族群(လူမျိုးစု「ㄌㄨㄇㄧㄛㄙㄨˋ」{lumiòsû})，見下表：

No.	行政區	緬文	首府		族群
●	首都區	မြို့တော်	内比都	နေပြည်တော်မြို့	各族
1	伊洛瓦底省	ဧရာဝတီ	勃生	ပုသိမ်မြို့	緬
2	勃固省	ပဲခူး	勃固	ပဲခူးမြို့	緬
3	馬圭省	မကွေး	馬圭	မကွေးမြို့	緬
4	曼德勒省	မန္တလေး	曼德勒	မန္တလေးမြို့	緬
5	實皆省	စစ်ကိုင်း	實皆	စစ်ကိုင်းမြို့	緬
6	德林達依省	တနသ်ာရီ	土瓦	ထားဝယ်မြို့	緬
7	仰光省	ရန်ကုန်	仰光	ရန်ကုန်မြို့	緬
8	欽邦	ချင်း	哈卡	ဟားခါးမြို့	欽
9	克欽邦	ကချင်	密支那	မြစ်ကြီးနားမြို့	克欽
10	克耶邦	ကယား	壘固	လွိုင်ကော်မြို့	克耶
11	克倫邦	ကရင်	巴安	ဘားအံမြို့	克倫
12	孟邦	မွန်	毛淡棉	မော်လမြိုင်မြို့	孟
13	若開邦	ရခိုင်	實兌	စစ်တွေမြို့	若開
14	撣邦	ရှမ်း	東枝	တောင်ကြီးမြို့	撣

緬甸政區圖
မြန်မာ အုပ်ချုပ်မှု ဆိုင်ရာ ဒေသ

　　2006年緬甸完成從仰光到內比都的遷都工作。內比都全稱是"內比都聯邦特區"နေပြည်တော် ပြည်တောင်စုနယ်မြေ「ㄋㄝˋㄅㄧㄝㄋㄉㄛˋㄅㄧㄝㄋㄉㄠㄙㄨㄋㄇㄧㄝ」{nebIeŊdɔ bIeŊdauŊsûnɛmIe}。

【詞語學習】

▷ မြို့တော်「ㄇㄧㄛˋㄉㄛˋ」{mIôdɔ}首都

▷ နေပြည်တော်「ㄋㄝˋㄅㄧㄝㄋㄉㄛˋ」{nebIeŊdɔ}内比都(Naypyidaw)

▷ ဧရာဝတီ「'ㄝˊㄧㄚㄨㄚˋㄉㄧˋ」{'ēYauadi}伊洛瓦底(Ayeyarwady)

▷ ပုသိမ်「ㄅㄨˋㄉㄟㄇ」{bûðeiM}勃生(Pathein)

▷ ပဲခူး「ㄅㄝㄍㄨ」{bègù}勃固(也譯巴戈 Bago)

▷ မကွေး「ㄇㄚˇㄍㄨㄝ」{maguè}馬圭(Magwe)

▷ မန္တလေး「ㄇㄚˇㄋㄉㄚˇㄌㄝ」{mandâlè}曼德勒(Mandalay)

▷ စစ်ကိုင်း「ㄙㄧˊ'ㄍㄞㄖ」{sí'gàiŊ}實皆(Sagaing)

▷ တနသၤာရီ 「ㄉㄚ'ㄋㄚ'ㄫㄋㄚ'ㄉㄚ'ㄖㄧˉ」{dânaŋŋaðari}德林達依(Tanintharyi)

▷ ထားဝယ် 「ㄊㄚㄨㄝˇ」{tàuε}土瓦(Dawei)

▷ ရန်ကုန် 「ㄧㄛㄋˇㄍㄨˋㄋˇ」{Yəŋgûŋ}仰光(Yangon)

▷ ချင်း 「ㄑㄧㄧㄥ」{qiiŊ}欽邦(Chin)

▷ ဟားခါး 「ㄏㄚㄎㄚ」{hàkÀ}哈卡(Hakha)

▷ ကချင် 「ㄍㄚˋㄑㄧㄧㄥˇ」{gâqiiŊ}克欽邦(Kachin)

▷ မြစ်ကြီးနား 「ㄇㄧˊˇㄐㄧㄋㄚˋ」{mIí'jIìnà}密支那(Myitkyina)

▷ ကယား 「ㄍㄚˋㄧㄚ」{gâyà}克耶邦(Kayah)

▷ လွိုင်ကော် 「ㄌㄨㄞㄥˇㄍㄛˇ」{luaiŊgɔ}壘固(Loikaw)

▷ ကရင် 「ㄍㄚˋㄧㄥˇ」{gâYiŊ}克倫邦(Karen)

▷ ဘားအံ 「ㄆㄚ'ㄚㄇˇ」{Pà'aM}巴安(Pa-an)

▷ မွန် 「ㄇㄨㄛㄋˇ」{muəN}孟邦(Mon)

▷ မော်လမြိုင် 「ㄇㄛˇㄌㄚˇㄇㄧㄞㄥˇ」{mɔlamIaiŊ}毛淡棉(Mawlamyaing)

▷ ရခိုင် 「ㄧㄚˋㄎㄞㄥˇ」{YakaiŊ}若開邦(Rakhine)

▷ စစ်တွေ 「ㄙㄧˊˇㄉㄨㄝˇ」{sí'due}實兌(Sittwe)

▷ ရှမ်း 「ㄒㄚㄇ」{xàM}撣邦(Shan)

▷ တောင်ကြီး 「ㄉㄠㄥˇㄐㄧ」{dauŊjIì}東枝(Taunggyi)

▷ အုပ်ချုပ်မှု ဆိုင်ရာ 「'ㄡˇㄑㄧㄡˇㄇㄨˋㄘㄞㄥˇㄧㄚˇ」{'óuqióuṃûcaiŊYa}行政管理的，有關行政的

▷ ဒေသ 「ㄉㄝˇㄉㄚˋ」{Deðâ}區域，領土

▷ နေပြည်တော် 「ㄋㄝˇㄅㄧㄝˇㄏㄉㄛˇ」{nebIeÑdɔ}內比都，也譯"奈比多"

▷ ပြည်တောင် စုနယ်မြေ 「ㄅㄧㄝˇㄏㄉㄠㄥˇㄙㄨˋㄋㄝˇㄇㄧㄝ」{bIeŊdauŊsûnεmIe}聯邦特區

緬甸的一些重要地名如下：

緬甸文	注音	中文	英文
ကျိုက်ထီးရိုး	「ㄐㄧㄞˊㄊㄧˋㄛˋ」{jiái'tìYò}	齋托（大金石）	Kyaikhtiyo
ကလော	「ㄍㄚˋㄌㄛˋ」{gâlò}	格勞（卡勞）	Kalaw
ကော့သောင်း	「ㄍㄛˋㄉㄠㄤ」{gôðàuᴅ̣}	高當	Kawthaung
ငပလိ ကမ်းခြေ	「ㄥㄚˊㄅㄚˊㄌㄧ ㄍㄚㄇㄑㄧㄝˇ」{ŋabâli gàṂqIe}	額不里海灘	Ngapali Beach
ညောင်ဦး	「ㄋㄠㄥˊˋㄨ」{ÑauḌ'ù̲}	娘烏	Nyaung U
ပခုက္ကူ	「ㄅㄚˋㄅㄨˋㄍㄍㄨˇ」{bâkûggu}	木各具	Pakokku
ပင်းတယ	「ㄅㄧㄥㄉㄚˋㄧㄚˇ」{biḌdâya}	彬達雅	Pindaya
ပြင်ဦးလွင်	「ㄅㄧㄥˊˋㄨㄌㄨㄧㄥˇ」{bIiḌ'ù̲luiᴅ̣}	彬吳倫	Pyin Oo Lwin
မင်းကွန်း	「ㄇㄧㄥㄍㄨㄛˋㄋ」{mìᴅ̣guàN̲}	敏宮	Mingun
မြိတ်	「ㄇㄧㄟˊˋ」{mIéi'}	墨吉（丹荖）	Myeik
မြောက်ဦး	「ㄇㄧㄠˊˋˋㄨ」{mIáu'ù̲}	妙烏	Myauk U
မိုးကုတ်	「ㄇㄛㄍㄡˊˋ」{mògóu'}	抹谷	Mogok(e)
မုံရွာ	「ㄇㄡㄇㄧˇㄨㄚˇ」{moum̲Yua}	蒙育瓦	Mone Ywa
မူဆယ်	「ㄇㄨˊㄗㄝˇ」{muzɛ}	木姐	Muse
ရွှေလီ	「ㄒㄨㄝˊㄌㄚ」{x̣ueli}	瑞麗	Shwe Li
လား ရှိုး	「ㄌㄚˊ ㄒㄛˋ」{là x̣ò}	臘戌	Lashio
သထုံ	「ㄉㄚˋㄊㄡㄇˇ」{ðâtoum̲}	直通	Tha(h)ton
ဟဲဟိုး	「ㄏㄝˋㄏㄛˋ」{hèhò}	黑河	Heho
အင်းလေးကန်	「ˊㄧㄥㄉㄝㄍㄛˋㄋ」{'iḌlègəN̲}	茵萊湖	Inle Lake
အင်းဝ	「ˊㄧㄥㄨㄚˇ」{'iḌua}	阿瓦	Ava
အမရပူရ	「ˊㄚˊㄇㄚˊㄧㄚˊㄅㄨˊㄧㄚˇ」{'âmaYabuYa}	阿馬拉布拉城	Amarapura

2.緬甸的民族

從 113 頁的表中，我們可以知曉，緬甸有包括緬族在內的八個主要族群。按緬甸官方的資料，緬甸的民族有 135 個之多，這裡就不一一列舉了。有的民族在與緬甸接壤的中國也有，比如：(德宏的)傣仂族(တိုင်းလေ့「ㄉㄞㄫ̣ㄌㄝˋ」{dàiŊ̰lê})、德朗族(ဒလောင်「ㄉ̣ㄚˇㄌㄠㄫ̣ˇ」{DalauŊ̰})、景頗族(ဂျိန်ဖော့, ဂျင်းဖော「ㄐㄧㄟㄋ̣ˇㄆㄛ̣ˋ, ㄐㄧㄫ̣ㄆㄛ̣」{JieiN̰pô, JiìŊ̰pò})、傈僳族(လီဆူ「ㄌㄧˇㄘㄨˇ」{licu})、佤族(ဝ「ㄨㄚˇ」{ua})等。

未獲政府承認的民族有緬甸華人（果敢華人 ကိုးကန့်「ㄍㄛㄍㄜㄋ̣ˋ」{gògəN̰}除外），占緬甸總人口的 2.5%、緬甸印度人 ကုလားလူမျိုး「ㄍㄨˋㄌㄚㄌㄨˇㄇㄧㄛ」{gûlàlumiò}（占 1.25%）等。還有少數孟加拉人和當地人的混血民族羅興亞人 ရိုဟင်ဂျာ「ㄖㄛˇㄏㄧㄫ̣ˇㄐㄧㄚˇ」{rohiŊ̰Jia}。

分佈情況：克欽族群分佈在克欽邦，有 12 個民族分支；克耶族群分佈在克耶邦，有 9 個民族分支；克倫族群分佈在克倫邦，有 11 個民族分支；欽族群分佈在欽邦，有 53 個民族分支；緬族群分佈在緬甸的七個省，有 9 個民族分支；孟族群分佈在孟邦，單一民族孟族；若開族群分佈在若開邦，共有 7 個民族分支；撣族群分佈在撣邦，有 33 個民族分支。

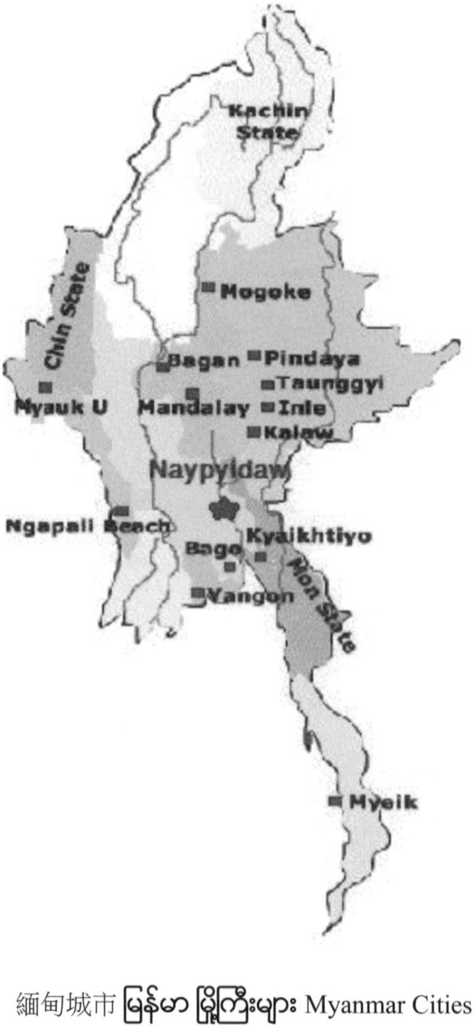

緬甸城市 မြန်မာ မြို့ကြီးများ Myanmar Cities

「ㄇㄧㄜㄋ̣ˇㄇㄚˇ ㄇㄧㄛˋㄐㄧㄇㄧㄚ」{mIəN̰ma mIôjIìmià}

3.世界的國家（按國語注音符號排序。臺灣、中國的名稱在在課文中經常出現，這裡就不列舉了。）

巴貝多　ဘာဘေးဒိုးစ်「ㄅㄚˇㄅㄝㄉㆦˋ」{PaPèDòˀ}

巴布亞紐幾內亞　ပါပူအာနယူးဂီနီ「ㄅㄚˊㄅㄨㄚˇㄋㄚˊㄧㄨˋㄍㄧˋㄋㄧˋ」{bAbuanayùGini}

巴拿馬　ပနားမား「ㄅㄚˋㄋㄚㄇㄚ」{bânàmà}

巴拉圭　ပါရာဂွေး「ㄅㄚˇㄖㄚˋㄍㄨㄝ」{bAraGuè}

巴勒斯坦　ပါလက်စတိုင်း「ㄅㄚˊㄌㄜˋㄙˋㄉㄞㄤ」{bAlóˀsâdàiㄣ}

巴林　ဘာရိန်း「ㄅㄚˇㄖㄟˋㄣ」{ParèiN}

巴哈馬　ဘဟားမား「ㄅㄚˊㄏㄚㄇㄚˋ」{Pahàmà}

巴基斯坦　ပါကစ္စတန်「ㄅㄚˇㄍㄧˋㄙㄙㄚˋㄉㄜˋㄣ」{bAgîssâdəㄣ}

巴西　ဘရာဇီး「ㄅㄚˊㄖㄚˋㄗㄧ」{Parazì}

波蘭　ပိုလန်「ㄅㄛˊㄌㄜˋㄣ」{boləㄣ}

玻利維亞　ဘိုလီးဗီးယား「ㄆㄛˊㄌㄧㄅㄧˋㄚ」{PolìBiyà}

波紮那　ဘော့ဆွာနာ「ㄆㄛˋㄘㄨㄚˋㄋㄚˇ」{Pôcuana}

波士尼亞赫塞哥維納　ဘော့စနီးယား နှင့် ဟာဇီဂိုဗီးနား「ㄆㄛˋㄙㄚˋㄋㄧˋㄚ ㄋㄧㆦˋ ㄏㄚˋㄗㄧˇㄍㄛˊㄅㄧˋㄋㄚ」

{Pôsânìyà ṉîㄥ haziGoBìnà}

百慕達　ပမျူ့ဒါး「ㄅㄚˇㄇㄨㄉㄚ」{BamiuDÀ}

帛琉　ပလောင်း「ㄅㄚˇㄌㄠㄤ」{bâlàuㄥ}

白俄羅斯　ဘီလာရုစ်「ㄆㄧˋㄌㄚˋㄖㄨˋˋ」{Pilarû}

貝南　ဘီနင်「ㄆㄧˋㄋㄧˋㄤˋ」{PiniㄥD}

貝里斯　ဘလိဇ်နိုင်ငံ「ㄆㄚˇㄌㄧˋㄋㄞㄤˋㄥㄚㄇ」{Palîˀnaiㄥ ŋam}

北韓　မြောက်ကိုရီးယား「ㄇㄧáㄨˋㄍㄛˇㄖㄧˋㄚ」{mIáugorìyà}

保加利亞　ဘူဂေးရီးယား「ㄆㄨㄍㄝㄖㄧˋㄚ」{PuGèrìyà}

秘魯　ပီရူး「ㄅㄧˊㄖㄨ」{birù}

比利時　ဘယ်လ်ဂျီယမ်「ㄆㄝˋㄌㄐㄧˋㄧㄚㄇ」{PɛlJiiyaㄇ}

冰島　အိုက်စလန်「ㄞˋˋㄙㄚˋㄌㄜˋㄣ」{ˀáiˀsâləㄣ}

不丹　ဘူတန်「ㄆㄨˋㄉㄜˋㄣ」{Pudəㄣ}

布隆迪　ဘူရွန်ဒီ「ㄆㄨˊㄖㄨㄛˋㄋㄣㄉㄧˋ」{PuruəㄣDi}

布吉納法索　ဘာကီးနားဖားဆို「ㄆㄚˇㄍㄧㄋㄚㄆㄚㄘㄛˋ」{Pagìnàpàco}

葡萄牙　ပေါ်တူဂီ「ㄅㄛˋㄉㄨˇㄍㄧ」{bɔduGi}

摩納哥　မိုနာကိုနိုင်ငံ「ㄇㄛˋㄋㄚˋㄍㄛˇㄋㄞㄤˋㄥㄚㄇ」{monagonaiㄥ ŋam}

摩洛哥　မော်ရိုကို「ㄇㄛˋㄖㄛˋㄍㄛˋ」{morogo}

馬達加斯加　မဒါဂတ်စကား「ㄇㄚˇㄉㄚˇㄍㄚáㄨˋㄙㄚˋㄍㄚ」{maDAGáusâgà}

馬拉威　မာလဝီ「ㄇㄚˇㄌㄚˇㄨㄧˋ」{malaui}

馬來西亞　မလေးရှား「ㄇㄚˇㄌㄝㄒㄚ」{malɛ̀xà}

馬里　မာလီ「ㄇㄚˇㄌㄧˋ」{mali}

馬其頓　မက်စီဒိုးနီးယား「ㄇㄜˋㄙㄧˋㄉㄛˋㄋㄧˋㄚ」{móˀsiDònìyà}

馬紹爾群島　မာရှယ်အိုင်းလန်「ㄇㄚˇㄒㄝˋㄞㄤˋㄌㄜˋㄣ」{maxɛˀàiㄥləㄣ}

馬爾地夫　မော်လဒိုက်「ㄇㄛˋㄌㄚˇㄉㄞˋˋ」{molaDáiˀ}

馬爾他　မော်လတာ「ㄇㄛˋㄌㄚˇㄉㄚˋ」{molada}

墨西哥　မက္ကဆီကို「ㄇㄚˋㄍㄍㄚˋㄘㄧˋㄍㄛˋ」{maggâcigo}

莫三比克　မိုဇမ်ဘစ်「ㄇㄛˇㄗㄚㄇ̰ˇㄆ̥ㄧ˝」{mozaM̰Pí’}

莫爾達瓦　မော်လ်ဒိုဗာ「ㄇㄛ̣ˇㄌㄉ̥ㄛˇㄅ̥ㄚˇ」{mɔlDoBa}

模里西斯　မောရစ်ရှ「ㄇㄛ̣ㄖ˙ㄧ˝ㄒㄚˋ」{mɔ̀rí’x̥â}

美國　အမေရိက, အမေရိကန် ပြည်ထောင်စု「’ㄚˋㄇㄝˇㄖ˙ㄧˋㄍㄚˋ, ’ㄚˋㄇㄝˇㄖ˙ㄧˋㄍㄜㄋ̰ˇ ㄅㄧㄝ̣ㄫ̰ˇㄊㄠㄫ̰ˇㄙㄨˋ」

{’âmerîgâ, ’âmerîgəN̰ bIeÑ̰tauŊ̰sû}

美屬薩摩亞　အမေရိကန် ဆမိုးအား「’ㄚˋㄇㄝˇㄖ˙ㄧˋㄍㄜㄋ̰ˇ ㄘㄚˋㄇㄛ’ㄚ」{’âmerîgəN̰ câmò’à}

茅利塔尼亞　မော်ရီတေးနီးယား「ㄇㄛ̣ˇㄖ˙ㄧˇㄉㄝㄋㄧㄚ」{mɔridènìyà}

蒙古　မွန်ဂိုးလီးယား「ㄇㄨㄜㄋ̰ˇㄍ̥ㄛㄌㄧㄚ」{muəN̰Gòlìyà}

孟加拉　ဘင်္ဂလားဒေ့ရှ်「ㄆ̥ㄚˇㄫㄫㄚˇㄍ̥ㄚˇㄌㄚㄉ̥ㄝˋㄒ」{PaŋŋaGalàDêx}

密克羅尼西亞　မိုက်ခရိုနီးရှားနိုင်ငံ「ㄇㄞ˝ㄎㄚˋㄖ˙ㄛˇㄋㄧㄒㄚㄋㄞㄫ̰ˇㄫㄚㄇ̰ˇ」{mái’kâronìx̥ànaiŊ̰ŋam̰}

緬甸　မြန်မာ「ㄇㄧㄜㄋ̰ˇㄇㄚˇ」{mIəN̰ma}

剛果民主共和國　ကွန်ဂိုဒီမိုကရက်တစ်သမ္မတ「ㄍㄨㄜㄋ̰ˇㄍ̥ㄛˇㄉ̥ㄧˇㄇㄛˇㄍㄚˋㄖ˙ㄜ˝ㄉㄧ˝ㄉ̥ㄚˋㄇㄇㄚˇㄉㄚˋ」

{guəN̰GoDimogârə’dí’ðâmmadâ}

法國　ပြင်သစ်「ㄅㄧㄫ̰ˇㄉ̥ㄧ˝」{bIiŊ̰ðí’}

菲律賓　ဖိလစ်ပိုင်「ㄆㄧˋㄌㄧ˝ㄅㄞㄫ̰ˇ」{pîlí’baiŊ̰}

斐濟　ဖီဂျီနိုင်ငံ「ㄆㄧˇㄐ̥ㄧˇㄋㄞㄫ̰ˇㄫㄚㄇ̰ˇ」{piJiinaiŊ̰ŋam̰}

梵蒂岡城　ဗာတီကန်「ㄅ̥ㄚˇㄉㄧˇㄍㄜㄋ̰ˇ」{BadigəN̰}

芬蘭　ဖင်လန်「ㄆㄧㄫ̰ˇㄌㄜㄋ̰ˇ」{piŊ̰ləN̰}

德國　ဂျာမနီ「ㄐ̥ㄧㄚˇㄇㄚˇㄋㄧˇ」{Jiamani}

丹麥　ဒိန်းမတ်「ㄉ̥ㄟㄋ̰ㄇáㄨˇ」{DèiN̰máu}

多明尼加　ဒိုမီနီကာ「ㄉ̥ㄛˇㄇㄧˇㄋㄧˇㄍㄚˇ」{Dominiga}

多明尼加大公國　ဒိုမီနီကန်သမ္မတနိုင်ငံ「ㄉ̥ㄛˇㄇㄧˇㄋㄧˇㄍㄜㄋ̰ˇㄉ̥ㄚˋㄇㄇㄚˇㄉㄚˋㄋㄞㄫ̰ˇㄫㄚㄇ̰ˇ」{DominigəN̰

ðâmmadânaiŊ̰ŋam̰}

多哥　တိုဂို「ㄉㄛˇㄍ̥ㄛˇ」{doGo}

東帝汶　အရှေ့တီမော「’ㄚˋㄒㄝˋㄉㄧˇㄇㄛ̣」{’âx̥êdimɔ̀}

東加　တုံဂါနိုင်ငံ「ㄉㄡㄇ̰ˇㄍ̥ㄚˇㄋㄞㄫ̰ˇㄫㄚㄇ̰ˇ」{doum̰GAnaiŊ̰ŋam̰}

塔吉克斯坦　တာဂျစ်ကစ္စတန်「ㄉㄚˇㄐㄧ˝ㄍㄧ˝ㄙㄚˋㄉㄜㄋ̰ˇ」{daJií’gí’sâdəN̰}

特里尼達和多巴哥　ထရီနီဒတ်နှင့်တိုဘက်ဂို「ㄊˋㄖ˙ㄧˇㄋㄧˇㄉ̥ㄚ˝ㄋ̥ㄧㄫ̰ˋㄉㄛˇㄆ̥ㄜ˝ㄍ̥ㄛˇ」{triniDá’n̥îŊ̰doPə’Go}

泰國　ထိုင်း「ㄊㄞㄫ̰」{tàiŊ̰}

坦尚尼亞　တန်ဇေးနီးယား「ㄉㄜㄋ̰ˇㄗㄝㄋㄧㄚ」{dəN̰zènìyà}

突尼斯　တူနီးရှား「ㄉㄨˇㄋㄧㄒㄚ」{dunìx̥à}

土庫曼斯坦　တာ့ခ်မင်နစ္စတန်「ㄉㄚ˙ㄇㄧㄫ̰ˇㄋㄧ˝ㄙㄚˋㄉㄜㄋ̰ˇ」{dâ’miŊ̰ní’sâdəN̰}

土耳其　တူရကီ「ㄉㄨˇㄖ˙ㄚˇㄍㄧˇ」{duragi}

吐瓦魯　တူဗားလူ「ㄉㄨˇㄅ̥ㄚㄌㄨˇ」{duBàlu}

納米比亞　နမီးဘီးယား「ㄋㄚˇㄇㄧㄆ̥ㄧㄚ」{namìPìyà}

奈及利亞　နိုင်ဂျီးရီးယား「ㄋㄞㄫ̰ˇㄐㄧㄖ˙ㄧㄚ」{naiŊ̰Jiìrìyà}

南非　တောင်အာဖရိက「ㄉㄠㄫ̰ˇ’ㄚˇㄆㄚˋㄖ˙ㄧˋㄍㄚˋ」{dauŊ̰’apârîgâ}

南韓　တောင်ကိုရီးယား「ㄉㄠㄫ̰ˇㄍㄛˇㄖ˙ㄧㄚ」{dauŊ̰gorìyà}

南斯拉夫　ယူဂိုဆလားဗီးယား「ㄧㄨˇㄍ̥ㄛˇㄘㄚˋㄌㄚㄅ̥ㄧㄚ」{yuGocâlàBìyà}

南蘇丹　တောင်ဆူဒန်「ㄉㄠㄫ̰ˇㄘㄨˇㄉ̥ㄜㄋ̰ˇ」{dauŊ̰cuDəN̰}

尼泊爾　နီပေါ「ㄋㄧˇㄅㄛ̣」{nibɔ̀}

尼加拉瓜　နီကာရာဂွါ「ㄋㄧˇㄍㄚˇㄖㄚˇㄍㄨㄚˇ」{nigaraGuA}
尼日爾　နိုင်ဂျာ「ㄋㄞㄫˇㄐㄧㄚˇ」{naiŊJia}
紐西蘭　နယူးဇီလန်「ㄋㄚˇㄧㄨㄗㄧˇㄌㄜㄋˇ」{nayùziləN̠}
諾魯　နအူရူး「ㄋㄚˇˊㄨˇㄖㄨ」{na'urù}
挪威　နော်ဝေ「ㄋㄛˇㄨㄝˇ」{nɔue}
拉脫維亞　လတ်ဗီယာ「ㄌㄚˊˊㄅㄧˇㄧㄚˇ」{lá'Biya}
賴比瑞亞　လိုက်ဘေးရီးယား「ㄌㄞˊˊㄆㄝㄖㄧㄚ」{lái'Pèrìyà}
賴索托　လီဆိုသို「ㄌㄧˇㄘㄛˇㄉㄛˇ」{licoðo}
利比亞　လစ်ဗျား「ㄌㄧˊˊㄅㄧㄚ」{lí'Bià}
立陶宛　လစ်သူယေးနီးယား「ㄌㄧˊˊㄉㄨˇㄧㄝㄋㄧㄚ」{lí'ðuyènìyà}
黎巴嫩　လက်ဘနွန်「ㄌㄜˊˊㄆㄚˇㄋㄨㄜㄋˇ」{lə'PanuəN̠}
列支敦士登　လစ်တန်စတိန်း「ㄌㄧˊˊㄉㄜㄋˇㄙㄚˋㄉㄟㄋ」{lí'dəN̠sâdèiN̠}
寮國（中國大陸翻譯成：老撾）　လာအို「ㄌㄚˇˊㄛˇ」{la'o}
聯合王國　ယူနိုက်တက်ကင်းဒမ်း「ㄧㄨˇㄋㄞˊˊㄉㄜ ˊˊㄍㄧㄫˋㄉㄚㄇ」{yunái'də'gìŊDàM̠}
盧森堡　လူဇင်ဘတ်「ㄌㄨˇㄗㄧㄫˇㄆáㄨˇ」{luziŊPáu}
盧旺達　ရဝမ်ဒါ「ㄖㄚˇㄨㄚㄇˇㄉㄚˇ」{rauaM̠DA}
羅馬尼亞　ရိုမေးနီးယား「ㄖㄛˇㄇㄝㄋㄧㄚ」{romènìyà}
格魯吉亞　ဂျော်ဂျီယာ「ㄐㄧㄛˇㄐㄧˇㄧㄚˇ」{JiɔJiiya}
哥倫比亞　ကိုလံဘီယာ「ㄍㄛˇㄌㄚㄇˇㄆㄧˇㄧㄚˇ」{golam̠Piya}
格瑞那達　ဂရီနေဒါ「ㄍㄚˇㄖㄧˇㄋㄝˇㄉㄚˇ」{GarineDA}
哥斯大黎加　ကော့စတာရီကာ「ㄍㄛˋㄙㄚˋㄉㄚˇㄖㄧˇㄍㄚˇ」{gôsâdariga}
甘比亞　ဂမ်ဘီယာ「ㄍㄚㄇˇㄆㄧˇㄧㄚˇ」{GaM̠Piya}
剛果　ကွန်ဂို「ㄍㄨㄜㄋˇㄍㄛˇ」{guəN̠Go}
古巴　ကျူးဘား「ㄐㄧㄨㄆㄚ」{giùPà}
瓜地馬拉　ဂွါတီမာလာ「ㄍㄨㄚˇㄉㄧˇㄇㄚˇㄌㄚˇ」{GuAdimala}
關島　ဂူအန်ကျွန်း「ㄍㄨˇㄜㄋˇㄐㄧㄨㄜㄋ」{Gu'əN̠jiuəN̠}
圭亞那　ဂိုင်ယာနာ「ㄍㄞㄫˇㄧㄚˇㄋㄚˇ」{GaiŊyana}
喀麥隆　ကင်မရွန်း「ㄍㄧㄫˇㄇㄚˇㄖㄨㄜㄋ」{giŊmaruəN̠}
卡達　ကာတာ「ㄍㄚˇㄉㄚˇ」{gada}
科摩羅　ကိုမိုရို「ㄍㄛˇㄇㄛˇㄖㄛˇ」{gomoro}
科索沃　ကိုဆိုဗို「ㄍㄛˇㄘㄛˇㄅㄛˇ」{gocoBo}
科威特　ကူဝိတ်「ㄍㄨˇㄨéㄧㄨˇ」{guuéiu}
克羅埃西亞　ခရိုအေးရှား「ㄎㄚˋㄖㄛˇˊㄝㄒㄚ」{kâro'èx̱à}
肯亞　ကင်ညာ「ㄍㄧㄫˇㄬㄚˇ」{giŊÑa}
哈薩克　ကာဇက်စတန်「ㄍㄚˇㄗㄜˊˊㄙㄚˋㄉㄜㄋˇ」{gazə'sâdəN̠}
荷蘭　နယ်သာလန်「ㄋㄝˇㄉㄚˇㄌㄜㄋˇ」{nɛðaləN̠}
海地　ဟေတီ「ㄏㄝˇㄉㄧˇ」{hedi}
黑山　မွန်တီနီဂရိုး「ㄇㄨㄜㄋˇㄉㄧˇㄋㄧˇㄍㄚˇㄖㄛ」{muəN̠diniGarò}
洪都拉斯　ဟွန်ဒူးရစ်「ㄏㄨㄜㄋˇㄉㄨㄖㄚˊˊ」{huəN̠Dùrá'}
幾內亞　ဂီနီ「ㄍㄧˇㄋㄧˇ」{Gini}

幾內亞比索 ဂီနီ-ဘီစော「ㄍ̣一ˇㄋ一ˇ-ㄆ̣一ˇㄙㄛ̣」{Gini-Pisɔ̀}

吉布地 ဂျီဘူတီ「ㄐ一ˇㄆ̣ㄨˇㄉ一ˇ」{JiiPudi}

吉里巴斯 ကီရီဘတ်စ်「ㄍ一ˇㄖ一ˇㄆ̣áㄨˇ」{giriPáu}

吉爾吉斯斯坦 ကာဂျစ္စတန်「ㄍㄚˇㄐ一ㄚˇㄙㄙㄚˋㄉㄜㄋ̣ˇ」{gaJiassâdəN̠}

加蓬 ဂါဘွန်「ㄍ̣ㄚˇㄆ̣ㄨㄜㄋ̣ˇ」{GAPuəN̠}

迦納 ဂါနာ「ㄍ̣ㄚˇㄋㄚˇ」{GAna}

加拿大 ကနေဒါ「ㄍㄚˋㄋㄝˇㄉ̣ㄚˇ」{gâneDA}

捷克 ချက်「ㄑ一ㄜ''」{qiə́'}

柬埔寨 ကမ္ဘောဒီးယား「ㄍㄚˋㄇㄆ̣ㄛ̣ㄉ̣一ㄚ」{gâmPɔ̀Dìyà}

前蘇聯 ယခင် ဆိုဗီယက် ပြည်ထောင်စု「一ㄚˇㄎ一ㄫ̣ˇ ㄘㄛˇㄅ̣一ˇ一ㄜ'' ㄅ一ㄝㄫ̃ˇㄊㄠㄫ̣ˇㄙㄨˋ」{yakiN̠ coBiyə' bIeÑ̠tauN̠sû}

西班牙 စပိန်「ㄙㄚˋㄅㄟㄋ̣ˇ」{sâbeiN̠}

希臘 ဂရိ「ㄍ̣ㄚˇㄖ一ˋ」{Garî}

葉門 ယီမင်「一ˇㄇ一ㄫ̣ˇ」{yimiN̠}

辛巴威 ဇင်ဘာဘွေ「ㄗ一ㄫ̣ˇㄆ̣ㄚˇㄆ̣ㄨㄝˇ」{ziN̠PaPue}

新加坡 စင်ကာပူ「ㄙ一ㄫ̣ˇㄍㄚˇㄅㄨˇ」{siN̠gabu}

象牙海岸 အိုင်ဗရီကို့စ်「'ㄞㄫ̣ˇㄅ̣ㄚˇㄖ一ˇㄍㄛ''」{'aiN̠Barigô'}

敘利亞 ဆီးရီးယား「ㄘ一ㄖ一ㄚ」{cìrìyà}

匈牙利 ဟန်ဂေရီ「ㄏㄜㄋ̣ˇㄍ̣ㄝˇㄖ一ˇ」{həN̠Geri}

智利 ချီလီ「ㄑ一ˇㄌ一ˇ」{qiili}

查德 ချဒ်「ㄑ一ㄚˋㄉ̣ㄚㄇ̣ˇ」{qiâDam̠}

中非共和國 ဗဟိုအာဖရိကသမ္မတနိုင်ငံ「ㄅ̣ㄚˇㄏㄛ''ㄚˇㄆㄚˋㄖ一ˋㄍㄚˋㄉ̣ㄚˋㄇㄇㄚˇㄉㄚˋㄋㄞㄫ̣ˇㄫㄚㄇ̣ˇ」{Baho'apârîgâðâmmadânaiN̠ŋam̠}

赤道幾內亞 အီကွေတာဂီနီ「'一ˇㄍㄨㄝˇㄉㄚˇㄍ̣一ˇㄋ一ˇ」{'iguedaGini}

獅子山 ဆီရာလီယွန်「ㄘ一ˇㄖㄚˇㄌ一ˇ一ㄨㄜㄋ̣ˇ」{ciraliyuəN̠}

史瓦濟蘭 ဆွာဇီလန်「ㄘㄨㄚˇㄗ一ˇㄌㄜㄋ̣ˇ」{cuaziləN̠}

沙烏地阿拉伯 ဆော်ဒီအာရေဗျ「ㄘㄛ̣ˇㄉ̣一''ㄚˇㄖㄝˇㄅ̣一ㄚˇ」{cɔDi'areBia}

尚比亞 ဇမ်ဘီယာ「ㄗㄚㄇ̣ˇㄆ̣一ˇ一ㄚˇ」{zaM̠Piya}

聖馬利諾 ဆန်မာရီနိုနိုင်ငံ「ㄘㄜㄋ̣ˇㄇㄚˇㄖ一ˇㄋㄛˇㄋㄞㄫ̣ˇㄫㄚㄇ̣ˇ」{cəN̠marinonaiN̠ŋam̠}

聖多美及普林西比島 ဆောင်တူမေး နှင့် ပရင်စီပီ「ㄘㄠㄫ̣ˇㄉㄨˇㄇㄝ ㄋ一ㄫ̣ˋ ㄅㄚˋㄖ一ㄫ̣ˇㄙ一ˇㄅ一ˇ」{cauN̠dumè n̥îN̠ bâriN̠sibi}

聖露西亞 စိန့်လူစီယာ「ㄙㄟㄋ̣ˋㄌㄨˇㄙ一ˇ一ㄚˇ」{sêiN̠lusiya}

聖基茨和尼維斯 စိန့်ကစ်နှင့် နီးဗစ်「ㄙㄟㄋ̣ˋㄍ一''ㄋ一ㄫ̣ˋ ㄋ一ㄅ̣一''」{sêiN̠gí'n̥îN̠ nìBí'}

聖文森特和格林納丁斯群島 စိန့်ဗင်းဆင့် နှင့် ဂရိနေဒိုင်「ㄙㄟㄋ̣ˋㄅ̣一ㄫ̣ㄘ一ㄫ̣ˋㄋ一ㄫ̣ˋ ㄍ̣ㄚˇㄖ一ˋㄋㄝˇㄉ̣ㄞㄫ̣ˇ」{sêiN̠BiN̠cîN̠ n̥îN̠ GarîneDaiN̠}

日本 ဂျပန်「ㄐ一ㄚˇㄅㄜㄋ̣ˇ」{JiabəN̠}

瑞典 ဆွီဒင်「ㄘㄨ一ˇㄉ̣一ㄫ̣ˇ」{cuiDiN̠}

瑞士 ဆွစ်ဇာလန်「ㄘㄨ一''ㄗㄚˇㄌㄜㄋ̣ˇ」{cuí'zaləN̠}

斯里蘭卡 သီရိလင်္ကာ「ㄉ̣一ˇㄖ一ˋㄌㄚˇㄫㄫㄚˇㄍㄚˇ」{ðirîlaŋŋaga}

斯洛伐克 ဆလိုဗားကီးယား「ㄘㄚˋㄌㄛˇㄅ̣ㄚㄍ一ㄚ」{câloBàgìyà}

斯洛維尼亞 ဆလိုဗေးနီးယား「ㄘㄚˋㄌㄛˇㄅ̣ㄝㄋ一ㄚ」{câloBènìyà}

撒哈拉　ဆိုက်ပရပ်စ「ㄘㄞ˝ㄅㄚˋㄖ'ㄚ˝ㄙㄚˋ」{cái’bârá’sâ}

薩摩亞　ဆမိုးအား「ㄘㄚˋㄇㄛ'ㄚ」{câmò’à}

薩爾瓦多　အယ်ဆာဗေဒို「'ㄝ̣ˇㄘㄚˇㄅ̣ㄝˇㄉ̣ㄛˇ」{’ɛcaBeDo}

塞內加爾　ဆီနီဂေါ်「ㄘㄧˇㄋㄧˇㄍ̣ㄛ̣」{ciniGɔ̀}

塞席爾　ဆေးရှဲ「ㄘㄝㄒㄝ̣」{cèx̥ɛ̀}

塞爾維亞　ဆားဘီးယား「ㄘㄚㄆ̣ㄧㄚ」{càPìyà}

賽普勒斯　ဆိုက်ပရပ်စ်「ㄘㄞ˝ㄅㄚˋㄖ'ㄚ˝」{cái’bârá’}

蘇丹　ဆူဒန်「ㄘㄨˇㄉ̣ㄜㄋ̣ˇ」{cuDəN̰}

蘇利南　ဆူရာနမ်「ㄘㄨˇㄖ'ㄚˇㄋㄚㄇ̣ˇ」{curanaM̰}

索馬里　ဆိုမာလီယာ「ㄘㄛˇㄇㄚˇㄌㄧˇㄧㄚˇ」{comaliya}

所羅門群島　ဆော်လမွန်ကျွန်းစု「ㄘㄛ̣ˇㄌㄚˇㄇㄨㄜㄋ̣ˇㄐㄧㄨㄜㄋ̣ㄙㄨˋ」{cɔlamuəN̰jiuəN̰sû}

阿曼　အိုမန်「'ㄛˇㄇㄜㄋ̣ˇ」{’oməN̰}

阿富汗　အာဖဂန်နစ္စတန်「'ㄚˇㄆㄚˋㄍ̣ㄜㄋ̣ˇㄋㄧ˝ㄙㄚˋㄉㄜㄋ̣ˇ」{’apâGəN̰ní’sâdəN̰}

阿聯酋　အာရပ်စော်ဘွားများပြည်ထောင်စု「'ㄚˇㄖ'ㄚ˝ㄙㄛ̣ˇㄆ̣ㄨㄚㄇㄧㄚㄅㄧㄝ̣ㄬ̣ˇㄊㄠㄫ̣ˇㄙㄨˋ」{’ará’sɔPuàmià bIeÑ̰tauŊ̰sû}

阿根廷　အာဂျင်တီးနား「'ㄚˇㄐㄧㄫ̣ˇㄉㄧㄋㄚ」{’aJiiŊ̰dìnà}

阿爾巴尼亞　အယ်လ်ဘေးနီးယား「'ㄝ̣ˇㄌㄆ̣ㄝㄋㄧㄚ」{’ɛlPènìyà}

阿爾及利亞　အယ်လ်ဂျီးရီးယား「'ㄝ̣ˇㄌㄐㄧㄖ'ㄧㄚ」{’ɛlJiìrìyà}

厄立特里亞　အီရီထရီးယား「'ㄧˇㄖ'ㄧˇㄊㄚˋㄖ'ㄧㄚ」{’iritârìyà}

厄瓜多爾　အီကွေဒေါ်「'ㄧˇㄍㄨㄝˇㄉ̣ㄛ̣」{’igueDɔ̀}

俄國，俄羅斯　ရုရှား「ㄖ'ㄨˋㄒㄚ」{rûx̥à}

埃及　အီဂျစ်「'ㄧˇㄐㄧ˝」{’iJií’}

愛沙尼亞　အက်စတိုးနီးယား「'ㄜ˝ㄙㄚˋㄉㄛㄋㄧㄚ」{’ə́’sâdònìyà}

愛爾蘭　အိုင်ယာလန်「'ㄞㄫ̣ˇㄧㄚˇㄌㄜㄋ̣ˇ」{’aiŊ̰yaləN̰}

澳大利亞　သြစတြေးလျား「'ㄛ̣ˋㄙㄚˋㄉㄖ'ㄝㄌㄧㄚ」{’ɔ̂sâdrèlià}

奧地利　သြစတြီးယား「'ㄛ̣ˋㄙㄚˋㄉㄖ'ㄧㄚ」{’ɔ̂sâdrìyà}

安地卡及巴布達　အင်တီဂွါနှင့် ဘာဘူဒါ「'ㄧㄫ̣ˇㄉㄧˇㄍ̣ㄨㄚˇㄋ̥ㄧㄫ̣ˋ ㄆ̣ㄚˇㄆ̣ㄨˇㄉ̣ㄚˇ」{’iŊ̰diGuAn̥îŊ̰ PaPuDA}

安道爾　အင်ဒိုရာ「'ㄧㄫ̣ˇㄉ̣ㄛˇㄖ'ㄚˇ」{’iŊ̰Dora}

安哥拉　အင်ဂိုလာ「'ㄧㄫ̣ˇㄍ̣ㄛˇㄌㄚˇ」{’iŊ̰Gola}

安吉拉　အန်ဂီလာ「'ㄜㄋ̣ˇㄍ̣ㄧˇㄌㄚˇ」{’əN̰Gila}

伊拉克　အီရတ်「'ㄧˇㄖ'á ㄨˇ」{’iráu}

伊朗　အီရန်နိုင်ငံ「'ㄧˇㄖ'ㄜㄋ̣ˇ」{’irəN̰}

衣索比亞　အီသီယိုးပီးယား「'ㄧˇㄉ̣ㄧˇㄧㄛㄅㄧㄚ」{’iðiyòbìyà}

義大利　အီတလီ「'ㄧˇㄉㄚˋㄌㄧˇ」{’idâli}

以色列　အစ္စရေး「'ㄚˋㄙㄙㄚˋㄖ'ㄝ」{’âssârè}

牙買加　ဂျမေကာ「ㄐㄧㄚˇㄇㄝˇㄍㄚˇ」{Jiamega}

亞美尼亞　အာမေးနီးယား「'ㄚˇㄇㄝㄋㄧㄚ」{’amènìyà}

亞塞拜然　အဇာဘိုင်ဂျန်「'ㄚˋㄗㄚˇㄆ̣ㄞㄫ̣ˇㄐㄧㄜㄋ̣ˇ」{’âzaPaiŊ̰JiəN̰}

約旦　ဂျော်ဒန်「ㄐㄧㄛ̣ˇㄉ̣ㄜㄋ̣ˇ」{JiɔDəN̰}

印度　အိန္ဒိယ「'ㄧˋㄋㄉ̣ㄧˋㄧㄚˇ」{’înDîya}

印尼　အင်ဒိုနီးရှား 「ㄧㄛˇㄉㄛˋㄋㄧㄒㄚ」 {'iŊDonìẋà}

烏拉圭　ဥရုဂွေး 「ㄨˋㄖㄨˋㄍㄨㄝ」 {'ûrûGuè}

烏幹達　ယူဂန်းဒါး 「ㄧㄨˇㄍㄛˋㄋㄉㄚ」 {yuGàŊDÀ}

烏克蘭　ယူကရိန်း 「ㄧㄨˇㄍㄚˋㄖㄟㄋˋ」 {yugârèiŊ}

烏茲別克斯坦　ဥဇဘက်ကစ္စတန် 「ㄨˇㄗㄚˇㄆㄛˋㄍㄚˋㄙㄙㄚˋㄉㄛㄋˇ」 {'ûzaPá'gâssâdəŊ}

瓦努阿圖　ဗနွားတူနိုင်ငံ 「ㄅㄚˇㄋㄨㄚˋㄉㄨˋㄋㄞㄋㄤˇㄋㄚㄇˇ」 {BanuàdunaiŊŋam}

維德角　ကိပ်ဘာဒီ 「ㄍㄟˇㄅㄚˇㄉㄧˋ」 {géi'BaDi}

委內瑞拉　ဗင်နီဇွဲလား 「ㄅㄧㄛˇㄋㄧˇㄗㄨㄝㄌㄚˋ」 {BiŊnizuèlà}

汶萊　ဘရူနိုင်း 「ㄆㄚˇㄖㄨˋㄋㄞㄋㄤ」 {ParunàiŊ}

越南　ဗီယက်နမ် 「ㄅㄧˇㄧㄛˋㄋㄚㄇˇ」 {Biyá'naM}

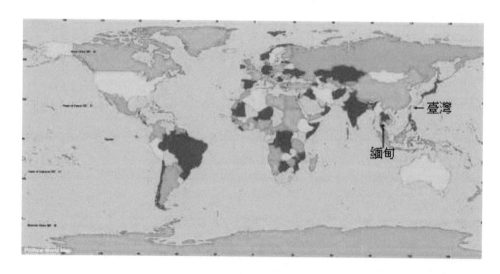

世界地圖

ကမ္ဘာ့ မြေပုံ

「ㄍㄚˇㄇㄆㄚˋㄇㄧㄝˇㄅㄡㄇˇ」

{gâmPâ mIeboum}

World Map

【練習鞏固】

1. 請把下列句子翻譯成中文。

1)ခင်ဗျား ဘယ်ကလဲ? 「ㄎ一ㄥˊㄅ一ㄚˋ ㄅㄝ˙ㄍㄚˋㄌㄝˋ?」{ki̭ŊBià Pɛgâlɛ̀?}

_____

2)ကျွန်မ ဗီယက်နမ် ကပါ။ 「ㄐㄜㄋ̆ㄇㄚˋ ㄅ一ˊㄧㄜˇㄋㄚㄇˇ ㄍㄚˇㄅㄚˇ.」{jiuəŊma Biyə'naM gâbA.}

_____

3)ဘယ် သင့် ရည်ရွယ်ချက် မြန်မာ ဖြစ် တယ်? 「ㄅㄝˇ ㄉ一ㄥˋ 一ㄝㄋˊ一ㄝㄥ˙ㄑ一ㄝˋ ㄇㄜㄋ̆ㄇㄚˋ ㄆ一ˇ ㄉㄝˇ?」{Pɛ ðîŊ YeŊYuɛqiə' mIəŊma pIí' dɛ?}

_____

4)သညာ အတွက်။ 「ㄉㄚˇㄏㄚˇㄚˇㄉㄨㄛˇ.」{ðâÑa 'âduə'.}

_____

5)သူမက ဘယ်သူ ဖြစ် လဲ? 「ㄉㄨˇㄇㄚˇㄍㄚˇ ㄆㄝˇㄉㄨˇ ㄆ一ˇ ㄌㄝˇ?」{ðumagâ Pɛðu pIí' lɛ̀?}

_____

6)သူမက ကျွန်တော့် အဖေ ပါ။ 「ㄉㄨˇㄇㄚˇㄍㄚˇ ㄐㄜㄋ̆ㄉㄛ˙ㄚˇㄆㄝˇ ㄅㄝˇ.」{ðumagâ jiuəŊdô 'âpe bɛ̀.}

_____

7)ပက်စ်စပ်ပို့ ပြ တယ်။ 「ㄅㄜˇㄙㄚˇㄅㄛˇ ㄅ一ㄚˇ ㄉㄝˇ.」{bə'sâbô bIâ dɛ.}

_____

8)ဒါပဲ။ 「ㄉㄚˇㄅㄝˇ.」{DAbɛ̀.}

_____

9)ဤ ဝန်စည်စလယ် ခရီးဆောင်အိတ် ဖွင့် တယ်။ 「一ˇ ㄜㄋ̆ㄙㄝㄋˊㄙㄚㄌㄝˇ ㄎㄚˇ一ㄘㄠㄥ̆ㄟˊ ㄆㄨ一ㄥ̆ ㄉㄝˇ.」{'ī uəŊseŊsâlɛ kâYìcauŊ'éi' puîŊ dɛ.}

_____

10)ကျွန်တော့် ငွေစက္ကူ။ အသေးပါ။ 「ㄐㄜㄋ̆ㄉㄛ˙ ㄤㄨㄝˇㄙㄚˇㄍㄍㄨˇㄚˇㄉㄝˇㄅㄝˇ.」{jiuəŊdô ŋuesâggu 'âðèbɛ̀.}

_____

11)ဟုတ်ကဲ့။ ဒီမှာပါ။ 「ㄏㄡˇˇ. ㄉ一ˇㄇㄚˇㄅㄚˇ.」{hóu'. DimabA.}

_____

2. 讀熟緬甸的地名和世界國家名稱。

_____

123

第六課 語言與表達
သင်ခန်းစာ ၆. ဘာသာစကား နှင့် ဖော်ပြမှု
「ㄉㄧㄥˋㄎㄜˋㄋㄨㄚˋ ㄑㄧㄠˇ ㄆㄚˇㄉㄚ`ㄙㄚˋㄍㄚˋ ㄋㄧㄥˇ ㄆㄛˇㄅㄧㄚˋㄇㄨ`」
{ðiŋkèŊsa qIáu' Paðasâgà ŋîŊ pɔbIâɱû}

Lesson 6. Language and Expression

【詞語學習 1】

▷ ဘာသာစကား「ㄆㄚˇㄉㄚ`ㄙㄚˋㄍㄚˋ」{Paðasâgà}語言

▷ ဖော်ပြမှု「ㄆㄛˇㄅㄧㄚˋㄇㄨ`」{pɔbIâɱû}表達

▷ သိပ်「ㄉㄟˇ」{ðéi'}如此，這樣，那樣

▷ သင်ယူ「ㄉㄧㄥˇㄧㄨˇ」{ðiŊyu}學習

▷ မေး「ㄇㄝ`」{mè}問，問一下

▷ နှင့်အတူ「ㄋㄧㄥˇˋㄚ`ㄉㄨˇ」{ŋîŊ'âdu}和，與

▷ ခင်မင်ရင်းနှီးမှု「ㄎㄧㄥˇˋㄇㄧㄥˇˋㄧˋㄥˇㄋㄧˋㄇㄨ`」{kiŊmiŊYiŊɳiɱû}友誼

▷ အရေး「'ㄚ`ㄧㄝ`」{'âYè}因素，結果

▷ ရုပ်မြင်သံကြား「ㄧㄡˇˋㄇㄧㄥˇㄉㄚ`ㄇㄧˇㄐㄧㄚ」{Yóu'mIiŊðaɱjIà}看電視，看圖聽音

▷ မကြာခဏ「ㄇㄚˇㄐㄧㄚˇㄎㄚˇㄋㄚˋ」{majIakâɳa}經常

▷ ရုပ်「ㄧㄡˇˋ」{Yóu'}看，觀看

▷ တွေ့「ㄉㄨㄝ`」{duê}找到

▷ လိမ့်မယ်「ㄉㄟˇㄇ`ㄇㄝˇ」{lêiMmɛ}將能夠

▷ စက်「ㄙㄜˇˋ」{sá'}機器；工廠

▷ ကြည့်ရှု「ㄐㄧㄝˇㄏˋㄒㄨˇ」{jIêŊ̂xû}觀察，檢查

▷ ဝက်ဆိုက် လိပ်စာ「ㄨㄜˇˋㄘㄞˇ ㄉㄟˇˋㄙㄚˇ」{uá'cái' léi'sa}網址，網際網路地址

▷ ဒီလိုပဲ「ㄉㄧˇㄉㄛˇˋㄅㄝ`」{Dilobɛ̀}像這個，像這樣

▷ ခွင့်ပြုပါ「ㄎㄨㄥˇˋㄅㄧㄨˇㄅㄚˋ」{kûŊbIûbA}對不起

▷ နဲနဲပါ「ㄋㄝ`ㄋㄝ`ㄅㄚˇ」{nènèbA}一點點

【範例課文】

一、許邇伊(B)和趙金標(A)交流學習緬甸語的經驗。

A: မင်း မြန်မာစာ သိပ် ကောင်းတာပဲ။ 你的緬甸語這麼好。

「ㄇㄧㄫ ㄇㄧㄜㄋ̰ˇㄇㄚˇㄙㄚˇ ㄉ̰ㄟ'' ㄍㄠㄫ̰ㄉㄚˇㄅㄝ.」{mìŊ mIəŊmasa ðéi' gàuŊdabὲ.}

B: အင်း၊သိပ် မကောင်းပါဘူး။ 嗯。不是那麼好。

「'ㄧㄫ, ㄉ̰ㄟ'' ㄇㄚˇㄍㄠㄫ̰ㄅㄚˇㄆ̰ㄨ.」{'ìŊ, ðéi' magàuŊbAPù.}

A: မြန်မာစာ ဘာလို့ သင်ယူ တာလဲ? 你為什麼學習緬甸語？

「ㄇㄧㄜㄋ̰ˇㄇㄚˇㄙㄚˇ ㄆ̰ㄚˇㄌㄛˋ ㄉ̰ㄧㄫ̰ˇㄧㄨˇ ㄉㄚˇㄌㄝ?」{mIəŊmasa Palô ðiŊyu dalὲ?}

B: မြန်မာ လူထု နှင့် ခင်မင်ရင်းနှီးမှု အတွက်။ 為了和緬甸人民的友誼。

「ㄇㄧㄜㄋ̰ˇㄇㄚˇ ㄌㄨˋㄊㄨˋ ㄋ̰ㄧㄫ̰ˋ ㄎㄧㄫ̰ˇㄇㄧㄫ̰ˇㄧㄫ̰ㄋ̰ㄧㄇ̰ㄨ''ㄚˋㄉㄨㄜ''.」{mIəŊma lutû n̥îŊ kiŊmiŊYìŊn̥ìm̥û 'âduə'.}

A: ဘယ်လိုသင်ယူ တာလဲ? 你是怎麼學的?

「ㄆ̰ㄝˇㄌㄛˇ ㄉ̰ㄧㄫ̰ˇㄧㄨˇ ㄉㄚˇㄌㄝ?」{Pεlo ðiŊyu dalὲ?}

B: စကားလုံး အတော်များများကျက် မှတ် တယ်။ 儘量多記單詞。

「ㄙㄚˋㄍㄚㄌㄡㄇ̰ 'ㄚˋㄉㄛ̰ˇㄇㄧㄚㄇㄧㄚㄐㄧㄜ''ㄇ̰ㄚ''ㄉㄝ̰ˇ.」{sâgàlòum̥ 'âdɔmiàmiàjiə' m̥á' dε.}

မြန်မာစကား အမြဲ ပြောတယ်။ 我總是說緬甸語。

「ㄇㄧㄜㄋ̰ˇㄇㄚˇㄙㄚˋㄍㄚ'ㄚˋㄇㄧˇㄝ̰ ㄅㄧㄛ̰ㄉㄝ̰ˇ.」{mIəŊmasâgà'âmIὲ bIɔ̀dε.}

A: သိပြီ။ တခြားလူနဲ့စကားပြောတာ အရမ်းအရေးကြီးတယ်။ 明白。和別人交談是很重要的

「ㄉ̰ㄧˇㄅㄧˇ. ㄉㄚˋㄑㄧㄚㄌㄨˇㄋㄝˋㄙㄚˋㄍㄚㄅㄧㄛ̰ㄉㄚˇˇ'ㄚˋㄧㄚㄇ̰'ㄚˋㄧㄝㄐㄧㄉㄝ̰ˇ.」{ðìbIi. dâqIàlunε̂sâgà bIɔ̀da 'âYàM̥'âYèjIìdε.}

B: အမြဲ ရုပ်မြင်သံကြား ကြည့် တယ်။ 還經常看電視。

「'ㄚˋㄇㄧˇㄝ̰ ㄧㄡ''ㄇㄧㄫ̰ˇㄉ̰ㄚㄇ̰ˇㄐㄧㄚ ㄐㄧㄝㄫ̰ˋ ㄉㄝ̰ˇ.」{'âmIὲ Yóu'mIiŊðam̥jIà jIêŊ̃ dε.}

A: မြန်မာ ရုပ်မြင်သံကြား ဝက်ဆိုက် လိပ်စာ ရှိလား? 有緬甸電視的網址嗎？

「ㄇㄧㄜㄋ̰ˇㄇㄚˇ ㄧㄡ''ㄇㄧㄫ̰ˇㄉ̰ㄚㄇ̰ˇㄐㄧㄚ ㄨㄜ''ㄘㄞ'' ㄌㄟ''ㄙㄚˇ ㄒㄧˋ ㄌㄚ?」{mIəŊma Yóu'mIiŊðam̥jIà uə'cái' léi'sa x̥î là?}

B: အင်း၊ အင်တာနက်မှာ ရှာလို့ရတယ်၊ ဥပမာ—www.mrtv4.net.mm။ 嗯，可在網際網路上找到，如：www.mrtv4.net.mm。

「'ㄧㄫ,'ㄧㄫ̰ˇㄉㄚˇㄋㄜ''ㄇ̰ㄚˇ ㄒㄚˇㄌㄛˋㄧㄚˇㄉㄝ̰ˇ. 'ㄨˋㄅㄚˋㄇㄚˇ: www.mrtv4.net.mm」{'ìŊ, 'iŊdanə'm̥a x̥a lô Yadε, 'ûbâma: www.mrtv4.net.mm}

二、陳火坤(A)和薩雅瓦納(B)用英語溝通。

A: ခွင့်ပြုပါ။ သင် တရုတ်လို ပြော တတ်လား? 對不起，會說中文嗎？

「ㄎㄨㄧㄥˊㄅㄧㄨˋㄅㄚ, ㄉㄧㄥˇ ㄉㄚˊㄧㄡˊㄌㄛˊ ㄅㄧㄜˋ ㄉㄚˊㄌㄚ?」{kuîŊbIûbA, ðiŊ dâYóu'lo bIɔ̀ dá'là?}

B: နိုနိုပါ။ သိပ် မကောင်းဘူး။ 會一點，但不是很好。

「ㄋㄝㄋㄝㄅㄚˊ, ㄉㄟˇˇ ㄇㄚˇㄍㄠㄦㄆㄨ.」{nènèbA, ðéi' magàuŊPù.}

A: သင် အင်္ဂလိပ်လို ပြောနိုင်သလား? 你會講英語嗎？

「ㄉㄧㄥˇˇㄚˊㄥㄚˊㄍㄚˋㄌㄟˇˇㄌㄛˊㄅㄧㄜˋㄋㄞㄦㄉㄚˊㄌㄚ?」{ðiŊ 'âŋŋaGaléi'lo bIɔ̀naiŊ ðâlà?}

B: သြစတြေးလျ မှာ သုံး နှစ် ပညာသင်ခဲ့တယ်။ 我在澳大利亞學習了三年。

「ㄛˋㄙㄚˊㄉㄖㄝㄌㄧㄚˊ ㄇㄚˊ ㄉㄡㄇ ㄋㄧˊ ㄅㄚˊㄏㄚˊㄉㄧㄥˇㄎㄝˋㄉㄝˇ.」{'ɔ̂sâdrèlia ma̠ ðòum̠ ṇí' bâÑaðiŊkêdɛ.}

A: သင့် အင်္ဂလိပ်မှာသေချာတယ်။ 英語一定說得好。

「ㄉㄧㄥˇˇㄚˊㄥㄚˊㄍㄚˋㄌㄟˇˇ ㄇㄚˇㄉㄝˋㄑㄧㄚˊㄉㄝˇ.」{ðîŊ 'âŋŋaGaléi' ma̠ðeqiadɛ.}

B: ဟုတ်ကဲ့။ 是的。

「ㄏㄡˇˇㄍㄝˋ.」{hóu'gê.}

A: ကျွန်တော်တို့ အင်္ဂလိပ် ပြောရအောင် ကောင်းရဲ့လား? 我們說英語吧，行嗎？

「ㄐㄨㄜㄋˇㄉㄛˊㄉㄛˇˇㄚˊㄥㄚˊㄍㄚˋㄌㄟˇˇㄅㄧㄜˋㄚˊㄠㄦㄍㄠㄦㄧㄝˋㄌㄚ?」{jiuəṆdɔdô'âŋŋaGaléi' bIɔ̀Ya'auŊ gàuŊYêlà?}

B: ကောင်းပါတယ်။ 好的。

「ㄍㄠㄦㄅㄚˊㄉㄝˇ.」{gàuŊbAdɛ.}

【詞語學習 2】

▷ အောက်မန်(မကာအို)「ㄠˋㄇㄣ˚(ㄇㄚˇㄍㄚ˙ˊㄛˇ)」{âomén (maga'o)}澳門

▷ စကားကောင်း「ㄙㄚˋㄍㄚㄍㄠㄫ」{sâgàgàuŊ}好，流利

▷ ခင်ပွန်း「ㄎㄧㄫˇㄅㄜㄋ」{kiŊbuəN}丈夫

▷ အဲဒါကြောင့်「'ㄝㄉㄚˇㄐㄧㄠㄫ」{'èDAjIàuŊ}這就是為什麼，難怪

【常用會話】

စကားပြော ၁「ㄙㄚˋㄍㄚㄅㄧㄛ ㄉㄧˊ」{sâgàblò dí'}對話一

A: မြန်မာစာ လေ့လာနေတာ ဘယ်လောက်ကြာပြီလဲ? 你學習緬甸語多長時間？

「ㄇㄧㄜㄋˇㄇㄚˇㄙㄚˇ ㄌㄝˋㄌㄚˇㄋㄝˇㄉㄚˇ ㄆㄝˇㄌㄠ''ㄐㄧㄚˇㄅㄧˇㄌㄝ?」{mIəŊmasa lêlaneda Pɛláu'jIablilɛ̀?}

B: နှစ်နှစ် သုံးနှစ် ရှိသွားပြီ။ 兩三年。

「ㄋㄧ''ㄋㄧ'' ㄉㄡㄇㄋㄧ'' ㄒㄧˋㄉㄨㄚㄅㄧˇ.」{n̥í'n̥í' ðòum̥ní' x̥îðuàblI.}

A: ဘယ်မှာသင်ခဲ့တာလဲ? 你在哪裡學的？

「ㄆㄝˇㄇㄚˇㄉㄧㄫˇㄎㄝˋㄉㄚˇㄌㄝ?」{Pɛm̥aðiŊkɛ̂dalɛ̀?}

B: မန္တလေးမှာ သင်ခဲ့တာ။ 我在曼德勒學的。

「ㄇㄚˇㄋㄉㄚˋㄌㄝㄇㄚˇ ㄉㄧㄫˇㄎㄝˋㄉㄚˇ.」{mandâlèm̥a ðiŊkɛ̂da.}

A: မင်း ကောင်းကောင်း ပြောနိုင်တာပဲ။ 你說得真的很好。

「ㄇㄧㄫ ㄍㄠㄫㄍㄠㄫ ㄅㄧㄛㄋㄞㄫˇㄉㄚˇㄅㄝ.」{mìŊ gàuŊgàuŊ blònaiŊdabɛ̀.}

B: ကျေးဇူးတင်ပါတယ်။ 謝謝。

「ㄐㄧㄝㄗㄨㄉㄧㄫˇㄅㄚˇㄉㄝˇ.」{jièzùdiŊbAdɛ.}

A: သူက မြန်မာလူမျိုး လား? 她是緬甸人嗎？

「ㄉㄨˇㄍㄚˋ ㄇㄧㄜˇㄋㆠˇㄇㄚˇㄌㄨˇㄇㄧㄜ ㄌㄚˋ?」{ðugâ mIəṆmalumiò là?}

B: ဟင့်အင်း၊ အောက်မန်(မကာအိုု)ပါ။ 不是，是澳門人。

「ㄏㄧㆢˋˊㄧㆢ, ˋㄠ ˇㄇㄜㆢˋ(ㄇㄚˇㄍㄚˇˇㄛˋ)ㄅㄚˋ.」{hîṆ'iṆ, 'áu'məṆ(maga'o)bA.}

A: ဒါပေမဲ့ မြန်မာ စကားကောင်း ကောင်းပြောတတ်တယ်။ 但她會說流利的緬甸語。

「ㄉㄚˋㄅㄝˇㄇㆤˋ ㄇㄧㄜㆢˋㄇㄚˇ ㄙㄚˇㄍㄚˋㄍㄠㆢ ㄍㄠㆢㄅㄌㄜˋㄉㄚˋˋㄉㆤ.」{DAbemê mIəṆma sâgàgàuṆ gàuṆbIὸdá'dɛ.}

B: သူမ ခင်ပွန်းက မြန်မာလူမျိုး ဖြစ် တယ်။ 她的丈夫是緬甸人。

「ㄉㄨˇㄇㄚˇ ㄎㄧㆢˋˇㄅㄨㄜˋㄋㆢˇㄍㄚˋ ㄇㄧㄜㆢˋㄇㄚˇㄌㄨˇㄇㄧㄜ ㄆㄧˊˋˋ ㄅㆤˋ.」{ðuma kiṆbuə̀Ṇgâ mIəṆmalumiò pIí'dɛ.}

A: အဲဒါကြောင့် မြန်မာစာ ကောင်းတာ ကိုး။ 難怪緬甸語這麼好。

「ˋㄝㄉㄚˋㄐㄧㄠㆢˋ ㄇㄧㄜㆢˋㄇㄚˇㄙㄚˇ ㄍㄠㆢㄉㄚˋ ㄍㄜ.」{'ɛ̀DAjIâuṆ mIəṆmasa gàuṆda gò.}

邊貿市場進口區
နယ်နိမိတ် ဈေး သွင်းကုန် ဧရိယာ
「ㄋㆤㄋㄧˊ ㄇㄟˊ ㄗㆤˋ ㄉㄨㄧˋㄋㄍㄛㆢˇ ˋㄝˉㄧ㇁ㄚˇ」
{nɛnî méi' Zὲ ðuìṆgoṆ 'ērîya}
Border Market Import Area

【語法說明】人稱代詞；可能標記法

1. 人稱代詞

緬甸語人稱代詞使用法比較複雜，說話人為男生或女生、正式或非正式往往用詞不同。有時十分自謙，稱自己為"僕人"，如女用的我(ကျွန်မ「ㄐㄨㄜˇㄇㄚˇ」{jiuəŊma})；稱對方為"主人"(ခင်ဗျား「ㄎ一ㄥˇㄅ一ㄚ」{kiŊBià})。見下表。

人稱	①	單數				複數			
		正式場合	②	親朋好友	②	正式場合	②	親朋好友	②
第一	男	ကျွန်တော် ㄐㄨㄜˇㄅㄛˇㄅㄛ jiuəNdɔ	我	ငါ ㄫㄚˇ ŋA	我	ကျွန်တော်တို့ ㄐㄨㄜˇㄅㄛˇㄅㄛˋㄅㄛ jiuəNdɔdô	我們	ငါတို့ ㄫㄚˇㄅㄛ ŋAdô	我們
	女	ကျွန်မ ㄐㄨㄜˇㄇˇ jiuəNma				ကျွန်မတို့ ㄐㄨㄜˇㄇˇㄅㄛ jiuəNmadô			
第二	男	ခင်ဗျား ㄎ一ㄥˇㄅ一ㄚ kiŊBià	您	မင်း ㄇ一ㄥ miŊ	你	ခင်ဗျားတို့ ㄎ一ㄥˇㄅ一ㄚㄅㄛ kiŊBiàdô	你們	မင်းတို့ ㄇ一ㄥㄅㄛ miŊdô	你們
	女	ရှင် ㄒ一ㄥˇ xiŊ		နင် ㄋ一ㄥˇ niŊ	妳	ရှင်တို့ ㄒ一ㄥˇㄅㄛ xiŊdô		နင်တို့ ㄋ一ㄥˇㄅㄛ niŊdô	妳們

第三人稱"說話人"一般不分"男女"，但他方可分"男女"。

①	單數				複數			
	正式場合	②	親朋好友	②	正式場合	②	親朋好友	②
男	အသင် 'ˇㄅ一ㄥˇ 'âðiŊ	他	သူ ㄉㄨˇ ðu	他	သင်တို့ ㄅㄨˇㄅㄛ ðudô	他們	သူတို့ ㄅ一ㄥˇㄅㄛ ðiŊdô	他們
女	သင် ㄅ一ㄥˇ ðiŊ		သူမ ㄉㄨˇㄇㄚˇ ðuma	她		他們	သူမတို့ ㄉㄨˇㄇㄚˇㄅㄛ ðumadô	她們

說明

1. 表中①為說話人，②為中文意思。

2. 表示複數的詞尾 တို့「ㄅㄛˋ」{dô}可以換成 ဒို့「ㄅㄛˋ」{Dô}。

3. 指動物的第三人稱用 နင်「ㄋ一ㄥˇ」{niŊ}牠。

僧侶、尼姑等宗教界人士在單數自稱或對稱時，可使用另一系列的代詞。這些自稱或對稱的詞，都有括弧內的含義。

人稱	①	單數			複數		
		正式場合		②	非正式場合		②
第一	男	အရှင်ဘုရား ㄚˋㄒㄧㆢㄆㄨˇㄚˋ 'âẍi Ṇ PûYà (老爺，大人，殿下)		我	ဘုန်းဘုန်း ㄆㆢㆤˋㄋ ㄆㆢㆤˋㄋ PòṆPòṆ (僧侶)		我
	女	ဒကာ ㄉㄚˋㄍㄚˇ Daga (師妹)			တပည့်တော် ㄉㄚˋㄅㆤㄋˋㄉㆤˋ dâbêṆdɔ (師弟，師徒)		
第二	男	ဆရာတော် ㄑㄚˋㄧㄚˇㄉㆤˋ câYadɔ (師兄)		您	ဦးပဉ္စင်း ㄨˋㄅㄚˇㆤ̌ㄙㄧㆢ 'ùbânsìṆ (神職人員) ပဉ္စင်း ㄅㄚˇㆤ̌ㄙㄧㆢ bânsiṆ (神職者)		你
	女	ဆရာမ ㄑㄚˋㄧㄚˇㄇㄚˇ câYama (師姐)			ပဉ္စင်းမ ㄅㄚˇㄙㄧㆢㄇㄚˇ bânsiṆma (女神職者)		

還可以舉出一些人稱代詞。

1. 妻子稱呼丈夫時，常用 ကိုရင် 「ㄍㆤˋㄧㄧㆢˋ」{goYiṆ}，相當於：乖老公。

2. 男女之間親密往往用 ညည်း 「ㄏㆤㄏ」{ÑèÑ}稱呼對方，是非常隨便的用法，外國人最好別用。

3. 年長者稱呼年輕的男人經常用 အမောင်/မောင်ရင်/မောင် 「ㄚˋㄇㄠㄋˇ/ㄇㄠㄋˇㄧㄧㆢˋ/ㄇㄠㄋˇ」{'âmauṆ / mauṆYiṆ/mauṆ}，相當於：阿弟，乖弟弟。

2. 女子稱呼同齡男子為 တော် 「ㄉㆤˋ」{dɔ}，意思是：聰明的。

2.語法點滴

1)可能標記法

　　○-နိုင်「ㄋㄞㄥˊ」{naiŊ}表示"能夠，有能力"，例如：စက်ဘီး စီးနိုင်တယ်။「ㄙㄜˊˋㄅ—ㄇㄨㄋㄞㄥˊㄉㄝ.」{sáʼPìsinaiŊdɛ.}會騎自行車。

　　○-တတ်「ㄉㄚˇˋ」「ㄉㄚˇˋ」{dáʼ}表示"會，可以"，例如：သူမ ဆေးလိပ်သောက် တတ် ပါ။「ㄉㄨˇˊㄇㄚˇㄑㄝㄌㄟˋ'ㄉㄠˇˊㄉㄚˇˋㄅㄚ.」{ðumacèléiʼðáuʼdáʼbA.}她會抽煙。

　　○-ရ「一ㄚˇ」{Ya}表示"必須，需要，一定要"，例如：ရုပ်ရှင်ရုံ နှင့် ပြဇာတ်ရုံ ထဲမှာ စကားမပြောရဘူး။「一ㄡˇˊㄒ一ㄥˇ一ㄡㄇˋ-ㄋ一ㄥˇˋ-一ㄚˇㄗㄜ''一ㄡㄇˇˋㄊㄝㄇㄚˇㄙㄚˇㄍㄚㄇㄚˇㄅ一ㄡˋˊㄌㄛˋ一ㄚㄅㄨˋ.」{YóuʼxiŊYoum̲ n̲îŊbIâzéʼYoum̲tèm̲asâgàmabIɔ̀YaPù.}在電影院和戲院裡不要說話。

2)小品詞 ရဲ့「一ㄝˋ」{Yê}可表示"呀！"呼喊時用，表示不滿語氣。例如：

　　ခါးပိုက်နှိုက်ကိုက် ရဲ့!「ㄎㄚˋㄅ一ㄞˇㄋㄞˇˇ一ㄝˋ」{kÀbáiʼn̲áiʼYê}有扒手！

3)小品詞 ၏「'一ˋ」{ʼî}、ရဲ့「一ㄝˋ」{Yê}

　　在人稱代詞後面加 ၏「'一ˋ」{ʼî}或 ရဲ့「一ㄝˋ」{Yê}，就可以變成所屬人稱代詞。有下列特殊形式。

　　我的：ငါ့「ㄫㄚˋ」{ŋÂ}＝ငါ「ㄫㄚˇ」{ŋA} ＋ ရဲ့「一ㄝˋ」{Yê}

　　你的：နင့်「ㄋ一ㄥˋ」{nîŊ}＝နင「ㄋ一ㄥˇ」{niŊ}＋ ရဲ့「一ㄝˋ」{Yê}

　　他的，她的：သူ့「ㄉㄨˋ」{ðû}＝သူ「ㄉㄨˇ」{ðu}＋ ရဲ့「一ㄝˋ」{Yê}

筆者在瑞麗姐告口岸
စာရေးဆရာ ရွှေလီ ကျယ်ကောင့် ဆိပ်ကမ်းမှာ
「ㄙㄚˇ一ㄝㄎㄚˇ一ˇㄚˇ ㄒㄨㄝˇㄌ一ˇ ㄐ一ㄝㄍ ㄍㄠˇˇ ㄘㄟˇˋ'ㄍㄚㄇ ㄇㄚˇ」
{saYècâYa x̱ueli jiɛgÂUŊ céiʼgàM̲ m̲a}
The Author at Ruili Jiegao Port

【文化背景】城市介紹；文化藝術；運動項目

1. 緬甸城市介紹

1) 內比都

　　內比都為緬甸新都，全稱：聯邦內比都直轄區，轄有以下各鎮：

ဇမ္ဗူသိရိမြို့နယ် 「ㄗㄚˋㄇㄅㄨˇㄉㄧˇㄧˋㄇㄧㄛˋㄋㄝ`」{zamBuðiYîmIônɛ} Zabuthiri 薩布提里鎮

ဇေယျာသိရိမြို့နယ် 「ㄗㄝˇㄧㄚ`ㄉㄧˇㄧˋㄇㄧㄛˋㄋㄝ`」{zeyiaðiYîmIônɛ} Zeyathiri 杰雅提里鎮

တပ်ကုန်းမြို့နယ် 「ㄉㄚˇˋㄍㄜˋㄋㄇㄧㄛˋㄋㄝ`」{dá`gòNmIônɛ} Tatkon 達貢鎮

ဒက္ခိဏသိရိမြို့နယ် 「ㄉㄚˇㄍㄎㄧˋㄋㄚˇㄉㄧˇㄧˋㄇㄧㄛˋㄋㄝ`」{DagkîŋaðiYîmIônɛ} Dekkhinathiri 德金那提里鎮

ပျဉ်းမနားမြို့နယ် 「ㄅㄧㄝˋㄇㄚˋㄋㄚㄇㄧㄛˋㄋㄝ`」{bièŋmanàmIônɛ} Pyinmana 彬馬那鎮

ပုဗ္ဗသိရိမြို့နယ် 「ㄅㄨˇㄅㄅㄚˇㄉㄧˇㄧˋㄇㄧㄛˋㄋㄝ`」{bûBBaðiYîmIônɛ} Pobbathiri 波巴提里鎮

လယ်ဝေးမြို့နယ် 「ㄌㄝˇㄨㄝㄇㄧㄛˋㄋㄝ`」{lɪuèmIônɛ} Lewe 萊韋鎮

ဥတ္တရသိရိမြို့နယ် 「`ㄨˇㄉㄉㄚˇㄧㄧˇㄉㄧˇㄧˋㄇㄧㄛˋㄋㄝ`」{`ûddâYaðiYîmIônɛ} Ottarathiri 歐塔拉提里鎮

　　內比都直轄區由總統的直接管理。內比都議會管理日常事務，該議會主席及其成員經過軍方和民間的代表討論選出，由總統任命。現任議會由吳登盛(ဦး သိန်းစိန် 「ㄨˊㄉㄟˋㄋㄙㄟㄋˋ」{ùðèiNseiN})總統於 2011 年 3 月 30 日任命。

2) 仰光

　　仰光為緬甸原首都。2005 年 11 月 6 日遷都內比都以後，仰光保留著緬甸第一大城市和絢麗多姿的觀光之都的美譽。仰光市區有以大金塔 ရွှေတိဂုံစေတီတော် 「ㄒㄨㄝˇㄉㄧˇㄍㄨㄇˇㄗㄝˇㄉㄧˇㄉㄛˇ」{xuedîGoumˍzedidɔ}、蘇勒塔 ဆူးလေဘုရား 「ㄘㄨㄌㄝˇㄆㄨˋㄧㄚ」{cùlePûYà} 為代表的大大小小的佛塔無數座。仰光大金塔座落在市中心，不管你在市區那個方位，都能見到那熠熠生輝的塔尖。街道四通八達，從西向東橫貫著 33 條用數字順序命名的大街，即最西邊為第一大街 တစ်လမ်း 「ㄉㄧˇㄌㄚㄇ`」{dí`làM}到最東邊的第三十三大街 သုံးဆယ်သုံးလမ်း 「ㄉㄛㄨㄇㄘㄝˇㄉㄛㄨㄇㄌㄚㄇ`」{ðòumˍceðòumˍlàM}。တရုတ်ဘုကျောင်း 「ㄉㄚˇㄧㄡˊㄆㄨㄇˇㄐㄧㄠㄥ」{dâYóu`Poumˍjiàuŋ}則為華人移民修建的寺廟。

　　在昂山體育場 အောင်ဆန်းကွင်း 「ㄠㄥㄘㄜˋㄥㄍㄨㄥ」{`auŋcèNgùŋ}附近可以找到人山人海的仰光火車站 ရန်ကုန်ဘူတာကြီး 「ㄧㄜˋㄍㄛˋㄆㄨˇㄉㄚˇㄐㄧ」{YəNgoNPudajIì}。

　　坐 51 路公車 ငါးဆယ်တစ် ငါးဆယ် တစ် (၅၁)လိုင်းကား 「ㄗㄚˇㄘㄝˇㄉㄧˇˋ ㄗㄚˇㄘㄝˇ ㄉㄧˇˋ ㄌㄞㄎㄥㄍㄚˇ」{ŋÀcedí` ŋÀce dí` làiŊgà}你就可去到最高學府仰光大學 ရန်ကုန်တက္ကသိုလ် 「ㄧㄜˋㄍㄛˋㄉㄚ`ㄍㄍㄚ`ㄉㄛㄌˇㄉ」{YəNgoNdâggâðol}。

　　坐 43 路公車 လေးဆယ်သုံး လေးဆယ် သုံး (၄၃)လိုင်းကား 「ㄌㄝㄘㄝ`ㄉㄛㄨㄇ ㄌㄝㄘㄝˇ ㄉㄛㄨㄇ ㄌㄞㄎㄥㄍㄚˇ」{lècɛðòumˍ lècɛ ðòumˍ làiŊgà}可到仰光工業園之一的北烏加拉巴鎮 မြောက်ဥက္ကလာပ 「ㄇㄧㄠˇˋˋㄨˊㄍㄍㄚˇㄌㄚˇㄅㄚˇ」{mIáu`ûggâlabâ}North Okkalapa Township。

3) 曼德勒

　　曼德勒位於緬甸中部伊洛瓦底江畔，是曼德勒省省會、緬甸第二大城市、緬甸最後一個王朝雍笈牙王朝的都城，因背靠曼德勒山而得名，緬甸歷史上著名古都阿瓦在其近郊，因此旅緬華僑稱其為瓦城。而曼德勒作為緬甸華人主要聚居地，所以也稱作華城。儘管近來內比都崛起，曼德勒仍是上緬甸主要的商業、教育和衛生中心。該城市的曼德勒國際機場 မန္တလေး အပြည်ပြည်ဆိုင်ရာ လေဆိပ်「ㄇㄚˋㄋㄉㄚˊㄌㄝˊㄚˋㄅㄧㄝㄣˇㄅㄧㄝㄣˇㄊㄞㄤㄧˊㄚˋㄌㄝˊㄅㄟ˙」{mandâlè'âbIeŇbIeŇcaiŊYalecéi'}是緬甸最大的飛機場。

4) 密支那

　　密支那是緬甸語，意為"大江邊"，是北部克欽邦首府，第二次世界大戰時為抗擊日本侵略的戰略重鎮。位於伊洛瓦底江上游支流邁立開江西岸，年降水量 2000 毫米左右。地處北部山地丘陵區，海拔 1000 米以上。產柚木和其他木材，種植水稻、甘蔗等，是繰絲、木材和食品加工中心，農產品集散地。公路南經八莫可達中國雲南省畹町，北經葡萄城可抵中國西藏；是縱貫南北的仰光一密支那鐵路線終點，與緬甸全國最大的玉石產地孟拱有鐵路相通。

　　密支那華人較多，其中還有一些當年在二戰時期的中國遠征軍老兵及子孫。許多華人都能講緬甸語，英語普及程度也很高。從中國邊境到密支那約 250 公里左右，交通工具不太方便。

2. 緬甸的文化藝術

　　緬甸文學受佛教影響較大，特別是基於本生經的故事。詩歌特點突出，形成獨特的緬甸詩歌文學。雜誌上經常發表短篇小說，人氣很大。小說涉及日常的生活，並有政治觀點，批判社會的不公現象。詩歌也很流行，用口語體寫成。文學語言逐漸由白話和口語形式取代。

　　緬甸舞蹈在緬甸可分為戲劇舞蹈，民間舞蹈和村寨舞蹈，各有鮮明的特點。雖然緬甸舞蹈受鄰國，尤其是中國、泰國的影響，它仍然保留了傳統的獨特之處，具有區別於其他地區的風格：棱角分明、節奏歡快、充滿活力和注重姿勢。

　　緬甸有典型的民間音樂，東南亞的傳統音樂，特點是節奏適中、旋律優雅和富有情感變化。獨特的彈撥樂器是拱形緬甸笙琴 စောင်းကောက်「ㄙㄠㄤㄍㄠˊ」{sàuŊgáu'}。所彈奏的歌曲往往基於巴利文和緬甸文的傳說間，有的涉及宗教或君主的權力和榮耀以及土地、森林和季節。往往歌頌陰柔之美、愛慕、激情和自然美景。人們經常在田間勞作時傳唱。現在流行音樂在緬甸佔據了部分市場。

3. 緬甸的體育運動項目有：1)藤球，主要利用腳、膝蓋和頭部運動，相當於西方的足球運動。2)緬甸式武術稱為 လက်ဝှေ့「ㄌㄜˊ·万ㄝˊ」{lə'vê}，很受歡迎，一般在寶塔節進行比賽，有兩個分支 သိုင်း「ㄌㄞㄤ」{ðàiŊ}，即：徒手格鬥 ဗန်တို「ㄅㄜㄣˇㄉㄛ」{BəŊdo}和武裝格鬥 ဗန်ရှည်「ㄅㄜㄣˇㄒㄧㄝㄣ」{BəŊxeŇ}，類似中國的功夫。3)帆船賽 လှေပြိုင်ပွဲ「ㄌㄝˊㄅㄧㄞㄤˇㄅㄨㄝ」{ḷeblaiŊbuè}，是參加人數最多的運動之一。

【練習鞏固】

1. 請把下列句子翻譯成中文。

1)တရုတ် ဘာသာစကား ပြောသလား။「ㄉㄚˋㄧㄡˇ ㄆㄚˇㄉㄚˊㄙㄚˋㄍㄚˋ ㄅㄧㄛˋㄉㄚˋㄌㄚˋ」{dâYóu' Paðasâgà bɪɔ̀ðâlà}

_____

2)နံနံပါ။ သိပ် မကောင်းပါဘူး။「ㄋㄝˋㄋㄝˋㄅㄚ, ㄉㄟˋ ㄇㄚˋㄍㄠˉㄣˇㄅㄚˊㄆㄨˋ.」{nènèbA, ðéi' magàuŊbAPù.}

_____

3)ကျွန်တော်တို့ တရုတ်စာပြော ခွင့်ပြုပါ။「ㄐㄜˋㄋˋㄉㄛˊㄉㄛ̂ ㄉㄚˋㄧㄡˇㄙㄚˋㄅㄧㄛˋ ㄎㄨㄧˋㄋˇㄅㄧㄨˋㄅㄚˇ.」{jiuǝNdɔdô dâYóu'sabIɔ̀ kuîŊbIûbA.}

_____

2. 填空。

1)ရှင်「ㄒㄧㄥˇ」{ҳiŊ} (___) ပြောနိုင်တာပဲ။「ㄅㄧㄛˋㄋㄞㄥˇㄉㄚˋㄅㄝ.」{bIɔ̀naiŊdabè.} 妳說得（真的很好）。

2)မြန်မာစာ「ㄇㄧㄜˋㄋˇㄇㄚˇㄙㄚˇ」{mIǝNmasa} (___)ပြောတတ်။「ㄅㄧㄛˋㄉㄚˋ.」{bIɔ̀dá'.} 緬語說得（流利）。

笙琴
ㄕㄥㄑㄧㄣˊ
shēngqín
စောင်းကောက်
ㄙㄠㄥˋㄍㄠˇ
sàuŊgáu'

緬甸笙琴
Saunggauk

134

第七課　問路與交通

သင်ခန်းစာ ၇. လမ်း မေးမြန်းနေ နှင့် ယာဉ်အသွားအလာ

「ㄅㄧㄥˊㄎㄢˋㄙㄇㄚ˙ ㄎㄨ˙ㄋㄧ˙ˊ」 ㄌㄚㄇˋ ㄇㄝㄇㄧㄜˋㄋㄋㄝ ㄋㄧˋㄌ ㄧㄝㄥˊ ˊㄚˋㄉㄨㄚˋˊㄚㄌㄚˋ」

{ðiŊkə̀Nsa kûṇí' làM̱ mèmIə̀Ṇne ŋîḶ yæ̃' âðuà' âla}

Lesson 7. Asking the Way and Traffics

【詞語學習 1】

▷ လမ်း မေးမြန်းနေ 「ㄌㄚㄇˋ ㄇㄝㄇㄧㄜˋㄋㄋㄝ」 {làM̱ mèmIə̀Ṇne} 問路

▷ ယာဉ်အသွားအလာ 「ㄧㄝㄥˊˊㄚˋㄉㄨㄚˋˊㄚˋㄌㄚˋ」 {yæ̃' âðuà' âla} 交通

▷ ဦးတည်ရာ 「ˊㄨˋㄉㄝㄏˋㄧㄚˋ」 { ùdeṆYa} 方向

▷ ဝန်ဆောင်ခ 「ㄨㄜˋㄋˊㄘㄠㄥˋㄎㄚˋ」 {uə̀Ncau Ŋkâ} 車票，費用

▷ ကြက်တွန် 「ㄐㄧㄜˊˊㄉㄨㄜㄥˋ」 {jIə̀'duə̀N} 擁擠，人多

▷ မင်္ဂလာဒုံ 「ㄇㄧㄥˊㄍㄍㄚˋㄌㄚˋㄉㄡㄇˋ」 {miŊGlaDouṃ} 明加拉當（也譯：明加拉頓）

▷ မသိပါဘူး။ 「ㄇㄚˋㄉㄧˋㄅㄚˋㄆㄨ.」 {maðîbAPù.} 我不知道。

▷ ဘတ်စ်ကား 「ㄆㄚˊˊㄍㄚˋ」 {Pá'gà} 巴士，公共汽車（也可讀成：「ㄆㄚˊˊㄙㄍㄚˋ」 {Pá's gà}）

▷ ပတ်သက်၍ 「ㄅㄚˊˊㄉㄜˊˊㄧㄨㄝˋ」 {bá'ðə̂'yuê} 約，大約

▷ အဆင်ပြေ 「ˊㄚˋㄘㄧㄥˊㄅㄧㄝ」 {âciŊbIe} 便捷

▷ အရှေ့ 「ˊㄚˋㄒㄧㄝˋ」 {âχê} 東方

▷ ရှာနေ 「ㄒㄚˋㄋㄝˋ」 {χane} 尋找

▷ သေချာ 「ㄉㄝˋˊㄑㄧㄚˋ」 {ðeqia} 肯定

▷ ဆူးလေ ဘုရား 「ㄘㄨㄌㄝˋ ㄆㄨˊˋㄧㄚˋ」 {cùle PûYà} 蘇勒佛塔

▷ ဒီနေရာ 「ㄉㄧˋㄋㄝˋˊㄧㄚˋ」 {ÐineYa} 這兒

▷ ဝေး 「ㄨㄝˋ」 {uè} 遠

▷ တည့်တည့် 「ㄉㄝㄏˋㄉㄝㄏˋ」 {dêṆdêṆ} 一直

▷ မီတာ 「ㄇㄧˊˋㄉㄚˋ」 {mida} 米

▷ အလင်းရောင် 「ˊㄚˋㄌㄧㄥˊㄧㄠㄥˋ」 {âlìŊYauŊ} 燈火，紅綠燈

▷ ဘယ်ဘက် 「ㄆㄝˇㄆㄜˇ」 {PɛPə́} 左

▷ ချိုးလိုက် 「ㄑ一ㄛˋㄌㄞˇ」 {qiòlái'} 轉

▷ ရောက် 「一ㄠˇ」 {Yáu'} 做到

▷ ဘယ်လောက် 「ㄆㄝˇㄌㄠˇ」 {Pɛláu'} 怎麼樣的

▷ ကြမလဲ 「ㄐ一ㄚˇㄇㄚˇㄌㄝ」 {jIamalè} ကြ 為 "需要，拿，做" 的意思，整句表示 "需要花費多少呢，要用多久呢"

嘟嘟車
တုတ်တုတ် 「ㄉㄡˇˇㄉㄡˇˇ」

{dóu'dóu'}

A Tuk Tuk Trike

仰光的觀音古廟
ရန်ကုန်မြို့တွင်ကရုဏာဗိမာန၌တျော၏နတ်ဘုရားမ
「一ㄜㄋˋㄍㄜㄋˋㄇ一ㄛˇㄉㄨㄟˋㄥ ㄍㄚˊㄩˇㄋㄚˊㄅ一ˇㄇㄚˇㄋ一ㄚˇㄉ一ㄛˋˋㄧˊ ㄋㄚˋㄆㄨˇ一ㄚˇㄇㄚˇ」

{YəNgoNṃIôduiŊ gâYûṇaBîmaniadiɔ̀ˆî ná'PûYàma}

Temple for Goddess of Mercy in Yangon

【範例課文】

一、留學生許邇伊(A)要回臺灣，向路人1(B)、路人2(C)打聽去機場的途徑。

A: မင်္ဂလာပါ ခင်ဗျား။ မင်္ဂလာဒုံ လေဆိပ်ကို သွားမယ်။ 您好！我要到明加拉當機場。

「ㄇㄧㄥˊㄍㄌㄚˇㄅㄚˇ ㄎㄧㄥˊㄅㄧˋㄚ. ㄇㄧㄥˊㄍㄌㄚˇㄉㄡㄇ ㄌㄝˊㄘㄟˊㄍㄛˇㄉㄨㄚˋㄇㄝ.」{miŊGlabA kiŊBià. miŊGlaDouṃ lecéi'goðuàmɛ.}

ဘယ်လိုသွားရမလဲ ပြောပြနိုင်မလား? 到那裡怎麼走？

「ㄅㄝˇㄌㄛˇㄉㄨㄚˋㄚˇㄇㄚˇㄌㄝ ㄅㄧˋㄛˋㄅㄧˇㄚˋㄋㄞㄥˊㄇㄚˇㄌㄚ?」{PɛloðuàYamalὲ bIɔ̀bIânaiŊmalà?}

B: တောင်းပန်ပါတယ်။ ကျွန်မ မသိပါဘူး။ 哦，對不起。我不知道。

「ㄉㄠㄥˊㄅㄛˋㄋˇㄅㄚˇㄉㄝ. ㄐㄛˋㄋˇㄇㄚˇ ㄇㄚˇㄉㄧˇㄅㄚˇㄅㄨ.」{dàuŊbə̀NbAdɛ. jiuə̀Nma maðîbAPù.}

（過了一會）

A: မင်္ဂလာပါ ခင်ဗျား။ 您好！

「ㄇㄧㄥˊㄍㄌㄚˇㄅㄚˇ ㄎㄧㄥˊㄅㄧˋㄚ.」{miŊGlabA kiŊBià.}

မင်္ဂလာဒုံ လေဆိပ်ကို ဘယ်လိုသွားရမလဲ? 明加拉當機場怎麼走？

「ㄇㄧㄥˊㄍㄌㄚˇㄉㄡㄇ ㄌㄝˊㄘㄟˊㄍㄛ ㄅㄝˇㄌㄛˇㄉㄨㄚˋㄚˇㄇㄚˇㄌㄝ?」{miŊGlaDouṃ lecéi'go PɛloðuàYamalὲ?}

C: ဘတ်စ်ကား ယူ နိုင်တယ်။ 可坐巴士。

「ㄆㄚˇㄙˋㄍㄚˋ ㄧㄨˇ ㄋㄞㄥˊㄉㄝ.」{Pá'sgà yu naiŊdɛ.}

A: ကား၁ ဘယ်လိုလဲ? 車票多少錢？

「ㄍㄚˇㄎㄚˋ ㄆㄝˇㄌㄛˇㄌㄝ?」{gàkâ Pɛlolὲ?}

C: သုံး ရာ (၃၀၀) ကျပ်။ 300 緬元。

「ㄉㄡㄇ ㄧㄚˇㄐㄚˇ.」{ðòuṃ Ya jiá'.}

အငှားကား အဆင်ပြေ ဆုံး ဖြစ် တယ်။ 坐計程車最便捷。

「ㄚˇㄥˇㄚˋㄍㄚˇㄚˋㄎㄧㄥˊㄅㄛˊㄝ ㄘㄡㄇ ㄆㄧˇˊ ㄉㄝ.」{'âŋàgà'âciŊbIe còuṃ pIí'dɛ.}

A: ဘယ်လောက်လဲ? 多少錢？

「ㄆㄝˇㄌㄠˇˊㄌㄝ?」{Pɛláu'lὲ?}

C: မြို့ လယ်ကနေ လေဆိပ် ခုနစ် ထောင် (၇၀၀၀) ကျပ်။ 市中心到機場 7000 緬元。

「ㄇㄧˇㄛ ㄌㄝˇㄍㄚˇㄋㄝ ㄌㄝˊㄘㄟˊ ㄎㄨˇㄋˇㄧˇ ㄊㄠㄥˊㄐㄧㄚˇ.」{mIô lɛgâne lecéi' kûŋî' tauŊ jiá'.}

အထက် ဆယ် ဒေါ်လာ။ 約合十美元。

「ㄚˇㄊㄜˋ ㄘㄝˇ ㄉㄛˇㄌㄚˇ.」{'âtə́' cɛ Dɔla.}

137

A: အလွန် ကျေးဇူးတင်တယ် ! 非常感謝！

「ˇYˋㄌㄜˊㄋˇ ㄐㄧㄝㄚㄨㄎㄧㄥˇㄌㄝˇ！」{ˈâluəŊ jièzùdiŊdɛ！}

C: မလိုပါဘူး! 不客氣！

「ㄇYˇㄌㄜˇㄅYˇㄆㄨ!」{malobAPù!}

列車車廂

မီးရထား ရထားတွဲ

「ㄇㄧYˇㄊYˇ ㄧYˇㄊYㄌㄨㄝ」

{mìYatà Yatàduɛ̀}

A Train Carriage

138

二、司馬家淑(A)來到仰光旅遊，她要找預定的酒店，向路人(B)打聽。

A: ခွင့်ပြုပါ၊ အရှေ့ ဟိုတယ် ကို ရှာနေတာပါ။ 對不起，我在找東方酒店。

「ㄎㄨㄧˇㄋㄅㄧㄡˇㄅㄚˋ,ㄚˋㄒㄝ ㄏㄛˇㄉㄝˊ ≪ㄛˇ ㄒㄧㄚˇㄋㄝˇㄉㄚˊㄅㄚˋ.」{kuîꝚbIûbA, 'âᵪ̂ê hodᴇ go ᵪanedabA.}

 ဘယ်မှာလဲ သိပါသလား? 你知道在哪裡嗎？

「ㄆㄝㄇㄚˇㄌㄝ ㄉㄧˊㄅㄚˇㄉㄚˊㄌㄚ?」{Pᴇṃalᴇ̀ ðîbAðâlà?}

B: သိတာပေါ့။ ဆူးလေ ဘုရား လမ်း မှာ။ 當然知道。在蘇勒佛塔路。

「ㄉㄧˊㄉㄚˊㄅㄚˇㄅㄛ. ㄘㄨˇㄌㄝˊ ㄆㄨˇㄧˋㄚ ㄌㄚㄇ ㄇㄚˇ.」{ðîdabÔ. cùlᴇ PûꟳÀ làM ṃa.}

A: ဒီနေရာက နေ ဝေးသလား? 離這兒遠嗎？

「ㄉㄧˇㄋㄝˊㄧㄚˇ≪ㄚˊ ㄋㄝˊ ㄨㄝˊㄉㄚˊㄌㄚ?」{Dineꟳagâ ne uèðâlà?}

B: ဟင့်အင်း၊ သိပ်မဝေးပါဘူး။ 不，不遠。

「ㄏㄧꝚˇˊㄧˊㄤ, ㄉㄟˊㄇㄚˇㄨㄝㄅㄚˊㄆㄨ.」{hîꝚ'IꝚ, ðéi'mauèbAPù.}

A: ဘယ်လို သွားသလဲ? 怎麼去到那裡？

「ㄆㄝˊㄌㄛˇ ㄉㄨㄚˇㄉㄚˊㄌㄝ?」{Pᴇlo ðuàðâlè?}

B: တက္ကစီ / အငှါးကား နဲ့သွားမှာလား? 坐計程車去嗎？

「ㄉㄚˊ≪≪ㄚˊㄙㄧˊ / 'ㄚˇꝚˇㄚˋ≪ㄚˊ ㄋㄝˊㄉㄨㄚˇㄇㄚˊㄌㄚ?」{dâggâsi / 'âꝚ̂Àgà nêðuàṃalà?}

A: အဲဒီနေရာ ကို လမ်းလျှောက် သွားချင်တယ်။ 我想走到那裡。

「'ㄝㄉㄧˇㄋㄝˊㄧㄚˇ ≪ㄛˇ ㄌㄚㄇㄒㄧㄠˇ ㄉㄨㄚㄑㄧꝚˇㄉㄝˇ.」{'ᴇ̀DineꟳA go làMᵪiáu' ðuàqiiꝚdᴇ.}

B: တည့်တည့် မီတာ တစ်ရာ လောက်သွားပြီး၊ မီးပွိုင့် မှာ ဘယ်ဘက်ကို ချိုးလိုက်ပါ။ 直行約

一百米，紅綠燈處左轉。

「ㄉㄝꝚˇㄉㄝꝚˇㄇㄧˇㄉㄚˇ ㄉㄧˇˊㄧㄚ ㄌㄠˇㄉㄨㄚˇㄅㄧ, ㄇㄧˋㄅㄨㄞꝚˇㄇㄚˇ ㄆㄝㄆㄛˇ≪ㄛˇ ㄑㄧㄛˇㄌㄞˇˊㄅㄚ.」
{dêꝚ̃dêꝚ̃ mida dí'ꟳa láu'ðuàbIì, mìbuâiꝚṃa PᴇPá'go qiòlái'bA.}

A: အဲဒီကိုရောက်ဖို့ ဘယ်လောက် ကြာမလဲ? 多長時間可以到？

「'ㄝㄉㄧˇ≪ㄛˇㄧㄠˇㄆㄛ ㄆㄝˊㄌㄠˇ ㄐㄧˊㄇㄚˇㄌㄝ?」{'ᴇ̀Digoꟳáu'pô Pᴇláu' jIamalᴇ̀?}

B: ဆယ် မိနစ် သွားရင် ရောက်ပြီ။ 十分鐘可以到。

「ㄘㄝˊ ㄇㄧˊㄋㄧˇ ㄉㄨㄚˇㄧㄤˇ ㄧㄠˇˊㄅㄧˇ.」{cᴇ mîní' ðuàꟳiꝚ ꟳáu'bIi.}

A: ကျေးဇူးတင်ပါတယ်။ 感謝。

「ㄐㄧㄝㄗㄨˊㄉㄧ≪ㄧꝚˇㄅㄚˊㄉㄝˇ.」{jièzùdiꝚbAdᴇ.}

139

B: ကိစ္စမရှိပါဘူး။ 沒什麼。

「《ㄧ`ㄙㄙㄚ` ㄇㄚ`ㄒㄧ`ㄅㄚ`ㄆㄨ.」{gîssâ maẋîbAPù.}

【詞語學習2】

▷ ဘူတာရုံ「ㄆㄨˇㄉㄚˇㄧㄡㅁ」{PudaYouṃ}車站，站

▷ မြန်「ㄇㄧㄙㄋ˘」{mIəN}快

▷ ထော်ယွမ်「ㄊㆤˇㄧㄨㄚㅁ」{tɔyuaM}（臺灣地名）桃園

▷ မြေအောက်မီးရထား「ㄇㄧㆤˇㄠ ˇˇㄇㄧ`ㄧㄚ`ㄊㄚ`」{mIe'áu'mìYatà}捷運，地鐵

▷ သိ「ㄉㄧˋ」{ðî}知道，曉得

▷ ဟိုနား「ㄏㆤˇㄋㄚ`」{honà}那邊

▷ မြင်ရ「ㄇㄧㄥˇㄧㄚˇ」{mIiŊYa}看見

▷ ပြဿနာ「ㄅㄧㄚˋㄉㄚ`ㄋㄚˇ」{bIâĐana}問題

▷ ဘတ်စ်ကား ဘူတာရုံ「ㄆㄚˋㄙ《ㄚ ㄆㄨˇㄉㄚˇㄧㄡㅁ」{Pá'sgà PudaYouṃ}巴士站

▷ အရမ်း「ˋㄚ`ㄧㄚㅁ˘」{'âYàM}很，非常，這麼地；強大，有力，重要

▷ နီး「ㄋㄧ`」{nì}近

▷ သိတာ「ㄉㄧˋㄉㄚˇ」{ðîda}當然

▷ ပေါ့「ㄅㆤˇ」{bɔ̂}表示命令、誘勸

▷ ရေး「ㄧㆤ`」{Yè}寫，書寫

▷ ရောက်ဖို့「ㄧㄠˇˇㄆㆤˋ」{Yáu'pô}多長時間

▷ ဝက်「ㄨㆤˇ」{uá'}半

▷ မီးရထား「ㄇㄧ`ㄧㄚ`ㄊㄚ`」{mìYatà}火車

▷ အစိအရိထား「ˋㄚ`ㄙㄧㄧˋㄚ`ㄧㄊㄚ`」{'âsi'âYità}多多少少

▷ တက္ကစီ「ㄉㄚˋ《《ㄚˋㄙㄧ`」{dâggâsi}計程車(taxi)

▷ အဝတ်အိတ်「ˋㄚ`ㄨㄚˇˇˋㆤ ˋˇ」{'âuá'éi'}手提箱

▷ ခန်းထဲ「ㄎㆤ`ㄋ˘ㄊㆤ`」{kèNtè}後面

▷ ထည့်လာ「ㄊㆤˇㄌˇㄌㄚˇ」{têÑla}放到

▷ ဟောင်ကောင်「ㄏㄠㄥˇ《ㄠㄥˇ」{hauŊgauŊ}香港

▷ ချေ လာပ် ကုက်「ㄑㄧㆤˇ ㄌㄚˇˇ 《ㄡˇˇ」{qIe la'góu'}（香港地名）赤鱲角

140

【常用會話】

စကားပြော ၁「ㄙㄚˋㄍㄚㄅㄧㄛ̱ ㄉㄧˊ'」{sâgàblɔ̀ dí'}對話一

A: ခွင့်တောင်း ပါတယ်၊ ဘယ်လို ထော်ယွမ် လေဆိပ်သို့ သွားရမလဲ။ 對不起，到桃園機場怎麼走？

「ㄎㄨㄧㄫ̱ˋㄉㄠㄫ̱ ㄅㄚˇㄉㄝ̱ˇ, ㄆ̱ㄝ̱ˇㄌㄛˇ ㄊㄛ̱ˇㄧㄨㄚㄇ̱ˇ ㄌㄝˇㄘㄟˊ'ㄉ̱ㄛˋ ㄉ̱ㄨㄚㄧㄚˇㄇㄚˇㄌㄝ̱.」{kuîŊ̱dàuŊ̱ bAdɛ, Pɛlo tɔyuaM̱ lecéi'ðô ðuàYamalɛ̀.}

B: မြေအောက်ရထားစီးသွားရင်ရတယ်။ 可以坐捷運去機場。

「ㄇㄧㄝˇ'ㄠ ''ㄧㄚˇㄊㄚㄙㄧㄉ̱ㄨㄚㄧㄫ̱ˇㄧㄚˇㄉㄝ̱ˇ.」{mIe'áu'Yatàsìðuàyiŋ̱Yadɛ.}

A: မြေအောက်ရထားဘူတာ ဘယ်မှာလဲသိလား? 你知道捷運站在哪裡嗎？

「ㄇㄧㄝˇ'ㄠ ''ㄧㄚˇㄊㄚㄆ̱ㄨˇㄉㄚˇ ㄆ̱ㄝ̱ˇㄇ̥ㄚˇㄌㄝ̱ㄉ̱ㄧˋㄌㄚ?」{mIe'áu'YatàPuda Pɛm̥alɛ̀ðîlà?}

B: သိတာပေါ့၊ ဟိုနားမှာ။ 當然知道，就在那邊。

「ㄉ̱ㄧˋㄉㄚˇㄅㄛ̱ˋ, ㄏㄛˇㄋㄚㄇ̥ㄚˇ.」{ðîdabɔ̂, honàm̥a.}

A: ဘယ်မှာလဲ? မမြင်ရဘူး။ 在哪裡？我沒有看見。

「ㄆ̱ㄝ̱ˇㄇ̥ㄚˇㄌㄝ̱? ㄇㄚˇㄇㄧㄫ̱ˇㄧㄚˇㄆ̱ㄨ.」{Pɛm̥alɛ̀? mamIiŊ̱YaPù.}

B: လမ်းဟိုဘက်မှာ။ 就在街對面。

「ㄌㄚㄇ̱ㄏㄛˇㄆ̱ㄛ''ㄇ̥ㄚˇ.」{làM̱hoPɔ́'m̥a.}

A: အိုး။ အခုမှ တွေ့တယ်။ ကျေးဇူးပါပဲ။ 哦，我現在看到了。謝謝。

「'ㄛ. 'ㄚˋㄎㄨˋㄇ̥ㄚˋ ㄉㄨㄝˋㄉㄝ̱ˇ. ㄐㄧㄝㄗㄨㄅㄚˇㄅㄝ̱.」{'ò. 'âkûm̥â duêdɛ. jièzùbAbɛ̀.}

B: ပြဿနာမရှိပါဘူး။ 不客氣。

「ㄅㄧㄚˋㄉ̱ㄚˋㄋㄚˇㄇㄚˇㄒㄧˋㄅㄚˇㄆ̱ㄨ.」{bIâÐânamax̥îbAPù.}

A: ဘတ်စ်ကား မှတ်တိုင် ဘယ်နေရာ မှာလဲ? 巴士站在哪兒？

「ㄆㄚˇㄙㄍㄚˋㄇㄚˇㄉㄞㄥ ㄆㄝˇㄋㄝˇㄧㄚˇ ㄇㄚˇㄌㄝ?」{Pá'sgàṃá'daiŊ PɛneYa ṃa lɛ̀?}

B: အရမ်းနီးပါတယ်။ 很近。「ㄇㄚˇㄉㄞㄥˇ ㄇㄚˇ」{ṃá'daiŊ ṃa}

「ˊㄚˊㄧㄚㄇㄋㄧㄅㄚˇㄉㄝˇ.」{'âYàMnìbAdɛ.}

A: လမ်းလျှောက်သွားလို့ရပါလား? 可以走到那裡嗎？

「ㄌㄚㄇㄒㄧㄠˇㄉㄨㄚㄌㄛˊㄧㄚˇㄅㄚˇㄌㄚ?」{làṂXiáu'ðuàlôYabAlà?}

B: ရတာပေါ့။ 當然可以。

「ㄧㄚˇㄉㄚˇㄅㄛˊ.」{Yadabɔ̂.}

A: လိပ်စာသိပါသလား? 你知道地址嗎？

「ㄌㄟˋㄙㄚˇㄉㄧˇㄅㄚˇㄉㄚˇㄌㄚ?」{léi'saðîbAðâlà?}

B: ဟုတ်ကဲ့။ 知道。(是的。)

「ㄏㄡˊ‘ㄍㄝˋ.」{hóu'gê.}

A: ရေးပေးလို့ရမလား? 可以寫下來嗎？

「ㄧㄝㄅㄝㄌㄛˊㄧㄚˇㄇㄚˇㄌㄚ?」{YèbèlôYamalà?}

B: ပြဿနာမရှိပါဘူး။ 沒問題。

「ㄅㄧㄚˊㄉㄚˇㄋㄚˇㄇㄚˇㄒㄧˊㄅㄚˇㄆㄨ.」{bIâÐânamax̂îbAPù.}

A: ကျေးဇူးတင်ပါတယ်။ 謝謝。

「ㄐㄧㄝㄗㄨㄉㄧㄥˇㄅㄚˇㄌㄝˇ.」{jièzùdiŊbAdɛ.}

A: ဘယ်လောက်ဝေးသလဲ? 有多遠？

「ㄆㄝㄌㄠˋˇㄨㄝㄉㄚ̂ㄌㄝ?」 {Pɛláu'uèðâlè?}

B: ဆယ် ကီလိုမီတာ ခွဲ လောက်ပါ။ 十公里半。

「ㄑㄝ ㄍㄧ̄ㄌㄛㄇㄧ̄ㄉㄚˋ ㄎㄨㄝ ㄌㄠˋˇㄅㄚˋ」 {cɛ gilomida kuè láu'bA.}

A: အဲဒီကိုရောက်ဖို့ ဘယ်လောက် ကြာမလဲ? 多長時間可以到達那裡？

「ˋㄝㄉㄍㄍㄛˋㄧ̄ㄠˋㄆㄛ̂ ㄆㄝㄌㄠˋˇ ㄐㄧㄚㄇㄚˋㄌㄝ?」 {'èDigoYáu'pô Pɛláu' jIamalè?}

B: နာရီ ဝက် လောက်ပါ။ 半個鐘頭左右。

「ㄋㄚ̄ㄧ̄ ㄨㄛˋ ㄌㄠˋˇㄅㄚˋ」 {naYi uɔ' láu'bA.}

A: မန္တလေးမှ ရန်ကုန် ဘယ်လောက် ကီလိုမီတာ လဲ။ 曼德勒到仰光多少公里？

「ㄇㄚˋㄋㄉㄚˋㄌㄝㄇㄚ̂ㄧˇㄜ̀ㄋˇㄍㄛˋㄋˇㄆㄝㄌㄠˋˇ ㄍㄧ̄ㄌㄛㄇㄧ̄ㄉㄚˋ ㄌㄝ」 {mandâlèm̂â YəŊgoŊ Pɛláu' gilomida lè.}

B: တစ် ထောင် နှစ် ရာ (၁၂၀၀) ကီလိုမီတာ လောက်။ 約1200公里。

「ㄉㄧˋˇ ㄊㄠㄣ̌ ㄋㄧ̌ˇ ㄧㄚˋㄍㄧ̄ㄌㄛㄇㄧ̄ㄉㄚˋ ㄌㄠˋˇ」 {dí' tauƊ ŋí' Ya gilomida láu'.}

A: မီးရထား ဖြင့် ဘယ်လောက်ကြာကြာ စီးရလဲ? 乘火車要多少小時？

「ㄇㄧ̄ㄚˋㄊㄚ ㄆㄧ̂ㄣ̌ ㄆㄝㄌㄠˋˇㄐㄧㄚㄐㄧㄚ ㄙㄧ̄ㄧㄚˋㄌㄝ?」 {mìYatà pIîƊ Pɛláu'jIajIa sìYalè?}

B: ဆယ့်သုံး (၁၃) နာရီ မိနစ်လောက်ပါ။ 大約13個小時。

「ㄑㄝ̂ㄉㄨㄇㄋㄚˋˇ ㄇㄧ̄ㄋˇㄌㄠˋˇㄅㄚˋ」 {cɛ̂ðòuɱ naYi mîní'láu'bA.}

A: ဘယ်လောက်ကျလဲ။ / စျေးနှုန်း ဘယ်လိုလဲ။ 多少錢？/價格多少？

「ㄆㄝㄌㄠˋˇㄐㄧㄚˋㄌㄝ. / ㄗㄝ̀ㄋㄛ̀ㄋ ㄆㄝㄌㄛㄌㄝ.」 {Pɛláu'jiâlè. / ZèŋòŊ Pɛlolè.}

B: သုံးဆယ် ငါးဆယ် အမေရိကန် ဒေါ်လာ အစီအရီထား တယ်။ 三十五十美元不等。

「ㄉㄨㄇㄘㄝ ㄋㄚˋㄗㄝ ˋㄚㄇㄝㄧ̄ㄍㄜˋㄋ ㄉㄛ̀ㄌㄚ ˋㄚㄙㄧ̄ˋㄚㄧㄊㄚˋ ㄉㄝ」 {ðòuɱcɛ ŋÀzɛ 'âmeYîgəŊ DɔlA 'âsi'âYità dɛ.}

A: တက္ကစီ အလိုရှိသလား? 你需要計程車嗎？

「ㄉㄚˋㄍㄍㄚˋㄙㄧˉ ˋㄚˋㄌㄛˇㄒㄧˉㄉㄚˋㄌㄚ?」{dâggàsi 'âlox̌îðâlà?}

B: အင်း။ 是。

「'ㄧㄥˋ.」{'ìŊ.}

A: အထုတ်အပိုးပါသေးလား? 有帶行李嗎？

「'ㄚˋㄊㄡˇ''ㄚˋㄅㄛˋㄅㄚˋㄉㄝˇㄌㄚ?」{'âtóu'âbòbAðèlà?}

B: ဒီ အဝတ်အိတ် နှစ်(၂) လုံးထဲပါ။ 就兩個手提箱。

「ㄉㄧˉ'ㄚˋㄨㄚˇ'ㄟˇ ˋˇ ㄋㄧˊ'ㄌㄡㄇㄊㄝˋㄅㄚˇ.」{Di 'âuá'éi' ɲí' lòum̥tèbA.}

　ကျွန်တော် နောက်ခန်းထဲမှာ ထည့်လိုက်မယ်။ 我把它放到後車廂裡。

「ㄐㄜㄋ̌ㄉㄛ̌ ㄋㄠˇㄎㄜㄋ̌ㄊㄝㄇㄚ ㄊㄝㄏ̌ㄌㄞˇ'ㄇㄝ.」{jiuəN̥dɔ náu'kèN̥tèm̥a têN̥lái'mɛ.}

A: အိုကေ(OK)။ ဘယ်သွားမလို့လဲ? 好的。你要去哪裡？

「ㄛˇㄍㄝˋ. ㄆㄝˋㄉㄨㄚㄇㄚˋㄌㄛˋㄌㄝ?」{'oge. Pɛðuàmalôlè?}

B: လေဆိပ်။တိုက်ပွဲ ဟောင်ကောင် သို့။ 飛機場。乘去香港的航班。

「ㄌㄝˇㄘㄟˇ'.ㄉㄞˇ'ㄅㄨㄝ ㄏㄠㄥˇㄍㄠㄥˇ ㄉㄛ̌.」{lecéi'.dái'buè hauŊgauŊ ðô.}

A: ဟောင်ကောင် မှာ မနေဘူးလား? 您不住在香港吧？

「ㄏㄠㄥˇㄍㄠㄥˇ ㄇㄚ ㄇㄚˇㄋㄝˋㄆㄨˋㄌㄚ?」{hauŊgauŊ m̥a manePùlà?}

B: ဟင့်အင်း၊ ဟောင်ကောင်၏ ခြေ လာပ် ကုက် လေဆိပ်မှ ထိုင်ပေမြို့သွား လိမ့်မယ်။ 不，我從香港赤鱲角機場回臺北。

「ㄏㄧㄥ̌''ㄧㄥ̌,ㄏㄠㄥˇ ㄍㄠㄥˇ'ㄧ ㄑㄧㄝ ㄌㄚ' ㄍㄨ̌ ㄌㄝˇㄘㄟˇ'ㄇㄚ ㄊㄞㄥˇㄅㄝㄇㄧˉㄉㄨㄚ ㄌㄟㄇ̌ㄇㄝ.」{hîŊ.'ìŊ, hauŊ gauŊ 'î qIe la' gû' lecéi'm̥a taiŊbe mIôðuà lêiM̥mɛ.}

【語法說明】指示代詞；方位副詞

1. 指示代詞

　　緬甸語口頭語用的指示代詞從近到遠有三類。可作修飾詞使用，此時是定語。也可以做名詞使用，此時是主語，有單數和複數之稱，還有疑問指示代詞。見下表。

範圍	近處	稍遠	最遠	疑問
定語	ဒီ「ㄉㄧˇ」{Di} 這，這個	အဲဒီ「ʼㄝㄉㄧˇ」{ɛ̀Di} 此，此個	ဟို「ㄏㄛˇ」{ho} 那，那個	ဘယ်「ㄆㄝˇ」{Pɛ} 哪個
單數	ဒီဟာ「ㄉㄧˇㄏㄚˇ」{Diha} 這東西 ဒါ「ㄉㄚˇ」{DA}這個	အဲဒီဟာ「ʼㄝㄉㄧˇㄏㄚˇ」 {ʼɛ̀Diha}此東西 အဲဒါ「ʼㄝㄉㄚˇ」{ɛ̀DA}此個	ဟိုဟာ「ㄏㄛˇㄏㄚˇ」{hoha}那， 那東西	ဘယ်ဟာ「ㄆㄝㄏㄚˇ」 {Pɛha}哪個 ဘာ「ㄆㄚˇ」{Pa}哪個
複數	ဒီဟာတွေ「ㄉㄧˇㄏㄚˇㄉㄨㄝˇ」{Dihadue}這些個 ဒါတွေ「ㄉㄚˇㄉㄨㄝˇ」{DAdue}這些	အဲဒီဟာတွေ「ʼㄝㄉㄧˇㄏㄚˇㄉㄨㄝˇ」{ɛ̀Dihadue}此數個 အဲဒါတွေ「ʼㄝㄉㄚˇㄉㄨㄝˇ」{ɛ̀DAdue}此些	ဟိုဟာတွေ「ㄏㄛˇㄏㄚˇㄉㄨㄝˇ」{hohadue}那些個	ဘယ်ဟာတွေ「ㄆㄝㄏㄚˇㄉㄨㄝˇ」{Pɛhadue}哪些個 ဘာတွေ「ㄆㄚˇㄉㄨㄝˇ」{Padue}哪些

説明

1) 複數加 တွေ「ㄉㄨㄝˇ」{due}並不那麼嚴格，不加也可以表示複數。

2) 指示代詞有時可加接頭詞 ဟော「ㄏㄛˋ」{hɔ̀}表示強調。比如：ဟောဒီ「ㄏㄛˋㄉㄧˇ」{hɔ̀Di}看這個、ဟောဟို「ㄏㄛˋㄏㄛˇ」{hɔ̀ho}看那個。也可以表示"已知的"、"例行的"。比如：အဲဟို「ㄝㄏㄛˇ」{ɛho}就是這個。ဟို「ㄏㄛˇ」{ho}也可寫成：ဟုပ်「ㄏㄡˋ」{hóu'}。

3) ဤ「ㄧ」{ī}這個，這，此，例如：ဤလူ「ㄧˇㄌㄨˇ」{īlu}此人、ဤသည် နေ့「ㄧˇㄉㄝˇㄋㄝˋ」{īðeŊnê}這一天。現在"此些"、"此個"、"此"等在國語口語中很少用了。

4) ထို「ㄊㄛˇ」{to}那個，那，彼，該，例如：ထိုသူ「ㄊㄛˇㄉㄨˇ」{toðu}該人、ထိုသောအခါ「ㄊㄛˇㄉㄛˋㄚˇㄎㄚˇ」{toðɔ̀'âkA}或 ထိုရောအခါ「ㄊㄚˋㄛㄧㄛˋㄚˇㄎㄚˇ」{tâ{oYɔ̀'âkA}那個時候。

5) 還有不常使用的指示代詞：ယင်း「ㄧㄥ」{yiŊ}那個、အနည်「ʼㄚˇㄋㄝˇ」{ʼâneŊ}這個。

2. 方位副詞

表示具體位置的副詞放在名詞後面，現在以 **ဓား ့** 「ㄙㄚㄅㄨㄝˋ」{sàbuɛ̀}（桌子）為例說明這些副詞的意思。這些副詞如果第一字母為 **အ**「ˋㄚˋ」{'â}有時是可以省略的，比如：**အပြင်**「ˋㄚˋㄅ一ㄥˇ」{'âblìŋ}=**ပြင်**「ㄅ一ㄥˇ」{blìŋ}都是"外邊"、而組成片語 **ဓား ့အပြင်**「ㄙㄚㄅㄨㄝˋˋㄚˋㄅ一ㄥˇ」{sàbuɛ̀'âblìŋ}=**ဓား ့ပြင်**「ㄙㄚㄅㄨㄝˋㄅ一ㄥˇ」{sàbuɛ̀blìŋ}都是"在桌子外邊"。

ကြား「ㄐ一ㄚˋ」{jÍà}在之間：

　ဓား ့ကြား「ㄙㄚㄅㄨㄝˋㄐ一ㄚˋ」{sàbuɛ̀jÍà}在桌子之間

ညာဘက်「ˊㄋㄚˋㄆㄜˊˋ」{ÑaPá'}右側：

　ဓား ့ရဲ့ညာဘက်「ㄙㄚㄅㄨㄝˋˋ一ㄝˋˊㄋㄚˋㄆㄜˊˋ」{sàbuɛ̀Yê̂ÑaPá'}桌子右側

တောင်ဘက်「ㄉㄠㄥˇˋㄆㄜˊˋ」{dauŋPá'}南側，南面：

　ဓား ့ရဲ့တောင်ဘက်「ㄙㄚㄅㄨㄝˋˋ一ㄝˋˋㄉㄠㄥˇˋㄆㄜˊˋ」{sàbuɛ̀Yê̂dauŋPá'}桌子南側

ဒီဘက်「ㄉ一ˋˋㄆㄜˊˋ」{DiPá'}這方、這邊：

　ဒီဘက် ရဲ့ ဓား ့「ㄉ一ˋˋㄆㄜˊˋˋ一ㄝˋㄙㄚㄅㄨㄝˋ」{DiPá'Yê̂sàbuɛ̀}桌子的這邊

နောက်「ㄋㄠˊˋ」{náu'}背後，後面：

　ဓား ့နောက်「ㄙㄚㄅㄨㄝˋㄋㄠˊˋ」{sàbuɛ̀náu'}在桌子後面

ဘယ်ဘက်「ˋㄆㄝˋˋㄆㄜˊˋ」{PɛPá'}哪方、哪邊：

　ဘယ်ဘက် ရဲ့ ဓား ့「ˋㄆㄝˋˋㄆㄜˊˋˋ一ㄝˋㄙㄚㄅㄨㄝˋ」{PɛPá'Yê̂sàbuɛ̀}桌子的哪邊

ဘယ်ဘက်「ˋㄆㄝˋˋㄆㄜˊˋ」{PɛPá'}左側：

　ဓား ့ရဲ့ဘယ်ဘက်「ㄙㄚㄅㄨㄝˋˋ一ㄝˋˋㄆㄝˋˋㄆㄜˊˋ」{sàbuɛ̀Yê̂PɛPá'}桌子左側

မြောက်ဘက်「ㄇ一ㄠˊˋˋㄆㄜˊˋ」{mÍáu'Pá'}北側，北面：

　ဓား ့ရဲ့မြောက်ဘက်「ㄙㄚㄅㄨㄝˋˋ一ㄝˋㄇ一ㄠˊˋˋㄆㄜˊˋ」{sàbuɛ̀Yê̂mÍáu'Pá'}桌子北側

ရှေ့「ㄒ一ㄝˋ」{x̂ê}在之前：

　ဓား ့ရှေ့「ㄙㄚㄅㄨㄝˋㄒ一ㄝˋ」{sàbuɛ̀x̂ê}在桌子之前

ဟိုဘက်「ㄏㄛˋˋㄆㄜˊˋ」{hoPá'}那方、那邊：

　ဟိုဘက်ရဲ့ဓား ့「ㄏㄛˋˋㄆㄜˊˋˋ一ㄝˋㄙㄚㄅㄨㄝˋ」{hoPá'Yê̂sàbuɛ̀}桌子的那邊

အတွင်း「ˋㄚˋㄉㄨㄥ」{'âdùŋ}裡面，內：

　ဓား ့အတွင်း「ㄙㄚㄅㄨㄝˋˋㄚˋㄉㄨㄥ」{sàbuɛ̀'âdùŋ}在桌子內

အထဲ「'ㄚ˙ㄊㄝ」{'âtɛ̀}裡面：

　စားပွဲအထဲ「ㄙㄚㄅㄨㄝ˙'ㄚ˙ㄊㄝ」{sàbuɛ̀'âtɛ̀}在桌子裡

အနား「'ㄚˋㄋㄚ」{'ânà}在附近：

　စားပွဲအနား「ㄙㄚㄅㄨㄝ˙'ㄚˋㄋㄚ」{sàbuɛ̀'ânà}在桌子附近

အနောက်ဘက်「'ㄚˋㄋㄠˋ'ㄆㄛˊ」{'ânáu'Pɔ́}西側，西面：

　စားပွဲရဲ့အနောက်ဘက်「ㄙㄚㄅㄨㄝ一ㄝ˙'ㄚˋㄋㄠˋ'ㄆㄛˊ」{sàbuɛ̀Yɛ̂'ânáu'Pɔ́}桌子西側

အပြင်「'ㄚˋㄅ一ㄥˋ」{'âbIiŊ}外面：

　စားပွဲအပြင်「ㄙㄚㄅㄨㄝ˙'ㄚˋㄅ一ㄥˋ」{sàbuɛ̀'âbIiŊ}在桌子外面

အပေါ်「'ㄚˋㄅㄛˋ」{'âbɔ}上邊：

　စားပွဲအပေါ်「ㄙㄚㄅㄨㄝ˙'ㄚˋㄅㄛˋ」{sàbuɛ̀'âbɔ}在桌子上

အရှေ့ဘက်「'ㄚˋㄒㄝˋㄆㄛˋ」{'âx̂êPɔ́}東側，東面：

　စားပွဲရဲ့အရှေ့ဘက်「ㄙㄚㄅㄨㄝ一ㄝ˙'ㄚˋㄒㄝˋㄆㄛˋ」{sàbuɛ̀Yɛ̂'âx̂êPɔ́}桌子東側

အလယ်「'ㄚˋㄌㄝˋ」{'âlɛ}正中，中心：

　စားပွဲအလယ်「ㄙㄚㄅㄨㄝ˙'ㄚˋㄌㄝˋ」{sàbuɛ̀'âlɛ}在桌子中心

အောက်「'ㄠˋ」{'áu'}下邊：

　စားပွဲအောက်「ㄙㄚㄅㄨㄝ˙'ㄠ˙'」{sàbuɛ̀'áu'}在桌子下

အဲဒီဘက်「'ㄝㄉㄧ一ˋㄆㄛˋ」{'èDiPɔ́}此方、此邊：

　အဲဒီဘက်ရဲ့စားပွဲ「'ㄝㄉㄧ一ˋㄆㄛˋ一ㄝˋㄙㄚㄅㄨㄝ」{'èDiPɔ́'Yɛ̂sàbuɛ̀}桌子這邊

　　方位副詞結構 မှ…သို့ 表示 "從…到"：ထိုင်ဝမ်မှ မြန်မာသို့「ㄊㄞㄤˋㄨㄚㄇˋㄇㄚ一ㄝㄋˋㄇㄚˋㄉㄛˋ」{taiŊuaMm̥â mIəŊma ðô}從臺灣到緬甸

【文化背景】交通

緬甸新都內比都艾拉新國際機場(နေပြည်တော် အောလာ အပြည်ပြည်ဆိုင်ရာ လေဆိပ် 「ㄋㄝˇㄅㄧㄝㄣˋㄉㄛ˙ㄝˇㄅㄚˇㄚˇㄅㄧㄝㄣˊㄅㄧㄝㄣˊㄘㄞㄋㄧˇㄧㄚˇ ㄌㄝˇㄘㄟˊ」{nebIeŊdɔ 'ela 'âbIeŊbIeŊcaiŊYa lecéi'} Nay Pyi Taw International Airport)於 2011 年年底竣工，位於緬甸比都市區東南 16 公里，毗鄰內比都舊機場。占地面積 11.15 萬平方米，跑道長達 3.6 公里，機場年接待能力為 2000 萬人次，是緬甸僅次於仰光國際機場和曼德勒國際機場的第三大國際機場。現在已開通到香港的包機航班。

仰光國際機場(ရန်ကုန် အပြည်ပြည်ဆိုင်ရာ လေဆိပ် 「ㄧㄜㄋˇㄍㄜㄋˇㄚˊㄅㄧㄝㄣˊㄅㄧㄝㄣˊㄘㄞㄋㄧˇㄧㄚˇ ㄌㄝˇㄘㄟˊ」{YəNgoN 'âbIeŊbIeŊcaiŊYa lecéi'}Yangon International Airport)在市中心北邊的明加拉當，約有三十分鐘車程，機場附近沒有住宿酒店提供。機場到市中心計程車價約 10 美元，約合 7000 緬元。也可以出機場後搭便車或坐公車巴士，但公車巴士會非常擁擠，車票約 300 緬元。

緬甸境內陸路交通主要靠公路和鐵路。主要城市間均通公路，道路交通安全情況良好，車輛靠右行駛。在緬甸乘坐火車有時並不比汽車快。如需臥鋪需要提前訂票。火車分為上等車廂和普通車廂不同檔次的車票。

從仰光到緬甸其他城市有數條鐵路線，仰光到曼德勒的火車每天有數趟。仰光的火車多為凌晨駛出，深夜到達，仰光曼德勒的臥鋪車票約 35-50 美元，一等艙坐票為 30-40 美元，二等艙坐票為 10-15 美元。仰光蒲甘也有直達鐵路，票價 13-35 美元，車程 24 小時。此外還有仰光卑謬線，9 小時車程。

包括仰光在內的各城市，市內交通多以嘟嘟三輪車 တုတ်တုတ် 「ㄉㄡˋㄉㄡˋ」{dóu'dóu'}代步。這是緬甸的一道風景，大城市對嘟嘟車的運營有時間規定。搭乘前要和車夫商量好價錢，十分鐘的車程約為 100-200 緬元，對遊客的價錢總是要高於當地人。在仰光，乘公車是一種交通方式，當地人多數不會說英語，學好緬甸語，將助你一臂之力。仰光的公車擁擠，票價便宜，但也在逐年增長。多數公車從樞萊塔的東面始發並回到這裡。仰光到曼德勒乘船需要 3-5 天航程。仰光環形鐵路供遊客乘坐觀賞外面的城市街景，票價 1 美元，需要持護照購買。每日發車 4-7 趟，車程為三個小時。仰光白色車牌的舊計程車車內狀況一般。紅色車牌的狀況較好。計程車在午飯時間或深夜比較難打到。

仰光城際巴士從昂明加拉巴士樞紐站(အောင်း မင်္ဂလာ ဘတ်စ်ကား ဘူတာရုံ 「ㄠㄤˊㄇㄧㄤˊㄍㄚˇㄅㄚˋㄙㄍㄚˇㄊㄨˇㄅㄧㄡㄇ」{'àuŊ miŊGla Pá'sgà PudaYouṃ} Aung Mingalar)駛出，可以前往蒲甘、格勞(ကလော့မြို့ 「ㄍㄚˋㄌㄜˋ」{gâlò}Kalaw)、曼德勒、東枝、茵萊湖、卑謬(ပြည်မြို့「ㄅㄧㄝㄣˊㄇㄧㄛˋ」{bIeŊmIô}Pyay Town)、勃固、巴安等地。

緬甸的內河航道較為豐富，緬甸的河運線路長達 8000 公里，緬甸的交通運輸多以水運為主，這喜歡坐船的人來說，有很大的吸引力。在不講求速度時，可以搭船遊覽，細細觀賞伊洛瓦底河兩岸風光。坐車速度是坐船速度的 3-4 倍。

【練習鞏固】

1. 請把下列句子翻譯成緬甸文。

1)明加拉當機場怎麼走？

_____

2)車票多少錢？

_____

3)離這兒遠嗎？

_____

4)很遠。

_____

2. 請把下列句子翻譯成中文。

1)ဘတ်စ်ကား မှတ်တိုင် ဘယ်နေရာ မှာလဲ? 「ㄆㄚˋㄙㄍㄚㄇㄚˋㄉㄞㆣ ㄆㄝㄋㆤㄚˇ ㄇㄚˇㄌㆤ?」{Pá'sgàṃá'daiᴺ PɛneYa ṃa lɛ̀?}

_____

2)အရမ်းနီးပါတယ်။ 「ˋㄚˇㄧˋㄚㄇㆣㄅㄚˇㄉㆤˇ.」{'âYàM̠nìbAdɛ.}

_____

3)ရေးပေးလို့ရမလား? 「ㄧㆤㄅㆤㄌㆦˋㄧㄚˇㄇㄚˇㄌㄚˋ?」{YèbèlôYamalà?}

_____

3. 填空。

1)(____) ဖြင့် ဘယ်လောက်ကြာကြာ စီးမလဲ? 「ㄆㄧㆣ ㄆㄝㄌㄠˇㄐㄧㄚˇㄐㄚˇ ㄙㄧㄇㄚˇㄌㆤ?」{pIîᴺ PɛláuʲjIajIa sìmalɛ̀?} 乘（火車）要多少小時？

2)(____) သုံး (၃) နာရီ မိနစ်လောက်ပါ။ 「ㄉㄨㆣ ㄋㄚˇㄧ ㄇㄧㄋ̄ㄧˇㄌㄠˇㄅㄚˇ.」{ðòuṃ naYi mîní'láu'bA.} （大約）3 個小時。

3)(____) အမေရိကန် ဒေါ် လာ အစီအရီထား တယ်။ 「ˋㄚˇㄇㆤㄧˇㄍㆆㄣ ㄉㆆˇㄌㄚˇ ˋㄚˇㄙㄧˇˋㄚˇㄧˇㄊㄚˋ ㄉㆤˇ.」{'âmeYîgəᴺ DƆla 'âsi'âYità dɛ.} （三十）美元不等。

4)ကျွန်တော် 「ㄉㆆˇ ㄉㄨㄚˋ ㄌㆤㄇㆣㄇㆤˇ.」{ðô ðuà lêiM̠mɛ.} 「ㄐㆆˇㄉㆆˇ」{jiuəNdɔ} (____)သို့ သွား လိမ့်မယ်။ 我要去（飛機場）。

149

第八課　季節與氣候

သင်ခန်းစာ ၈. ဥတု နှင့် ရာသီဥတု

「ㄉㄧㄥˋㄎㄜˋㄋㄚˋㄒㄧˊ ˙ㄨˊㄉㄨˋ ㄋㄧㄥˋ ㄧㄚˋㄉㄧˊˋㄨˊㄉㄨˋ」

{ðiŊkə̀Nsa χí' 'ûdû ŋîŊ Yaði'ûdû}

Lesson 8. Seasons and Climate

【詞語學習 1】

▷ ဥတု 「˙ㄨˊㄉㄨˋ」{'ûdû} 季節

▷ ရာသီဥတု 「ㄧㄚˋㄉㄧˊˋㄨˊㄉㄨˋ」{Yaði'ûdû} 氣候

▷ ရွှေတိဂုံစေတီတော် 「ㄒㄨㄝˋㄉㄧˊ《ㄡㄇˋㄗㄜˋㄉㄧˊㄉㄛˋ」{χuedîGouṃzedidɔ} 大金塔

▷ ပူ 「ㄅㄨˊ」{bu} 熱，暖和

▷ ပြီး 「ㄅㄧˊ」{bIì} 了

▷ လိုလဲ? 「ㄌㄛˊㄌㄝ?」{lolè?} 怎麼樣呢？

▷ ခွင့်ပြု 「ㄎㄨㄥˋㄅㄧㄨˋ」{kûŊbIû} 允許，確認

▷ အပူ 「˙ㄚˊㄅㄨˊ」{'âbu} 溫度，熱度(အ+ပူ)

▷ အပူအအေးပမာဏ 「˙ㄚˋㄅㄨˋㄚˋㄝㄅㄚˋㄇㄚˋㄋㄚˋ」{'âbu'â'èbâmaṇa} 溫度高低

▷ အရည်ပျော်ဖြစ်တယ် 「˙ㄚˊㄧㄝㄣˋㄅㄧㄛㄆㄧˊ˙ㄉㄝˋ」{'âYeÑbiɔpIí'dɛ} 融化

▷ ချိန်ရော 「ㄑㄧㄟㄣˋㄋㄧㄛˋ」{qieiŊYɔ̀} 量度度數，達到度數

▷ တိတိ 「ㄉㄧˋㄉㄧˊ」{dîdî} 正好，完全

▷ ဒီဂရီ 「ㄉㄧˊ《ㄚˋㄖㄧˊ」{DiGari} 度數(英：degree)

▷ မရဘူး 「ㄇㄚˋㄧㄚˋㄆㄨˋ」{maYaPù} 不能做

▷ နှင်း 「ㄋㄧˋㄥ」{ŋiŊ} 雪，下雪

▷ လေမုန်တိုင်း 「ㄌㄝˋㄇㄛㄣˋㄉㄞㄥˋ」{lemoŊdàiŊ} 颱風

▷ ဆဲလ်စီယပ် 「ㄘㄝㄌㄙㄧㄇㄧˊㄧㄚˊˋ」{cèlsiyá'} 攝氏

▷ ပိုနိမ့် 「ㄅㄛˋㄋㄟㄇ」{bonêiM} 更低

▷ ပိုရှိအေး 「ㄅㄛˋㄧㄨㄝˋˋㄝ」{boyuê'è} 更冷

▹ အအေးဆုံး「ˀㄚ˙˙ㄝㄘㄡㄇ̥」{’â’ècòum̥}最冷

▹ မှန်ကန်「ㄇ̥ㄜㄋ̰ˇㄍㄜㄋ̰ˇ」{m̥əN̰gəN̰}真的，真實的

【範例課文】

一、吃早飯後郭迪哈(A)約許邇伊(B)去玩，這是他們的對話。

A: ဒီနေ့ ရာသီဥတု ဘယ်လိုလဲ? 今天天氣怎麼樣呢？

「ㄉ̥ㄧˇㄋㄝˋ ㄧㄚˇㄉ̥ㄧ˙˙ㄨˋㄉㄨˋ ㄆ̥ㄝˇㄌㄛˇㄌㄝ̥?」{Dinê Yaðiˀûdû Pɛlolɛ̀?}

B: ပူ တယ်။ 熱啊。

「ㄅㄨˇㄉㄝ̥ˇ.」{bu dɛ.}

A: ကျွန်တော်တို့ ရွှေတိဂုံစေတီ သွားရအောင်။ 我們去大金塔吧。

「ㄐㄨㄜㄋ̰ˇㄉㄛ̥ˇㄉㄛˋ ㄒㄨㄝˇㄉㄧˋㄍㄡㄇ̥ˇㄙㄝˇㄉㄧˇㄉ̥ㄨㄚ ㄧㄚ˙˙ㄠㄫ̰ˇ.」{jiuəN̰dɔdô x̥uedîGoum̥sedi ðuàYaˀauŊ̰.}

B: ဟင့်အင်း။ ငါ အပူ ကြောက် တယ်။ 不。我怕熱。

「ㄏㄧㄫ̰˙˙ㄧㄫ̰. ㄫㄚ˙˙ㄚˋㄅㄨˇ ㄐㄧㄠ˙˙ ㄉㄝ̥ˇ.」{hîŊ̰ˀiŊ̰. ŋA ˀâbu jIáuˀ dɛ.}

A: အပူချိန် ဘယ်လောက်ရှိလဲ? 溫度多少度？

「ˀㄚˋㄅㄨˇㄑㄧㄟㄋ̰ˇ ㄆ̥ㄝˇㄌㄠ˙˙ㄒㄧˋㄌㄝ̥?」{ˀâbuqieiN̰ Pɛláuˀx̥îlɛ̀?}

B: သုံးဆယ် ရှစ် (၃၈) ဒီဂရီ။ 三十八度。

「ㄉ̥ㄡㄇ̥ㄘㄝ̥ˇ ㄒㄧ˙˙ㄉ̥ㄧˇㄍㄚˇㄖㄧˇ.」{ðoum̥cɛ x̥íˀ DiGari.}

A: အင်း။ နောက်ကျ သွား တာပေါ့။ 嗯。以後去吧。

「ˀㄧㄫ̰. ㄋㄠ˙˙ㄐㄧㄚˋ ㄉ̥ㄨㄚ ㄉㄚˇㄅㄛ̥ˋ.」{ˀiŊ̰. náuˀjiâ ðuà dabɔ̂.}

二、瑪敏(B)和黑龍江留學生趙金標(A)談論到天氣。

A: ဒီနေ့ ရာသီဥတု မအေးဘူး　今天天氣不冷。

「ㄉㄧˋㄋㄝˋ ㄧㄚˇㄉㄧˋˊㄨˋㄉㄨˋ ㄇㄚˋˋㄝㄆㄨ」{Dinê Yaði'ûdû ma'èPù}

B: ထိုင်ဝမ် တွင် ရာသီဥတု ဘယ်လိုလဲ?　臺灣天氣怎麼樣？

「ㄊㄞㄨㄚㄇˊㄨㄚㄇˋ ㄉㄨㄧˋ ㄧㄚˇㄉㄧˋˊㄨˋㄉㄨˋ ㄆㄝˋㄉㄛˇㄌㄝ?」{taiŊuaM duiŊ Yaði'ûdû Pɛlolè?}

A: မြန်မာ လိုပဲ ပူတယ်။ ဟေးလင်ကျန်း ကော?　和緬甸一樣，很熱。黑龍江呢？

「ㄇㄧㄜㄋˋㄇㄚˇ ㄌㄛˋㄅㄝˋ ㄅㄨˇㄉㄝˋ. ㄏㄝˋㄌㄛㄛˋㄌㄧㄜㄋˋ ㄍㄛ?」{mIəŊma lobè budɛ. hèloŊjiàŊ gò?}

B: တစ်ခါတစ်ရံ အနုတ် သုံးဆယ် (၃၀) ဒီဂရီ စင်တီဂရိတ်။　有時會低於攝氏零下30度。

「ㄉㄧˋㄎㄚˇㄉㄧˋˊㄧㄚㄇˋˊㄚˇㄋㄡˋ ㄉㄡㄇㄘㄝˊㄉㄧㄍㄚˇㄌㄧˋ ㄙㄧㄥˋㄉㄧㄍㄚˇㄌㄟˋ.」{dí'kAdí'Yaṃ 'ânóu' ðòuṃcɛ DiGari siŊdiGaréi'.}

A: အရမ်းချမ်းတယ်။　真是冷。

「ˋㄚˋˊㄧㄚㄇˋㄑㄧㄚㄇˋㄉㄝˋ.」{'âYàMqiàMdɛ.}

B: နှင်းအရမ်းကျနေတာနဲ့ ဘယ်မှသွားလို့မရဘူး။　經常下大雪，什麼地方也不能去。

「ㄋㄧㄥˋˋㄚˋˊㄧㄚㄇˋㄐㄧㄚˋㄋㄝˋㄉㄚˇㄋㄝˋ ㄆㄝˋㄇㄚˇㄉㄨㄚˋㄌㄛㄇˇㄚˋㄧㄚˋㄆㄨˋ.」{ŋìŊ'âYàMjiânedanê PɛṃâðuàlômaYaPù.}

A: ထိုင်ဝမ် နှင်း မရှိဘူး၊ လေမုန်တိုင်း ပဲ ရှိတယ်။　臺灣沒有雪，有颱風。

「ㄊㄞㄨㄚㄇˊㄨㄚㄇˋ ㄋㄧㄥˋˊㄇㄚˇㄒㄧˊㄆㄨˋ, ㄌㄝˋㄇㄛㄋˋㄉㄞㄥˇ ㄅㄝˋ ㄒㄧˇㄉㄝˋ.」{taiŊuaM ŋìŊ maxîPù, lemoŊdàiŊ bè xîdɛ.}

B: ဟုတ်ကဲ့ပါ။　是的。

「ㄏㄡˋˋㄍㄝˋˋㄅㄚˇ.」{hóu'gêbA.}

152

【詞語學習 2】

▷ မုတ်သုန် 「ㄇㄡˋˊㄉㄛㄋˇ」{móu'ðoℕ} 季風

▷ အပူပိုင်းဒေသ 「ˊㄚˋㄅㄨˊㄅㄞㄤㄉㄜˇㄉㄚˋ」{'âbubàiℕDeðâ} 熱帶

▷ အနံ့အပြား 「ˊㄚˋㄋㄚㄇㄧˊㄚˋㄅㄧㄚˋ」{'ânâṃ'âbIà} 整個

▷ ျမ်းမျှ 「ㄅㄧㄚㄇㄇㄧㄚˋ」{bià𝕄ṃiâ} 平均的

▷ ခြောက်သွေ့ရာသီ 「ㄑㄧㄠˋˊㄉㄨㄝㄧˋㄚˇㄉㄧˇ」{qIáu'ðuêYaði} 旱季

▷ မိုးရွာရာသီ 「ㄇㄛㄧㄨㄚˇˊㄧˋㄚˇㄉㄧˇ」{mòYuaYaði} 雨季

▷ အေးရာသီ 「ˊㄝㄧˋㄚˇㄉㄧˇ」{'èYaði} 涼季

▷ မနေ့ 「ㄇㄚˋㄋㄝˋ」{manê} 昨天

▷ ဒီနေ့ 「ㄧㄚˋㄋㄝˋ」{yanê} 今天

▷ မနက်ဖြန် 「ㄇㄚˋㄋㄛˋˊㄆㄧㄜㄋˇ」{maná'pIəℕ} 明天

▷ အနိမ့်ဆုံး 「ˊㄚˋㄋㄟㄇㄗㄡㄇ」{'ânêi𝕄còuṃ} 最低

▷ နေ့လည် 「ㄋㄝˇㄉㄝㄋㆠ」{nêleℕ} 下午

▷ မိုးရွာ 「ㄇㄛㄧㄨㄚˇ」{mòYua} 下雨

▷ မကြာခဏ 「ㄇㄚˇㄐㄧˋㄚˋㄅㄚˋㄋㄚˋ」{majIakâṇa} 總是，經常

雨季農忙
မိုးရွာရာသီ မှာ စိုက်ပျိုးမွေးမြူရေး အလုပ်
「ㄇㄛㄧㄨㄚˇˊㄧˋㄚˇㄉㄧˇ ㄇㄚˋ ㄙㄞˋˊㄅㄧㄛㄇㄨㄝㄇㄧㄨㄝㄧˋˊㄚˋㄌㄡˋ」
{mòYuaYaði ṃa sái'biòmuèmIuYè'âlóu'}
Farming Work at Rainy Season

စကားပြော ၁「ㄙㄚˋㄍㄚˋㄅㄧㄜˋ ㄉㄧˊ」{sâgàbIɔ̀ dí}對話一

A: မြန်မာ အပူပိုင်းဒေသ မုတ်သုန် ရာသီဥတု ရှိ တယ်။ အပူအအေးပမာကာ မြင့် ဖြစ် တယ်။ 緬
甸是熱帶季風氣候。氣溫高。

「ㄇㄧㄜㄋˇㄇㄚˇㄚˋㄅㄨˋㄅㄞㄉㄜˋㄉㄝˋ ㄇㄡˋㄉㄜㄋˋ ㄧㄚˊㄉㄧˇㄨˋㄉㄨˋ ㄒㄧ˙ ㄉㄝ˙ ㄚˋㄅㄨˋㄚˋ ㄝㄅㄚˋㄇㄚˋㄋㄚ ㄇㄧㄥˋ ㄆㄧˋ ㄉㄝ˙」{mIəN̄ma 'âbubàiŊDeðâ móu'ðoŊ Yaði'ûdû x̲î dɛ. 'âbu'â'èbâmaṇa mIîŊ pIí' dɛ.}

B: နှစ်ပတ်လည် ပျမ်းမျှ အပူအအေးပမာကာ နှစ်ဆယ် ခုနှစ်(၂၇) ဒီဂရီပါ။ 年平均氣溫27度。

「ㄋㄧˊㄅㄚˊㄌㄝㄋ̄ˇ ㄅㄧㄚˋㄇㄇㄧㄚˊ ㄚˋㄅㄨˋㄚˋ ㄝㄅㄚˋㄇㄚˋㄋㄚ ㄋㄧ˙ㄘㄝˋ ㄎㄨㄋㄧˊˋ ㄉㄧㄍㄚˋㄖㄧˋㄅㄚˋ」
{ṇí'bá'leN̄ biàM̲ṃiâ 'âbu'â'èbâmaṇa ṇí'cɛ kûṇ̄í' DiGaribA.}

B: သုံး ဥတု ခွဲတယ်။ နွေရာသီ၊ မိုးရာသီ နှင့် ဆောင်းရာသီ။ 分為三個季節。旱季、雨季和
涼季。

「ㄉㄡㄇˇ ㄨˋㄉㄨˋ ㄎㄨㄝㄉㄝ˙ ㄋㄨㄝㄧㄚˊㄉㄧˇ, ㄇㄛˋㄧㄚˊㄉㄧˇ ㄋㄧˋㄥ ㄘㄠㄥ ㄧㄚˋㄉㄧˇ」{ðòuṃ 'ûdû kuèdɛ.
nueYaði, mòYaði ṇîŊ càuŊYaði.}

A: မတ်လမှ မေလက နွေရာသီ ဖြစ် တယ်။ 三月到五月是旱季。

「ㄇㄚˊˋㄌㄚˋㄇㄚˋ ㄇㄝㄌㄚˋㄍㄚˋ ㄋㄨㄝˋㄧㄚˊㄉㄧˇ ㄆㄧˋ ㄉㄝ˙」{má'laṃâ melagâ nueYaði pIí' dɛ.}

B: ဇွန်လမှ အောက်တိုဘာလထိ မိုးရာသီ ဖြစ် တယ်။ 六月到十月為雨季。

「ㄗㄜˋㄋˇㄌㄚˋㄇㄚˋㄠ ˋㄉㄛˋㄆㄚˋㄌㄚˋ ㄊㄧˊ ㄇㄛˋㄧㄚˊㄉㄧˇ ㄆㄧˋ ㄉㄝ˙」{zuəN̲lȧṃâ 'áu'doPala tî mòYaði pIí' dɛ.}

A: နိုဝင်ဘာလမှ နောက်နှစ် ဖေဖော်ဝါရီလထိ ဆောင်း ရာသီ ဖြစ် တယ်။ 十一月至次年二月
為涼季。

「ㄋㄧ ˇㄨㄧㄥ ㄆㄚˋㄌㄚˋㄇㄚˋ ㄋㄠˊ ㄋㄧˊˋ ㄆㄝㄆㄛˊㄨㄚˊˋㄌㄚˋㄊㄧˊ ㄘㄠㄥ ㄧㄚˋㄉㄧˇ ㄆㄧˋ ㄉㄝ˙」
{nîuiŊPalaṃâ náu'ṇ̄í' pepɔuAYilatî càuŊ Yaði pIí' dɛ.}

A: ဒီနှစ်က မနှစ်က တက် ပိုအေး တယ်။ 今年比去年冷。

「ㄉㄧˊㄋㄧˊ《ㄚˋ ㄇㄚㄋㄧˊ˙《ㄚˋ ㄉㆤˊ ㄅㆦ˙ㄝ ㄉㄝ˙」{Diŋí'gâ maŋí'gâ dɘ' bo'è dɛ.}

B: ပြီးခဲ့တဲ့ နှစ်က ဒီနှစ် ထက် နွေးတယ်။ 去年比今年暖和。

「ㄅㄧㆴㄅㆤㄉㆤ˙ ㄋㄧˊ˙《ㄚˋ ㄉㄧˊㄋㄧˊ˙ ㄊㆤˊ ㄋㄨㆤㄉㄝ˙」{bIikêdê ŋí'gâ Diŋí' tá' nuèdɛ.}

A: ဒီနေ့ မနေ့က ထက် ပိုအေး တယ်။ 今天比昨天冷得多。

「ㄉㄧˊㄋㆤ˙ ㄇㄚㄋㆤ˙《ㄚˋ ㄊㆤˊ ㄅㆦ˙ㄝ ㄉㄝ˙」{Dinê manêgâ tá' bo'è dɛ.}

B: ဘာကြောင့်လဲဆိုရင် ဒီနေ့ မနေ့က ထက် လေပို တိုက် တယ်။ 因為今天風比昨天刮得大。

「ㄆㄚㄐㄧㄠㄌㆭ˙ㄉㆤㄘㆦㄧㆭ˙ ㄉㄧˊㄋㆤ˙ ㄇㄚㄋㆤ˙《ㄚˋ ㄊㆤˊ ㄌㆤㄅㆦˊ ㄉㄞˋ ㄉㄝ˙」{PajIâuŊlècoYiŊ Dinê manêgâ tá' lebo dái' dɛ.}

A: မနက်ဖြန် ရာသီဥတု ဘယ်လိုလဲ။ 明天天氣怎麼樣?

「ㄇㄚㄋㆤˊ˙ㄆㄧㆤㄋㆰ˙ ㄧㄚˊㄉㄧˊ˙ㄨˊㄉㄨˊ ㄆㆤㄌㆦㄌㆤ˙」{manɘ'pIɘŊ Yaði'ûdû PɛloIè.}

B: မနက်ဖြန် နှင်းကျ လိမ့်မယ်၊ ပို အေး လိမ့်မယ်။ 明天下雪,就會更冷。

「ㄇㄚㄋㆤˊ˙ㄆㄧㆤㄋㆰ˙ ㄋㄧˊㄐㄧㄚˊ ㄌㆤㄇㆤ˙ㄇㄝ˙, ㄅㆦ˙ㄝ ㄌㆤㄇㆤ˙ㄇㄝ˙」{manɘ'pIɘŊ ŋìŊjiâ lêiMmɛ, bo 'è lêiMmɛ.}

A: နှင်း အရည်ပျော် တဲ့အချိန်က အပူအအေးပမာဏ အနိမ့်ဆုံးတယ်။ 融雪時,溫度最低。

「ㄋㄧˊㄐㆭ˙ ㄚˋ ㄧㆤˋㄅㄧㆦˋ ㄉㆤˊ˙ㄚ˙ㄑㄧㆤㄧㄋㆭ˙《ㄚˋ ㄚˋㄅㄨˊㄚˋˋㆤㄅㄚˋㄇㄚㄋㄚˊ˙ ㄚˋㄋㆤㄇㆤ˙ㄘㄡㆰ˙ㄉㄝ˙」{ŋìŊ 'âYeŊbiɔ dê'âqieiŊgâ 'âbu'â'èbâmaṇa 'ânêiMcòuṃdɛ.}

155

【語法說明】形容詞、比較級和最高級

1. 形容詞

緬甸語形容詞可分成：單純形容詞 ချို「ㄑㄧㄛˇ」{qio}甜的， အေး「'ㄝ」{'è}冷的 မာ「ㄇㄚˇ」{ma}硬的 ကြွယ်ဝ「ㄐㄧㄨˇㄝ̣ˇㄨㄚˇ」{jIuεua}富裕的；合成形容詞 သတ္တိရှိ「ㄉ̣ㄚˋㄉㄉㄧˋㄒㄧˋ」{ðâddîẋî}英勇的(膽量+有)；重疊形容詞，意思近似的形容詞重疊在一起 ကြီး「ㄐㄧ」{jIì} (大的)+လေး「ㄌㄝ」{lè} (重的)沉重的，嚴重的。

以小品詞-သော「ㄉ̣ㄛ̣」{ðɔ̀}、-သည့်「ㄉ̣ㄝㄤ̰ˋ」{ðêÑ̰}、-မည့်「ㄇㄝㄤ̰ˋ」{mêÑ̰}、-တဲ့「ㄉㄝ̣ˋ」{dɛ̂}結尾時可以構成形容詞，例如：လုံလောက်သော「ㄌㄡㄇ̱ˇㄌㄠˊ'ㄉ̣ㄛ̣」{loum̱láu'ðɔ̀}足夠的、လာမည့်「ㄌㄚˇㄇㄝㄤ̰ˋ」{lamêÑ̰}即將到來的，等等。這樣的詞有時可以做副詞用。

2. 比較級和最高級

緬甸語比較級的構成方法有：

ပို「ㄅㄛˇ」{bo}+形容詞+စွာ「ㄙㄨㄚˇ」{sua}；

ပို၍「ㄅㄛˇㄧㄨㄝˋ」{boyuê}+形容詞+ငယ်「ㄫㄝ̣ˇ」{ŋε}；

ပို၍「ㄅㄛˇㄧㄨㄝˋ」{boyuê}+形容詞。

最高級的構成方法有：

အ「'ㄚˋ」{'â}+形容詞+ဆုံး「ㄘㄡㄇ̱」{còum̱}；

အ「'ㄚˋ」{'â}+形容詞+ငယ်ဆုံး「ㄫㄝ̣ˇㄘㄡㄇ̱」{ŋεcòum̱}；

အ「'ㄚˋ」{'â}+形容詞+ရောင်「ㄧㄠㄫ̱ˇ」{YauŊ̱}，見下表。

原級	比較級	最高級
好 ကောင်း 「ㄍㄠㄫ̱」{gàuŊ̱}	較好 ပိုကောင်း 「ㄅㄛˇㄍㄠㄫ̱」{bogàuŊ̱}	最好 အကောင်းဆုံး 「'ㄚˋㄍㄠㄫ̱ㄘㄡㄇ̱」{'âgàuŊ̱còum̱}
壞 ဆိုး 「ㄘㄛ」{cò}	較壞 ပိုဆိုး 「ㄅㄛˇㄘㄛ」{bocò}	最壞 အဆိုးဆုံး 「'ㄚˋㄘㄛㄘㄡㄇ̱」{'âcòcòum̱}
大 ကြီး 「ㄐㄧ」{jIì}	較大 ပို၍ကြီး 「ㄅㄛˇㄧㄨㄝˋㄐㄧ」{boyuêjIì}	最大 အကြီးဆုံး 「'ㄚˋㄐㄧㄘㄡㄇ̱」{'âjIìcòum̱}
小 သေး 「ㄉ̣ㄝ」{ðè}	較小 ပို၍သေးငယ် 「ㄅㄛˇㄧㄨㄝˋㄉ̣ㄝㄫㄝ̣ˇ」{boyuêðèŋε}	最小 အသေးငယ်ဆုံး 「'ㄚˋㄉ̣ㄝㄫㄝ̣ˇㄘㄡㄇ̱」{'âðèŋεcòum̱}
綠色的 စိမ်း 「ㄙㄟㄇ̱」{sèiM̱}	較綠色的，較環保的 ပို၍စိမ်း 「ㄅㄛˇㄧㄨㄝˋㄙㄟㄇ̱」{boyuêsèiM̱}	最綠色的，最環保的 အစိမ်းရောင် 「'ㄚˋㄙㄟㄇ̱ㄧㄠㄫ̱ˇ」{'âsèiM̱YauŊ̱}

3. 進行不如比較，可用這樣的結構：လောက် မ…ဘူး「ㄌㄠˋˋ ㄇㄚˇ…ㄅㄨ」{láu' ma…Pù}表示 "並不像"、"不如" 的意思。例如：

တောင်ကြီးက ရန်ကုန်လောက်မကြီးဘူး။「ㄉㄠㄧˋ ㄐㄧㄍㄚˋ ㄧㄜㄋˋˇㄍㄛㄋˇˇㄌㄠˋˋㄇㄚˇㄐㄧㄅㄨ.」{dauŊjIìgâ YəNgoŊláu'majIiPù.}東枝沒有仰光大。

ဒီကားက ဟိုကားလောက် ဈေးမပေါဘူး။「ㄉㄧˊㄍㄚㄍㄚˋ ㄏㄛˊㄍㄚㄌㄠˋ ㄗㄝㄇㄚˇㄅㄛˋㄅㄨˇ.」{Digàgâ hogàláu' ZèmabɔໂPù.}這輛車沒有那輛車便宜。

4. "比那間房子更大" 可以這樣表示：အိမ် ထက် ကြီး သည်「ㄟㄇ ㄊㄜˇ ㄐㄧ ㄉㄝㄋˊ」{'eiM tə'jIì ðeŊ}。

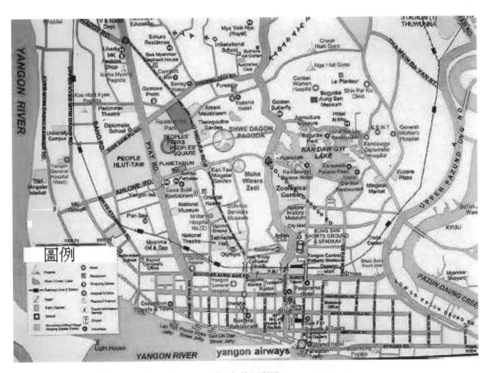

仰光街區圖

ရန်ကုန် လမ်းမ မြေပုံ

「ㄧㄜㄋˇˇㄍㄛㄋˇ ㄌㄚㄇˋㄇㄚ ㄇㄧㄝˇㄅㄨㄇˇ」

{YəNgoŊ làMma mIeboum}

Yangon Street Map

157

【文化背景】緬甸的氣候、季節名稱

　　緬甸地處熱帶地區，是典型的熱帶季風氣候。沒有冬季，只有涼季、雨季和旱季三個季節。緬甸的不同城市氣溫有些差別。緬甸的氣溫比較高，年平均氣溫在二十七度左右，有的地區最熱時最高氣溫可達到四十度。緬甸靠海的地區比較涼爽，而內陸地區比較悶熱。

　　緬甸最適宜旅遊的季節是涼季，此時天氣晴朗、陽光充足，是旅遊的旺季。進入雨季後，降水量大增，常有瓢潑大雨，需注意洪澇。此時氣溫較高，高溫和多降水在一起，就會感到非常濕熱。緬甸的四五月份最熱，這個時候去緬甸遊觀光，需要注意防曬防熱。

　　季節名稱如下：

　　နွေဦးပေါက် 「ㄋㄨㄝˇㄨˊㄅㄠˊˊ」{nue'ùbÁu'} 春季、春天

　　နွေရာသီ 「ㄋㄨㄝˇㄚˇㄉㄧˇ」{nueYaði} 夏季、夏天

　　ဆောင်းဦး,ဆောင်းဦးရာသီ 「ㄎㄠㄥˊㄨ,ㄎㄠㄥˊㄨˋㄧㄚˇㄉㄧˇ」{càuŊ'ù,càuŊ'ùYaði} 秋季、秋天

　　ဆောင်းရာသီ 「ㄎㄠㄥㄧㄚˇㄉㄧˇ」{càuŊYaði} 冬季、冬天

　　ခြောက်သွေ့ရာသီ 「ㄑㄧㄠˊㄉㄨㄝˇㄧㄚˇㄉㄧˇ」{qIáu'ðuêYaði} 旱季

　　မိုးရာသီ 「ㄇㄛˋㄚˇㄉㄧˇ」{mòYaði} 雨季

　　အေးရာသီ 「ˋㄝ ㄧㄚˇㄉㄧˇ」{'è Yaði} 涼季

旱季缺水
ခြောက်သွေ့ရာသီ မှာ ရေ ရှားပါးမှု
「ㄑㄧㄠˊㄉㄨㄝˇㄚˇㄉㄧˇ ㄇㄚˋ ㄧㄝˋ ㄒㄚˋㄅㄚˋㄇㄨˋ」
{qIáu'ðuêYaði ma̱ Ye x̱àbÀm̱û}
Water Scarcity at Dry Season

158

【練習鞏固】

1. 請把下列句子翻譯成緬甸文。

1)昨天比今天冷。

____

2)明天下雪，就更冷。

____

2. 請把下列句子翻譯成中文。

1)ဒီနေ့ ရာသီဥတု ဘယ်လိုလဲ? 「ㄉ一ˇㄋㄝˋ 一ㄚˇㄉ一ˇˋㄨˋㄉㄨˋ ㄆㄝˇㄌㄛˇㄌㄝ?」{Dinê Yaði'ûdû Pɛlolɛ̀?}

____

2)တိမ်ထူ။ 「ㄉㄟㄇˇㄊㄨˇ.」{deiMtu.}

____

3)ကျွန်တော်တို့ ရွှေတိဂုံစေတီတော် သွား ရအောင်။ 「ㄐㄛㄋˇㄉㄛˇㄉㄛˋ ㄒㄨㄝˇㄉ一ˋㄍㄡㄇˇㄗㄝˇㄉ一ˇㄉㄛˇ ㄉㄨㄚ 一ㄚˇˋㄠㄫˇ.」{jiuəNdɔdô xuedîGoumzedidɔ ðuàYa'auŊ.}

____

4)မြန်မာ အပူပိုင်းဒေသ မုတ်သုန် ရာသီဥတု ရှိ တယ်။ 「ㄇ一ㄛㄋˇㄇㄚˇˋㄚˋㄅㄨˋㄅㄞㄫㄉㄝˇㄉㄚˋ ㄇㄡˇˋㄉㄛㄋˇ 一ㄚˇㄉ一ˇˋㄨˋㄉㄨˋ ㄒ一ˋ ㄉㄝˇ.」{mIəNma 'âbubàiŊDeðâ móu'ðoN Yaði'ûdû xî dɛ.}

____

5)သာလျှင် ခြောက်သွေ့ ရာသီ မိုးရွာ ရာသီ နှင့် အေး ရာသီ။ 「ㄉㄚˇㄒ一ㄫˇ ㄑ一ㄠˊˊㄉㄨㄝˋ 一ㄚˇㄉ一ˇ ㄇㄛ一ㄨㄚˇ 一ㄚˇㄉ一ˇ ㄋ一ㄫˊˊㄝ 一ㄚˇㄉ一ˇ.」{ðaXiiŊ qIáu'ðuê Yaði mòYua Yaði ṇîŊ 'è Yaði.}

____

6) ဒီနေ့ နေ့လည် မိုးရွာမယ်ထင်တယ်။ 「ㄉ一ˇㄋㄝˋ ㄋㄝˋㄌㄝㄫˇ ㄇㄛ一ㄨㄚˇㄇㄝˇㄊ一ㄫˇㄉㄝˇ.」{Dinê nêleÑ mòYuamɛtiŊdɛ.}

____

3. 填空。

1)မကြာခဏ 「ㄇㄚˇㄐ一ㄚˇㄎㄚˋㄋㄚˇ」{majIakâṇa} (____) တယ်။ 「ㄉㄝˇ.」{dɛ.}老是下（雨）。

2)(____)သွားကြတာပေါ့။ 「ㄉㄨㄚㄐ一ㄚˋㄉㄚˇㄅㄛˇ.」{ðuàjIâdabɔ̂.} （帶上）傘吧。

▷ယူ 「一ㄨˇ」{yu}拿上，帶著

第九課　日期與時間
သင်ခန်းစာ ၉. ရက်စွဲ နှင့် အချိန်

「ㄉㄧㄥˋㄅㄜˋㄋˇㄙㄚˊ ㄍㄜˋ ㄧ-ㄜˊˊㄙㄨㄝ ㄋㄧㄥˋ ˊㄚˊㄑㄧ-ㄟㄥˋ」

{ðiŊkə̀Ŋsa gò Yə́'suɛ̀ ŋîŊ 'âqieiŊ}

Lesson 9. Date and Time

【詞語學習 1】

▷ ရက်စွဲ 「ㄧ-ㄜˊˊㄙㄨㄝ」 {Yə́'suɛ̀} 日期

▷ ချင် 「ㄑㄧ-ㄥˋ」 {qiiŊ} 想，要

▷ ကြည့် 「ㄐㄧ-ㄝㄥˋ」 {jIêŊ} 看，觀看

▷ ကြာ 「ㄐㄧ-ㄚˋ」 {jIa} 持續做，弄，演

▷ လာ 「ㄌㄚˋ」 {la} 帶，接

▷ မကြည့် 「ㄇㄚˋㄐㄧ-ㄝㄥˋ」 {majIêŊ} 不管什麼，沒見到的東西

▷ တခု 「ㄉㄚˊㄎㄨˋ」 {dâkû} 各人

▷ အဆာပြေစား 「ˊㄚˊㄘㄚˊㄅㄧ-ㄝˋㄙㄚ」 {'âcabIesà} 零食，小吃

▷ စရာ 「ㄙㄚˊˊㄧ-ㄚˋ」 {sâYa} 東西

▷ ကန်စွန်းဥပြုတ် 「ㄍㄜㄋˋㄙㄨㄝㄋˋˊㄨˋㄅㄌㄧ-ㄡˊ」 {gəŊsuɛ̀Ŋ'ûbIóu'} 煮紅薯

▷ ပြောင်းဖူးပြုတ် 「ㄅㄧ-ㄠㄥˊㄆㄨˋㄅㄌㄧ-ㄡˊ」 {bIàuŊpùbIóu'} 煮玉米

▷ ပေါက်စီ 「ㄅㄠˊˊㄙㄧˋ」 {bÁu'si} 包子

▷ အားလပ်ရက်ရှည် 「ˊㄚㄌㄚˊˊㄧ-ㄜˊˊㄒㄝㄥˋ」 {'àlá'Yə́'χeŊ} 度假

▷ အားလပ်ရက် 「ˊㄚㄌㄚˊˊㄧ-ㄜˊ」 {'àlá'Yə́'} 長假

▷ အပတ်,ပတ် 「ˊㄚˊㄅㄚˊˋ,ㄅㄚˊ」 {'âbá',bá'} 星期

▷ ပိကြိုင်း (ဘောဂျင်း,ပီကင်း) 「ㄅㄧ-ˋㄐㄧ-ㄥ (ㄆㄜˋㄐㄧ-ㄥ, ㄅㄧ-ˋㄍㄧ-ㄥ)」 {bîjIiŊ (PeJiiŊ, bigiŊ)} 北京

【範例課文】

一、許邇伊(A)約郭迪哈(B)去看電影。

A: မင်္ဂလာပါ၊ ဒီနေ့ည ဘာလုပ်ချင်သလဲ? 你好。今晚想做什麼？

「ㄇㄧㄫ̰ˇㄍ̤ㄌㄚˇㄅㄚˇ, ㄉ̤ㄧˇㄋㄝˋㄬㄚˇ ㄆ̤ㄚˇㄌㄡ’ˊㄑㄧㄫ̰ˇㄉ̤ㄚˋㄌㄝ̩?」{miŊ̰GlabA, DinêÑa Palóu’qiiŊ̰ðâlɛ̀?}

B: ရုပ်ရှင်သွားကြည့်ချင်တယ်။ အတူ သွား ရအောင်လေ? 我想去看電影。一起去吧？

「ㄧㄡ’ˊㄒㄧㄫ̰ˇㄉ̤ㄨㄚㄐㄧㄝㄬ̰ˋㄑㄧㄫ̰ˇㄉㄝ̩ˇ. ’ㄚˋㄉㄨˇ ㄉ̤ㄨㄚ ㄧㄚ’ˇㄠㄫ̰ˇㄌㄝ̩ˇ?」{Yóu’x̥iŊ̰ðuàjIêÑ̰qiiŊ̰dɛ. ’âdu ðuà Ya’auŊ̰le?}

A: ရပါတယ်။ ဘယ် အချိန်စသလဲ? 好啊。什麼時候開演？

「ㄧㄚˇㄅㄚˇㄉㄝ̩ˇ. ㄆ̤ㄝ̩ˇ’ㄚˋㄑㄧㄟㄋ̰ˇㄙㄚˋㄉ̤ㄚˋㄌㄝ̩?」{YabAdɛ. Pɛ ’âqieiŊ̰sâðâlɛ̀?}

B: ခြောက် (၆) နာရီ။နှစ် (၂) နာရီလောက် ကြာတယ်ထင်တယ်။ 下午六點。要演約兩小時。

「ㄑㄧㄠ’ˊ ㄋㄚˇㄧˇ. ㄋ̥ㄧ’ˊㄋㄚˇㄧˇㄌㄠ’ˊ ㄐㄧㄚˇㄉㄝ̩ˇㄊㄧㄫ̰ˇㄉㄝ̩ˇ.」{qIáu’ naYi. n̥í’ naYiláu’ jIadɛtiŊ̰dɛ.}

A: လာခေါ်ပေး နိုင်မလား? 你來接我好嗎？

「ㄌㄚˇㄎㄛ̩ˇㄅㄝ ㄋㄟㄫ̰ˇㄇㄚˇㄌㄚ?」{lakƆbè neiŊ̰malà?}

B: ဘယ်အချိန်လဲ? 什麼時候來？

「ㄆ̤ㄝ̩ˇ’ㄚˋㄑㄧㄟㄋ̰ˇㄌㄝ̩?」{Pɛ’âqieiN̰lɛ̀?}

A: ငါး နာရီ (၅:၀၀) ဆိုရင်ဘယ်လိုလဲ? 下午五點好不好？

「ㄫㄚ ㄋㄚˇㄧˇ ㄘㄛˇㄧㄫ̰ˇㄆ̤ㄝ̩ˇㄌㄛˇㄌㄝ̩?」{ŋÀ naYi coYiŊ̰Pɛlolɛ̀?}

B: အင်း၊ ကောင်းတယ်။ ၅:၀၀ ကျရင် မင်းအိမ်မှာ တွေ့မယ်။ 嗯，好。下午五點你住處見。

「’ㄧㄫ̰, ㄍㄠㄫ̰ㄉㄝ̩ˇ. ㄫㄚㄐㄧㄚˋㄧㄫ̰ˇ ㄇㄧㄫ̰’ㄟㄇ̰ˇㄇ̥ㄚˇ ㄉㄨㄝˋㄇㄝ̩ˇ.」{’ìŊ̰, gàuŊ̰dɛ. ŋÀjiâYiŊ̰ mìŊ̰’eiM̰m̥a duêmɛ.}

A: ရုပ်ရှင် မကြည့် ခင် တခုခု စားကြမလား? 要弄些東西吃嗎？

「ㄧㄡ’ˊㄒㄧㄫ̰ˇ ㄇㄚˇㄐㄧㄝㄬ̰ˋ ㄎㄧㄫ̰ˇ ㄉㄚˋㄎㄨˋㄎㄨˋ ㄙㄚㄐㄧㄚˋㄇㄚˇㄌㄚ?」{Yóu’x̥iŊ̰ majIêÑ̰ kiŊ̰ dâkûkû sàjIâmalà?}

B: ကျွန်တော်တို့ အဆာပြေစားစရာများများ ဝယ် သင့်တယ်။ 我們應該買一些零食。

「ㄐㄜㄋ̰ˇㄉㄛ̩ˇㄉㄛ’ˊㄚˋㄘㄚˇㄅㄧㄝˇㄙㄚㄙㄚˋㄧㄚˇㄇㄧㄚㄇㄧㄚ ㄨㄝ̩ˇ ㄉ̤ㄧㄫ̰ˋㄉㄝ̩ˇ.」{jiuəŊ̰dɔdô ’âcabIesàsâYamiàmià uɛ ðîŊ̰dɛ.}

A: ကန်စွန်းဥပြုတ် ပြောင်းဖူးပြုတ် ပေါက်စီ အစပေါ့။ 煮紅薯、煮玉米、包子之類。

「ㄍㄜㄋ̰ˇㄙㄜㄋ̰’ㄨˋㄅㄧㄡ’ˊ ㄅㄧㄠㄫ̰ㄆㄨㄅㄧㄡ’ˊ ㄅㄠ’ˊㄙㄧ’ˇㄚˋㄙㄚˋㄅㄛ̩ˋ.」{gəN̰suəN̰’ûbIóu’ bIàuŊ̰pùbIóu’ bÁu’si ’âsâbƆ̂.}

B: ဟုတ်ကဲ့॥ 是的。

「ㄏㄡˋ‥ㄍㄝˋ.」{hóu'gê.}

二、薩雅桑達(B)要去北京度假，下面是陳火坤(A)和她的對話。

A: ဆရာ စန္ဒာ ရှင်၊ အားလပ်ရက်ရှည် ဘယ်တော့လဲ？ 薩雅桑達，妳什麼時候去度假？

「ㄘㄚˋㄧˇ ㄙㄚˊㄋㄉㄚˋ ㄒㄧㄥˋ, ˋㄚㄌㄚˊ ˋㄧㄜˋˋㄒㄝʰ ㄆㄜˇㄉㄜˇˋㄌㄝ?」{câYa sânDa xiɳ, 'àlá'Yá'xeɳ̠ Pɛdôlè?}

B: နောက် အပတ်॥မစ္စတာ ချိန်စ် ဟွေ့ခွိန်၊မေ့နေပြီလား？ 下周。陳火坤先生，你忘了？

「ㄋㄠˇˋˋㄚˇㄅㄚˋ.ㄇㄚˋㄙㄙㄚˊㄉㄚˋ ㄑㄧㄝ̍ㄋˋ ㄏㄨㄛˇㄅㄨㄜㄋ̠, ㄇㄝˇㄋㄝˋㄅㄧ́ˋㄌㄚˋ?」{náu' 'âbá'.massâda qIɛ́ɳ huɔkuèɳ̠, mênebIilà?}

A: အင်း၊ ဒီ အပတ်ပါလား？ ဘယ်နေရာ သွားမလဲ？ 嗯，不是本周嗎？去哪兒？

「ˋㄧㄥ, ㄉㄧˇˋㄚˊˋㄅㄚˊ'ㄅㄚˊㄌㄚˇ? ㄆㄜˇㄋㄝˇˋㄧㄚˊ ㄉㄨㄚ̀ㄇㄚˋㄌㄚˋ?」{'iɳ, Di 'âbá'bAmalè? PɛneYa ðuàlà?}

B: ပီကင်း(ပေကျင်း) သွားကြ မှာ॥ 要去北京。

「ㄅㄝˇㄐㄧㄧㄥˇ(ㄅㄧˇㄍㄧㄥˇ) ㄉㄨㄚ̀ㄐㄧ‥ㄚˇㄇㄚˇ」{bejiiɳ(bigiɳ) ðuàjIâ ma}

A: ဟိုမှာ ဘယ်လောက်နေမှာ လဲ？ 你會在那裡停留多久？

「ㄏㄛˇㄇㄚˇ ㄆㄜˇㄌㄠˋˋㄋㄝˇㄇㄚˇ ㄌㄝ?」{homa Pɛláu'nema lè?}

B: နှစ် (၂) စကားပြော ပတ်လောက်॥ 約兩周。

「ㄋ̠ㄧˇ‥ ㄙㄚˊㄍㄚ̀ㄅㄧㄜ̀ㄋ̠ㄧˇ‥ˋㄅㄚˊˋㄌㄠ‥.」{ɳ̠í sâgàbIɔ̀ ɳ̠í bá'láu'.}

A: ဘယ်တော့ပြန်လာမလဲ？ 你什麼時候回來？

「ㄆㄜˇㄉㄛˇㄅㄧㄜˋㄋ̠ㄌㄚˊㄇㄚˇㄌㄝ?」{PɛdôbIəɳ̠lamalè?}

B: တစ်ဆယ့်လေး (၁၄) ရက်နေပြီ॥ 過十四天以後。

「ㄉㄧˊˋㄘㄝˇㄌㄝ̀ㄜˋ ㄋ̠ㄝˇㄅㄧˋ.」{dí'cɛ̂lè Yá'nebIi.}

A: ကောင်းပြီ॥ ကောင်းသော ခရီးဖြစ်ပါစေ！ 好的。祝你旅途愉快！

「ㄍㄠㄥˇㄅㄧ́. ㄍㄠㄥˇㄉㄛˇ ㄎㄚ̀ㄧㄆㄧˊˋㄅㄚˇㄙㄝ！」{gàuɳbIi. gàuɳðô kâYipIí'bAse!}

B: ကျေးဇူးတင်ပါတယ်！ 謝謝！

「ㄐㄧㄝ̀ㄗㄨˋㄉㄧㄥˇˋㄅㄚ‥ㄉㄝˋ！」{jièzùdiɳbAdɛ!}

【詞語學習 2】

▷ မ့ေနပြီ 「ㄇㄝˇㄋㄝˇㄅㄧˇ」{mênebIi} 忘了

▷ သော 「ㄉㆦˋ」{ðò} 那個

▷ မ့ွး 「ㄇㄨㄝ」{muè} 出生

▷ မ့ွးနေ 「ㄇㄨㄝㄋㄝˋ」{muènê} 生日

【常用會話】

စကားပြော ၁「ㄙㄚˋㄍㄚˋㄅㄧㆦˋ ㄉㄧˇ」{sâgàbIò dí} 對話一

A: ဒီနေ့ ဘာရက်လဲ? 今天是星期幾？

「ㄉㄧˇㄋㄝˋ ㄆㄚˇㄧㆦˇˋㄉㄝ?」{Dinê PaYə'lè?}

B: ဗုဒ္ဓဟူးနေ့ ရက်ပါ။ 是星期三。

「ㄅㄨˋㄉㄊㄚˇㄏㄨㄋㄝˋ ㄧㆦˇˋㄅㄚˋ.」{BûDTahùnê Yə'bA.}

A: မနေ့က? 昨天呢？

「ㄇㄚˇㄋㄝˇㄍㄚˋ?」{manêgâ?}

B: အင်္ဂါနေ့ 星期二。

「ˊㄚˇㄫㄫㄚˇㄍㄚˋㄋㄝˋ」{'âŋŋaGAnê}

A: မနက်ဖြန်ကော? 明天呢？

「ㄇㄚˇㄋㆦˇ'ㄆㄧㆦㄣˇㄍㆦˇ?」{manə'pIəNgò?}

B: ကြာသပတေးနေ့ 星期四。

「ㄐㄧㄚˇㄉㄚˋㄅㄚˋㄉㄝㄋㄝˋ」{jIaðâbâdènê}

163

စကားပြော ၂「ㄙㄚˋㄍㄚㄅㄧㄛ̤ ㄋ̥ㄧˊ」{sâgàbIɔ̤ n̥í'}對話二

A: မွေးနေ့က ဘယ်အချိန် လဲ? 妳的生日是什麼時候？

「ㄇㄨㄝㄋㄝˋㄍㄚˋ ㄆㄝ̤ˊ'ㄚˋㄑㄧㄟㄫ̤ˇ ㄌㄝ̤?」{muènêgâ Pɛ'âqieiŊ lɛ̀?}

B: ၁၉၇၈-၉-၂၃ မှာ မွေး ဖြစ်ခဲ့ တယ်။ 我是1978年9月23日出生的。

「ㄉㄚˋㄊㄠㄫ̤ˇ ㄍㄛ ㄧㄚˇ ㄎㄨˋㄋ̥ㄧˊ'ㄘㄝ̤ˇ ㄒ̥ㄧˊ' ㄎㄨˋㄋ̥ㄧˊ' ㄍㄛ ㄌㄚˇ ㄋ̥ㄧˊ'ㄘㄝ̤ˇㄉ̤ㄡㄇ̤ ㄧㄜˊ' ㄇ̥ㄚˇ ㄆㄨㄚ ㄆㄧˊ' ㄎㄝ̤ˋ ㄉㄝ̤ˇ.」{dâtauŊ gò Ya kûní'cɛ x̥í' kûn̥í' gò la n̥í'cɛðòum̤ Yə' m̥a puà pIí'kɛ̂ dɛ.}

A: အိုး၊ ဒီနေ့ ခင်ဗျားရဲ့မွေးနေ့လေ! 哦，今天是你的生日！

「'ㄛ, ㄉ̤ㄧˇㄋㄝˋ ㄎㄧㄫ̤ˇㄅ̤ㄧㄚㄧㄝ̤ˋㄇㄨㄝㄋㄝˋㄌㄝˇ!」{'ò, Dinê kiŊBiàYɛ̂muènêle!}

B: ပျော်ရွှင် သော မွေးနေ့ ပါ! 祝你生日快樂！

「ㄅ̤ㄧㄛ̤ˇㄒㄨㄧㄫ̤ˇ ㄉ̤ㄛ̤ ㄇㄨㄝㄋㄝˋ ㄅㄚˇ!」{biɔx̥uiŊ ðɔ̀ muènê bA!}

A: ကျေးဇူးတင်ပါတယ်။ 謝謝！

「ㄐㄧㄝㄗㄨㄉㄧㄫ̤ˇㄅㄚˇㄉㄝ̤ˇ.」{jièzùdiŊbAdɛ.}

ပျော်ရွှင် သော မွေးနေ့ ပါ!
生日快樂！
「ㄅ̤ㄧㄛ̤ˇㄒㄨㄧㄫ̤ˇ ㄉ̤ㄛ̤ ㄇㄨㄝㄋㄝˋ ㄅㄚˇ!」
{biɔx̥uiŊ ðɔ̀ muènê bA!}

【語法說明】數詞；年月日標記法；時間標記法；時間詞彙；語法點滴

1. 緬甸語的各類數詞和相關詞彙如下。

1) 基數詞

　　緬甸語基數詞從十位到百萬位的整數、0~9 十個位數(၄「ㄎㄨˋ」{kû})都有一個固定的詞，即：

○	0/၀	သုံည「ㄉㄡㄇˇㄣˇㄚˇ」{ðoumÑa}
一	1/၁	တစ်「ㄉ一ˇ'」{dí'}
二	2/၂	နှစ်「ㄋˇ一ˇ'」{ņí'}
三	3/၃	သုံး「ㄉㄡㄇˇ」{ðòum}
四	4/၄	လေး「ㄉㄝˇ」{lè}
五	5/၅	ငါး「ㄇㄚˇ」{ŋÀ}
六	6/၆	ခြောက်「ㄑ一ㄠˇ'」{qIáu'}
七	7/၇	ခုနှစ်「ㄎㄨˋㄋˇ一ˇ'」{kûņí'}
八	8/၈	ရှစ်「ㄒ一ˇ'」{xí'}
九	9/၉	ကိုး「《ㄛˋ」{gò}
十	10/၁၀	ဆယ်「ㄘㄝˇ」{cɛ}
百	100/၁၀၀	ရာ「一ㄚˇ」{Ya}
千	1,000/၁၀၀၀	ထောင်「ㄊㄠㄇˇ」{tauŊ}
萬	10^4/၁၀၄	သောင်း「ㄉㄠㄇˇ」{ðàuŊ}
十萬	10^5/၁၀၅	သိန်း「ㄉㄟㄣ」{ðèiŅ}
百萬	10^6/၁၀၆	သန်း「ㄉㄜㄣ」{ðèŅ}
千萬	10^7/၁၀၇	ကုဋေ「《ㄨˋㄉㄝˇ」{gûde}
百兆	10^14/၁၀၁၄	ကောဋိ「《ㄛˋㄉ一ˋ」{gòdî}

註解

1) 0/၀ 也可寫成 သုံည「ㄉㄡㄇˇㄣˇㄚˇ」{ðoumÑa}；10/၁၀ 也可用 တစ်ဆယ်「ㄉ一ˇ'ㄘㄝˇ」{dí'cɛ}；一萬又可以說成 တစ်ဆယ်ထောင်「ㄉ一ˇ'ㄘㄝˇㄊㄠㄇˇ」{dí'cɛ tauŊ}；百萬又可以說成 ရာ ထောင်「一ㄚˇ ㄊㄠㄇˇ」{Ya tauŊ}；一千萬又可以說成 တစ်ဆယ် သန်း「ㄉ一ˇ'ㄘㄝˇ ㄉㄜㄣ」{dí'cɛ ðèŅ}。

2) 十位、百位、千位的數詞，加了某些數詞後會從低平調變成高降調：ဆယ်「ㄘㄝˇ」{cɛ}變成 ဆယ့်「ㄘㄝˇ」{cɛ̂}、ရာ「一ㄚˇ」{Ya}變成 ရာ့「一ㄚˇ」{Yâ}、ထောင်「ㄊㄠㄇˇ」{tauŊ}變成 ထောင့်「ㄊㄠㄇˇ」{tâuŊ}，如：ရှစ်ထောင်「ㄒ一ˇ'ㄊㄠㄇˇ」{xí'tâuŊ}八千、လေးရာ့「ㄉㄝˇ一ㄚˇ」{lèYâ}四百、သုံးဆယ့်「ㄉㄡㄇˇㄘㄝˇ」{ðòumcɛ̂}三十。နှစ်「ㄋˇ一ˇ'」{ņí'}在前組成其他整數詞時可發成 န「ㄋˇㄚˇ」{ņâ}，例如：二百 နရာ「ㄋˇㄚˇ一ㄚˇ」{ņâYa}。

3) 兩百萬可以說 သိန်းနှစ်ဆယ်「ㄉㄟㄣㄋˇ一ˇ'ㄘㄝˇ」{ðèiŅņí'cɛ}（二十個十萬），也可以說 နှစ်သန်း「ㄋˇ一ˇ'ㄉㄜㄣ」{ņí'ðèŅ}。一千萬可以說 သိန်းတစ်ရာ「ㄉㄟㄣㄉ一ˇ'一ㄚˇ」{ðèiŅdí'Ya}（一百個個十萬），也可以說 တစ် ကုဋေ「ㄉ一ˇ'《ㄨˋㄉㄝˇ」{dí'gûde}。

4) 一千也可用 တစ် ထောင်「ㄉ一ˇ'ㄊㄠㄇˇ」{dí'tauŊ}或 တထောင်「ㄉㄚˇㄊㄠㄇˇ」{dâtauŊ}。

再舉一些數字讀法例子。

十一	11/၁၁	ဆယ့်တစ် 「ㄔㄝˋㄉㄧ˙」	{cɛ̂dí'}
十二	12/၁၂	ဆယ့်နှစ် 「ㄔㄝˋㄋㄧ˙」	{cɛ̂ɲí'}
十三	13/၁၃	ဆယ့်သုံး 「ㄔㄝˋㄉㄨㄇ」	{cɛ̂ðòuɱ}
十四	14/၁၄	ဆယ့်လေး 「ㄔㄝˋㄌㄝ」	{cɛ̂lè}
十五	15/၁၅	ဆယ့်ငါး 「ㄔㄝˋㄇㄚ」	{cɛ̂ŋÀ}
十六	16/၁၆	ဆယ့်ခြောက် 「ㄔㄝˋㄑㄧㄠ˙」	{cɛ̂qIáu}
十七	17/၁၇	ဆယ့်ခုနစ် 「ㄔㄝˋㄎㄨˇㄋㄧ˙」	{cɛ̂kûɲí'}
十八	18/၁၈	ဆယ့်ရှစ် 「ㄔㄝˋㄒㄧ˙」	{cɛ̂xí'}
十九	19/၁၉	ဆယ့်ကိုး 「ㄔㄝˋㄍㄛ」	{cɛ̂gò}
二十	20/၂၀	နှစ်ဆယ် 「ㄋㄧˇˋㄔㄝˇ」	{ɲí'cɛ}
二十一	21/၂၁	နှစ်ဆယ့်တစ် 「ㄋㄧˇˋㄔㄝˋㄉㄧˇ」	{ɲí'cɛ̂dí}
二十二	22/၂၂	နှစ်ဆယ့်နှစ် 「ㄋㄧˇˋㄔㄝˋㄋㄧˇˋ」	{ɲí'cɛ̂ɲí}
二十三	23/၂၃	နှစ်ဆယ့်သုံး 「ㄋㄧˇˋㄔㄝˋㄉㄨㄇ」	{ɲí'cɛ̂ðòuɱ}
三十	30/၃၀	သုံးဆယ် 「ㄉㄨㄇㄗㄝˇ」	{ðòuɱzɛ}
四十	40/၄၀	လေးဆယ် 「ㄌㄝㄗㄝˇ」	{lèzɛ}
五十	50/၅၀	ငါးဆယ် 「ㄇㄚㄗㄝˇ」	{ŋÀzɛ}
六十	60/၆၀	ခြောက်ဆယ် 「ㄑㄧㄠˇˋㄔㄝˇ」	{qIáucɛ}
七十	70/၇၀	ခုနစ်ဆယ် 「ㄎㄨˇㄋㄧˇˋㄔㄝˇ」	{kûɲí'cɛ}
八十	80/၈၀	ရှစ်ဆယ် 「ㄒㄧˇˋㄔㄝˇ」	{xí'cɛ}
九十	90/၉၀	ကိုးဆယ် 「ㄍㄛㄗㄝˇ」	{gòzɛ}
九十九	90/၉၉	ကိုးဆယ်ကိုး 「ㄍㄛㄔㄝˇㄍㄛ」	{gòcɛgò}
二百	200/၂၀၀	နှစ်ရာ 「ㄋㄧˇˋㄧㄚˇ」	{ɲí'Ya}
三百	300/၃၀၀	သုံးရာ 「ㄉㄨㄇㄧㄚˇ」	{ðòuɱYa}
二千	2,000/၂၀၀၀	နှစ်ထောင် 「ㄋㄧˇˋㄊㄠㄇ˙」	{ɲí'tauŊ}
一億	10^8/၁၀၈	ရာ သန်း 「ㄧㄚˇㄉㄜˋㄋ」 {Ya ðàN} ; ဆယ် ကုဋေ 「ㄔㄝˇㄍㄨˇㄌㄝˇ」 {cɛ gûde}
十億	10^9/၁၀၉	ဘီလီယံ 「ㄅㄧˇㄌㄧˇˋㄧㄚㄇ」	{Piliyaɱ}

| 百億 | 10^{10}/ဿ∞ | တစ်ဆယ် ဘီလီယံ「ㄉㄧ-˙ㄘㄝˋ ㄆㄨ-ˇㄌㄚ-ˇㄧㄇ˙」{dí'cɛ Piliyaɱ} |

百億　10^{10}/သ∞　တစ်ဆယ် ဘီလီယံ「ㄉㄧ-˙ㄘㄝˋ ㄆㄨ-ˇㄌㄚ-ˇㄧㄇ˙」{dí'cɛ Piliyaɱ}

千億　10^{11}/သ∞　ရာ ဘီလီယံ「ㄧㄚˇ ㄆㄨ-ˇㄌㄚ-ˇㄧㄇ˙」{Ya Piliyaɱ}

一兆　10^{12}/သၪ　 တြီလီယံ「ㄉㄧ-ˇㄌㄚ-ˇㄧㄇ˙」{diliyaɱ}

六萬　ခြောက်သောင်း「ㄑㄧㄠ-˙˙ㄉㄠㄤ」{qIáu'ðàuɳ}

七十萬　ခုနစ်သိန်း「ㄎㄨㄋㄧ-ˇ˙ㄉㄟㄣˇ」{kûᶇí'ðèiṆ}

兩百萬　နှစ်သန်း「ㄋㄧ-ˇ˙ㄉㄜㄣˇ」{ᶇí'ðə̀Ṇ}

4528　၄၅၂၈　လေးထောင်းရာနှစ်ဆယ်ရှစ်「ㄌㄝㄊㄠㄤˇㄐㄧㄚ-ˇㄚˇㄋㄧ-ˇ˙ㄘㄝˋㄒㄧ-˙」
{lètauɳɳÀYaᶇí'cɛ̱xí'}

2,500,000　၂၅၀၀၀၀၀　နှစ်ဆယ့်ငါးသိန်း「ㄋㄧ-ˇ˙ㄘㄝˋㄤㄚˇㄉㄟㄣˇ」{ᶇí'cɛ̱ɳÀðèiṆ}

1,900,000　၁၉၀၀၀၀၀　ဆယ့်ကိုးသိန်း「ㄘㄝˋ《ㄛˇㄉㄟㄣˇ」{cɛ̱gòðèiṆ}

2) 序數詞

緬甸語序數詞一到十二、二十的使用巴利語借詞。

第一　ပထမ「ㄅㄚ-˙ㄊㄚㄇ˙ㄚˇ」{bâtâma}

第二　ဒုတိယ「ㄉㄨˋㄉㄧ-ˋㄧㄚˇ」{Dûdîya}

第三　တတိယ「ㄉㄚ-˙ㄉㄧ-ˋㄧㄚˇ」{dâdîya}

第四　စတုတ္ထ「ㄙㄚˇㄉㄨˋㄉㄊㄚˇ」{sâdûtâ}

第五　ပဉ္စမ「ㄅㄚˇㄧˊㄙㄚㄇ˙ㄚˇ」{bâᶇsama}

第六　ဆဋ္ဌမ「ㄑㄚ-˙ㄉㄊㄚㄇ˙ㄚˇ」{câḍṭâma}

第七　သတ္တမ「ㄉㄚˇㄉㄊㄚㄇ˙ㄚˇ」{ðâddâma}

第八　အဋ္ဌမ「˙ㄚˇㄉㄊㄚㄇ˙ㄚˇ」{'âḍṭâma}

第九　နဝမ「ㄋㄚˇㄨˇㄚㄇ˙ㄚˇ」{nauama}

第十　ဒသမ「ㄉㄚˇㄉㄚㄇ˙ㄚˇ」{Daðâma}

第十一　ဧကာဒသမ「˙ㄝˇ《ㄚˇㄉㄚˇㄉㄚ˙ㄇㄚˇ」{'ēgaDaðâma}

第十二　ဒွာဒသမ「ㄉㄨㄚˇㄉㄚˇㄉㄚˇㄇㄚˇ」{DuaDaðâma}

第二十　ဗီသဒသမ「ㄅㄚˇ《ㄧ-ˇㄉㄚˇㄉㄚˇㄉㄚˇㄇㄚˇ」{BaGiðâDaðâma}

　　序數詞還可以用：基數詞+မြောက်「ㄇㄧㄠ-˙」{mIáu'}或基數詞+မြောက်သော「ㄇㄧㄠ-˙ㄉㄛˋ」{mIáu'ðɔ̀}
的方式實現，巴利語序數詞可這樣表示，如：

第十一　ဆယ့်တစ် မြောက်「ㄘㄝˋㄉㄧ-˙ ㄇㄧㄠ-˙」{cɛ̱dí' mIáu'}

167

第十三 　　　ဆယ့်သုံးမြောက်「ㄘㄝˋㄌㄡㄇ̩ㄇㄧㄠˋˋ」{cɛ̂ðòuṃmIáu'}

第十六 　　　တစ်ဆယ့်ခြောက်မြောက်「ㄌㄧˋˋㄘㄝˋㄑㄧㄠˋˋㄇㄧㄠˋˋ」{dí'cɛ̂qIáu'mIáu'}

第十七 　　　တဆယ့်ခုနစ်မြောက်「ㄌㄚˋㄘㄝˋㄎㄨˋㄋ̩ㄧˊˋㄇㄧㄠˋˋ」{dâcɛ̂kûṇí'mIáu'}

第一百 　　　ရာမြောက်သော「一ㄚˋㄇㄧㄠˋˋㄌㄛˋ」{YamIáu'ðɔ̀}

第一百萬 　　　တစ်သန်းမြောက်「ㄌㄧˋˋㄌㄛˋㄋ̩ㄇㄧㄠˋˋ」{dí'ðàṇmIáu'}

第十四 　　　ဆယ့်လေးကြိမ်မြောက်「ㄘㄝˋㄌㄝㄐㄧㄟㄇ̩ㄇㄧㄠˋˋ」{cɛ̂lèjIeiṂmIáu'}

　　　အကြိမ်「ˋㄚˋㄐㄧㄟㄇ̩」{'âjIeiṂ}+數詞+ မြောက်「ㄇㄧㄠˋˋ」{mIáu'}表示"第…次"，例如：

第三十次 　　　အကြိမ် သုံးဆယ် သုံးဆယ် (၃၀) မြောက်「ˋㄚˋㄐㄧㄟㄇ̩ㄌㄡㄇ̩ㄘㄝˋ ㄌㄡㄇ̩ㄘㄝˋ ㄇㄧㄠˋˋ」{'âjIeiṂ ðòuṃcɛ ðòuṃcɛ mIáu'}

3)負數

　　　基數詞前加 အနုတ်「ˋㄚˋㄋˋㄨˋ」{'ânóu'}就變成負數，如：အနုတ် ကိုး「ˋㄚˋㄋˋㄨˋ 《ㄛˋ」{'ânóu' gò} =-9。

4)負溫度

　　　用 သုညအောက်「ㄌㄨˋㄏ̍ㄚˋˋㄠˋ ˋˋ」{ðûṆa'áu'}零下：အပူချိန် သုညအောက် တစ် ဒီဂရီ ရှိတယ်「ˋㄚˋㄅㄨˋ 〈一ㄟˋㄋ̍ ㄌㄨˋㄏ̍ㄚˋˋㄠˋ ˋˋ ㄌㄧˋˋ ㄌㄧˋ《ㄚˋㄖㄧˊ一 ㄒㄧˋㄌㄝˋ」{'âbuqieiṆ ðûṆa'áu' dí' DiGari xîdɛ}溫度為零下一度。

5)百分數

　　　百分數使用單詞 ရာခိုင်နှုန်း「一ㄚˋㄎㄞ̍ㄬ̍ˋㄋˋㄛˋㄬ」{YakaiD̯ŋòṆ}或 ရာခိုင်နှုန်းပြည့်「一ㄚˋㄎㄞ̍ㄬ̍ˋㄋˋㄛˋㄬㄅㄧㄝˋㄬ」{YakaiD̯ŋòṆbIêṆ} "百分之" 與基數詞成，此詞可放在基數詞前面或者後面，如：

ရာခိုင်နှုန်း သုံး「一ㄚˋㄎㄞ̍ㄬ̍ˋㄋˋㄛˋㄬ ㄌㄡㄇ̩」{YakaiD̯ŋòṆ ðòuṃ}或者是 သုံး ရာခိုင်နှုန်း「ㄌㄡㄇ̩ 一ㄚˋㄎㄞ̍ㄬ̍ˋㄋˋㄛˋㄬ」{ðòuṃ YakaiD̯ŋòṆ}=3%。

6)比例

　　　表示比例用 အချိုး「ˋㄚˋ〈一ˋㄛˋ」{'âqiò}，例如：

ငါး အချိုး ကိုး「ㄫㄚˋ ˋㄚˋ〈一ˋㄛˋ 《ㄛˋ」{ŋÀ'âqiò gò}=5：9；သုံး အချိုး နှစ် 「ㄌㄡㄇ̩ ˋㄚˋ〈一ˋㄛˋ ㄋˋㄧˊˋˋ」{ðòuṃ 'âqiò ṇí'}=3：2。

7)整分數

　　　一半用 တစ်ဝက်「ㄌㄧˋˋㄨㄛˋˋ」{dí'uá'}，例如：

တစ်ဝက်တိတိ「ㄌㄧˋˋㄨㄛˋˋㄌㄧˋㄌㄧˋ」{dí'uá'dîdî} 正好一半；四分之一用 လေးပုံတစ်ပုံ「ㄌㄝㄅ̍ㄨㄇ̩ㄌㄧˋˋㄅ̍ㄨㄇ̩」{lèbouṃdí'bouṃ}或 တစ်စိတ်「ㄌㄚˋㄙㄝˋˋ」{dâséi'}

8)分數/倍數

分數用幾分 ပုံ「ㄅㄡㄇ̰ˇ」{boum̰}之中的多少份 ပုံ「ㄅㄡㄇ̰ˇ」{boum̰}表示，x分之一表示成 ：x ပုံတစ်ပုံ「...ㄅㄡㄇ̰ˇㄉㄧˊ'ㄅㄡㄇ̰ˇ」{...boum̰dí'boum̰}，例如：

လေးဆယ်ပုံတပုံ「ㄌㄝˋㄘㄝ̰ˇㄅㄡㄇ̰ˇㄉ̰ㄚˋㄅㄡㄇ̰ˇ」{lècεboum̰dâboum̰}四十分之一、ခြောက်ပုံ နှစ် ပုံ「ㄑㄧㄠˊ' ㄅㄡㄇ̰ˇ ㄋ̥ㄧˊ' ㄅㄡㄇ̰ˇ」{qIáu' boum̰ ṋí' boum̰}六十分之二、တစ်ထောင် ပုံ့ ကိုးပုံ「ㄉㄧˊ'ㄊㄠㄫ̰ˇ ㄅㄡㄇ̰ˋ ㄍㄛㄅㄡㄇ̰ˇ」{dí'tauN̰ bôum̰ gòboum̰}千分之九。

倍數用：基數詞+ဆ「ㄘㄚˋ」{câ}表示，例如：

စီးပွားရေးက နှစ် ဆ တိုးlaတယ်။「ㄙㄧㄅㄨㄚㄧㄝㄍㄚˋ ㄋ̥ㄧˊ' ㄘㄚˋ ㄉㄛㄌㄚˇㄉㄝ̰ˇ.」{sìbuàYègâ ṋí' câ dòladε.}經濟增長了兩倍。

9)數學運算

數學“加減乘除”သင်္ချာ「ㄉ̰ㄚˋㄫㄫㄚˇㄑㄧㄚˇ」{ðâŋŋaqia}用 အပေါင်း「'ㄚˋㄅㄠㄫ̰」{'âbÀUN̰}、အနုတ်「'ㄚˋㄋㄡˊ'」{'ânóu'}、အမြှောက်「'ㄚˋㄇ̥ㄧㄠˊ'」{'âm̥Iáu'}、အစား「'ㄚˋㄙㄚ」{'âsÀ}，“等於”可以用 ညီ「ㄬ̥ㄧˋ」{Ṋî}，例如：

တစ် အပေါင်း နှစ် ညီ သုံး「ㄉㄧˊ''ㄚˋㄅㄠㄫ̰ ㄋ̥ㄧˊ' ㄬ̥ㄧˋ ㄉ̰ㄡㄇ̰」{dí' 'âbÀUN̰ ṋí' Ṋî ðoum̰}一加二等於三。

10)小數點

小數點讀成：ဒသမ「ㄉ̰ㄚˇㄉ̰ㄚˋㄇㄚˇ」{Daðâma}，例如：

နှစ်ဆယ် ငါး ဒသမ တစ်「ㄋ̥ㄧˊ'ㄘㄝ̰ˇ ㄫㄚ ㄉ̰ㄚˇㄉ̰ㄚˋㄇㄚˇ ㄉㄧˊ'」{ṋí'cε ŋÀ Daðâma dí'}=25.1

2.年月日

緬甸語年月日的說法，排列順序和中文一樣。用緬文數字和阿拉伯數字表示均可，一般用兩個小短橫把它們分開。讀法是數字的千百十的位數都要讀出，然後讀、月、日例如：

၁၉၈၇-၉-၁၅=1987 年 9 月 15 日 တထောင် ကိုး ရာ ရှစ်ဆယ် ခုနှစ် ကိုးလ တစ်ဆယ့်ငါး ရက်「ㄉㄚˋㄊㄠㄫ̰ˇ ㄍㄛ ㄧㄚˇ ㄒㄧˊ'ㄘㄝ̰ˇㄎㄨˋ ㄋ̥ㄧˊ'ㄍㄛ ㄌㄚˇㄉㄧˊ'ㄘㄝ̰ˋㄫㄚ ㄧㄜˊ'」{dâtauN̰ gò Ya x̥í'cε kû ṋí' gò la dí'cε̂ŋÀ Yə'}，以前月份可以用英文借詞說出，如：9 月可用 စက်တင်ဘာ(September)，現在都用數字+လ 讀出。

၂၀၁၄-၇-၂၈-2014 年 7 月 28 日 နှစ် ထောင် တစ်ဆယ့်လေး နှစ် ခုနှစ်လ နှစ်ဆယ် ရှစ် ရက်「ㄋ̥ㄧˊ' ㄊㄠㄫ̰ˇ ㄉㄧˊ'ㄘㄝ̰ˋㄌㄝ ㄋ̥ㄧˊ'ㄎㄨˋㄋ̥ㄧˊ'ㄌㄚˇㄋ̥ㄧˊ'ㄘㄝ̰ˇ ㄒㄧˊ' ㄧㄜˊ'」{ṋí' tauN̰ dí'cε̂lè ṋí' kûṋí'la ṋí'cε x̥í' Yə'}。

3.時間標記法

時間按照數字加點 နာရီ「ㄋㄚˇㄧˇ」{naYi}、分 မိနစ်「ㄇㄧˋㄋㄧˊ'」{mîní'}、秒 စက္ကန့်「ㄙㄚˋㄍㄍㄜㄋ̰ˋ」{sâggəN̰}的方式說出，還有一些具體的用法，舉例如下。

ငါး (၅) နာရီ တိတိ「ㄫㄚㄋㄚˇㄧˇ ㄉㄧˋㄉㄧˋ」{ŋÀ naYi dîdî}五時整。

နှစ် (၂) နာရီ (၅) မိနစ်「ㄋ̥ㄧˊ' ㄋㄚˇㄧˇ ㄫㄚ ㄇㄧˋㄋㄧˊ'」{ṋí' naYi ŋÀ mîní'}兩點五分。

နှစ် (၂) နာရီတိုးပြီး (၅) မိနစ် 「ㄋㄧ－〞 ㄋㄚ〞－ㄌㄜㄅㄧ ㄇㄚ ㄇㄧ－ㄋㄧ〞」 {n̰i' naYidòblì ŋÀ mîní'} 兩點過五分。

表示時間快慢可用下面兩個句子。

နေးတယ်॥ 「ㄋㄝㄉㄝ.」 {n̰èdɛ.} 慢了。

မြန်တယ်॥ 「ㄇㄧㄜㄋ〞ㄉㄝ.」 {mIəN̰dɛ.} 快了。

4.時間詞彙

　　緬甸語有一些時間詞彙，書面語和口頭語說法不同，現對比舉例如下。

ဒီနေ့ 「ㄉㄧ－〞ㄋㄝˋ」 {Dinê} 今天(口)

ယနေ့ 「－ㄚ〞ㄋㄝˋ」 {yanê} 今日(書)

မနေ့ 「ㄇㄚ〞ㄋㄝˋ」 {manê} 昨天(口)

မနေ့တုံးက 「ㄇㄚ〞ㄋㄝˋㄉㄡㄇ《ㄚ〞」 {manêdòumgâ} 昨日(書)

မနက် 「ㄇㄚ〞ㄋㄜ〞」 {manə'} 早上，早晨(口)

နံနက် 「ㄋㄚㄇ〞ㄋㄜ〞」 {nam̰nə'} 早晨(書)

မနက် နေမထွက်ခင် 「ㄇㄚ〞ㄋㄜ〞 ㄋㄝㄇㄚ〞ㄊㄨㄜ〞ㄎㄧㄥ」 {manə' nematuə'kiN̰} 清晨(口)

အရုက်, အာရုက် 「ㄚ〞－ㄛㄋˋ,＇ㄚ〞－ㄛㄋˋ」 {'âYoN̰, 'aYoN̰} 黎明(書)

ညသန်းခေါင် 「ㄏㄚˋㄉㄜㄋㄎㄠㄥ」 {Ñaðə̀N̰kAUN̰} 半夜(口)

သန်းခေါင်ယံ 「ㄉㄜㄋˋㄎㄠㄥ－ㄚㄇ」 {ðə̀N̰kAUN̰yam̰} 午夜(書)

တစ်သက်လုံး 「ㄉㄧ－〞ㄉㄜ〞ㄉㄡㄇ」 {dí'ðə'lòum̰} 一生(口)

ရာသက်ပန် 「－ㄚ〞ㄉㄜ〞ㄅㄜㄋ」 {Yaðə'bəN̰} 畢生(書)

အရင်တုံးက 「＇ㄚ〞－ㄧㄥ〞ㄉㄡㄇ《ㄚ〞」 {'âYiN̰dòum̰gâ} 過去(口)

အတိတ်ကာလ 「＇ㄚ〞ㄉㄟ〞《ㄚ〞ㄌㄚ〞」 {'âdéi'gala} 昔日(書)

ပစ္စုပ္ပန်ကာလ 「ㄅㄚ〞ㄙㄨㄅㄅ ㄅㄚㄋˋㄋㄜ《ㄚ〞ㄌㄚ〞」 {bâssûbbân̰gala} 當前(口)

မျက်မှောက်ကာလ 「ㄇㄧㄜ〞ㄇㄠ〞《ㄚ〞ㄌㄚ〞」 {miə'm̰áu'gala} 目前(書)

အခု 「＇ㄚ〞ㄎㄨˋ」 {'âkû} 現在(口)

ယခု 「－ㄚ〞ㄎㄨˋ」 {yakû} 現今(書)

နောင်ကာလ 「ㄋㄠㄥˋ《ㄚ〞ㄌㄚ〞」 {nauN̰gala} 將來(口)

အနာဂတ် 「＇ㄚ〞ㄋㄚ〞《ㄚ〞」 {'ânaGá'} 未來(書)

နောက်ကြရင်「ㄋㄠˇˋㄐㄧㄚˊㄧㄤ˙」{náu'jIâYiᴅ}下次(口)

နောက်ကြမှ「ㄋㄠˇˋㄐㄧㄚˋㄇㄚˋ」{náu'jIâṃâ}下回(書)

တစ်ခါတစ်ရံ「ㄉㄧˋ'ㄅㄚˇㄉㄧ''ㄧㄚㄇ˙」{dí'kAdí'Yaṃ}不時(口)

ရံဖန်ရံခါ「ㄧㄚㄇ˙ㄆㄜㄋˋㄧㄚㄇ˙ㄅㄚˇ」{YaṃpəᴺYaṃkA}偶爾(書)

ဘယ်တော့မှ「ㄆㄜˇㄉㄛˋˋㄇㄚˋ」{Pɛdôṃâ}從來沒有(口)

ဘယ်တော့မျှ「ㄆㄜˇㄉㄛˋˋㄇㄧㄚˋ」{Pɛdôṃiâ}從未(書)

နေ့လယ်「ㄋㄝˇㄌㄝˇ」{nêlɛ}中午(口)

နေ့ခင်း「ㄋㄝˇㄅㄧㄤ˙」{nêkìᴅ}午間(書)

မွန်းတည့်「ㄇㄨㄜㄋˋㄉㄝˋㄋˊ」{muəᴺdêᴺ}正午(口)

မွန်းတည့်ချိန်「ㄇㄨㄜㄋˋㄉㄝˋㄋˊ'ㄑㄧㄟㄋˇ」{muəᴺdêᴺqieiᴺ}正午(書)

နေ့လည်「ㄋㄝˇㄌㄝˇㄋˊ」{nêleᴺ}午後(口)

မွန်းလွဲ「ㄇㄨㄜㄋˋㄌㄨㄝ」{muəᴺluè}午後(書)

ညနေ「ㄋˊㄚˇㄋㄝˇ」{Ñane}晚上(口)

ညနေခင်း「ㄋˊㄚˇㄋㄝˇㄅㄧㄤ˙」{Ñanekìᴅ}晚間(書)

　　再舉一些表示時間的詞彙。

ခဏခဏ「ㄅㄚˋㄋˊㄚˇㄅㄚˋㄋˊㄚˇ」{kâṇakâṇa}頻繁地，常常

ခဏနေ「ㄅㄚˋㄋˊㄚˇㄋㄝˇ」{kâṇane}後來

ခုနတုံးက「ㄅㄨˇㄋˊㄚˇㄉㄡㄇˋㄍㄚˋ」{kûnadòuṃgâ}不久前

ခုလေးတင်「ㄅㄨˇㄌㄝˇㄉㄧㄤ˙」{kûlèdiᴅ}正好

ည「ㄋˊㄚˇ」{Ña}夜間，夜晚

ညကြရင်「ㄋˊㄚˇㄐㄧㄚˊㄧㄤ˙」{ÑajIâYiᴅ}黃昏時刻

ညဉ့်ဦးယံ「ㄋˊㄝㄋˋˋㄨˇㄧㄚㄇˋ」{Ñêᴺ'ùyaṃ}子夜前夕

ညတိုင်း「ㄋˊㄚˇㄉㄞㄤ˙」{Ñadàiᴅ}每夜

ညနေ「ㄋˊㄚˇㄋㄝˇ」{Ñane}黃昏，傍晚

ညနေစောင်း「ㄋˊㄚˇㄋㄝˇㄙㄠㄤ˙」{Ñanesàuᴅ}天黑

ညနေတိုင်း「ㄋˊㄚˇㄋㄝˇㄉㄞㄤ˙」{Ñanedàiᴅ}每天晚上

တစ်ချိန်လုံး「ㄉㄧˋ'ㄑㄧㄟㄋˊㄌㄡㄇ˙」{dí'qieiᴺlòuṃ}每時每刻

171

တစ်ခါတလေ「ㄉㄧˋㄅㄚˇㄉㄚˇㄌㄝˋ」{dí'kAdâle} 有時

တစ်ခါတလေမှ「ㄉㄧˋㄅㄚˇㄉㄚˇㄌㄝˋㄇㄚˋ」{dí'kAdâlemâ} 很少，難得

တစ်ညလုံး「ㄉㄧˋㄏㄚˇㄌㄡㄇ」{dí'Ñalòum} 整夜

တစ်နှစ်တစ်ခါ「ㄉㄧˋˋㄋㄧˇˋㄉㄧˋˋㄅㄚˇ」{dí'ŋí'dí'kA} 每年

တစ်နာရီ တစ်ကြိမ်「ㄉㄧˋˋㄋㄚㄧˇˉㄉㄧˋˋㄐㄧㄟㄇ」{dí'naYi dí'jIeiM} 每小時，以小時計算

တစ်နာရီ နှစ်နာရီ လောက်တုံးက「ㄉㄧˋˋㄋㄚㄧˇˉ ㄋㄧˇˋㄋㄚㄧˇˉ ㄌㄠˇˋㄉㄡㄇㄍㄚˇ」{dí'naYi ŋí'naYi láu'dòumgâ} 幾個小時前

တစ်ပတ်တစ်ခါ「ㄉㄧˋˋㄅㄚˇㄉㄧˋˋㄅㄚˇ」{dí'bá'dí'kA} 每週，每星期

တစ်လတစ်ခါ「ㄉㄧˋˋㄌㄚˇㄉㄧˋˋㄅㄚˇ」{dí'ladí'kA} 每月

တနေ့နေ「ㄉㄚˋㄋㄝˊㄋㄝˋ」{dânênê} 某天

တမြန်နေ့「ㄉㄚˋㄇㄧㄜㄋˇㄋㄝˋ」{dâmIəŊnê} 前天

ထာဝစဉ်「ㄊㄚˇㄨㄚˇㄙㄝㄏ」{tauaseŋ} 永恆，永遠

ထာဝရ「ㄊㄚˇㄨㄚˇㄧˇㄚˇ」{tauaYa} 永遠

ဒီ အပတ်「ㄉㄧˋˋㄚˋㄅㄚˇˋ」{Di 'âbá} 這個星期

ဒီနှစ်「ㄉㄧˋˋㄋㄧˇˋ」{Diŋí} 今年

ဒီအချိန်မှာ「ㄉㄧˋˋㄚˋㄑㄧㄟㄋˇㄇㄚˇ」{Di'âqieiŊma} 即刻

ဒီအပတ် စနေ တနင်္ဂနေ့「ㄉㄧˋˋㄚˋㄅㄚˇ ㄙㄚˇㄋㄝ ㄉㄚˋㄋㄚˇㄤㄤㄚˇㄍㄚˇㄋㄨㄝˇ」{Di'âbá' sâne dânaŋŋaGanue} 本週末

ဒီအပတ်「ㄉㄧˋˋㄚˋㄅㄚˇˋ」{Di'âbá'} 本星期

နှစ် (၂) ပတ်တစ်ခါ「ㄋㄧˇˉ ㄅㄚˇㄉㄧˋˋㄅㄚˇ」{ŋí' bá'dí'kA} 每兩星期，每半個月

နှစ်(၂) နှစ်ကြာရင်「ㄋㄧˇˋˋ ㄋㄧˇˋ ㄧˇㄐㄧㄚㄧˇㄥ」{ŋí' ŋí'jIaYiŊ} 兩年後

နှစ်ပတ်လည်နေ့「ㄋㄧˇˋˋㄅㄚˇㄌㄝㄏˇㄋㄝˋ」{ŋí'bá'leŊnê} 周年

နာရီ「ㄋㄚˇㄧˇˉ」{naYi} 小時

နေ့「ㄋㄝˋ」{nê} 日子，天

နေ့စဉ်「ㄋㄝˋㄗㄝㄏˇ」{nêzeŋ} 每天，每日

နေ့အချိန်「ㄋㄝˋˋㄚˇㄑㄧㄟㄋ」{nê'âqieiŊ} 白天

နေဝင်ချိန်「ㄋㄝˋㄨㄧㄤㄑㄧㄟㄋˇ」{neuiŊqieiŊ} 太陽下山時

နောက် နှစ် (၂) လ「ㄋㄠˇˋ ㄋㄧˇˋ ㄌㄚˇ」{náu' ŋí' la} 兩個月後

172

နောက် သုံး (၃) ပတ်「ㄋㄠˋˊ ㄉㄡㅁ ㄅㄚˋˊ」{náu' ðòuɱ bá'}三周後

နောက် သုံး (၃) လ「ㄋㄠˋˊ ㄉㄡㅁ ㄌㄚˇ」{náu' ðòuɱ la}三個月後

နောက်နှစ်「ㄋㄠˋˊ ㄋㄧˊ」{náu'ɲí}明年

နောက်နှစ်ပတ်「ㄋㄠˋˊ ㄋㄧˊˊ ㄅㄚˋˊ」{náu'ɲí'bá'}兩周後

နောက်လ「ㄋㄠˋˊ ㄌㄚˇ」{náu'la}下個月

နောက်အပတ် တနင်္လာနေ့「ㄋㄠˋ ㄚˊ ㄅㄚˋˊ ㄉㄚˇㄋㄚˇㄫㄚˇㄌㄚˇㄋㄝˇ」{náu'âbá' dânaŋŋalanê}下週一

နောက်အပတ်「ㄋㄠˋ ㄚˊ ㄅㄚˋˊ」{náu'âbá'}下周

ပြီးခဲ့တဲ့ နှစ်「ㄅㄧㄅㄝˋ ㄉㄝˋ ㄋㄧˊ」{bìkêdê ɲí}過去一年

ပြီးခဲ့တဲ့ အပတ်「ㄅㄧㄅㄝˋ ㄉㄝˋ ㄚˊ ㄅㄚˋˊ」{bìkêdê 'âbá'}上星期

ဖိန်းန္ဒခါ「ㄆㄟㄋㄖㄨㄝˋㄎㄚˇ」{pèiNŋuèkA}大後天

မကြာခဏ「ㄇㄚˇㄐㄧˊㄚˊㄎㄚˇㄋㄚˇ」{majIakâɲa}常，經常

မနက်စောစော「ㄇㄚˇㄋㄜˊˊ ㄙㄛˋㄙㄛˋ」{maná'sɔ̀sɔ̀}一大早

မနက်တိုင်း「ㄇㄚˇㄋㄜˊˊ ㄉㄞㄥ」{maná'dàiŊ}每天早上

မနက်ဖြန်「ㄇㄚˇㄋㄜˊˊ ㄆㄧㄜㄋˇ」{maná'pIəN}明天

မနှစ်တုံးက「ㄇㄚˇㄋㄧˊˊ ㄉㄡㅁˊ ㄍㄚˇ」{maɲí'dòuɱgâ}去年

မနေ့ည「ㄇㄚˇㄋㄝˇㄬㄚˇ」{manêÑa}昨晚

ယနေ့ည「ㄧㄚˇㄋㄝˇㄬㄚˇ」{yanêÑa}今晚

သန်းခေါင်「ㄉㄜˇㄋㄍㄠㄥˇ」{ðə̀NgAUŊ}深夜

သန်ဘက်ခါ「ㄉㄜˇㄋˊㄆㄜˇㄎㄚˇ」{ðə̀NPá'kA}後天

သိပ်မကြာသေးဘူး「ㄉㄟˋˊㄇㄚˇㄐㄧㄚˊㄉㄝˋㄆㄨˋ」{ðéi'majIaðèPù}剛剛過去不久

သုံး (၃) နှစ်ကြာရင်「ㄉㄡㅁ ㄋㄧˊˊㄐㄚˊㄧˊㄥ」{ðòuɱ ɲí'jIaYiŊ}三年後

အပတ်=ပတ်「ㄚˋㄅㄚˋˊ=ㄅㄚˋˊ」{'âbá'=bá'}星期，周

အမြဲ「ˊㄚˊㄇㄧㄝˋ」{'âmIɛ̀}總是

အမြဲတစေ「ˊㄚˊㄇㄧㄝˋㄉㄚˇㄙㄝˇ」{'âmIɛ̀dâse}經常，總是

အရင် နှစ်(၂) ပတ်တုံးက「ˊㄚˊㄧˊㄥ ㄋㄧˊ ㄅㄚˊㄉㄡㅁˊㄍㄚˇ」{'âYiŊ ɲí' bá'dòuɱgâ}兩周前

ဤ ပတ်「ˊㄧˊ ㄅㄚˋˊ」{'ī bá'}本周

5.語法點滴

1)小品詞 ပြီ「ㄅㄧˇ」{bIi}表示完成； နေ「ㄋㄝˇ」{ne}表示還在進行，沒有做完；နေပြီ「ㄋㄝˇㄅㄧˇ」{nebIi}表示要做的事情最後終於弄完或者做到了，例子：

ငါ ရေးနေတယ်။「ㄫㄚˇ ㄧㄝㄋㄝˇㄉㄝ˙.」{ŋA Yènedɛ.}我正在寫。

ငါ ရေးပြီ။「ㄫㄚˇ ㄧㄝㄅㄧˇ.」{ŋA YèbIi.}我寫完了。

ငါ ရေးရေးနေပြီ။「ㄫㄚˇ ㄧㄝㄧㄝㄋㄝˇㄅㄧˇ.」{ŋA YèYènebIi.}我寫好了。

2)動詞 သွား「ㄉㄨㄚ」{ðuà}去，可以做小品詞用，表示狀況的變化，例如：သက်သာသွားပြီလား?「ㄉㄜ'' ㄉㄚˇㄉㄨㄚㄅㄧˇㄌㄚ」{ðə'ðaðuàbIilà}現在你好些了嗎？

လမ်းမ နံရံချိတ်ပိုစတာ

「ㄌㄚㄇㄇㄚˇ ㄋㄚㄇˇㄧㄚㄇˇㄑㄧㄟ''ㄅㄛˇㄙㄚˋㄉㄚˇ」

{làMma namYamqiéi'bosâda}

街道宣傳牌

A Street Billboard

တပ် နှင့် ပြည်သူ မြဲကြည်ဖြူ သွေးခွဲလာသူ ဒို့ရန်သူ။

「ㄉㄚ'' ㄋㄧㄫˋ ㄅㄧㄝㄫˇㄉㄨˇ ㄅㄧㄚˋㄐㄧㄝㄫˇㄆㄧㄨˋ ㄉㄨㄝㄎㄨㄝㄌㄚˇㄉㄨˇ ㄅㄛˋㄧㄜㄋˇㄉㄨˇ.」

{dá' ŋîŊ bIeÑðu bIâjIeÑpIû ðuèkuèlaðu bôYəÑðu.}

軍隊和人民永遠要團結，誰破壞就是我們的敵人。

Tamadaw (Armed Forces) and the people in eternal unity.

Anyone attempting to divide them is our enemy.

【文化背景】緬曆月份；西曆月份；星期名稱；緬甸生肖

　　緬曆為太陰曆，一年分為十二個月。一年只有 354 天或 355 天，這比西曆太陽的 365 天或 366 天要少十來天。為了彌補，緬曆每三年或兩年或添加一個額外的月，稱為閏月 ဝါထပ်တယ် 「ㄨㄚˇㄊㄚˇˇㄉㄝˋ」{uAtá'dɛ}或大閏月 ဝါကြီးထပ်တယ် 「ㄨㄚˇㄐㄧㄊㄚˇˇㄉㄝˋ」{uAjIitá'dɛ}。

1.緬曆月份

　　緬甸使用自己的曆法和西曆。緬甸曆法簡稱緬曆(မြန်မာသက္ကရာဇ် 「ㄇㄧㄜㄋˇㄇㄚˇㄉㄚˇㄍㄍㄚˇㄧㄚˇˇ」{mIəNmaðâggâYa'})現將緬曆和西曆的月份名稱列舉如下。月份名稱後面可以加字母 လ "月"。

緬甸文及發音	中譯名	主要慶典	轉寫	西曆
တန်ခူး 「ㄉㄜㄋˇㄍㄨˇ」{dəNgù}	得固月	潑水節	Tagu	三到四月
ကဆုန် 「ㄍㄚˇㄗㄛㄋˇ」{gâzoN}	格絨月	浴佛節	Kason	四到五月
နယုန် 「ㄋㄚˇㄧㄛㄋˇ」{nayoN}	那雍月	僧侶考試節	Nayon	五到六月
ဝါဆို 「ㄨㄚˇㄘㄛˇ」{uAco}	哇梭月	結夏節	Waso	六到七月
ဝါခေါင် 「ㄨㄚˇㄍㄠㄥˇ」{uAgAUN}	哇高月	抽籤報施節	Wagaung	七到八月
တော်သလင်း 「ㄉㄛˇㄉㄚˇㄌㄚˇㄌㄧㄥ」{dɔðâliN}	多德嶺月	賽船節	Tawthalin	八到九月
သီတင်းကျွတ် 「ㄉㄧˇㄉㄧㄥˋㄐㄧㄡˇ」{ðidìNjióu'}	德丁卒月	解夏節、點燈節	Thadingyut	九到十月
တန်ဆောင်မုန်း 「ㄉㄜㄋˇㄗㄠㄥˇㄇㄛㄋˇ」{dəNzauNmòN}	德桑蒙月	光明節	Tazaungmon	十到十一月
နတ်တော် 「ㄋㄚˇˇㄉㄛˇ」{ná'dɔ}	那多月	敬神節	Nadaw	十一到十二月
ပြာသို 「ㄅㄧㄚˇㄉㄛㄋˇ」{bIaðoN}	比亞卓月	賽馬賽象節	Pyatho	十二到一月
တပို့တွဲ 「ㄉㄚˇㄅㄛˋㄉㄨㄝˋ」{dâbôduè}	德波端月	糯糊節、篝火節	Tabodwe	一月到二月
တပေါင်း 「ㄉㄚˇㄅㄠㄥ」{dâbÀUN}	德保月	拜塔節、廟會節	Tabaung	二到三月

　　緬曆從相當於陰曆正月的得固月計算起，單月 29 天，緬文叫 ရက်မစုံလ 「ㄧㄜˇㄇㄚˇㄙㄨㄇˇㄌㄚˇ」{Yá'masouₘla}，雙月 30 天，緬文叫 ရက်စုံလ 「ㄧㄜˇㄙㄨㄇˇㄌㄚˇ」{Yá'souₘla}，第三個月那雍月在閏年中是 30 天，多出的一天叫閏日，緬文叫 ရက်လွန် 「ㄧㄜˇㄌㄨㄜㄋˇ」{Yá'luəN}或 ရက်ငင် 「ㄧㄜˇㄥㄧㄥ」{Yá'ŋiN}。

2.西曆月份

注意西曆月份名稱採用英文的發音，每月最後一個字母 လ 可以省略。

陽曆	緬文	發音	英文
一月	ဇန္နဝါရီလ	「ㄗㄚˇㄋㄋㄚˇㄨㄚˇㄧˋㄌㄚˇ」{zannauArila}	January
二月	ဖေဖော်ဝါရီလ	「ㄆㄝˇㄆㄛˇㄨㄚˇㄧˋㄌㄚˇ」{pepɔuArila}	February
三月	မတ်လ	「ㄇㄚˇˋㄌㄚˇ」{má'la}	March
四月	ဧပြီလ	「'ㄝˇㄅㄧˋㄌㄚˇ」{'ēbIila}	April
五月	မေလ	「ㄇㄝˇㄌㄚˇ」{mela}	May
六月	ဇွန်လ	「ㄗㄨㄜˋㄋㄌㄚˇ」{zuəNla}	June
七月	ဇူလိုင်လ	「ㄗㄨˇㄌㄞㄖㄨˋㄌㄚˇ」{zulaiNla}	July
八月	သြဂုတ်လ	「ㄛˋˋㄍㄡˇˋㄌㄚˇ」{ɔ̂Góu'la}	August
九月	စက်တင်ဘာလ	「ㄙㄜˇˋㄉㄧㄖㄨˋㄆㄚˇㄌㄚˇ」{sɔ́'diNPala}	September
十月	အောက်တိုဘာလ	「'ㄠˇˋㄉㄛˇㄆㄚˇㄌㄚˇ」{'áu'doPala}	October
十一月	နိုဝင်ဘာလ	「ㄋㄛˇㄨㄧㄖㄨˋㄆㄚˇㄌㄚˇ」{nouiNPala}	November
十二月	ဒီဇင်ဘာလ	「ㄉㄧˇㄗㄧㄖㄨˋㄆㄚˇㄌㄚˇ」{DiziNPala}	December

3.星期名稱

緬甸語的星期名稱如下，每詞的最後音節 နေ့ 「ㄋㄝˋ」{nê} 可以去掉：

တနင်္ဂနွေနေ့	「ㄉㄚˇㄋㄚˇㄖㄨˇㄍㄨㄚˇㄋㄨㄝˇㄋㄝˋ」{dânaŋGanuenê}	星期天
တနင်္လာနေ့	「ㄉㄚˇㄋㄚˇㄖㄨˇㄌㄚˇㄋㄝˋ」{dânaŋlanê}	星期一
အင်္ဂါနေ့	「'ㄚˇㄖㄨˇㄍㄚˇㄋㄝˋ」{'âŋGAnê}	星期二
ဗုဒ္ဓဟူးနေ့	「ㄅㄨˇㄉㄉㄤˇㄏㄨˇㄋㄝˋ」{BûDTahùnê}	星期三
ကြာသပတေးနေ့	「ㄐㄧㄚˇㄉㄚˇㄅㄚˇㄉㄝˇㄋㄝˋ」{jIaðâbâdènê}	星期四
သောကြာနေ့	「ㄉㄛˇㄐㄧㄚˇㄋㄝˋ」{ðɔ̀jIanê}	星期五
စနေနေ့	「ㄙㄚˇㄋㄝˇㄋㄝˋ」{sânenê}	星期六

4. 緬甸生肖

　　與華人的十二個生肖不同，緬甸人只有八個生肖。緬甸的生肖(ဇာတာ ရာသီခွင်「ㄗㄚˋㄉㄚˇ ㄧㄚˊㄉㄧˇㄎㄨㄟㄥˇ」{zada Yaðikuiŋ})不是按年，而是按星期的七天計算。緬甸人生肖是這樣規定的：星期日出生的人屬神鳥——妙翅鳥，其特徵就是節儉。星期一出生的屬虎，性格特徵是喜嫉妒，但力爭向上；星期二出生的人屬獅，善良而誠實；星期三兩個生肖：午夜十二點到中午十二點以前出生的屬公象(有牙象)，中午十二點以後到午夜十二點以前出生的屬母象(無牙象)，這一天出生的人動不動就生氣，而怒火很容易消退。星期四出生的人屬鼠，星期四是一周的中間，這一天出生的人總是處於"中等"狀態，既不會太突出，也不會太落後。星期五出生的人屬天竺鼠，這一天出生的人性格外向，總是喋喋不休。星期六出生的人屬龍，雄威無比，容易動怒而怒火很難消退。八個生肖各代表一個方向。

　　緬甸語的生肖名稱如下：

出生日子	生肖	緬文及發音	方向
星期天	妙翅鳥	ဂဠုန်「ㄍㄚˇㄌㄛˇㄥˇ」{GaḷoN}	東北
星期一	老虎	ကျား「ㄐㄧㄚˋ」{jià}	東方
星期二	獅子	ခြေသေ့「ㄑㄧㄚˇㄋㄋㄚˇㄉㄜˇ」{qIânŋaðê}	東南
星期三上午	公象	ဆင်「ㄘㄧㄥˇ」{ciŊ}	南方
星期三下午	母象	ဟိုင်း「ㄏㄞㄥ」{hàiŊ}	西北
星期四	老鼠	ကြွက်「ㄐㄧㄨㄜˊ」{jIuá}	西方
星期五	豚鼠	ပူး「ㄅㄨ」{bù}	北方
星期六	蛟龍	နဂါး「ㄋㄚˇㄍㄚ」{naGÀ}	西南

　　緬甸語的黃道十二宮星座名稱如下：

中文	緬文及發音	拉丁語
寶瓶座	ကုံ「ㄍㄡㄇˇ」{gouṃ}	Aquarius
雙魚座	မိန်「ㄇㄟㄥˇ」{meiN}	Pisces
白羊座	မိဿ「ㄇㄧˋㄉㄚˇ」{mîÐâ}	Aries
金牛座	ပြိဿ「ㄅㄧˋㄉㄚˇ」{bIîÐâ}	Taurus
雙子座	မေထုန်「ㄇㄝˇㄊㄛˇㄥˇ」{metoN}	Gemini
巨蟹座	ကရကဋ်「ㄍㄚˇㄧㄚˇㄍㄚˋ」{gâYagâ}	Cancer
獅子座	သိဟ်「ㄉㄧˋㄏˇ」{ðîh}	Leo
處女座	ကန်「ㄍㄜㄥˇ」{gəN}	Virgo
天秤座	တူ「ㄉㄨˇ」{du}	Libra
天蠍座	ဗြိစ္ဆာ「ㄅㄧˋㄙㄘㄚˇ」{BIîsca}	Scorpio
射手座	ဓန「ㄊㄚˇㄋㄨˇ」{Tanû}	Sagittarius
摩羯座	မကာရ「ㄇㄚˇㄍㄚˇㄧㄚˇ」{magaYa}	Capricorn

177

【練習鞏固】

1. 請把下列句子翻譯成中文。

1)လေးဆယ် (၄၀) မိနစ်ကြာမယ်။ 「ㄉㄝㄔㄝˇ ㄧˋㄋㄧˇㄐㄧㄚˇㄇㄝˇ.」{lècɛ mînî'jIamɛ.}

_____

2)ကိုး (၉)နာရီ လေးဆယ် ချောက် (၄၆) 「ㄍㄛ ㄋㄚˇㄧˇ ㄉㄝㄔㄝˇ ㄑㄧㄠˇˇ」{gò naYi lècɛ qIáu'}

_____

3)ငါး(၅) နာရီ 「ㄤㄚ ㄋㄚˇㄧˇ」{ŋÀ naYi}

_____

4)ဆယ် (၁၀) နာရီ မတ်တင်း 「ㄔㄝˇ ㄚˇㄧˇ ㄇㄚˇˇㄉㄧㄤ」{cɛ aYi má'dìŊ} （မတ်တင်း 四分之一，一刻鐘）

_____

2. 請把下列句子翻譯成緬甸文。

1)需要三個小時。

_____

2)晚上八點

_____

3)下午五點

_____

4)一點零五分

_____

3. 填空：把數字翻譯成緬甸語，並熟讀。

1)နေ့လည် (၁၂) နာရီ 「ㄋㄝˋㄌㄝ⌒ˇㄘㄝˋㄋㄧˊ ㄋㄚˇㄧ」{nêleÑ cɛ̂ŋí'naYi}中午（十二）點

_____

2)မနက် (၁၀) နာရီ 「ㄇㄚˊㄋㄜ˙ ㄘㄝˇ ㄋㄚˇㄧ」{maná' cɛ naYi}早上（十）點

_____

3)မနက် (၈) နာရီ 「ㄇㄚˊㄋㄜ˙ ㄒㄧˋ ㄋㄚˇㄧ」{maná' x̣í'naYi}早上（八）點

_____

4)လေး နာရီ(半) 「ㄌㄝ ㄋㄚˇㄧˋㄎㄨㄝˋ」{lè naYikuɛ̀}四點（半）

_____

5)(၄) နာရီ (၅၀) 「ㄌㄝ ㄋㄚˇㄧˋ ㄤㄚ ㄘㄝˇ」{lè naYi ŋÀcɛ}（四）點（五十）

_____

6)(၄၅)စက္ကန့် ကြာမယ်။「ㄌㄝ ㄘㄝˇ ㄤㄚ ㄙㄚˋ ㄍㄍㄜˋㄋˇ ㄐㄧㄚˇㄇㄝˋ.」{lècɛ ŋÀ sâggɛ̂Ñ jIamɛ.}需要（四十五）秒。

_____

4. 背熟陽曆、緬曆月份和一星期各天的名稱。

_____

常用緬甸語應急語句

1.緊急情況

အရေးပေါ် ဖုန်းခေါ် ပေးပါ။「ㄚˊ一ㄝㄅㄛˋ ㄆㄛˋㄋㄎㄛˋㄅㄝㄅㄚˋ」{'âYèbɔpòNkɔbèbA.}請撥打緊急電話。

…ခေါ် ပေးပါ။「ㄎㄛˋㄅㄝㄅㄚˋ」{kɔbèbA.}請叫…。

- ဆရာဝန်「ㄘㄚˋㄧㄚㄨㄜㄋˇ」{câYauəN}醫生
- ရဲ「一ㄝˋ」{Yɛ̀}員警

2.緊急呼喚

ကယ်ကြပါ!「ㄍㄝˇㄐ一ㄚˋㄅㄚˋ!」{gɛjIâbA!}快救命啊！

ကယ်ပါ!「ㄍㄝˇㄅㄚˋ!」{gɛbA!}救命！

ဓါးပြ!「ㄊㄚˋㄅ一ㄚˋ!」{TÀbIâ!}有人搶劫！

ပြေး!မြန်!「ㄅ一ㄝ! ㄇ一ㄜㄋˇ!」{bIè! mIəN!}快跑！

မီး!「ㄇ一!」{mì!}起火了！

ရပ်!「一ㄚˊ'!」{Yá'!}站住！

ဝမ်းနဲပါတယ်!「ㄨㄚㄇㄋˋㄝㄅㄚˇㄌㄝˇ!」{uàMnèbAdɛ!}對不起！

သူခိုး!「ㄉㄨㄎˇㄎㄛ!」{ðukò!}有小偷！

3.需要

…ချင်တယ်။「ㄑ一ㄤˇㄌㄝˇ」{qiiNdɛ.}我想…。/我要…。

- ကြည့်「ㄐ一ㄝㄣˇ」{jIêÑ}看一看
- ဆင်း「ㄘ一ㄤ」{ciN}下(車)
- တက္ကစီ「ㄌㄚˋㄍㄍㄚˋㄙ一ˋ」{dâggâsi}計程車(taxi)
- ထမင်းစါး「ㄊㄚˋㄇ一ㄤㄙㄚˋ」{tâmìNsÀ}吃飯
- ဖုန်းခေါ်「ㄆㄛˋㄋㄎㄛˋ」{pòNkɔ}打個電話(phone call)
- ရေသောက်「一ㄝˇㄌㄠˇ'」{Yeðáu'}喝水
- အငှားယာဉ်「'ㄚˇㄤㄚˋㄛㄣˇ」{'âŋàyæŋ̂}租賃車輛

• အိမ်သာ သွား「'ㄟㄇ̰ˇㄉ̰ㄚˇ ㄉ̰ㄨㄚ」{'eiM̰ða ðuà}上廁所

• ဧည့်လမ်းညွှန်「'ㄝˇㄝ广̰ˇㄌㄚㄇ̰广̰ㄜㄋ̰ˇ」{'ēêÑ̰làM̰Ñ̰uəN̰}導遊

• နား「ㄋㄚ」{nà}休息

…ချင်ပြီ။「ㄑㄧㄫ̰ˇㄅㄧˇ.」{qiiŊ̰bIi.}我想…了。/我要…了。

• ပြန်「ㄅㄧㄜㄋ̰ˇ」{bIəN̰}回去

• အိပ်「'ㄟ''」{'éi'}睡覺

မ…ချင်တော့ဘူး။「ㄇㄚˇㄑㄧㄫ̰ˇㄉㄛ̰ˋㄆ̰ㄨ.」{ma…qiiŊ̰dôPù.}不想…了。

• စား「ㄙㄚ」{sÀ}吃

• သောက်「ㄉ̰ㄠ''」{ðáu'}喝

4.陳述自己的情況

ကျွန်မ ကိုယ်ဝန် ရှိတယ်။「ㄐㄧㄨㄜㄋ̰ˇㄇㄚˇ ㄍㄛˇㄝ̰ˇㄨㄜㄋ̰ˇ ㄒㄧˋㄉㄝ̰ˇ.」{jiuəN̰ma goεuəN̰ x̰îdε.}我懷孕了。

ချောင်းဆိုးနေတယ်။「ㄑㄧㄠㄫ̰ㄘㄛㄋㄝˇㄉㄝ̰ˇ.」{qiàuŊ̰cònedε.}我咳嗽。

ခြေညောင်းတယ်။「ㄑㄧㄝˇ广ㄠㄫ̰ㄉㄝ̰ˇ.」{qIeÑàuŊ̰dε.}我的腿酸了。

ခေါင်းကိုက်တယ်။「ㄎㄠㄫ̰ㄍㄞ''ㄉㄝ̰ˇ.」{kÀUŊ̰gái'dε.}我頭疼。

ဆံပင်ညှပ်ချင်တယ်။「ㄘㄚㄇ̰ˇㄅㄧㄫ̰ˇ广̰ㄚ''ㄑㄧㄫ̰ˇㄉㄝ̰ˇ.」{cam̰biŊ̰Ñ̰á'qiiŊ̰dε.}我想剪頭髮。

ညောင်းတယ်။「广ㄠㄫ̰ㄉㄝ̰ˇ.」{ÑàuŊ̰dε.}我覺得累了。

တော်ပြီ။「ㄉㄛ̰ˇㄅㄧˇ.」{dɔbIi.}我夠了。/我吃飽了。

ဒူးရောင်နေတယ်။「ㄉ̰ㄨㄧㄠㄫ̰ˇㄋㄝˇㄉㄝ̰ˇ.」{DùYauŊ̰nedε.}我的膝蓋都腫了。

နားမလည်ပါဘူး။「ㄋㄚㄇㄚˇㄌㄝ广̰ˇㄅㄚˇㄆ̰ㄨ.」{nàmaleÑ̰bAPù.}我不懂。

နဲနဲပြောတတ်ပါတယ်။「ㄋㄝ̰ㄋㄝ̰ㄏㄧㄝˇㄉㄚ''ㄅㄚˇㄉㄝ̰ˇ.」{nènèbIɔdá'bAdε.}會說一點點。

ဖျားနေတယ်။「ㄆㄧㄚㄋㄝˇㄉㄝ̰ˇ.」{piànedε.}我發燒。

ဗိုက်ကယ်နေတယ်။「ㄅ̰ㄞ''ㄍㄝ̰ˇㄋㄝˇㄉㄝ̰ˇ.」{Bái'gεnedε.}我感到腫脹。

ဗိုက်နာတယ်။「ㄅ̰ㄞ''ㄋㄚˇㄉㄝ̰ˇ.」{Bái'nadε.}我肚子疼。

ဝမ်းလျှောနေတယ်။「ㄨㄚㄇ̰ㄒㄧㄛ̰ㄋㄝˇㄉㄝ̰ˇ.」{uàM̰X̰iɔnedε.}我腹瀉。

အဆစ်ရောင်နေတယ်။「'ㄚˋㄘㄧ''ㄧㄠㄫ̰ˇㄋㄝˇㄉㄝ̰ˇ.」{'âcí'YauŊ̰nedε.}我的關節都腫了。

အန်နေတယ်။「'ㄜㄋ̰ˇㄋㄝˇㄉㄝ̰ˇ.」{'əN̰nedε.}我嘔吐。

အသည်းကွဲပါပြီ။「ㄚˋㄉ̤ㄝㄫ̤ㄍㄨㄝ̤ㄅㄚˇㄅㄧˇ.」{'âðèÑguɛbAbIi.}我的心臟不舒服！

5.請求

ကူညီပေးပါဦး။「ㄍㄨˇㄏ̤ㄧˇㄅㄝㄅㄚˇ'ㄨ.」{guÑibèbA'ǜ.}請幫我一下。

ပြန်ပြောပါအုံး။「ㄅㄧㄜㄋ̤ˇㄏㄧㄝˇㄅㄚˇ'ㄡㄇ̤.」{bIəÑbIɔbA'òum̤.}請再說一次。

ဖြည်းဖြည်း ပြောပါ။「ㄆㄧㄝㄫ̤ㄆㄧㄝㄫ̤ ㄅㄧㄛ̤ㄅㄚˇ.」{pIèÑpIèÑ bIɔbA.}請慢慢說。

ရေး ပြပါ။「ㄧㄝ ㄅㄧㄚˋㄅㄚˇ.」{Yè bIâbA.}請寫下來。

လမ်းပြပေးပါ။「ㄌㄚㄇ̤ㄅㄧㄚˋㄅㄝㄅㄚˇ.」{làM̤bIâbèbA.}幫我指引一下路。

အဲဒါသယ်ပေးပါ။「'ㄝ̤ㄉ̤ㄚˇㄉ̤ㄝ̤ˇㄅㄝㄅㄚˇ.」{'ɛDAðɛbèbA.}請幫我提一下。

…ပို့ပေးပါ။「ㄅㄛˋㄅㄝㄅㄚˇ.」{bôbèbA.}請把我送到…。

- စားသောက်ဆိုင်「ㄙㄚㄉ̤ㄠ''ㄘㄞㄫ̤ˇ」{sÀðáu'caiŊ̤}餐廳
- ဆိပ်ကမ်း「ㄘㄟ''ㄍㄚㄇ̤」{céi'gàM̤}港口
- ဆေးခန်း「ㄘㄝㄎㄜㄋ̤」{cèkəŊ̤}診所
- ဘူတာရုံ「ㄆ̤ㄨˇㄉㄚˇㄧㄡㄇ̤ˇ」{PudaYoum̤}火車站
- လေဆိပ်「ㄌㄝˇㄘㄟ''」{lecéi'}飛機場
- လာအို သံရုံး「ㄌㄚˇ'ㄛˇ ㄉ̤ㄚㄇ̤ˇㄧㄡㄇ̤」{la'o ðam̤Yòum̤}寮國大使館
- အနီးဆုံးဆေးရုံ「'ㄚˋㄋㄧㄘㄡㄇ̤ㄘㄝㄧㄡㄇ̤ˇ」{'ânìcòum̤cèYoum̤}最近的醫院
- အဝေးပြေးကားဂိတ်「'ㄚˋㄨㄝㄅㄧㄝㄍㄚㄍ̤ㄟ''」{'âuèbIègàGéi'}長途汽車站

6.交際用語

ကံကောင်းခြင်း「ㄍㄚㄇ̤ˇㄍㄠㄫ̤ㄑㄧㄫ̤」{gam̤gàuŊ̤qIìŊ̤}祝你好運！

ချီးယား!「ㄑㄧㄧㄚ!」{qiìyà!}乾杯！(Cheer!)

ငါ နင်(သင်) ချစ် တယ်!「ㄫㄚˇ ㄋㄧㄫ̤ˇ(ㄉ̤ㄧㄫ̤ˇ) ㄑㄧ'' ㄉㄝ̤ˇ!」{ŋA niŊ̤(ðiŊ̤) qií' dɛ!}我愛你(男對女)！

ငါ မင်း(သင်) ချစ် တယ်!「ㄫㄚˇ ㄇㄧㄫ̤(ㄉ̤ㄧㄫ̤ˇ) ㄑㄧ'' ㄉㄝ̤ˇ!」{ŋA mìŊ̤(ðiŊ̤) qií' dɛ!}我愛你(女對男)！

မွေးနေ့မှာပျော်ရွှင်ပါစေ။「ㄇㄨㄝㄋㄝˋㄇ̥ㄚˇㄅㄧㄛ̤ˇㄒㄨㄧㄫ̤ˇㄅㄚˇㄙㄝˇ.」{muènêm̥abiɔx̥uiŊ̤bAse.}祝你生日快樂！

ပျော်ရွှင် သော မွေးနေ့ ပါ!「ㄅㄧㄛ̤ˇㄒㄨㄧㄫ̤ˇ ㄉ̤ㄛ̤ ㄇㄨㄝㄋㄝˋ ㄅㄚˇ!」{biɔx̥uiŊ̤ ðɔ̀ muènê bA!}生日快樂！

သူငယ်ချင်း「ㄉ̤ㄨˇㄫㄝ̤ˇㄑㄧㄫ̤」{ðuŋɛqiìŊ̤}朋友

ကောင်းသောနံနက်ခင်းပါ! 「ㄍㄠㄫ̰ㄉ̰ㄛ̤ㄋㄚㄇ̰ˇㄋㄜˊˊㄎㄧㄫ̰ㄅㄚˇ!」{gàuŊ̰ðɔ̀nam̰nə'kìŊ̰bA!}早安

ကောင်းသောနေ့လည်ခင်းပါ! 「ㄍㄠㄫ̰ㄉ̰ㄛ̤ㄋㄝˋㄌㄝㄏ̰ˇㄎㄧㄫ̰ㄅㄚˇ!」{gàuŊ̰ðɔ̀nêleŊ̰kìŊ̰bA!}午安

ကောင်းသောညနေခင်းပါ! 「ㄍㄠㄫ̰ㄉ̰ㄛ̤ㄏㄚˇㄋㄝˇㄎㄧㄫ̰ㄅㄚˇ!」{gàuŊ̰ðɔ̀ÑanekìŊ̰bA!}晚安

အနှောက်ယှက်ပေးပြီးပြီ။ 「'ㄚˋㄋ̥ㄠˊˊㄒㄜˊˊㄅㄝㄅㄧˇㄅㄧˇ.」{'âṋáu'xə'bèbIìbIi.}打擾了

ပြဿနာမရှိပါဘူး။ 「ㄅㄧㄚˋㄉ̰ㄚˋㄋㄚˇㄇㄚˇㄒㄧˋㄅㄚˇㄆ̥ㄨ.」{bIâÐânamaẋîbAPù.}沒問題。

ပျော်ရွှင်စရာ ခရစ်စမတ်စ် ပါ! 「ㄅㄧㄛ̤ˇㄒㄨㄧㄫ̰ˇㄙㄚˋㄧㄚˇ ㄎ回ㄧˊˊㄙㄚˋㄇㄚˊˊㄙㄅㄚˇ!」{biɔẋuiŊ̰sâYa krí'sâmá's bA!}聖誕快樂！

ပျော်ရွှင် နှစ်သစ် ပါ! 「ㄅㄧㄛ̤ˇㄒㄨㄧㄫ̰ˇㄋ̥ㄧˊˊㄉ̰ㄧˊˊㄅㄚˇ」{biɔẋuiŊ̰ ṋí'ðí'bA}新年快樂！

နှစ်သစ် မင်္ဂလာ! 「ㄋ̥ㄧˊˊㄉ̰ㄧˊˊㄇㄧㄫ̰ˇㄍㄌㄚˇ」{ṋí'ðí' miŊ̰Gla}新年好！

ကျေးဇူးပြုပြီး။ 「ㄐㄧㄝㄗㄨㄅㄧㄨˋㄅㄧ.」{jièzùbIûbIì.}麻煩了。

7.詢問

ခင်ဗျားဖုန်းနံပါတ်ကဘယ်လောက်လဲ?你的電話號碼是多少？

「ㄎㄧㄫ̰ˇㄅ̰ㄧㄚㄆㄛㄋ̥ㄋㄚㄇ̰ˇㄅㄛ̤ˊˊㄍㄚˋㄆ̥ㄝ̰ˇㄌㄠˊˊㄌㄝ̰?」{kiŊ̰BiàpòŊ̰nam̰bÆ'gâPɛláu'lɛ̀?}

ဓာတ်ပုံ ဘယ်တော့ရမလဲ?照片什麼時候可以取回？

「ㄊ̰ㄛ̤ˊˊㄅㄡㄇ̰ˇ ㄆ̥ㄝ̰ˇㄉㄛ̤ˋㄧㄚˇㄇㄚˇㄌㄝ̰?」{Tæ'boum̰ PɛdôYamalɛ̀?}

မြန်မာစကား လို ပြောတတ်သလား။ 你會說緬甸語嗎？

「ㄇㄧㄜㄋ̥ˇㄇㄚˇㄗ̰ㄚˋㄍㄚ ㄌㄛˇ ㄏㄧㄝˇㄉㄚˊˊㄉ̰ㄚˋㄌㄚ.」{mIaŊ̰ma zâgà lo bIɔ̀dá'ðâlà.}

ဘတ်စ်ကား ဘယ်တော့ထွက် မလဲ?公共汽車什麼時候開？

「ㄆ̥ㄚˊˊㄙㄍㄚ ㄆ̥ㄝ̰ˇㄉㄛ̤ˋㄊㄨㄜˊˊ ㄇㄚˇㄌㄝ̰?」{Pá'sgà Pɛdôtuə' malɛ̀?}

ဘယ်မှာ လက်မှတ် ဝယ်ရမလဲ?我在哪裡可以買到票？

「ㄆ̥ㄝ̰ˇㄇ̥ㄚˇ ㄌㄜˊˊㄇ̥ㄚˊˊ ㄨㄝ̰ˇㄧㄚˇㄇㄚˇㄌㄝ̰?」{Pɛm̥a lə'm̥á' uɛYamalɛ̀?}

မြန်မာ သံရုံး ဘယ်မှာလဲ?緬甸大使館在哪兒？

「ㄇㄧㄜㄋ̥ˇㄇㄚˇ ㄉ̰ㄚㄇ̰ˇㄧㄡㄇ̰ ㄆ̥ㄝ̰ˇㄇ̥ㄚˇㄌㄝ̰?」{mIəŊ̰ma ðam̰Yòum̰ Pɛm̥alɛ̀?}

လေယာဉ် ဘယ်တော့လာမလဲ?飛機什麼時候到達？

「ㄌㄝˇㄧㄜㄏ̰ˇ ㄆ̥ㄝ̰ˇㄉㄛ̤ˋㄌㄚˇㄇㄚˇㄌㄝ̰?」{leyæŋ̰ Pɛdôlamalɛ̀?}

အင်္ဂလိပ် ပြော နိုင် သလား?您能夠說英語嗎？

「ˊㄚㄇˋㄍㄚˇㄌㄟˋˋ ㄅㄧㄛˋ ㄋㄞㄥ ㄉㄚˊㄌㄚˊ?」{ˊâŋGaléiˋ bIɔ̀ naiŊ ðâlà?}

ဘယ်နေရာ အိမ်သာ?「ㄆㄜˊㄋㄜㄧㄚˇˋㄟㄇˇㄉㄚˇ?」{PɛneYa ˈeiM̯ða?}廁所在哪裡？

ဘယ်မှာလဲ?「ㄆㄜˊㄇㄚˇㄌㄜˋ?」{Pɛm̯alɛ̀?}在哪裡？

ဘယ်လိုလဲ?「ㄆㄜˊㄌㄛˇㄌㄜˋ?」{Pɛlolɛ̀?}情況如何？

ဘယ်လိုသွားရမလဲ?「ㄆㄜˊㄌㄛˇㄉㄨㄚㄧˇㄚˇㄇㄚˇㄌㄜˋ?」{PɛloðuàYamalɛ̀?}怎麼去那裡？

ဘယ်လောက်လဲ?「ㄆㄜˊㄌㄠˇˋㄌㄜˋ?」{Pɛláuˋlɛ̀?}多少錢？

ဘယ်ဟာလဲ?「ㄆㄜˊㄏㄚˇㄌㄜˋ?」{Pɛhalɛ̀?}哪一個？

ဘာဖြစ်လို့လဲ?「ㄆㄚˇㄆㄧˋˋㄌㄛˇㄌㄜˋ?」{PapIíˋlôlɛ̀?}為什麼呢？

ဘာလဲ?「ㄆㄚˇㄌㄜˋ?」{Palɛ̀?}怎麼了？

ဟုတ်လား?「ㄏㄡˋˋㄌㄚˋ?」{hóuˋlà?}是那樣嗎？

အဝတ်လျှော်ပေးပါ?「ˊㄚˊㄨㄚˋㄒㄧㄛˇˋㄅㄟㄅㄚˇ?」{ˊâuáˋX̯iɔbèbA?}可以洗衣服嗎？

အိမ်သာပေးပါ?「ˋㄟㄇˇㄉㄚˇㄅㄟㄅㄚˇ?」{ˈeiM̯ðabèbA?}廁所在哪裡？

…မှာရှိလဲ?「ㄇㄚˇㄒㄧˇㄌㄜˋ?」{m̯ax̂îlɛ̀?}哪兒有…？

• တည်းခိုခန်း「ㄌㄜˋㄋㄎㄛˇㄎㄜˋㄥ」{dèŊkokɐ̀Ŋ}招待所

• ဟိုတယ်「ㄏㄛˇㄌㄜˇ」{hodɛ}旅館

• အိမ်သာ「ˋㄟㄇˇㄉㄚˇ」{ˈeiM̯ða}洗手間

…ရှိလား?「ㄒㄧˇㄌㄚˇ?」{x̂îlà?}有沒有…？

• ဆပ်ပြာ「ㄘㄚˋˋㄅㄧㄚˋ」{cáˋbIa}肥皂

• သွားကြားထိုးတံ「ㄉㄨㄚˋㄐㄧㄚˋㄊㄛˋㄉㄚㄇˇ」{ðuàjIàtòdaṃ}牙籤

• လက်နှိပ်ဓာတ်မီး,လေမှုတ်မီး「ㄌㄜˋˋㄋㄟˋㄊㄜˋˋㄇㄧˋ, ㄌㄜˇㄇㄡˋˋㄇㄧˋ」{láˋn̯éiˋTɐˋmì, leṃóuˋmì}手電筒

• ဖယောင်းတိုင်「ㄆㄚˋˋㄠㄥㄉㄞㄥˇ」{pâyàuŊdaiŊ}蠟燭

• မီးခြစ်「ㄇㄧˇㄑㄧˇˋ」{mìqIí}火柴

• တူ「ㄉㄨˇ」{du}錘子

• ဝက်အူလှည့်「ㄨㄛˋˋˋㄨˇㄌㄜˋㄥ」{uáˋuḽêŊ}螺絲起子

常用緬甸語電話詞語

ကြီးဖုန်း「ㄐ一ㄛㄆㄛㄋˇ」{jIòpòṈ}桌上電話

ခင်ဗျားဖုန်းလာတယ်「ㄎ一�widetildeㄅ一ㄚㄆㄛㄋˇㄌㄚˇㄉㄝ」{kiṈBiàpòṈladɛ}你電話響了。

ခဏ စောင့်「ㄎㄚˋㄋㄚˇ ㄙㄠㄥˇ」{kâṇa sâuṈ}稍等一會。

ဖုန်း ခေါ်နေတယ်「ㄆㄛㄋˇ ㄎㄛˋㄋㄝˇㄉㄝ」{pòṈ kↃnedɛ}占線

ဖုန်း မ ကိုင်ဘူး။「ㄆㄛㄋˇ ㄇㄚˇ ㄍㄞㄋˇㄆㄨ.」{pòṈ ma gaiṈPù.}無人接聽

ဘယ်သူ့ကိုရှာတာလဲ?「ㄆㄝˇㄉㄨˋㄍㄛˇㄒㄚˇㄉㄚˇㄌㄝˋ ?」{Pɛðûgoχadalὲ ?}你找誰？

မြန် မြန်လုပ်「ㄇ一ㄜㄋˇ ㄇ一ㄜㄋˇㄌㄡˋ」{mIəṈ mIəṈlóu'}快點。

ရှိ သ လား?「ㄒ一ˇ ㄉㄚˋ ㄌㄚ?」{χî ðâ là?}在嗎？

လူကြီးမင်းတဆိတ်လောက်ထပ် ပြောပါအုံး 請你再說一遍

「ㄌㄨˇㄐ一ㄇ一ㄋˇㄉㄚˇㄘㄟˇㄌㄠˋㄊㄚˋ ㄅ一ㄛㄅㄚˋㄡㄇ」{lujIìmìṈdâcéi'láu'tá' bIɔ̀bA'òuṃ}

သူ မ ရှိဘူး။「ㄉㄨˇ ㄇㄚˇ ㄒ一ˋㄆㄨ.」{ðu ma χîPù.}他不在

5000片
使用者識別模組電話卡
(SIM Card)

行動電話卡 ဆဲလ်ဖုန်း ကဒ် 「ㄘㄝㄌㄆㄛㄋˇ ㄍㄚˋ」{cèlpòṈ gâ'}

Cellphone Card

緬甸語家庭成員

ကလေး「ㄍㄚˇㄌㄝ」{gâlè} 小孩

ချွေးမ「ㄑㄧㄨˇㄝㄇㄚˇ」{qiùèma} 兒媳

ခဲအို မတ်「ㄎㄝˊㄛˇㄇㄚˊˊ」{kè'o má'} 姐夫，妹夫

ညီမ「ㄋㄧˇㄇㄚˇ」{Ñima} 姐姐

ညီမလေး「ㄋㄧˇㄇㄚˇㄌㄝ」{Ñimalè} 妹妹

ညီလေး「ㄋㄧˇㄌㄝ」{Ñilè} 弟弟

ညီအကိုမောင်နှမ「ㄋㄧˇㄚˇㄍㄛˇㄇㄠㄥˊㄋㄚˇㄇㄚˇ」{Ñi'âgomauṆṇâma} 兄弟姐妹

မယား ညီအစ်ကို「ㄇㄚˇㄚ ㄋㄧˇㄛˊˊㄍㄛˇ」{mayà Ñi'ə́'go} 大舅子，小舅子

မြေး「ㄇㄧㄝ」{mIè} 孫子

မြေးမ「ㄇㄧㄝㄇㄚˇ」{mIèma} 孫女

ယောက္ခထီး「ㄧㄛˋㄍㄎㄚˋㄊㄧˋ」{yògkâtì} 公公，岳父

ယောက္ခမ「ㄧㄛˋㄍㄎㄚˋㄇㄚˇ」{yògkâma} 婆婆，岳母

ယောက်မ「ㄧㄠˊˊㄇㄚˇ」{yáu'ma} 嫂子

သမီး「ㄉㄚˋㄇㄧ」{ðâmì} 女兒

သား「ㄉㄚˋ」{ðà} 兒子

သားမတ်, သမက်「ㄉㄚˋㄇㄚˊˊ, ㄉㄚˋㄇㄛˊˊ」{ðàmá', ðamá'} 女婿

အကို, အစ်ကို「ˊㄚˋㄍㄛˇ, ˊㄛˊˊㄍㄛˇ」{'âgo, 'ə́'go} 哥哥

အဒေါ်「ˊㄚˋㄌㄛˇˊ」{'âDƆ'} 阿姨

အဖေ「ˊㄚˋㄆㄝˇ」{'âpe} 爸爸

အဘိုး「ˊㄚˋㄆㄛˇ」{'âPò} 爺爺

အဘွား, အဖွား「ˊㄚˋㄆㄨㄚˋ, ˊㄚˋㄆㄨㄚˋ」{'âPuà, 'âpuà} 奶奶

အမေ「ˊㄚˋㄇㄝˇ」{'âme} 媽媽

ဦးလေး「ˊㄨㄌㄝ」{'ūlè} 舅舅

緬甸諺語

အိမ်သာလို့ ည့ေ့လာ။「ㄟㄇˊㄉㄚˋㄌㄛˊ ㄝㄝ广ˇㄌㄚˋ.」{'eiMðalô 'ēêǸla.}賓至如歸。（歡迎客人到緬甸。）

ကြိုးစားက ဘုရားဖြစ်။「ㄐㄧㄛˋㄙㄚˋㄍㄚˋ ㄆㄨˋㄧㄚˋㄆㄧˊ.」{jIòsàgâ PûYàpIí.}有志者事竟成。（努力就能成佛。）

ချစ်ကိုရှည်စေ၊ မုန်းစကိုတိုစေ။「ㄑㄧˊˋㄙㄚˋㄍㄛˇㄒㄝ广ˇㄙㄝ, ㄇㄛˇㄋˋㄙㄚˋㄍㄛˇㄉㄛˇㄙㄝ.」{qií'sâgoxeǸse, mòǸsâgodose.}讓愛長壽，讓仇恨短住。

တိတ်တိတ်နေ ထောင်တန်။「ㄉㄟˊˋㄉㄟˊˋㄋㄝˇ ㄊㄠㄥˇㄉㄜㄋˋ.」{déi'déi'ne tauŊdəǸ.}事實勝於雄辯。沉默是金。

ပညာလို အိုသည်မရှိ။「ㄅㄚˊㄧㄚˋㄌㄛˇ ㄛˇㄉㄝ广ˇㄇㄚˋㄒㄧ̂.」{bâǸalo 'oðeǸmaxî.}活到老學到老。（學習永遠不覺老。）

မိုးခါး ရေသောက်။「ㄇㄛˇㄎㄚˋ ㄧㄝˇㄉㄠˇ.」{mòkÀ Yeðáu'.}入鄉隨俗。（喝苦澀的雨水）

ကြာကြာဝါးမှ ခါးမုန်းသိ။「ㄐㄧㄚˇㄐㄧㄚˇㄨㄚㄇㄚˋ ㄎㄚˋㄇㄜㄋˋㄉㄧ̂.」{jIajIauÀmâ kÀmèǸðî.}路遙知馬力，日久見人心。（咀嚼一段時間就能嘗到苦味。）

မန္တလေး စကား၊ ရန်ကုန် အကြား၊ မော်လမြိုင် အစား။「ㄇㄚˋㄋㄉㄚˋㄌㄝ ㄙㄚˋㄍㄚˋ, ㄧㄜˇㄋㄍㄛㄋˋㄚˋㄐㄧㄨㄚˋ, ㄇㄛˇㄌㄚˋㄇㄞㄥˇㄚˋㄙㄚˋ.」{mandâlè sâgà, YəNgoN 'âjIuà, məlamIaiŊ 'âsà.}不言自明。人人知曉。（曼德勒口才、仰光牛皮、毛淡棉烹調。）

ကိုယ့်ပေါင် ကိုယ်လှန်ထောင်း။「ㄍㄛˇㄝˋㄅㄠㄥ ㄍㄛˇㄝˋㄉㄜㄋˋㄊㄠㄥ.」{goêbAUŊ goeȴəNtàuŊ.}搬起石頭砸自己的腳。（砸自己的大腿。）

ကြက်ကန်း ဆန်အိုးတိုး။「ㄐㄧㄝˇㄍㄛㄋˋ ㄘㄛㄋˇㄛˇㄉㄛ.」{jIá'gèǸ cəǸ'òdò.}瞎貓碰到死老鼠。（盲雞碰到飯鍋。）

ငါးဟုးမတစ်ကောင်ကြောင့် တစ်လှေလုံးပုပ်။「ㄫㄚˋㄎㄡㄇㄇㄚˊㄍㄠㄥㄐㄧㄠㄥ ㄉㄧˊㄝˋㄌㄜㄨㄥˇㄅㄡˇ.」{ŋÀkòuṃmadí'gauŊjIâuŊ dí'ȴelòuṃbóu'.}一粒老鼠屎，弄壞一鍋粥。（一條腐爛的魚，使整個漁船充滿臭味。）

တစ်ခါသေဖူး ပျင်ဖိုးနားလည်။「ㄉㄧˊˋㄎㄚˋㄉㄝˇㄆㄨ ㄅㄧㄝ广ˇㄆㄛㄋˋㄚˋㄌㄝ广.」{dí'kAðepù bieŋ̂pònàleǸ.}吃一塹長一智。（死亡將至，始知棺材的價值。）

ဘုရားပြီး မြှမ်းဖျက်။「ㄆㄨˋㄧㄚˋㄅㄧˋ ㄫㄧㄚˋㄇㄆㄧㄛˊ.」{PûYàbIì ŋIàMpió'.}過河拆橋。（寶塔建成後，支架被拆除。）

သဲထဲရေသွန်။「ㄉㄝˋㄊㄝˋㄧㄝˇㄉㄨㄜㄋˋ.」{ðètèYeðuəǸ.}竹籃打水一場空。（在沙灘上潑水。）

練習答案

發音部分

1　「ㄍㄚˊㄇㄆㄚˇ」{gâmPa}
2　「ㄐㄧㄚˋ」{jiá'}
3　「ㄐㄧㄝㄗㄨ」{jièzù}
4　「ㄐㄧ」{jIì}
5　「ㄎㄚˊㄧˇㄉㄛ」{kâYido}
6　「ㄎㄚˊ」{kA}
7　「ㄎㄚˋ」{kÀ}
8　「ㄐㄧㄡㄇ̩ㄇㄛˇㄋ̩」{Jioum̩môN̩}
9　「ㄤㄛˊ」{ŋâ'}
10　「ㄙㄛˊㄆㄧ」{sâ'Pì}
11　「ㄙㄧㄝㄘㄞㄤˇ」{siècaiN̩}
12　「ㄙㄚˇ」{sa}
13　「ㄙㄚˋ」{sà}
14　「ㄘㄧㄤˇ」{ciN̩}
15　「ㄘㄧㄤˋ」{ciN̩}
16　「ㆴㄚˊㄉㄞㄤˇ」{ÑadàiN̩}
17　「ㄊㄚˊㄋㄚˇ」{ṭana}
18　「ㄉㄧˊˋㄨㄛˊ」{dí'uâ'}
19　「ㄉㄧˊㄉㄧˋ」{dîdî}
20　「ㄊㄠㄤˇ」{tauN̩}
21　「ㄉㄧˊㄋ̩ㄧˊˋ」{Diṇí'}
22　「ㄉㄛˋ」{DƆ}
23　「ㄋㄚˊㄨㄚˊㄇㄚˇ」{nauama}
24　「ㄋㄧˊㄤˇ」{ṇiN̩}
25　「ㄅㄡㄇ̩ㄙㄚㄇ̩」{boum̩sam̩}
26　「ㄅㄨˊㄋㄨㄝ」{bunuè}
27　「ㄅㄝㄍㄨˋ」{bègù}
28　「ㄆㄧㄨˇ」{pIu}
29　「ㄆㄟㄋㆷㄨㄝ̩ㄎㄚˇ」{pèiN̩uèkA}
30　「ㄅㄛˊㄉ」{Bol}
31　「ㄆㄚㄋ̩」{PaN̩}
32　「ㄆㄚˇ」{Pa}
33　「ㄆㄚˇㄉㄛˊㄌㄝ」{Palôlè}
34　「ˊㄚˇㄑㄧㄟㄋ̩」{'âqieiN̩}
35　「ㄆㄝㄍㄧㄤˇ」{PègiN̩}
36　「ㄇㄚˇㄋㄝˊㆴㄚ」{manêÑa}
37　「ㄇㄧㄚˋㄐㄧ」{miàjIì}
38　「ㄇㄧㄛˋ」{miò}
39　「ㄇㄧㄛˊ」{mIô}
40　「ㄇㄧㄝˇ」{mIe}
41　「ㄇㄧㄝˋ」{mIè}
42　「ㄒㄧˊˋ」{x̣í'}
43　「ㄒㄨˊㄒㄞˊˋ」{x̣ux̣ái'}
44　「ㄌㄚˇㄇㄛˊㄋ̩」{lamôN̩}
45　「ㄌㄝˇ」{ḷe}
46　「ㄌㄨㄚˊ」{ḷuâ}
47　「ㄨㄛˊˋ」{uâ'}
48　「ㄨㄚㄇ̩」{uàM̩}
49　「ˊㄚˊㄌㄧ̩ˊˋ」{ðí'}
50　「ㄌㄚˊㄌㄌㄚˊ」{ðâDDA}
51　「ㄌㄚˊㄧㄚˇ」{ðâYa}
52　「ㄌㄨˊ」{ðu}
53　「ㄌㄨˋㄌㄚˊ」{ðûla}
54　「ˊㄧㄤˇ」{'iN̩}
55　「ˊㄚˊㄙㄝˇ」{'âsê}
56　「ˊㄨㄙㄨㄚˇ」{'ũsua}
57　「ˊㄛˋ」{'ɔ̃}
58　「ㄋㄞˊ」{ṇái}
59　「ˊㄚ̩ㄋㄝㆷ̩」{'ànèÑ̩}
60　「ˊㄚˊㄎㄟˊˋ」{'âcéi'}

第一課

1.

1) မင်္ဂလာပါ ခင်ဗျား။ တွေ့ရတာ ဝမ်းသာ ပါတယ်။ 「ㄇㄧㄤˇㄍㄌㄚˊㄅㄚˇ ㄎㄧㄤˇㄅㄧㄚ. ㄉㄨㄝˊㄧㄚˇㄌㄚˊ ㄨㄚㄇㆴㄌㄚˊ ㄅㄚˊㄌㄝˇ.」{miN̩GlabA kiN̩Bià. duêYada uàM̩ða bAdɛ.}

2) ကျွန်တော်ငင် (ကျွန်မ) ဖိစ်တုင်းမြို့ကပါ၊ ဦး အောင်း တောင်ကြီးမြို့ ကပါ။ 「ㄐㄧㄨㄋ̩ㄌㄠㄤˇ (ㄐㄧㄨㄋ̩ㄇㄚˇ) ㄆㄧˊㄤˇㄌㄛˋㄤㄇㄛˊㄍㄚˊㄅㄚˊ, ˊㄨˋㄠㄤˇ ㄉㄠㄤˊㄐㄧˋㄇㄧㄛˊ ㄍㄚˊㄅㄚˋ.」{jiuəN̩dAUN̩ (jiuəN̩ma) píN̩dòN̩mlô gâbA, 'ũ 'àuN̩ dauN̩jlìmlô gâbA.}

3) သူက ထိုင်ဝမ် ကျောင်းသား ဖြစ်တယ်။ 「ㄌㄨˊㄍㄚˊ ㄊㄞㄤˊㄨㄚㄇ̩ ㄐㄧㄠㄤˊㄌㄚˊ ㄆㄧˊˋㄌㄝˇ.」{ðugâ taiN̩uaM̩ jiàuN̩ðà pIí'dɛ.}

2.

1)你叫什麼名字？　　　2)我叫瑪色銀。

3)那個男孩是誰？

3. 動詞總是放在句子末尾。

第二課

1. 請把下列句子翻譯成緬甸文。

1) ကျေးဇူးအများကြီးတင်ပါတယ်။ 「ㄐㄧㄝㄗㄨˋˊㄚˇㄇㄧㄚˇㄐㄧˋㄉㄧㄤˇㄅㄚˊㄌㄝˇ.」{jièzù'âmiàjIìdiN̩bAdɛ.}

或 ကျေးဇူးတင်ပါတယ်။ 「ㄐ一ㄝㄗㄨㄉㄧㄥˋㄅㄚˋㄉㄝˋ.」 {jièzùdiᶇbAdε.}

2) ကျေးဇူးတင်စရာမလိုပါဘူး။ 「ㄐ一ㄝㄗㄨㄉㄧㄥˋㄙㄚ˙一ㄚˋㄇㄚˋㄌㄛˋㄅㄚˋㄆㄨ.」 {jièzùdiᶇsâYamalobAPù.}

或 ကိစ္စ မရှိပါဘူး။ 「ㄍ一ˋㄙㄙㄚˋ ㄇㄚˋㄒ一ˋㄅㄚˋㄆㄨ.」 {gîssâ maxîbAPù.}

或 ရပါတယ် 「一ㄚˋㄅㄚˋㄉㄝˋ」 {YabAdε}

2. 請把下列句子翻譯成中文。

1)能把自行車借給我嗎？　　　　　　2)手機壞了。

3.

1) (ကီလိုဂရမ်) 「ㄍ一ˋㄌㄛˋㄍㄚˋ一ㄚㄇˋ」 {giloGaYaM}

2) (စာကြည့်တိုက်) 「ㄙㄚˋㄐ一ㄝˋㄋˋㄉㄞˊˋ」 {sajIêᶇdái'}

第三課

1.

1) ဟင့်အင်း၊ ကိုရီးယား မဟုတ်ပါဘူး။ ထိုင်ဝမ်ပါ။ 「ㄏ一ㄥ˙ˋ一ㄥ, ㄍㄛˋㄖㄧˋ一ㄚ ㄇㄚˋㄏㄡˋㄅㄚˋㄆㄨ, ㄊㄞ�ㄩˋㄨㄚㄇˋㄅㄚˋ.」 {hîᶇ'iᶇ, goriyà mahóu'bAPù, taiᶇuaMbA.}

2) ထိုင်ဝမ် အလွန် လှဖြစ် တယ်။ 「ㄊㄞㄩˋㄨㄚㄇˋ ˋㄚˋㄌㄛㄋˋ ㄌㄚˋㄆ一ˊˋ ㄌㄝˋ.」 {taiᶇuaM 'âluəᶇ ļâpIí' dε.}

3) ဘယ်နှစ်ယောက်ရှိသလဲ? 「ㄆㄝˋㄋ一ˊ一ㄠˋㄒ一ˋㄉㄚˋㄌㄝˋ?」 {Peᶇí'yáu'xîðâlὲ?}

4) သုံးယောက်။ 「ㄉㄡㄇ一ㄠˋˋ.」 {ðòumyáu'.}

2.

1)你結婚了嗎？　　2)嗯，結了。　　3)我家有爸爸、媽媽、弟弟和我。

3.

1) (ဘယ်နေရာ/ဘယ်နေ) 「ㄆㄝˋㄋㄝˋ一ㄚˋㄆㄝˋㄋㄝˋ」 {PeneYaPene}

2) (ကျွန်မ/ကျွန်တော်) 「ㄐㄩㄣˋㄇㄚˋㄐㄩㄣˋㄌㄛ」 {jiuəᶇmajiuəᶇdɔ}

3) (မြို့ထဲ) 「ㄇ一ㄛˋㄊㄝˋ」 {mIôtὲ}

4) (အိမ်) 「ˋㄟㄇˋ」 {'eiM}

第四課

1.

1)ဘာအလုပ်လုပ်ပါသလဲ? 「ㄆㄚˋˋㄚˋㄌㄡˋㄌㄡˋㄅㄚˋㄉㄚˋㄌㄝˋ?」 {Pa'âlóu'lóu'bAðâlὲ?}

2)ကျောင်း ဆရာ ပါ။ 「ㄐ一ㄠㄥˋ ㄑㄚˋ一ㄚˋ ㄅㄚˋ.」 {jiàuᶇ câYa bA.}

3)ဘယ်မှာလုပ်ပါသလဲ? 「ㄆㄝˋㄇㄚˋㄌㄡˋㄅㄚˋㄉㄚˋㄌㄝˋ?」 {Peṃalóu'bAðâlὲ?}

4)ရန်ကုန် တက္ကသိုလ် မှာပါ။ 「一ㄜㄥˋㄍㄛㄥˋ ㄉㄚˋㄍㄍㄚˋㄉㄛㄌ ㄇㄚˋㄅㄚˋ.」 {Yəᶇgoᶇ dâggâðol ṃabA.}

5)ဒါ ကျွန်တော့်ရဲ့လိပ်စာကဒ်ပါ။ 「ㄉㄚˋ ㄐㄩㄣˋㄉㄛˋㄝˋ一ㄝˋㄌㄟˊㄙㄚˋㄍㄚˋˋㄅㄚˋ.」 {DA jiuəᶇdôÝêléi'sagâ'bA.}

2.

1)你以前做過什麼工作？　　　　　　2)我做過十年醫生。

3.

1)(ဘယ်အချိန် မှာ) 「ㄆㄝˋˋㄚˋㄑ一ㄟㄋˋ ㄇㄚˋ」 {Pε'âqieiᶇ ṃa}

2)(ရုံးဆင်း) 「一ㄡㄇㄑ一ㄥˋ」 {Yòuṃcìᶇ}

3)(မန်နေ့ဂျာ) 「ㄇㄜㄥˋㄋㄝˋㄐ一ㄚˋ」 {məᶇneJia}

第五課

1)你來自哪裡？　　　　　　2)我來自越南。

3)你來緬甸的目的是什麼？　　4)來學習。

5)她是誰？　　　　　　　　6)她是我的母親。

7)看看你的護照。　　　　　8)給你。

9)打開這件行李。　　　　　10)我需要一些零錢。

11)好的。給您。

第六課

1.

1)會說中文嗎？　　　　2)會一點，但不是很好。　　　　3)我們說中文吧。

2.

1) (ကောင်းကောင်း) 「ㄍㄠㄤㄍㄠㄤ」{gàuŊgàuŊ}

2) (စကားကောင်း ကောင်း) 「ㄙㄚˋㄍㄚˋㄠㄤˋ ㄍㄠㄤ」{sâgàgàuŊ gàuŊ}

第七課

1.

1)မင်္ဂလာဒုံ လေဆိပ်ကို ဘယ်လိုသွားရမလဲ? 「ㄇㄧㄤˋㄍㄌㄚˋㄉㄡㄇˋ ㄌㄝˋㄑㄟˋㄍㄜ ㄆㄝˋㄌㄜˋㄉㄨㄚˋㄧㄚˋ ㄇㄚˋㄌㄝˋ?」{miŊGlaDouṃ lecéi'go PɛloðuàYamalὲ?}

2)ဝန်ဆောင်ခ ဘယ်လိုလဲ? 「ㄜㄋˋㄘㄠㄤˋㄎㄚˋ ㄆㄝˋㄌㄜˋㄌㄝˋ?」{uəNcauŊkâ Pɛlolὲ?}

3)ဒီနေရာက နေ ဝေးသလား? 「ㄉㄧˋㄋㄝˋㄧㄚˋㄍㄚˋ ㄋㄝˋ ㄨㄝˋㄉㄚˋㄌㄚˋ?」{DineYagâ ne uὲðâlà?}

4)အလွန် အကွာအဝေး။ 「ˋㄚˋㄌㄜㄋˋ ˋㄚˋㄍㄨㄚˋˋㄚˋㄨㄝˋ.」{'âluəN 'âgua'âuὲ.}

2.

1)巴士站在哪兒？　　　　2)很近。　　　　3)寫下來可以嗎？

3.

1)(မီးရထား) 「ㄇㄧˋㄊㄚˋ」{mì Yatà}

2)(နှင့်ပတ်သက်၍) 「ㄋㄧㄤˋㄅㄚˋㄉㄜˋㄧㄨㄝˋ」{ŋîŊbá'ðɛ́'yuê}

3)(သုံး ၌းဆယ်) 「ㄉㄡㄇˋ ㄤㄚˋㄘㄝˋ」{ðòuṃ ŋÀcɛ}

4) (လေဆိပ်) 「ㄌㄝˋㄑㄟˋˋ」{lecéi'}

第八課

1.

1)ယနေ့က မနေ့ ပို၍အေး ဖြစ် တယ်။ 「ㄧㄚˋㄋㄝˋㄍㄚˋ ㄇㄚˋㄋㄝˋ ㄅㄛˋㄧㄨㄝˋˋㄝ ㄆㄧˋˋ ㄌㄝˋ.」{yanêgâ manê boyuê'ὲ pIí' dɛ.}

2)မနက်ဖြန် နှင်းအလွန်ကျ ပို အေး လိမ့်မယ်။「ㄇㄚˋㄋㄜˋˋㄆㄌㄜㄋˋ ㄋㄧㄤˋˋㄚˋㄌㄜㄋˋㄐㄧㄚˋ ㄅㄛˋ ˋㄝ ㄌㄟㄇˋㄇㄝˋ.」{maná'pIəN ṇîŊ'âluəNjiâ bo 'ὲ lêiṂmɛ.}

2.

1)今天天氣怎麼樣呢？　　　2)天陰。　　　3)我們去大金塔吧。

4)緬甸是熱帶季風氣候。　　5)只有旱季、雨季和涼季。　　6)今天下午可能會下雨。

3.

1) (မိုးရွာ) 「ㄇㄛˋㄧㄨㄚˋ」{mòYua}

2)(ထီးယူ) 「ㄊㄧˋㄨˋ」{tì yu}

第九課

1.

1)需要四十分鐘。　　　　2)九點四十六分

3)五小時，五個鐘頭　　　　4)十點差一刻

2.

1)သုံး (၃)နာရီ ကြာမယ် ။「ㄉ̱ㄡㄇ̰ ㄚˇㄧˇ ㄐㄧㄚˇㄇㄝ̱ˇ.」{ðòum̰ aYi jIamɛ.}

2)ည ရှစ်(၈) နာရီ「ㄏ̂ㄚˇ ㄒㄧ’ ㄋㄚˇㄧˇ」{Ña x̥í’naYi}

3)ညနေ ငါး (၅) နာရီ「ㄏ̂ㄚˇㄋㄝˇ ㄫㄚ ㄋㄚˇㄧˇ」{Ñane ŋÀ naYi}

4)တစ် (၁)နာရီ ငါး (၅)「ㄉㄧ’ˊ ㄋㄚˇㄧˇ ㄫㄚ」{dí’ naYi ŋÀ}

3.

1) (ဆယ့်နှစ်)「ㄘㄝ̱ˋㄋ̥ㄧ’ˊ」{cɛ̂n̥í’}

2) (ဆယ်)「ㄘㄝ̱ˇ」{cɛ}

3) (ရှစ်)「ㄒㄧ’」{x̥í’}

4) (ခွဲ)「ㄎㄨㄝ̱」{kuɛ̀}

5) (လေး) (ငါးဆယ်)「ㄌㄝ ㄫㄚㄘㄝ̱ˇ」{lè ŋÀcɛ}

6) (လေးဆယ် ငါး)「ㄌㄝㄘㄝ̱ˇ ㄫㄚ」{lècɛ ŋÀ}

國家圖書館出版品預行編目(CIP)資料

快樂學緬甸語 / 鄧應烈 著. -- 第2版. --

新北市 : 智寬文化, 2016.01

面 ; 公分. --(外語學習系列 ; A011)

ISBN 978-986-87544-8-5(平裝附光碟片)

1. 緬甸語 2. 讀本

803.728   103019356

外語學習系列 A011

快樂學緬甸語(附MP3)

2019年6月 第2版第2刷

編著者	鄧應烈
審訂者	妙驕敏／許美玲
緬語錄音	許美玲
華語錄音	常青
出版者	智寬文化事業有限公司
地址	23558新北市中和區中山路二段409號5樓
E-mail	john620220@hotmail.com
電話	02-77312238・02-82215078
傳真	02-82215075
印刷者	永光彩色印刷股份有限公司
總經銷	紅螞蟻圖書有限公司
地址	台北市內湖區舊宗路二段121巷19號
電話	02-27953656
傳真	02-27954100
定價	新台幣320元
郵政劃撥・戶名	50173486・智寬文化事業有限公司